浙江工业大学重点教材建设项目资助（JC1424）

李 娟◎著

文学写作实用教程
从基础准备到文体写作的具体指南

Creative Writing Practical Guide:
the Essentials of Composition

ZHEJIANG UNIVERSITY PRESS
浙江大学出版社

图书在版编目（CIP）数据

文学写作实用教程：从基础准备到文体写作的具体
指南 / 李娟著. —杭州：浙江大学出版社，2015. 5(2025.8 重印)
ISBN 978-7-308-14603-6

Ⅰ.①文… Ⅱ.①李… Ⅲ.①文学创作—教材
Ⅳ.①I04

中国版本图书馆 CIP 数据核字(2015)第 077832 号

文学写作实用教程：从基础准备到文体写作的具体指南

李　娟　著

策划编辑	曾　熙
责任编辑	曾　熙
封面设计	续设计
出版发行	浙江大学出版社
	（杭州市天目山路 148 号　邮政编码 310007）
	（网址：http://www.zjupress.com）
排　　版	杭州金旭广告有限公司
印　　刷	杭州钱江彩色印务有限公司
开　　本	710mm×1000mm　1/16
印　　张	15
字　　数	270 千
版 印 次	2015 年 5 月第 1 版　2025 年 8 月第 7 次印刷
书　　号	ISBN 978-7-308-14603-6
定　　价	48.00 元

前　言

郁达夫在《文学概说》中说:"天下的事情,比下定义更难的,恐怕不多;天下的事情,比下定义更愚的,恐怕也是很少,尤其是文学两字的定义。"①要为文学下个定义,诚然是一件很难的事,却有不少人知难而上,用郁达夫的说法:古今中外,不少哲人已经做过这件难事愚事。定义必须明确精准,要对文学的本质特征作出广泛通用的解释说明,这没有足够的理论素养是无法完成的。但假如只是谈谈对文学的看法,则不必系统论证,凡阅读文学作品或动手写作的人,都可以从自己的经验出发,感性零散地说说个人见解。

在我看来,能被归入文学范畴的作品,最低限度至少应在某一方面具有美感,无论是形式上的还是内容上的。若再高一个层次,好的文学能让人有所感动,通过阅读这些作品读者能知道"世界上已知和已被想过的最好之物"②。而杰出的文学是那些能震撼人心、启发思考的作品,其中应当包含对人性的挖掘和关怀,以及对人类命运的深刻思考。党的二十大报告指出:"推进文化自信自强,铸就社会主义文化新辉煌。"以高质量的文学作品来彰显文化自信,是当代写作人的责任和担当。

假如按以上所论将文学作品粗略地分为三种层次,那么写作课程所提供的知识和技能,能最有效率地起到助力作用的,应该是在创作第一层次和第二层次文学作品的阶段。因此,本书的目的,是希望能为起步阶段的学习者提供一点入门知识,并启发初学者对写作进行多方面的思考与探讨。若有志于创作真正的不朽之作,则需要在课堂之外付出加倍努力,因为杰出的作家从来就不是课堂教育的结果,而必定与自我培养有关。认真严苛的工作态

---

① 郁达夫:《文学概说》,见郁达夫:《艺文私见》,上海:复旦大学出版社,2004年,第9页。

② [美]希利斯·米勒:《文学死了吗》(秦立彦译),桂林:广西师范大学出版社,2007年,第11页。

度、艰苦卓绝的不懈努力、对生命的悲悯情怀以及理性思考的习惯，这些都是超越写作技巧的因素和力量，最终决定一个作家所能到达的高度。用傅雷的话作结：

> 真正的艺术家，一定是时代的先驱者，他有敏慧的目光，使他一直遥瞩着未来，有锐利的感觉，使他对于现实时时感到不满，有坚强的勇气，使他能负荆冠，能上十字架，只要是能满足他艺术的创造欲。至于世态炎凉，那于他更有什么相干呢？①

---

① 金梅编选：《傅雷艺术随笔》，上海：上海文艺出版社，1999 年，第 64 页。

目　录

基础篇

第一章　绪　论

　　写作是人类利用文字进行记录和表达的行为活动,根据所写内容体裁功能的不同,可以分为文学写作、新闻写作、应用写作、理论写作等。文学写作是最富有创造力的写作活动,它构思自由,不受限制,以语言文字为媒介来塑造形象、表达情感、反映生活。中国古代以文立国,尽管各个时期及不同地域的文学之间存在不平衡发展的情况,但总体而言文学创作十分繁荣,文体多样,雅俗互动,而一代有一代之文学:"楚之骚,汉之赋,六代之骈语,唐之诗,宋之词,元之曲,皆所谓一代之文学。"①自"五四"文学革命以来,中国古代文学终结,文学创作进入一个新的时期,以白话文进行创作日渐成为主流,新的诗歌、散文、小说和戏剧等文体的出现和众多文人的参与促使文学创作走向现代化历程,其影响延续至今。

　　21世纪以来,"文学终结论"的提出,让越来越多的创作者认识到当前文学发展的状况不容乐观。2001年美国学者J.希利斯·米勒在中国发表演说《全球化时代文学研究还会继续吗?》②,指出在过去的一百五十年里,照相机、电报、打印机、电话、留声机、电影放映机、无线电收音机、卡式录音机、电视机,以及现在的激光唱盘、VCD、DVD、移动电话、电脑、通讯卫星和国际互联网,等等,其力量和影响变得越来越大,最终将导致文学不可避免地走向终结。这一观点获得了不少认同,加上国内大量文学刊物转型或停刊的现状,文学的式微似乎已是不争的事实。然而亦有学者对此持不同看法,认为文学是抒发人类情感的表现形式,只要人类的情感还需要抒发,文学就能一直生存下去。③作家张炜在香港浸会大学授课时也谈到:"文字艺术是基础,是内

---

　　①　王国维:《宋元戏曲史》,上海:上海古籍出版社,1998年,第1页。

　　②　[美]J.希利斯·米勒:《全球化时代文学研究还会继续吗?》,《文学评论》2001年第1期,第131—139页。

　　③　童庆炳:《文学独特审美场域与文学人口——与文学终结论者对话》,《文艺争鸣》2005年第3期,第69—74页。

核,也是更高级的形态。不要相信小说即将消失、文学即将消失的神话。文学是永远不可取代的,而且是其他艺术的基础。"[①]事实上,从文学诞生的那一天起,就一直处于不断的发展变化中,无论外部环境如何变化,对文学写作来说,都既是新的挑战,也是发展契机,文学并不会终结,而是会与各种新的媒介载体和艺术形式结合,呈现出更加多元的形态。

第一节　文学写作实用教程的内容安排与学习方法

　　课堂很难培养杰出作家,但通过课堂教学完全可以传授文学写作技能。在英美国家,很多大学均开设创意写作专业,最高可授予硕士学位。刁克利在创意写作书系之一的《成为作家》一书《译者序》中,对英美大学的创意写作专业做了简明扼要的介绍:

> 　　创意写作,英文为 creative writing,就是我们通常所说的文学创作。目前,英美国家很多大学普遍开设这一学位项目。研究生阶段一般学制两到三年,主要分为虚构与非虚构两种,也可以细分为诗歌、小说、散文、回忆录、剧本创作等具体方向。经过学习,毕业前提交一部独立创作的文学作品,根据学习方向,可以是一部小说,也可以是短篇小说集、一组诗歌、一部剧本、一组散文等,在作品前边阐述一下创作理念。经过答辩,可授予创意写作硕士学位(MFA in Creative Writing),MFA 即 Master of Fine Arts,直译过来是美学硕士,即把创意写作归入大美学这一学科门类下,和绘画之类的美术创作,与制陶、雕塑之类的工艺美术,以及电影导演、制作等在一个学科门类。MFA 在美国属于创作终端学位,即等同于其他专业的博士学位。[②]

刁克利指出创意写作即通常所说的"文学创作",其列举的诗歌、小说、散文、回忆录、剧本创作等具体的写作方向也与文学文体的范畴符合。

　　近年来,不少与创意写作相关的国外著作被翻译介绍至国内,如马克·麦克格尔的《创意写作的兴起:战后美国文学的"系统时代"》,由葛红

---

① 张炜:《小说坊八讲:香港浸会大学授课录》,北京:生活·读书·新知三联书店,2011年,第24页。

② 刁克利:《译者序》,见[美]多萝西娅·布兰德:《成为作家》(刁克利译),北京:中国人民大学出版社,2011年,第2页。

兵等翻译,广西师范大学出版社出版,系统介绍了美国战后文学创作的情况,其中提到高校对创意写作的参与促进了美国文学及创意产业的繁荣。此外,还有中国人民大学出版社出版的"创意写作书系"等。目前,除了在中文专业的本科教学中设置文学写作课程外,国内的很多大学也相继开设了文学写作或创意写作专业。2006年4月复旦大学文学写作硕士点获得批准,成为国内首个文学写作最高学位的授予点,2007年首次开始招生,聘请王安忆等专业作家为导师,专业的明确定位即为"培养富有创造性的作家",同时,复旦大学中文系亦积极开拓创意写作专业硕士教育,并于2009年获得批准设立创意写作专业学位点。上海大学则于2009年成立了上海大学文学与创意写作研究中心,是国内首个将创意写作的理论、教学与创意产业实践结合的科研教学单位,中心开设多种写作课程,以培养能从事创意产业的研究人员、教学人员和从业人员为目的。从国内外大学相关专业的实际操作来看,课堂教授文学写作不仅可能,而且十分必要,大学对文学写作的积极参与,不仅能培养出具有创作能力的人才,对文学创作的发展和繁荣也有着十分重要的促进作用。

本书名为《文学写作实用教程》,顾名思义,书中所谈的写作理论和技巧,限于文学范围,其他属于现代写作范畴的新闻文体、理论文体和应用文体的写作等,不在本书讨论范围之内,书中所涉写作技巧,均指文学写作而言,以下不再逐一说明。

第一章《绪论》主要解决三个问题。首先对"文学写作"的概念进行重新解读。各类写作教材中对文学写作的定义固然精准,但过于扼要,理论性强,写作最重实践训练,故本书选取从事文学和艺术创作的工作者对创作、创新的看法,加以剖析综合,从其切身感悟出发,或可得到更为直接的启示,以加深初学者对创作的了解和认识。其次分析少年早慧型和大器晚成型的作家实例,总结出不同的写作道路和成功经验。人的天资有别,秉性各异,任何成功模式都无法复制,但真实的经验可以令初学者有所领悟,从与自身相似的案例中获取信心和鼓励。最后探讨从事写作必然面临的两个问题:如何坚持写作?为什么而写作?

第二章到第四章为基础训练部分,主要讲解如何通过阅读、思考、观察和感受来积累材料,以及如何对材料进行恰当的管理和使用,为写作做好准备。阅读可以开阔视野,构建全面的知识结构,思考有助于探索更为深邃的问题,观察让写作者亲近生活,找到灵感,而感受则能激发创作的热情,并让作品呈现出鲜明的个性,这四个方面的训练是从事写作必不可少的环节。此外,在创作的过程中,想象力无时无刻不在发生作用,因此在第四章重点讨论不同种类的想象力对写作的帮助,并提供训练想象力的方法。

第五章至第十章按照不同文体,逐一讲解诗歌、散文、小说、戏剧文学和电影文学剧本的写作,其中诗歌、散文、小说的顺序安排遵循文学训练中由易到难的程度循序渐进,正如张炜所说:"文学写作是一个极其漫长的训练过程,更不要说需要先天的才华了。我们赞同这样的训练:一开始写诗,接着写散文。以诗为出发点,以散文做桥梁,慢慢将自己导入小说的领域。这样会是比较完整的文学训练。"[①]戏剧和电影的共同点是它们都是综合的艺术,必须与表演、美术、音乐、摄影等其他艺术手段相结合才能最终完成,文学只是其中的一部分。最后两章除了简要介绍戏剧和电影的基本知识外,重点讲解戏剧和电影文学剧本的写作。

最后,关于本教程内容安排方面,需要说明的是:写作是实践重于理论的课程,本书除了讨论一定的理论知识外,更为注重的是提供大量的案例分析,以及一些写作练习。正如梁遇春所言:

> 我不相信学了文学概论,小说作法等课的人们还能够写出好小说来。英国一位诗人说道,我们一生的光阴常消磨在两件事情上面,第一是在学校里学到许多无谓的东西,第二是走出校门后把这些东西一一设法弃掉。最可惜的就是许多人刚把这些垃圾弃尽,还我海阔天空时候,却寿终正寝了。[②]

只讲理论、技巧、作法而缺少实践的写作课程,就像在岸上学习游泳,结果是浪费时间,最后课程的内容只会成为年轻人走出校门后要设法抛弃的东西。因此本书的编写原则是:少讲理论,多做分析、探讨和实践。

学习文学写作的前提条件是要有独立思考的能力和勇于质疑的精神,积极参与讨论,提出自己的看法,而不是一味地接受现成观点。为了说明写作理论和技法,书中选择了大量的作品作为案例,本教程中案例选择最重要的标准是能否说明书中要探讨的问题,其次才是作品的经典与否。此外,文学

---

① 张炜:《小说坊八讲:香港浸会大学授课录》,北京:生活·读书·新知三联书店,2011年,第140页。

② 梁遇春:《论智识贩卖所的伙计》,见梁遇春:《春醪集》,北京:东方出版社,1995年,第221-222页。此文收录于1934年开明书店出版的《泪与笑》中。1995年东方出版社收梁遇春的《春醪集》、《泪与笑》两本散文集共三十五篇散文,合为一本,以《春醪集》为书名,特作说明。

写作属于艺术创作的大范畴内,而各种创作都有相通之处,因此案例的选择以文学作品为主,但并不限于文学作品,也会涉及绘画、音乐、戏剧、电影等其他艺术创作领域。对于这些案例的分析评价,并没有确定无疑的标准答案,学习时应结合自己的阅读和写作实践,进行思考分析,得出自己的理解。王安忆在复旦大学上写作课时特别强调:"我在课上所说的一切都带有和同学们探讨的意思,不是绝对的。"①本书中所涉一切内容,也希望能得到充分的讨论和交流。

其次,技巧有助于提高写作能力,但这只是技术层面的训练,对于文学写作来说,更重要的是作品所要表达的情感与思想,这才是文学的根本,是真正能打动人心的部分,因此学习时要避免只重技巧。关于这一点,林语堂有这样的说法:

> 初学文学的人听见技巧之讨论——小说之技巧,戏剧之技巧,音乐之技巧,舞台表演之技巧——目眩耳乱,莫测高深,哪知道文章之技巧与作家之产生无关,表演之技巧与伟大演员之产生亦无关。他且不知世间有个性,为艺术上文学上一切成功之基础。②

写作技巧可以学习,但不能过甚,写作中假如只有技巧,没有个性、没有思想、没有感情,是不可能创作出优秀的文学作品来的。

最后,要对自己的构思或作品有一定的自信。这并不意味着放弃理性判断,而是初学写作者容易产生气馁情绪,从而终止写作,自我激励有助于写作过程的完成。一般来说,初学者容易在两个方面产生气馁情绪:一是对比经典作品后觉得无法企及,于是放弃写作;二是对自己所写内容的重要性发生怀疑,越写越不自信。要消除这种负面的情绪,必须认识到写作是一个逐步提高的过程,没有前期的不断尝试,就无法最终创作出令自己满意的作品来。再者,文学的世界里也存在不同的作品种类,既有篇幅浩大技巧艰深之作,也不缺少通俗平易的简短小文,各种作品均可共存,各有特点,参差有致,无谓优劣。此外,题材内容的选择,其重大程度和作品的成功并不成正比,例如张爱玲在小说题材的选择上,喜欢写男女间的小事情,因为她认为:"人在恋爱的时候,是比战争或革命的时候更朴素,也更放

① 王安忆:《小说家的十三堂课》,上海:上海文艺出版社,2005年,第21页。
② 林语堂:《写作的艺术》,见林语堂:《人生的盛宴》,长沙:湖南文艺出版社,2002年,第185页。

005

恣。"她觉得人在恋爱中最能流露真性，"这就是为什么爱情故事永远受人欢迎——不论古今中外都如此"①。选择日常小事作为常用题材，并没有妨碍张爱玲的作品成为现代文学中的经典，可见写作的重点不在于题材，关键是如何在各种题材中完成对人性的深入剖析和探索。刁克利的观点或可令人有所启发：

> 每个人都有自己的写作故事。这也说明，回忆录和传记也不是只有成就卓著的人才可以写。每个人都可以把自己的回忆和一生的经历作为创作的素材。其实，大作家的作品万变不离其宗，都是各种传记和回忆录的变体。关键在于，学会使用这些素材进行文学创作，就像一个人要学会从自己的经历中汲取人生的经验和做人的道理是一样的。写作的独特性在于：你的经验和道理可以与人分享。②

第二节　文学写作概念新解

什么是文学？乔纳森·卡勒在他的《当代学术入门：文学理论》中说，如果要应付一个 5 岁的孩子，可以简单地回答："文学就是故事、诗歌和戏剧。"③这显然是一种过于简化的回答，并不足以让理论家或专业人士满意。乔纳森在其后进行了详细的分析，介绍了有关文学本质的五点论述："文学是语言的'突出'"④、"文学是语言的综合"⑤、"文学是虚构"⑥、"文学是美学对

---

① 邝文美《我所认识的张爱玲》，见张爱玲、宋淇、宋邝文美著，宋以朗编：《张爱玲私语录》，北京：北京十月文艺出版社，2011 年，第 9 页。

② 刁克利：《译者序》，见［美］多萝西娅·布兰德：《成为作家》（刁克利译），北京：中国人民大学出版社，2011 年，第 4 页。

③ ［美］乔纳森·卡勒：《当代学术入门：文学理论》（李平译），沈阳：辽宁教育出版社，1998 年，第 20 页。

④ ［美］乔纳森·卡勒：《当代学术入门：文学理论》（李平译），沈阳：辽宁教育出版社，1998 年，第 29 页。

⑤ ［美］乔纳森·卡勒：《当代学术入门：文学理论》（李平译），沈阳：辽宁教育出版社，1998 年，第 31 页。

⑥ ［美］乔纳森·卡勒：《当代学术入门：文学理论》（李平译），沈阳：辽宁教育出版社，1998 年，第 32 页。

象"①、"文学是文本交织的或者叫自我折射的建构"②。具体来说,文学的特性首先存在于语言之中,文学语言是与众不同的语言,其排列组合应当具有个人的独特风格,文学语言中还综合了作品中的各种要素和成分。虚构则是文学表述与世界的特殊关系,文学作品的创作过程,也可以视为一个设计虚构世界的过程。文学与美学关系的观点来自康德,他认为美学是连通物质和精神世界的媒介,作为美学对象的文学作品可以把形式和内容融为一体,文本交织探讨的是作品和存在于之前的其他作品之间的关系。这几种观点均说明了文学本质的某些特点,但并不能互相包容。在讨论的最后,乔纳森总结出"文学是一种自相矛盾,似是而非的机制,因为要创作文学就是要依照现有的格式去写作——要写出或者看起来像十四行诗,或者遵循小说传统的东西;但同时文学创作又要藐视那些常规,超越那些常规"③。由此可见,文学写作是非同一般的写作,它对语言的要求超越其他任何种类的写作,在写作时,对诗歌、散文或小说等各种文学体裁,既要了解基本特点,又必须富有创造力,勇于突破,在整个写作过程中,要调动观察力、想象力、感受力等多方面的能力,从纷繁杂乱的生活中发现、挖掘、取材、构思、书写,因此,文学写作是最富有创造力的写作活动,其能力的高低最能反映出写作者的综合素质。

文艺创作有相通之处,要对文学写作有深刻的认识,必须跳出文学的范畴,将视线扩大到文艺创作的各个领域,才能获得更多的启发。各种著作和教材中对于写作、创作、创造等有很多精准的定义,不再赘述,这里引入作家、画家、导演等文艺工作者的实际经验加以分析总结,或能帮助学习写作的年轻人加深对文学写作的认识,形成自己的见解。

《文学创作手册》转引了吉尼·汤普森关于写作前期准备的观点:

> 如果有一天你没有动笔写作,不要内疚。倾听、观察、谈话、阅读、记笔记,澄清最初的观点,这些都证明你没有停止写作。④

吉尼·汤普森认为:文学写作不仅仅只有一个写的环节,动笔之前的准备工

---

① [美]乔纳森·卡勒:《当代学术入门:文学理论》(李平译),沈阳:辽宁教育出版社,1998年,第34页。

② [美]乔纳森·卡勒:《当代学术入门:文学理论》(李平译),沈阳:辽宁教育出版社,1998年,第35页。

③ [美]乔纳森·卡勒:《当代学术入门:文学理论》(李平译),沈阳:辽宁教育出版社,1998年,第43页。

④ 敏言编译:《文学创作手册》,北京:中国国际广播出版社,2000年,第22页。

作是创作的基础，也是创作的重要组成部分。动笔前的工作应当包括：通过对生活的观察、和各种人物交谈以及大量的阅读来积累素材；记下笔记，并进行整理分类和分析提炼；在这个过程中，写作者必须保持耐心和不断思考，构思才能得以孕育产生，逐渐清晰。可以说文学写作的过程，首先是理解的过程和等待的过程，深思熟虑胸有成竹后，方可进入最后的动笔阶段。同时，吉尼·汤普森的观点也能够给那些想要写作但暂时没有时间的人带来安慰。不是所有热爱写作的人都能那么幸运地有足够的时间来写作，他们也许不得不为生计奔波。如果没有时间写作，至少还可以倾听、观察、谈话、阅读和记笔记，所有这一切都是写作必需的准备。纳塔莉·戈德堡是一位美国作家，她曾在许多地方教写作班，著有《再活一次：用写作来调心》，此书被认为是教授创意写作的经典之作，自1986年出版后销售已超过一百万册。她在书中也提到了类似的观点，对阅读、倾听之于写作的作用极为肯定："基本上，如果想成为好作家，就必须做三件事：多多阅读，仔细深刻地倾听，以及多多地写。同时，不要想太多，只要长驱直入文字、声音和各种知觉的核心，并且让你的笔在纸上写个不停。"[①]

　　吴冠中是当代著名画家，于1942年毕业于国立杭州艺术专科学校，1946年考取公费留学后于次年赴法国巴黎国立高等美术学院深造，1950年回国后先后任教于中央美术学院、清华大学建筑系、北京艺术学院及中央工艺美术学院，他提出"油画必须民族化，中国画必须现代化"[②]，并加以探索实践。绘画之外，吴冠中著有《我负丹青——吴冠中自传》，谈及自己的学艺经历及对艺术、创作的理解。吴冠中以敢言著称，在接受中央电视台访谈节目《文化访谈录》（2010年第25期）的采访中，他提到"创新"，有感而发：

　　　　现在我们说创新，哪有那么容易啊，这是生命抛进去，还不一定能创得出来，但是创出来之后，那个愉快是无法比拟的，那个人生的价值在上面。

这是一位毕生致力于创作的画家的肺腑之言，也是其创作经验的总结。艺术创作均求新求变，但真正能有所突破并不容易，必须全心、全情、全力投入，把生命抛进去，把心灵袒露在作品中，即便如此也不见得能创出好的作品，但若

---

　　①　［美］纳塔莉·德戈堡：《再活一次：用写作来调心》（韩良忆译），海口：南方出版社，2007年，第50页。

　　②　吴冠中：《我负丹青——吴冠中自传》，北京：人民文学出版社，2004年，第250页。

不如此,肯定无法写出好的作品。陈丹青在《记吴冠中先生》一文中,提到一件小事,他的老同学孙景波曾跟随吴冠中在云南写生,说吴先生"画完收工回住地,天天亲手洗画笔。洗笔多烦啊,他却喜滋滋"①,陈丹青评价吴冠中先生"终其一生,吴先生是个文艺青年,学不会老成与世故,而他这一辈的文艺青年大抵热烈而刻苦"②。"热烈而刻苦",准确地说出了吴冠中对艺术的热情和投入,在艺术的领域里,如果没有这种发自内心的真正喜爱,是无法做到创新的。

同样是对创作的态度,少年成名的作家韩寒在他的博客里有过相当简单而又直接的表述:"文学就是认真的随意写。"韩寒在中学时即有作品发表,高中出版其首部长篇小说《三重门》,从高中退学后著有一系列畅销书,作品有小说和散文集。这个关于文学的说法引自他2006年3月2日的新浪博客日志,看似轻描淡写,却谈到了文学写作的要点:文学写作并无门槛,只要有书写能力、有意愿写作的人,就能拿起笔来写作,这是一种"随意";其次,对写作要有认真的态度,同时心里不能有固定的套路程式,这是另一种"随意"。文学是在每个写作者的不断改变创新中发展的,哪一种文学文体是一成不变的呢? 假如没有写作者"认真的随意写",文学就很难有发展和进步。

吴冠中和韩寒谈的都是对创作的态度,关于写作的内容,不同的创作者也有不同的看法。捷克作家瓦茨拉夫·哈韦尔认为:

> 我是一个作家,我一直认为我的任务是表达我所生活的这个世界里的真理,揭示这个世界上的恐怖与不幸。换句话说就是要告诫人们注意世界的变化,而不是告诉人们如何对付变化。③

哈韦尔对写作内容的关注侧重于对外部世界的观察,提出文学的作用在于警醒世人关注世界的变化。

台湾作家白先勇的关注重点则转向人的内心世界,他在2006年接受电视节目《杨澜访谈录》采访时说:"我写作,因为我希望把人类心灵中的无言痛楚转换成文字。"白先勇毕业于台湾大学外文系,是美国爱荷华大学"作家工

---

① 陈丹青:《记吴冠中先生》,见陈丹青:《草草集》,桂林:广西师范大学出版社,2014年,第65页。

② 陈丹青:《记吴冠中先生》,见陈丹青:《草草集》,桂林:广西师范大学出版社,2014年,第65页。

③ [捷]瓦茨拉夫·哈韦尔:《哈韦尔自传》(李义庚、周荔红译),北京:东方出版社,1992年,第6页。

作室"(Writer's Workshop)的文学创作硕士,著有长篇小说《孽子》,短篇小说集《台北人》《纽约客》,散文集《树犹如此》等,并参与电影剧本的创作,近年来致力于推广青春版昆曲《牡丹亭》,但表示写作是其一生的事业,他不会停止写作。白先勇的作品,无论是小说还是散文,均笔触细腻,情感深沉,其中写得最为出色的往往是以女性人物为中心的小说,如《永远的尹雪艳》《金大班的最后一夜》《玉卿嫂》等,刻画细致入微,文字中流露出关怀感伤的悲悯之情。此外,他的长篇力作《孽子》以第一人称的叙述展示出一个边缘的世界和一群弱势的同性恋群体,真实感人,是他以写作记录人类心灵的经典案例。

关于创作对心灵的探索,导演李安在谈电影拍摄时有过类似的观点。2007年李安为电影《色,戒》做宣传,接受中央电视台《面对面》节目采访,李安谈到他把拍电影当成一种探索自我的途径:

> 就我拍电影,我从来不愿意把它当工作一样,所以我常常是挑战我自己,找我自己不熟悉的题材,我心里面底层最害怕的一个题材,我最不敢面对的。然后我像剥洋葱一样又剥了一层皮,这层皮观众看了,剥下一层皮,连我自己都不晓得还有哪个内容把它剥析出来。所以对观众是一种交待,对我自己也是一种探索,对人生,对这个世界,也是我的学习跟了解。这是我对拍电影的一种态度。……我要尽量地把我的力气使出来,尽量地去探索一些启发人的心灵的一些东西。

李安1954年出生于台湾屏东,大学联考二度落榜,曾一度找不到方向,后考入艺专影剧科,在一个大家都学艺术的氛围中,李安悠游其中,觉得很自在:"到了艺专后,我才真正面对另一种人生的开始。原来人生不是千篇一律地读书与升学,我从小到大所信守的方式并非唯一,其实每天可以不一样,我有种灵魂出窍的感觉,很过瘾。"[①]后来李安进入纽约大学电影研究所学习,学到不少电影制作的实务。但从纽约大学毕业后,李安的电影之路走得并不顺利,他有过窝居六年的经历,直到他创作的两个剧本《推手》和《喜宴》在台湾得奖后,才结束了山穷水尽的状况。此后李安拍摄了一系列的电影,屡获国际级的电影大奖,迄今为止,他是唯一两度获得奥斯卡最佳导演奖的亚洲导演,也是唯一两次在柏林影展上夺得最佳电影的导演。以剥洋葱比喻自我剖析式的创作,是一个很妙的说法。李安谈的是拍电影,电影常被认为是一

---

① 张靓蓓:《十年一觉电影梦:李安传》,北京:人民文学出版社,2007年,第16页。

种工业而离文学创作有一点距离,但从李安的这番话来看,拍电影对李安而言,恐怕也有相当大的创作成分在内,他很擅长通过电影来表达一些东西。李安最早拍摄的两部电影《推手》《喜宴》的剧本正是其亲自所写,而他拍的大部分电影,往往类型很不相同,很少重复自己,显示出其不断探索的努力。美国作家海明威也有相似的说法,1954年他获得诺贝尔文学奖,发表《受奖演说》,其中谈道:"对于一个真正的作家来说,每一本书都应该成为他继续探索那些尚未到达的领域的一个新起点。他应该永远尝试去做那些从来没有人做过或者他人没有做成的事。这样他就有幸会获得成功。"①创作理应如此,作者应当不断思考和探索对自己、对人性、对人生的理解,才有可能创作出启发读者的作品。

以上各种对创作的看法,切入角度不同,从前期准备到创作态度、创作内容,均来自于实践经验之谈,或可比纯理论的概括更为具体和有启发作用。综合以上观点,文学写作的步骤包括观察、感受、阅读、思考和表达,即:真正的文学写作是从认真观察、用心感受开始的,加上阅读和思考,来加深对外部世界和内在心灵的认识和探索,投入热情,在不断的练笔中最终找到属于自己的表达方式。因此,文学写作没有捷径可走,提高文学写作最糟糕的方式是背诵例文例句,有效的提高方法只能是:看书杂、观察细、思考深、练笔勤。

第三节　两种形态的作家:少年早慧与大器晚成

如果以写出代表作的年纪来分类,可以将作家粗略地归为两类:少年早慧型与大器晚成型。少年早慧的作家很早就显露出对文学的兴趣和过人的才华,这类作家可以给那些从小就有文学天分的年轻人以激励;而大器晚成的例子往往与作家的持续苦练有关,则更可以给对写作感到痛苦的年轻人一些鼓励:学习写作,任何时候开始都不晚。没有一种成功可以完全复制,但经验可以借鉴,通过对不同类型作家写作历程的观照,既能让初学者汲取灵感和动力,也可以让他们对照自身,从中发现问题,适时调整,在写作中少走弯路。

---

①　[美]海明威:《受奖演说》(象愚译),见[美]海明威:《老人与海》(董衡巽等译),桂林:漓江出版社,1987年,第363页。海明威因身体原因没有出席当年的授奖仪式,但撰写《受奖演说》,并由当时的美国大使约翰·C.卡波特代读。

一、少年早慧型的作家

少年早慧的作家经历或许各不相同，但从其自叙里，可以找到一些共同点，即这类作家不是从小受到较好的教育，就是在少年时期就有机会进行大量阅读。此类案例古而有之，如唐代多神童诗人，骆宾王七岁赋《咏鹅》，王维"九岁知属辞"[1]，贺知章少年时以文词知名，李贺七岁便以长短之歌名动京师，天才诗人李白亦自谓"五岁诵六甲，十岁观百家"（《上安州裴长史书》）。"五四"文学革命后，中国文学步入现代化进程，涌现了大批年轻的作家，其中有不少在求学期间就已开始致力于创作。梁遇春就读于北京大学英文系，才情洋溢的他在校期间开始在《语丝》、《奔流》、《现代文学》等刊物上发表散文，时年二十岁，这些作品后来结集成为《春醪集》和《泪与笑》。梁遇春深受英国文学的影响，郁达夫在《中国新文学大系·散文二集》的《导言》中，谈到梁遇春被称为"中国的爱利亚"[2]，以此来说明英国散文对当时国内文学创作的影响之深。杰出的剧作家曹禺，其代表作《雷雨》完成于1933年，正是他在清华大学就读期间，次年这部剧作发表于《文学季刊》。《雷雨》人物关系复杂纠葛，情节冲突独特尖锐，剧中对人性做了深刻而真实的剖析，很难相信这样一部杰出的现实主义悲剧竟是出自一位如此年轻的大学生之手。

在现代文学史上，天才早慧的作家中最富有传奇色彩的莫过于张爱玲。张爱玲，1920年9月出生于上海，1943年在上海的《紫罗兰》、《杂志》、《万象》、《天地》等杂志上发表一系列中短篇小说，包括《沉香屑——第一炉香》、《沉香屑——第二炉香》、《茉莉香片》、《心经》、《封锁》、《倾城之恋》、《金锁记》等，横空出世，惊艳文坛，此时张爱玲不过二十三四岁，却已经完成了她人生中最好最重要的作品。然而，张爱玲写作才华的显露远远早于1943年，她的不少散文中记录了其童年和少年时期不断练笔的情形。在散文《存稿》中，张爱玲提到自己从九岁起就开始投稿，小学时"第一次写成一篇有收梢的小说"，因为喜欢张恨水，大约在中学期间，她"写了个长篇的纯粹鸳蝴派的章回

---

① 傅璇琮：《唐才子传校笺》（第一册），北京：中华书局，1987年，第286页。

② 郁达夫：《导言》，见郁达夫：《中国新文学大系·第七集·散文二集》，上海：上海良友图书印刷公司，1935年，第11页。《中国新文学大系》是由赵家璧主编的现代文学选集，1935年至1936年间由上海良友图书印刷公司出版，全书为十集，其中郁达夫选编的《散文二集》为第七集。

小说,《摩登红楼梦》"①。在张爱玲极为重要的"少作"《天才梦》中,她也谈到了自己在写作方面神童早慧的一面:

> 我是一个古怪的女孩,从小被目为天才,除了发展我的天才外别无生存的目标。然而,当童年的狂想逐渐褪色的时候,我发现我除了天才的梦之外一无所有——所有的只是天才的乖僻缺点。世人原谅瓦格涅的疏狂,可是他们不会原谅我。

> 加上一点美国式的宣传,也许我会被誉为神童。我三岁时能背诵唐诗。我还记得摇摇摆摆地立在一个满清遗老的藤椅前朗吟"商女不知亡国恨,隔江犹唱后庭花",眼看着他的泪珠滚下来。七岁时我写了第一部小说,一个家庭悲剧。遇到笔划复杂的字,我常常跑去问厨子怎样写。第二部小说是关于一个失恋自杀的女郎。我母亲批评说:如果她要自杀,她决不会从上海乘火车到西湖去自溺,可是我因为西湖诗意的背景,终于固执地保存了这一点。

> 我仅有的课外读物是《西游记》与少量的童话,但我的思想并不为它们所束缚。八岁那年,我尝试过一篇类似乌托邦的小说,题名快乐村。快乐村人是一好战的高原民族,因克服苗人有功,蒙中国皇帝特许,免征赋税,并予自治权。所以快乐村是一个与外界隔绝的大家庭,自耕自织,保存着部落时代的活泼文化。

> 我特地将半打练习簿缝在一起,预期一本洋洋大作,然而不久我就对这伟大的题材失去了兴趣。现在我仍旧保存着我所绘的插画多帧,介绍这种理想社会的服务,建筑,室内装修,包括图书馆,"演武厅",巧格力店,屋顶花园。公共餐室是荷花池里一座凉亭。我不记得那里有没有电影院与社会主义——虽然缺少这两样文明产物,他们似乎也过得很好。②

这篇文章是研究张爱玲的重要资料,同时也展示了张爱玲年少时在写作方面的各种尝试,很显然这种在写作上的尝试并非来自外界压力,而纯粹是兴趣

---

① 张爱玲:《存稿》,见张爱玲:《张爱玲散文全编》,杭州:浙江文艺出版社,1992年,第177-185页。

② 张爱玲:《天才梦》,见张爱玲:《张爱玲散文全编》,杭州:浙江文艺出版社,1992年,第1-2页。《天才梦》一文张爱玲写于19岁,后收入《张看》(台北皇冠出版社,1976年)时,张爱玲特为此文补写一段附记:"我的《天才梦》获《西风》杂志征文第十三名名誉奖。征文限定字数,所以这篇文字极力压缩,刚在这数目内,但是第一名长好几倍。并不是我几十年后还在斤斤计量,不过因为影响这篇东西的内容与可信性,不得不提一声。"

使然。后来张爱玲成了华文创作世界里极为重要的作家，其作品的价值毋庸置疑，很多后学者受其影响，她的小说作品也将在本书后面的章节中作为重要案例进行讲解。张爱玲说过"出名要趁早呀"①，如果把这句话中的"出名"改成"写作"，倒也颇能作为张爱玲创作生涯的写照。

钱钟书在《围城》的《重印前记》里说："年复一年，创作的冲动随年衰减，创作的能力逐渐消失——也许两者根本上是一回事，我们常把自己的写作冲动误认为自己的写作才能。"②钱钟书固然是自谦的说法，但也恰好说明，年轻时确实是人生中最适合拿起笔来写作的一个阶段，少年人的专注、敏锐和热情，是创造、写作最好的助力。一些早慧的作家，很早就开始在写作上自我训练，并长期保持这种训练。这些少年早慧型的作家案例，或可说明，对于写作来说，少年时期的不断练笔是非常重要的，及早开始，并持续下去，恐怕是提升写作水平的最好途径。

值得注意的是，与其他作家相比，少年早慧的作家在创作上更容易出现后继乏力的情况。哈韦尔在和伊希·列戴莱尔的一次谈话中提到："一个作家的创作生涯中最初促使他创作的、他对于世界的最初感受迟早要被用光，这时作家便处在一个非常重要的十字路口：他必须在是简单地重复过去的创作还是寻找第二股创作力之间做出选择。"③提出这个观点时哈韦尔将近四十岁，十年之后他仍然坚持这个观点。他认为作家在第一创作期所写的作品凭借的是年轻时对世界的观察、感受和理解，但这些积累总有一天会用完，这时候作家就会面临创作困境：如果要继续写下去，是简单地重复自己以前的作品？还是向前跨出一步，寻找第二股创作力？哈韦尔说："这一步又是十分艰难的，因为他受着过去理解的事物和已取得的成就的束缚。在某种意义上，他受着自己过去的文学创作的束缚，不可能一下子从中跳出来，一切重新开始。更何况，他已变得更有节制，已经学会了许多东西，也已经失去了他在文学方面的童贞和傲气、自信以及敏锐的观察力。"④只要持续写作，任何一

---

① 张爱玲：《〈传奇〉再版的话》，见张爱玲：《张爱玲散文全编》，杭州：浙江文艺出版社，1992年，第186页。

② 钱钟书：《重印前记》，见钱钟书：《围城》，北京：生活·读书·新知三联书店，2002年，第1页。

③ ［捷］瓦茨拉夫·哈韦尔：《哈韦尔自传》（李义庚、周荔红译），北京：东方出版社，1992年，第54页。

④ ［捷］瓦茨拉夫·哈韦尔：《哈韦尔自传》（李义庚、周荔红译），北京：东方出版社，1992年，第54页。

个作家都必定会遇到这样的创作困境,但少年早慧型的作家似乎更容易面临这个难题且难以跨越,或许是过早耗尽了原本积累不多的人生经历和见解,或是起点太高无法自我超越,以致陷入灵感枯竭的困境。如何对生活保持观察,持续地进行自我训练,找到第二股创作力,而不是过分依赖个人经历进行创作,是少年早慧型的作家要面对和思考的问题。

二、大器晚成型的作家

中年以后开始写作,或者中年以后才大量写作并写出重要作品的作家不少,其中很典型的一个例子是日本作家村上春树。用他自己的说法,他三十三岁才正式站在小说家的出发点上,已经错过了最富有创作冲动的年纪,亦自认为"为时已晚",但一旦开始,便笔耕不辍,从第一部作品《且听风吟》开始,佳作不断,如《挪威的森林》、《海边的卡夫卡》,直到《1Q84》,作品均极为畅销,也颇获好评。村上春树在《当我谈跑步时,我谈些什么》中谈到自己写作的开始:

> 我就这样开始了跑步。三十三岁,是我当时的年龄,还足够年轻,但不能说"青年"了。这是耶稣死去的年龄,而司各特·菲茨杰拉德的凋零从这个年纪就开始了。这也许是人生的一个分水岭。在这样的年龄,我开始了长跑者的生涯,并且正式站在了小说家的出发点上——虽然为时已晚。①

村上春树从中年开始写作小说,付出了极大的努力。他在《当我谈跑步时,我谈些什么》一书中谈到自己边开咖啡馆边学习写作的经历:每天除了经营咖啡馆之外,在深更半夜店铺打烊之后回到家里,还要坐在厨房的餐桌前写稿子,一直写到昏昏欲睡。"这样的生活持续了将近三年。我觉得自己活过了相当于普通人两倍的人生。当然,每个日子在肉体上都辛苦难熬。"②当村上春树成为专业作家后,他开始跑步,因为在他看来,除了才华和集中力之外,小说家最重要的资质是耐力:"我认为写作长篇小说是一种体力劳动。写文章属于脑力劳动,然而写出一本大部头来,更近于体力劳动。"③对他而言,

---

① [日]村上春树:《当我谈跑步时,我谈些什么》(施小炜译),海口:南海出版社,2009年,第53页。

② [日]村上春树:《当我谈跑步时,我谈些什么》(施小炜译),海口:南海出版社,2009年,第35—36页。

③ [日]村上春树:《当我谈跑步时,我谈些什么》(施小炜译),海口:南海出版社,2009年,第88页。

跑步与写作密切相关，这既是在为写作获得耐力和体能，也是学习小说写作方法的途径。村上春树说：

> 不是那般富于才华、徘徊在一般水平上下的作家，只能从年轻时起努力培养膂力。他们通过训练来培养集中力，增进耐力，无奈地拿这些资质做才华的"代用品"。如此这般好歹地"苦撑"之时，也可能邂逅潜藏于自己内部的才华。手执铁锹，挥汗如雨，奋力在脚下挖着坑，竟然瞎猫撞着了死老鼠，挖到了沉睡在地下的神秘水脉，真是所谓的幸运。而追根溯源，恰恰是通过训练养成了足够的膂力，深挖坑穴才成为可能。到了晚年，才华之花方才怒放的作家，多多少少经过这样的历程。[①]

这是村上春树谦虚的说法，也是十分诚恳的总结，最终村上春树以作品获得肯定，得到或入围不少日本国内和国际小说奖。这是一个极好的案例，说明只要愿意付出努力，写作从任何时候开始都不晚，即使是较晚接触文学写作的人，只要有兴趣和热情，也可能通过努力挖出自己的写作潜力。

另一个典型案例是美国作家安妮·普鲁（也翻译成安妮·普鲁克斯）。她于 1935 年出生于康涅狄格州，在正式写作前做过餐厅的女招待、记者等工作，也给杂志撰写稿件，写教人钓鱼和捕猎之类的文章维持生活，她的第一部短篇小说集《心灵之歌及其他》出版时，她已经五十多岁。然而，尽管安妮·普鲁起步很晚，她的作品却获得普遍的认可，得到了很多重要的美国文学奖项，如 1992 年出版的小说《明信片》获得 1993 年福克纳小说奖，她的第三部作品《船讯》获得 1993 年美国国家图书奖、1994 年美国普利策小说奖，以及《爱尔兰时报》国际小说奖。安妮·普鲁已是当代美国文坛上一位令人瞩目的重要作家。

安妮·普鲁最为中国读者熟悉的作品，是后来被改编成同名电影的短篇小说《断背山》。这篇创作于 1997 年的短篇小说，讲述的是美国西部怀俄明州两个牛仔的同性爱情故事。安妮·普鲁写作的灵感来自于一次在酒吧的经历，一位表情悲伤的老牛仔引起了她的注意，让她怀疑他也许是乡村同性恋者。这篇小说发表于《纽约客》杂志，并获得了美国短篇小说的最高奖项欧·亨利奖。在小说的结尾，恩尼斯站在两件旧衬衫前，缅怀已经去世的杰克以及属于他们的回忆，"明信片之下，他敲进一根铁钉，挂上铁线衣架与两件旧衬衫。他往后站，看着这份组合，眼洼流出几颗刺痛的泪珠。'杰克，我

---

① ［日］村上春树：《当我谈跑步时，我谈些什么》（施小炜译），海口：南海出版社，2009年，第 89 页。

发誓——'他说。只不过杰克从未要求他发誓,而他本人也不习惯发誓。"①安妮·普鲁以一个经典的场景结束了这段隐忍而执着的爱情,也令人对两位主人公留下了深刻的印象。中国当代女作家万方被安妮·普鲁的作品深深吸引,认为她有一双非凡的造化之手:"世上千奇百怪的人及命运如浪潮般在安妮·普鲁的眼底汹涌滚过,她眼睛雪亮,看准一个利索地伸出手,轻盈或者用力一拎,把他们从大千世界、芸芸众生里拎出,让他们活灵活现地站立在地面上,生活下去,去创造历史。"②而这种在人群中发现人物、表现人物的能力,没有一定的人生阅历是无法做到的,这往往正是大器晚成型作家的独到之处。

此外,四十多岁出版第一部作品《北回归线》的美国作家亨利·米勒、三十岁后才出版《哈利·波特》系列小说第一部的 J. K. 罗琳也同属这一型的作家。而开始写作的年龄与安妮·普鲁最为接近的,是美国的另一位女作家苏珊·M. 蒂贝尔吉安,她在《一年通往作家路:提高写作技巧的 12 堂课》的《前言》中谈到自己的写作生活:

> 对我来说,写作已经变成这样一种生活:它是清晨叫醒我的鸟鸣,也是午后阳光的流连;它让生活降速,以触摸每一个瞬间,强化每一种内在的感受。当我真正开始这样生活的时候,我已经五十岁了。虽然此前,我也一直在写信、写不同种类的文章以及日记,但是从没有把自己认作一个作家。③

与少年早慧型作家不同的是,大器晚成型的作家有自身的优势,他们积累既久,无论在写作素材、个人思想,还是在判断见识等各个方面,都已经相对成熟,他们对写作抱有热情,但并非只凭一时兴趣埋头写作,而是对自己所要表达的内容、要反映的问题有明确的认识,一旦下笔,比较容易形成自己的风格,也更能够持续下去。这一类型的写作者所面临的问题是:他们的写作准备期很长,也许等不到真正写作的爆发期就已经放弃,因此重要的是在积累的阶段不要失掉耐心。正如村上春树所言,培养写作能力是一场耐力的比赛,不用比快慢,而要比持久,迟来的成功往往可能是真正的大成。

---

① [美]安妮·普鲁:《断背山》,见[美]安妮·普鲁:《近距离:怀俄明故事》(宋瑛堂译),北京:人民文学出版社,2009 年,第 222 页。

② 万方:《安妮·普鲁的造化之手》,见[美]安妮·普鲁:《近距离:怀俄明故事》(宋瑛堂译),北京:人民文学出版社,2009 年,第 4 页。

③ [美]苏珊·M. 蒂贝尔吉安:《一年通往作家路:提高写作技巧的 12 堂课》(李琳译),北京:中国人民大学出版社,2013 年,第 5 页。

第四节　关于写作的两个问题：
为什么而写作？如何坚持写作？

也许在大众的想象中，写作是一种自由而浪漫的工作，作家们只需端坐在书房中执笔挥洒，间或沉思阅读，手边有清茶相伴，悠然自得，全无奔波之劳累。然而这种与实际不符的想象对于将要从事写作工作的年轻人来说毫无益处。如前所述，文学创作并无门槛，任何人都能拿起笔来进行创作，但要将写作坚持到底并能写出代表作品，却十分困难，这一方面需要对写作的艰辛有清醒的认识，另外更要明确自己从事写作的原因。20世纪法国最为杰出的哲学家和文学家之一让-保尔·萨特认为要审视写作艺术，应该想清楚三个问题："什么是写作？人们为什么写作？为谁？"①对于初学写作者来说，或许可以将问题改为：为什么而写作？如何坚持写作？

一、为什么而写作？

写作的人一开始就应当想清楚这个问题：为什么而写作？如果能找到自己的答案，则能更好地规划和坚持写作。关于这个问题，不少作家曾撰文说明或在演讲中阐述过自己的答案，他们给出的理由不尽相同，但都很有代表性，代表了不同的写作态度，可以给人启发。

斯蒂芬·金是美国畅销书作家，以写作恐怖题材的小说著称，代表作有《魔女嘉莉》《幽光》《末日逼近》等。他的作品不仅销量惊人，且屡获文学奖项，在2003年获得了美国文学界的最高荣誉之一：美国国家图书奖（American National Book Award）的"卓越贡献奖"。他在《论写作》中坦诚他通过写作赚了不少钱，但面对人们的问题：写书是为了赚钱吗？他的答案是否定的。对斯蒂芬·金而言，通过写书赚到钱只是一种额外的收获，他真正的写作理由是为了自我满足和获得乐趣：

> 人们会用各种不同方式问我——有时很委婉，有时问得很不客气，但最终意思都一样：你写书是为了赚钱吗？
>
> 答案是否定的。现在不是，从来都不是。……我写作是为了自我满

---

① ［法］萨特：《什么是文学？》，见沈志明、艾珉主编《萨特文集·文论卷》（施康强译），北京：人民文学出版社，2000年，第95页。

足。也许我藉此还清了房贷,还送孩子上了大学,但这些都是附加的好处,我图的是沉醉其中的乐趣,为的是纯粹的快乐。如果你是为了快乐而做事,你就可以永远做下去。①

写作不仅让斯蒂芬·金获得快乐,同时还让他拥有面对绝望的勇气。1999年夏天,斯蒂芬·金遭遇了一场严重的车祸,他在动了六七次大手术,膝盖处打入钢钉又取出的情况下,仍然坚持坐在轮椅上写作。他说:"写作对于我来说好比是一种信念坚持的行动,是面对绝望的挑衅反抗。……写作不是人生,但我认为有的时候它是一条重回人生的路径。"②人生中很重要的一个课题就是:寻找自己真正喜欢且有能力做的事。对于年轻人尤其如此。斯蒂芬·金的写作理由带来的启示是:假如写作就是自己真正热爱又可行的事,那么,为了获得乐趣而写作,从写作中感受到人生中最大的快乐,这是非常理想的状态,也可以使写作这份艰苦的工作轻松一些。

如果说斯蒂芬·金在写作的乐趣中获得了对抗身体病痛的勇气,那么中国作家阎连科则从写作中获得了克服心理恐惧的力量,这已经成为他写作的主要理由。在山东大学威海分校一次题为《我为什么写作》的演讲中,阎连科回顾了他最初学习写作小说的目的,他承认当时就是为了逃离农村,为了在城里获得一个"铁饭碗",文学写作是他的一块敲门砖。但是当他已然成名之后,写作目的却日渐模糊,"为什么写作"成了他常常逼问自己的一个问题。现在,他对这个问题的回答是:"我写作的理由是为了好好活着。具体说,就是为了排遣自己人到中年之后,一日渐长一日的某种担忧与恐惧,而尽可能像自己年少时那样天不怕、地不怕地好好活着。"③他以自己的小说创作为例逐一分析:因为害怕死亡写了长篇小说《日光流年》,因为对崇高的爱情与革命的敬畏写了《坚硬如水》,因为自己腰椎颈椎的病痛,害怕瘫痪在床而写了有关人类残疾的长篇小说《受活》等等。阎连科表示近年来他的构思与创作的原因都是因为恐惧,"抵抗恐惧,这大约就是我目前写作的理由,就是我为什么写作的依据"④,而小说篇幅的长短则与恐惧的程度成正比:生活中一般

① [美]斯蒂芬·金:《论写作》,见[美]斯蒂芬·金:《写作这回事:创作生涯回忆录》(张坤译),上海:上海译文出版社,2009年,第250页。
② [美]斯蒂芬·金:《论写作》,见[美]斯蒂芬·金:《写作这回事:创作生涯回忆录》(张坤译),上海:上海译文出版社,2009年,第250页。
③ 阎连科:《拆解与叠拼:阎连科文学演讲》,广州:花城出版社,2008年,第11页。
④ 阎连科:《拆解与叠拼:阎连科文学演讲》,广州:花城出版社,2008年,第14页。

的担忧以短篇排遣，害怕的情绪或状态则写一个中篇来对抗，如果是长期的无法淡忘的恐惧，那么就写一部长篇小说。在演讲中，阎连科用了一个生动的比喻来说明他的写作原因："小的时候，我在农村，在山区老家，走夜路特别害怕，尤其是一个人走在半夜的坟地边上，害怕得心惊胆战，毛发直竖，怎么办？就大声地唱歌，大声地喊，借此给自己壮胆，以走过那一边山脉上的坟地。现在写小说，也正是这样一种状态，假借写作，以度过人生与社会的一片又一片令人恐惧的墓地。"①能从写作中获得抵御人生恐惧的力量，较之单纯地从写作中获得乐趣，或许是更大的收获。

除了为自身需要写作之外，也有一些作家是出于责任感而写作。英国作家乔治·奥威尔并不认为作家可以完全靠写书谋生，赚钱不是他写作的理由，他甚至认为作家应该有非文学的第二职业，因为从事一些不那么严肃的工作不会浪费作家的精力，"举例来说，银行职员或者保险代理人回家以后在晚上做些严肃的工作；但是如果你在像教书、广播或者为英国文化协会那样的机构写宣传品这种半创造性工作上已经浪费了精力，再做严肃的工作就要花太多的力气了"②，这些工作也能让作家和普通世界有某种接触，从而使他们获得写作的素材。乔治·奥威尔在《我为什么要写作》中表示，他在追求审美的同时，为了责任而写作。从小他就知道自己长大后要当一个作家，尽管在成年后曾经有过动摇，但他内心非常清楚：他的天性就是要写作。最终，他明确了自己的写作目的和方向："我坐下来写一本书的时候，我并没有对自己说，'我要生产一部艺术作品'。我所以写一本书，是因为我有一个谎言要揭露，我有一个事实要引起大家的注意，我最先关心的事就是要有一个让大家来听我说话的机会。"③乔治·奥威尔以《动物庄园》和《一九八四》两部小说享誉世界。政治寓言小说《动物庄园》讲述了一场发生在曼纳庄园内的动物革命，以猪为领导的动物们为了建立自己的家园奋起反抗，赶走了人类，但领头的两头猪为了争夺权力发生了分裂，胜利的猪逐渐成为新的特权阶级，动物们因此遭受更为不堪的压迫，甚至遭到迫害。这部小说事实上影射了前苏联的历史情形，以寓言的形式写出了革命的暴力残酷和独裁极权的产生过程，被公认为是 20 世纪最杰出

---

① 阎连科：《拆解与叠拼：阎连科文学演讲》，广州：花城出版社，2008 年，第 13 页。

② ［英］乔治·奥威尔：《我为什么要写作》（董乐山译），上海：上海译文出版社，2007 年，第 180—181 页。

③ ［英］乔治·奥威尔：《我为什么要写作》（董乐山译），上海：上海译文出版社，2007 年，第 102 页。

的政治寓言小说。《一九八四》则描绘了一个未来的假想极权社会令人窒息的恐怖气氛,以及在"老大哥"的注视下普通人压抑的生存状态。这部小说与赫胥黎的《美丽新世界》、扎米亚金的《我们》并称为三大反乌托邦小说。乔治·奥威尔以作品关怀人类处境,对极权主义进行了辛辣的讽刺,体现出一个严肃作家应有的社会责任感。在写作中获得自我的乐趣当然很重要,这可以让人坚持写下去,毕竟写作对大部分人而言不是一件轻松的工作。但和获得自我愉悦的写作目的相比,乔治·奥威尔的观点无疑更有价值,一个严肃作家应该为了责任而写作,他的作品将对社会、对人类,产生正面的作用。

有的作家是为了寻找理想的读者而写作,阿兰·德波顿在《哲学的慰藉》中提到蒙田的写作"是出于对周围的失望,但同时也受希望的激励:别的地方可能有人会理解。他的书向一切人诉说,没有特定的个人"①。绝望如卡夫卡的作家毕竟是少数,他留下遗言请他的朋友将其一切手稿销毁。绝大多数的作家,总会希望自己耗费心力写作而成的作品能够面世,并且找到知音。即便因为作品超越自己所在的时代而得不到认同时,仍愿意面对没有人的空间说话,期待后世读者的理解。有的作家为了寻找意义而写作,被誉为"女福克纳"的美国当代小说家乔伊斯·卡洛尔·奥茨说:"展现在我们周围的世界常常会给人一种混混沌沌、可怕无聊的感觉;我们写作的目的是为了赋予这样的世界一个较为连贯、较为简约的形式。……人生在世的历险就在于发掘出这些意义。我们想尽可能勾勒出生活的模样。……我们写作是为了从时间或者从我们自己生活的混混沌沌中理出各种意义:我们写作,是因为我们相信意义是存在的,我们要使之适得其所。"②此外,作家们还有更多的理由:有为了还清债务而写作的,比如巴尔扎克;也有的作家为了获得内心的镇定而写作,如中国当代作家许知远。

作家哈金在 2008 年香港书展名为《个人与文学》的演讲中,也提到了作家为谁、为什么而写作的问题,以下为其相关演讲内容的实录:

　　有人老问你为什么写作?有的说是不是为了经济的原因,还有说为了什么生存,为了各种各样的原因。我说生存往往就是两个意思,你必须得谋生,养家糊口;另一方面就是存在,找到生命的意义。要找生命的

---

① [英]阿兰·德波顿:《哲学的慰藉》(资中筠译),上海:上海译文出版社,2012 年,第172 页。

② [美]乔伊斯·卡洛尔·奥茨:《短篇小说的性质》,见[美]狄克森、司麦斯合编:《短篇小说写作指南》(朱纯深译),沈阳:辽宁教育出版社,1998 年,第 2 页。

意义，就意味着要把生命消耗在纸上，所以说我不鼓励大伙都去写作……（写作）实际是非常艰苦而且是痛苦的一种行业。但是你要是觉得这是一种消耗自己生命的方法，你只能这么做，你在纸上找到你生命的意义，那你就写作。

就专业作家来说，每个人写作的原因差别极大，在不同理由的支持下，其作品所呈现的思想境界和美学境界也千差万别。对初学写作的年轻人来说，每一种说法都可资借鉴和参考，并应在实践和思考后得出答案，明确自己的写作方向。

二、如何坚持写作？

即便对于自己从事写作的原因已经想得非常透彻，在实际的写作过程中，要坚持不懈直至作品完成仍非易事。第一步必须认识到写作的艰辛，做好心理准备。在一些从未有过写作经验的人看来，写作是一件相当轻松的事，事实上也确实存在这样的可能：世界上真的有这样一些天才，可以提笔一挥而就轻轻松松完成写作。但绝大多数的作家，尤其是那些渴望写出伟大作品的作家，他们对写作的叙述常常是：写作是一件艰辛的工作。约翰·马克思韦尔·汉密尔顿是一位资深记者，他在《卡萨诺瓦是个书痴：关于写作、销售和阅读的真知与奇谈》一书中写出了很多有关写作的真相，其中引用詹姆斯·拉夫（James Ralph）1758 年出版的《以写作为业》（*The Case of Authors by Profession or Trade*）中的说法"在自家阁楼中的作家跟矿井里面的苦力没什么两样"，并进一步说明："写作是一种艰苦的营生。几乎没有人当全职作家。如果有这样的人，他必须拥有贾斯帕·米尔维恩那样的商业头脑。一般来讲，大部分作家像其他人一样，也要带着午饭去上班，并且在他们的邻居入睡的时候，兼职写作。"[①]

德国哲学家尼采一生留下了大量著作，涉及宗教、道德、哲学、文化等多个方面，他对文学创作的艰苦卓绝有更为深刻的论述：

一名小说家必备要素的配方是很容易提供的，但是要付诸实施，就需要某些品质，而这正是人们惯常说"我天赋不够"时所忽视的。只需写上百部小说的大纲，每部不超过两页，但是必须十分清晰，没有任何浮言虚字；每天都要写一段佚事，直到学会如何以内涵最丰富、最动人的形式

---

① ［美］汉密尔顿：《卡萨诺瓦是个书痴：关于写作、销售和阅读的真知与奇谈》（王艺译），北京：生活·读书·新知三联书店，2008 年，第 37－38 页。

来表达；必须不懈地收集、刻画各种人物典型；最重要的是要向别人讲述，并听别人讲述，注意观察和倾听对在场者产生的效果；应该像风景画家或服装设计师那样旅行……最后，应该思考人的行为的动机，不放过任何对此有所启发的标志，日夜不懈地收集这些材料。以上多方面的努力应该持续十多年；然后，书斋里创作出来的才有资格面世。①

严肃的写作意味着：无止无休的训练、随时随地关注生活中的细节、养成聆听观察的习惯，更要耐得住经年累月的寂寞。尼采的这番描述正是创作的真实情形。

只有真正的写作者才能了解写作的艰苦，他们必须发奋工作，甚至进入疯魔的状态，才有可能成就一部伟大的作品。如陈丹青所说："真的艺术家几乎都是工作狂，而且独自工作。"②有的作家因为对此的体验如此深刻，以至于面对其后代的写作热情，往往持保留态度。作家哈金在2008年香港书展的讲演中谈到："像（阎）连科昨天说的，他不鼓励他的儿子学写作，我觉得确实是，我也不主张我儿子学写作，同样的感觉。（写作）实际是非常艰苦而且是痛苦的一种行业。"初学写作者对此必须有充分的认识，才不至于在写作的道路上稍遇挫折就止步不前。

其次，调整好心态，不要急于求成。尤其是写作篇幅浩大的作品时，更要抱着慢慢来的心态，踏踏实实做好前期准备工作：收集丰富的背景资料、阅读作品以吸取写作技巧、反复推敲写作大纲、为人物形象撰写小传、斟酌叙述语言，等等，甚至可以先写几个短篇练笔，以便更有效地进入长篇小说的写作状态。不要害怕推倒重来，要知道即使是经验丰富的著名作家，写作中几易其稿也是经常发生的事。瓦茨拉夫·哈韦尔坦率地承认他绝不是个文笔流畅的作家，在写作中也担忧自己会不会向失望低头以致放弃："我写作总是要花很长时间，写得很慢、很困难。每两部戏剧都相隔两三年，每部都要易好几稿。我常常重写，重新组织结构，思考得很多。"③放弃立竿见影、一蹴而就这样的期待，仓促求成的结果只能收获"急就章"，这才是时间和精力的极大浪费。

想要坚持写作，最重要的是要对写作拥有热情。尽管写作非常辛苦，但真正热爱写作的人，面对写作中的种种困难，往往不以为苦，反以为乐。从古

---

① ［英］阿兰·德波顿：《哲学的慰藉》（资中筠译），上海：上海译文出版社，2012年，第252页。

② 引自《怀尧访谈录》之《多面陈丹青》2008年12月7日。

③ ［捷］瓦茨拉夫·哈韦尔：《哈韦尔自传》（李义庚、周荔红译），北京：东方出版社，1992年，第55页。

至今有很多作家在极端困顿的情况下仍然苦苦坚持创作。人到中年的苏轼在"乌台诗案"后被贬黄州，经历了人生中的巨大挫折，但在黄州四年仍笔耕不辍，写出了大量的不朽名篇，如前后《赤壁赋》、《念奴娇·赤壁怀古》等，达到了其文学创作的巅峰。再如曹雪芹用尽一生心血写作《红楼梦》，即使在"满径蓬蒿"、"举家食粥"的境况下，还在悼红轩中"批阅十载，增删五次"。当代作家木心说起自己的写作习惯，是"地下车中写，巴士站上写，厨房里一边煮食一边写"，他认为这并非因为勤奋，而是出于喜爱和习惯，而他的写作也并不轻松，"进度一天通常是七千字，到半夜，万字，没有用的，都要反复修改，五稿六稿，还得冷处理，时效处理，过一周、十天，再看看，必定有错误发现"①，如果没有对写作的热情，是无法常年坚持这样的写作习惯的。今天也有不少热爱文学的青年，不问回报埋头写作。这种对文学的无怨无悔，台湾作家简媜有个非常诗意的描述："文学，真是永不疲倦的流刑地啊！那些黥面的人，不必起解便自行前来招供、画押。"②

纳塔莉·戈德堡在《再活一次：用写作来调心》的《引言》中鼓励热爱写作的人们要相信写作：

> 有位朋友曾经对我说："相信爱，它便会带你到你需要去的地方。"我想加上以下几句："相信你所爱的事物，坚持做下去，它便会带你到你需要去的地方。"别太过担忧安全与否的问题，一旦你开始去做自己想做的事，内心深处终将获得很大的安全感。③

杰里·克利弗的《小说写作教程——虚构文学速成全攻略》介绍了作家们的很多建议，最后也总结为：

> 作家们给我们提出了许多建议，其中有一条建议是他们全都同意的。他们都说：坚持不懈。不要停下，不要放弃。无论你感觉写作多么寂寞难耐，你都要坚持写下去。每天都要坚持写作。记住，写作跟你的其他生活琐事并没有什么两样，起起落落，在所难免。④

---

① 木心：《木心作品八种：鱼丽之宴》，桂林：广西师范大学出版社，2009年，第19页。

② 简媜：《四月裂帛》，见简媜：《简媜散文》，杭州：浙江文艺出版社，1994年，第319页。

③ ［美］纳塔莉·戈德堡：《再活一次：用写作来调心》（韩良忆译），海口：南方出版社，2007年，第8页。

④ ［美］杰里·克利弗《小说写作教程——虚构文学速成全攻略》（王著定译），北京：中国人民大学出版社，2011年，第5页。

文学写作课程未必能培养出伟大的作家,但是通过写作课程的系统训练,掌握较为全面的写作基础知识和文体知识,提高文字表达能力,在了解创作规律的基础上培养年轻人对文学写作的兴趣和喜爱,这无疑是更为务实的态度。对于已经充分认识到写作的艰辛而仍愿尝试的年轻人来说,要学的第一课就是:如果相信写作,喜爱写作,就要坚持写下去。

练习与本章参考书目

练 习

1.结合自己的阅读和其他艺术鉴赏的经验,谈谈你对创作的看法。

2.以"作家印象"为主题,写一篇文章,介绍几位你所熟悉的作家,题目自拟,字数不限。

3.以"我的写作经历"为主题,写作一篇散文,题目自拟,字数800字左右。

本章参考书目

[1] 王国维:《宋元戏曲史》,上海:上海古籍出版社,1998年。

[2] 张炜:《小说坊八讲:香港浸会大学授课录》,北京:生活·读书·新知三联书店,2011年。

[3] [美]多萝西娅·布兰德:《成为作家》(刁克利译),北京:中国人民大学出版社,2011年。

[4] 梁遇春:《春醪集》,北京:东方出版社,1995年。

[5] 王安忆:《小说家的十三堂课》,上海:上海文艺出版社,2005年。

[6] 林语堂:《人生的盛宴》,长沙:湖南文艺出版社,2002年。

[7] 张爱玲、宋淇、宋邝文美著,宋以朗编:《张爱玲私语录》,北京:北京十月文艺出版社,2011年。

[8] [美]乔纳森·卡勒:《当代学术入门:文学理论》(李平译),沈阳:辽宁教育出版社,1998年。

[9] 敏言编译:《文学创作手册》,北京:中国国际广播出版社,2000年。

[10] [美]纳塔莉·德戈堡:《再活一次:用写作来调心》(韩良忆译),海口:南方出版社,2007年。

[11] 吴冠中:《我负丹青——吴冠中自传》,北京:人民文学出版社,2004年。

[12] 陈丹青:《草草集》,桂林:广西师范大学出版社,2004年。

[13] [捷]瓦茨拉夫·哈韦尔:《哈韦尔自传》(李义庚、周荔红译),北京:东方出版社,1992年。

[14] 张靓蓓:《十年一觉电影梦:李安传》,北京:人民文学出版社,2007年。

[15] [美]海明威:《老人与海》(董衡巽等译),桂林:漓江出版社,1987年。

[16] 傅璇琮:《唐才子传校笺》,北京:中华书局,1987年。

[17] 郁达夫:《中国新文学大系·第七集·散文二集》,上海:上海良友图书印刷公司,1935年。

[18] 张爱玲:《张爱玲散文全编》,杭州:浙江文艺出版社,1992年。

[19] 钱钟书:《围城》,北京:生活·读书·新知三联书店,2002年。

[20] [日]村上春树:《当我谈跑步时,我谈些什么》(施小炜译),海口:南海出版社,2009年。

[21] [美]安妮·普鲁:《近距离:怀俄明故事》(宋瑛堂译),北京:人民文学出版社,2009年。

[22] [美]苏珊·M.蒂贝尔吉安:《一年通往作家路:提高写作技巧的12堂课》(李琳译),北京:中国人民大学出版社,2013年。

[23] [法]萨特:《萨特文集·文论卷》(沈志明、艾珉主编,施康强译),北京:人民文学出版社,2000年。

[24] [美]斯蒂芬·金:《写作这回事:创作生涯回忆录》(张坤译),上海:上海译文出版社,2009年。

[25] 阎连科:《拆解与叠拼:阎连科文学演讲》,广州:花城出版社,2008年。

[26] [英]乔治·奥威尔:《我为什么要写作》(董乐山译),上海:上海译文出版社,2007年。

[27] [英]阿兰·德波顿:《哲学的慰藉》(资中筠译),上海:上海译文出版社,2012年。

[28] [美]狄克森、司麦斯合编:《短篇小说写作指南》(朱纯深译),沈阳:辽宁教育出版社,1998年。

[29] [美]汉密尔顿:《卡萨诺瓦是个书痴:关于写作、销售和阅读的真知与奇谈》(王艺译),北京:生活·读书·新知三联书店,2008年。

[30] 木心:《木心作品八种:鱼丽之宴》,桂林:广西师范大学出版社,2009年。

[31] 简媜:《简媜散文》,杭州:浙江文艺出版社,1994年。

[32] [美]杰里·克利弗《小说写作教程——虚构文学速成全攻略》(王著定译),北京:中国人民大学出版社,2011年。

基础篇

第二章　阅读与思考

　　1936 年,竺可桢担任国立浙江大学校长,同年在新生入学典礼上发表讲演,对新生提出两个问题。这两个问题,至今仍可在浙江大学的一些校区中看到:

　　　　诸位在校,有两个问题应该自己问问,第一,到浙大来做什么? 第二,将来毕业后做什么样的人?①

这是值得所有求学阶段的年轻人好好思考的问题。来大学做什么? 每个人都可以有自己的答案,但对正处于求学阶段的年轻人来说,所有人的答案中都应当包括阅读和思考这两件事。阅读与思考,既与写作有密切的联系,同时也是求学阶段最重要的两件事。1929 年钱钟书被清华大学破格录取后,立下的第一个志愿是"横扫清华图书馆"。抗战期间,施蛰存与钱钟书在昆明曾同住一个院子,施蛰存对其的评价是:"钱钟书,我不说他聪明,我说他用功。"②因为他成天看到钱钟书在屋子里读书做笔记。阅读让人获取知识,开拓眼界,而通过质疑、审视、论证等思辨训练,可以让人头脑清晰,获得独立思考的能力,正如竺可桢在演讲最后所讲的:"诸位求学,应不仅在科目本身,而且要训练如何能正确地训练自己的思想。"本章结合写作,谈谈阅读与思考的重要性。

第一节　阅读对于写作的作用

　　法国文学批评家罗兰·巴特对写作和阅读的关系有一段论述:

　　　　在他致力于某篇正在进行中的文本的时候,他喜欢在一些知识性书籍中寻找补充内容和准确的表述;如果可能,他希望有一个标准的常用

---

　　①　《国立浙江大学日刊》1936 年第 18 期。
　　②　陆灏:《东写西读》,上海:上海书店出版社,2006 年,第 2 页。

> 书籍（字典、百科全书、教科书等）书橱：但愿知识能在我周围围住我，由我安排；但愿我只须查阅它，而不是吞下它；但愿知识被定位在写作补充内容的位置。①

正如罗兰·巴特所述，通过阅读来获取知识，这对写作来说是必不可少的补充。写作是运用语言文字进行记录和表达的活动，它既需要语言文字方面的专业知识，也需要来自历史、哲学、经济、社会等各领域的综合性的知识。在不同文体的写作中，知识不同程度地起着补充作用，即使是创作诗歌、小说这样讲求灵感创意的文体，也需要通过阅读获得材料和写作灵感；而在一些特定的文体写作中，如传记、哲学散文，若无深厚的学养为基础，则无法写出优秀的作品。因此阅读对于写作来说十分重要，在不同的方面发挥着作用。

一、获取写作材料

阅读对于写作的首要作用在于，如果不想仅仅依靠个人有限的经历进行创作，就必须大量阅读，以开拓眼界、获取写作材料。以林语堂的《苏东坡传》为例，这部传记被称为是才子为才子立传之作，行文优美又内容深厚，是中国现代长篇传记开标立范的作品。在《原序》中，林语堂对他立传的对象苏东坡有一段概括：

> 我可以说苏东坡是一个不可救药的乐天派，一个伟大的人道主义者，一个百姓的朋友，一个大文豪，大书法家，创新的画家，造酒试验家，一个工程师，一个憎恨清教徒主义的人，一位瑜珈修行者，佛教徒，巨儒政治家，一个皇帝的秘书，酒仙，厚道的法官，一位在政治上专唱反调的人，一个月夜徘徊者，一个诗人，一个小丑。但是这还不足以道出苏东坡的全部。一提到苏东坡，中国人总是亲切而温暖地会心一笑，这个结论也许最能表现他的特质。苏东坡比中国其他的诗人更具有多面性天才的丰富感、变化感和幽默感，智能优异，心灵却象天真的小孩——这种混合等于耶稣所谓蛇的智慧加上鸽子的温文。②

苏轼是北宋时期最伟大的文学家，他的创作涉及诗、词、文、赋、文艺理论批评以及书画等多个领域，且均臻于一流，留存的作品数量丰富，尤其是

---

① ［法］罗兰·巴特：《罗兰·巴特自述》（怀宇译），天津：百花文艺出版社，2002年，第138页。

② 林语堂：《苏东坡传》（宋碧云译），海口：海南出版社，2001年，第19—20页。

诗歌,被认为是杜甫、韩愈之后"一大变而盛极矣"之作。因此,且不说完成整部《苏东坡传》,单是要写下以上这一段论述,就必须有相当的学识积累,要了解苏东坡的生平遭际、各类作品,以及对其所处的时代和环境要有准确清晰的认识。在书中,林语堂提到,为了完成苏东坡的传记,必须阅读大量的材料,这些材料包括:"各种记载他漫长而多采的政治生涯的史籍,他自己大量的诗词和散文作品(将近一百万字),他的杂记、亲笔题书和私人信函,以及当时人物把他尊为最敬爱的学者而谈起他的许多随笔。"①为了写作这部传记,林语堂读了苏东坡的杂记,以及他的诗词和八百封私人信件,这还不是全部。这个例子足以说明通过阅读以获得材料对于写作的必要性和重要性。

陈徒手的《故国人民有所思:1949 年后知识分子思想改造侧影》一书也可为一例。此书是作者积十二年功力写成的一部佳作,写了十一位有代表性的全国一流教授在上世纪 50 年代至 60 年代中期的生存处境,包括北京大学的俞平伯、王瑶、傅鹰、周培源、贺麟、马寅初、汤用彤、冯友兰、冯定,以及北京农业大学的蔡旭和北京师范大学的陈垣等。邵燕祥在《序言》中赞誉此书是"以大量细节组成的书"②,而书中的这些细节,全部来自于官方记录的材料和大量原始档案。作者阅读了大量的材料,自谓此书是"完全贴着材料写的,尽力还原当年的原生态,更多展示不为人知的第一手素材,努力使这本书稿保持和呈现严谨、真实的'史料性风格'"③,令读者可借此书重温历史,邵燕祥认为建立在史料基础上的这部著作,"由此复原的旧日景观,便不同于'往事如烟'、'流年碎影'一类个人记忆,而具有了历史化石的意味"④,评价极高。可以说,若缺乏对材料进行阅读、分析和整理的能力,是绝无可能写出这样一部厚重之书的。

近年来在欧洲文坛崭露头角的才子型作家阿兰·德波顿,也以写作中丰富的学养和开阔的视野令人印象深刻。这位作家在 18 岁时进入剑桥大学历史系学习,大学期间博览群书,他的父母给他在学校附近的一家书店开了一

---

① 林语堂:《苏东坡传》(宋碧云译),海口:海南出版社,2001 年,第 30 页。
② 陈徒手:《故国人民有所思:1949 年后知识分子思想改造侧影》,北京:生活·读书·新知三联书店,2013 年,第 3 页。
③ 陈徒手:《故国人民有所思:1949 年后知识分子思想改造侧影》,北京:生活·读书·新知三联书店,2013 年,第 239 页。
④ 陈徒手:《故国人民有所思:1949 年后知识分子思想改造侧影》,北京:生活·读书·新知三联书店,2013 年,第 1 页。

个账户，任由他自由买书，而他买书之多令他父母后悔当初的决定和慷慨。资中筠评价这位作家的阅读"不是被动地接受知识，而是为寻找一种表达方式，上下古今求索，从中邂逅知音，产生共鸣，在跨越千年的著作里欣然找到先得我心之感……上大学不是为求学位，只不过提供他一个读书的氛围；而读书不是为了日后求职，只是帮他找到自己独特的创作模式"①。阿兰·德波顿很早就知道自己既不是诗人也不是真正的小说家，更不想成为墨守学术规范的学者，他对自己的定位是"既能抓住人类生存的各种重大主题，又能以如话家常的亲切方式对这些主题进行讨论"②的随笔作家。在《哲学的慰藉》一书中，他以苏格拉底、伊壁鸠鲁、塞内加、蒙田、尼采、叔本华等哲学家为例，阐述了他们在面对人生困境时——如：与世不合、缺少钱财、挫折、缺陷、伤心、困难——的智慧和哲学的慰藉作用。这部作品"既像写自己读书心得的随笔，又像普及知识的'科普'作品"③，也是说明通过阅读积累学识对于写作重要性的极好案例。

此外，阅读不仅可以为写作提供材料，也能让作者获得灵感。前一章中提到瓦茨拉夫·哈韦尔的观点，他认为一个作家对于世界的最初感受，同时也是创作生涯中最初促使其进行创作的动力迟早要被消耗殆尽，如何寻找第二股创作力是每个专业作家必然要面对的难题之一。对于这些作家而言，在创作进入低谷时期后，通过阅读来寻找新的材料和灵感是较为可行的方法，这能帮助他们突破已有成就的束缚继续向前迈进，而不是一再地简单重复自己熟悉的创作模式。

二、增加学识和学习写作技巧

作家也可通过阅读文学作品来提升写作技巧。值得一提的是，阅读是增加学识、学习写作技巧的重要途径，但有时候人们会误以为学历等同于学识，而以学历来衡量学识，事实并非如此。以写作来说，很多作家并未拥有高学历，可能由于时代原因或家境所限，他们在年轻时没有接受太多的学校教育，但他们终身保持阅读的习惯，以增加自己的学识和学习写作技巧。在中国作

---

① 资中筠：《译序》，见［英］阿兰·德波顿：《哲学的慰藉》（资中筠译），上海：上海译文出版社，2012年，第6—7页。

② ［英］阿兰·德波顿：《我的作品在中国》，见［英］阿兰·德波顿：《哲学的慰藉》（资中筠译），上海：上海译文出版社，2012年，第2页。

③ 资中筠：《译序》，见［英］阿兰·德波顿：《哲学的慰藉》（资中筠译），上海：上海译文出版社，2012年，第2页。

家协会主办的网站上,会员辞典中对当代作家陈忠实的学历的描述只到中学为止,然而这位只有高中学历的作家,于1992年写出了《白鹿原》。这部具有魔幻现实主义色彩的长篇巨著,获得第四届茅盾文学奖,在《钟山》杂志组织的"30年最好长篇小说"评选中获得第一①,这固然与他的写作才华有关,与他对生活、人性的深刻认识有关,也与他有意识地进行大量阅读有关。在写作《白鹿原》之前,陈忠实大部分时间躲在西安市东郊灞桥区西蒋村的老家旧屋,以求通过读书来弥补文学专业上的不足。他在作为"《白鹿原》创作手记"的《寻找属于自己的句子》一书中,提到自己对生活的了解和体验是比较充分的,但特别强调因为没有受过高等文科教育,自学的文学知识难免零碎残缺,而改革开放前的十七年间封闭和局限的社会气氛又令他丧失了广泛阅读的机会,他对自己的评价是"既缺乏系统坚实的文学理论基础,也受限制而未能见识阅览更广泛的文学作品"②,因此通过阅读来补缺是必不可少的工作。陈忠实的阅读是从短篇小说开始的,他选择了契诃夫和莫泊桑两位大家的作品,又以莫泊桑为阅读的重点,把莫泊桑小说集中最喜欢的十来篇作为精读的范本,同时也进行创作。在那一年,陈忠实写了近十篇短篇小说,其中《信任》一篇获得了全国短篇小说奖。陈忠实对此的回忆是:"此前一年冬天围着火炉的阅读,不仅从极左的文艺禁锢下得到拯救和重生,而且开始形成自己,也成为我创作道路上的一次深刻的记忆。现在看,当是第一次打开自己。"③

写作《白鹿原》时,陈忠实抱着这样的决心:"我想给我死的时候有一本垫棺作枕的书。"④因此写作前的准备工作做得格外全面,他花费了很长时间来阅读,既包括材料的准备和历史背景的熟悉,比如他花费了半年时间查阅西安周围三个县的县志、地方党史和文史资料,还做了相关的社会调查。但仅有这些准备还不够,更重要的是在文学上做好准备。陈忠实自述:"我集中阅读了一批文学书籍,主要是长篇小说,意图也很明确,需要更进一步在艺术上打开自己。实际上我的艺术视野在新时期以来是不断扩展的,每一本有独到性的小说乃至某一个优秀的短篇小说,都在起着打开艺术眼界的效果。我向来是以阅读实现创作的试验和突破的。"⑤在为写作《白鹿原》而做的艺术准

---

① 《新京报》报道,2010年3月31日。
② 陈忠实:《寻找属于自己的句子》,上海:上海文艺出版社,2009年,第8页。
③ 陈忠实:《寻找属于自己的句子》,上海:上海文艺出版社,2009年,第38页。
④ 陈忠实:《寻找属于自己的句子》,上海:上海文艺出版社,2009年,第22页。
⑤ 陈忠实:《寻找属于自己的句子》,上海:上海文艺出版社,2009年,第36—37页。

备中,陈忠实特意选择了一批长篇小说进行阅读,目的就在于了解当时长篇小说的写作流派和各种结构方式。当然阅读与准备并不是要在已有的长篇小说中找到一个结构方式来进行模仿,而是从写作技巧上进行学习,开拓艺术视角,从而根据构思的内容完成自己的艺术创造。可以说《白鹿原》的最终成功,一定程度上与陈忠实阅读了大量的文学作品有关。

很多作家都终身保持阅读的习惯。萨特在他的自传体小说《文字生涯》中这样描述自己的阅读生涯:"我在书丛里出生成长,大概也将在书丛里寿终正寝。"①在萨特的文学观中,写作这一行为本身就包含了阅读。再如佳作选出的当代女作家王安忆在她的《小说课堂》中提到:她的阅读世界里有三件任务:《悲惨世界》、《战争与和平》,以及阿嘉莎·克里斯蒂的全部侦探小说。王安忆特别指出前两者是她阅读世界中的两座大山,之所以称这两部小说为两座大山,是因为它们规模的宏大和结构的复杂。法国作家维克多·雨果的《悲惨世界》发表于1862年,小说主人公是因偷面包而坐了十九年牢的冉阿让,然而在"法律和习俗所造成的社会压迫"②下,冉阿让仍然试图赎罪,这一过程展现出人性的光辉,同时作者以雄浑之笔描绘了将近半个世纪的社会画卷,令人赞叹。俄国作家列夫·托尔斯泰的《战争与和平》在1865至1869年之间出版,全书人物多达五百多个,托尔斯泰运用写实手法刻画出这数百个真实独特的人物个性,既反映平民的生活情形,也细致描绘以几个家族为代表的贵族阶级的生活,生动全面地展示了19世纪初俄国的社会生活状况,表现出史诗般的宽阔视野。这两部篇幅浩大的作品均是世界文学史上的杰作,通过阅读这两部作品,可以学到很多重要的东西,在各方面得到提高,若因为其过于复杂而放弃阅读,王安忆认为这无疑是一种重大的损失,知难而上的阅读对于一位专业作家来说都是必要的:"我一直很想去攀登……觉得我必须来面对这两部巨作。"③

总之,通过阅读所获得的各方面的知识,对写作有着极其重要的作用。如果要写出全面反映社会生活的作品,在写作时就不可能只写自己亲身经历的事,必须通过阅读熟悉自己未曾经历的历史阶段,了解陌生的人、事、物,吸收各家有益的写作方法,有了深厚的积累和广阔的视野,才有可能写出深刻的有力量的作品来。更重要的是,阅读还会对读者的人生产生重要影响,这

---

① [法]萨特:《文字生涯》(沈志明译),北京:人民文学出版社,2006年,第22页。

② [法]雨果:《雨果文集》二(李丹、方于译),北京:人民文学出版社,2002年,第1页。

③ 王安忆:《小说课堂》,北京:商务印书馆,2012年,第3页。

是提高写作能力之外更大的收获。

第二节　阅读的方法：适用原则和系统训练

　　阅读是一个接受信息、处理信息，并在头脑中重构意义的过程，阅读通过眼睛开始，但真正的阅读则由大脑完成。阅读者应具备一些基本的素质，比如视觉或听觉感知、大脑的记忆和思维能力等，在此基础上，宽广的文化素养和丰富的人生阅历也有助于提升阅读的效果。如阅读《红楼梦》这样包罗万象式的著作，要对作品获得较为深刻的认识，就必须有一定的学养和社会生活经验。阅读的方法多种多样，重要的是选择最适合自己的一种或几种。此外，有意识地进行全面系统的阅读技巧训练，也有助于提高阅读的效率。

一、选择适用的阅读方法

　　清代诗人袁枚曾将读书比作吃饭，认为"善吃者长精神，不善吃者生痴瘤"。英国诗人柯尔律治则将读书人分为四类："海绵型"、"沙漏型"、"滤袋型"和"矿床苦工型"，其中只有"矿床苦工型"的阅读者才能在阅读中去芜存菁，把矿渣甩在一边，获得如纯净宝石般的知识，既让自己受益，也能照亮别人，因此也被称为是"大宝石型"的阅读者。要成为"大宝石型"的阅读者，就要选择适合自己的阅读方法，同时，针对不同类型的书籍也要采用不同的阅读技巧，在实践中不断尝试和调整，总结出最有益自身的一套方法。以下介绍几种读书方法以供参考。

　　首先，在阅读的初期采用反复阅读法，不要贪多，选择一些经典著作进行反复精读，为自己的知识结构奠定良好的基础。一般来说，博览群书被认为是阅读的最高境界，但假如基础不扎实而一味求多求快，则只能从阅读中获取一些肤浅的皮毛，而得不到真正的知识。根据北京开卷信息技术有限公司《2013 年中国图书零售市场报告》中的数据，2013 年全国图书市场中动销品种数为 126 万，其中新书品种数为 20.2 万。这一数据多少说明了书海茫茫的现实状况。阅读者要明确的是：对于每一个特定的个体而言，不是所有的书都需要精读，读者应当在长期的阅读中训练出一套披沙拣金的辨识本领，根据快速浏览图书后获得的初步印象，结合自己的兴趣爱好、知识结构、专业领域等，迅速做出合理的判断。事实上，对人真正起到重要影响的往往只有几本书，与其面对数量巨大的图书市场不辨方向地盲目阅读，不如选择那些经过时间大浪淘沙后留下的经典名著细细研读，以求真正的通透理解。追求阅读质量而非数量，陈丹青谈到自己的读书心得，也是如此："我的心得是读书不在多，而在反复读。喜欢的书总要读它几遍，才算读过，才能读进去。"①

其次，对于自己特别感兴趣的书籍，可采用抄读法。这个方法由来已久，晚明文人张溥可为一例。张溥以诗文敏捷著称，他面对索要诗文者，"不起草，对客挥毫，俄顷立就"②，因此名高一时，这与他幼年嗜学苦读有关，张溥采用的就是抄读法，史载张溥"所读书必手钞，钞已朗诵一过，即焚之，又钞，如是者六七始已。右手握管处，指掌成茧。冬日手皲，日沃汤数次。后名读书之斋曰'七录'，以此也"③。近代学人梁启超在《治国学杂话》中向读者推荐的读书方法也正是抄读法："大抵凡一个大学者平日用功，总是有无数小册子或单纸片，读书看见一段资料觉其有用者，即刻抄下（短的抄全文，长的摘要记书名、卷数、页数）。资料渐渐积得丰富，再用眼光来整理分析他，便成一篇名著。"④他承认这样读书真是"笨极了"、"苦极了"，"但真正做学问的人，总离不了这条路。做动植物的人，懒得采集标本，说他会有新发明，天下怕没有这种便宜事"⑤。相比其他的阅读方法，抄读法固然是较为辛苦的一种，但通过抄录，可以让读者对书籍的内容印象深刻，同时也能起到积累材料的作用。抄读可根据具体的阅读对象来进行，篇幅短小的全文抄录，篇幅浩大的择要录之，并做好目录编排，以便查找。对于写作者而言，抄读还有另一种重要的作用，即可以调整心态，有助于进入写作状态，如上一节所述陈忠实为写《白鹿原》做了很多准备，其中就包括抄录一些感兴趣的资料，他很清楚所抄录的绝大多数东西对于写作小说是没有直接用处的，但仍然保持很高的热情抄写了厚厚一大本，甚至字迹比写小说还要工整："我说不清为什么要摊着工夫抄写这些明知无用的资料，而且显示出少见的耐心和静气，后来似乎意识到心理上的一种需要，需要某种沉浸，某种陈纸旧墨里的咀嚼和领悟，才能进入一种业已成为过去的乡村的氛围，才能感应到一种真实真切的社会秩序的

---

① 陈丹青：《谈话的泥沼》，桂林：广西师范大学出版社，2014 年，第 105 页。

② （清）张廷玉等：《明史》卷二百八十八，北京：中华书局，1974 年，第 7405 页。

③ （清）张廷玉等：《明史》卷二百八十八，北京：中华书局，1974 年，第 7404 页。

④ 梁启超：《治国学杂话》，见梁启超著，李俐编：《梁启超讲读书》，天津：天津古籍出版社，2005 年，第 24 页。

⑤ 梁启超：《治国学杂话》，见梁启超著，李俐编：《梁启超讲读书》，天津：天津古籍出版社，2005 年，第 24 页。

质地。在我幼年亲历过的乡村生活的肤浅印象不仅复活了,而且丰富了。"①

此外,关于读书方法,古今中外不少作家都曾谈过自己的体验。简而言之,苏轼认为阅读要有针对性,故提出"一意求之"的读书法:"书富如入海,百货皆有。人之精力,不能兼收尽取,但得其所欲求者尔。故愿学者每次作一意求之。"②北宋邵雍则强调读书学习最终要获得乐趣:"学不至于乐,不可谓之学。"③英国作家毛姆认为要对阅读保持热情,为了达到这个目的,可以同时阅读五六本书,原因是我们无法每一天都维持同样的心态,所以可以根据自己心情的转变,阅读不同的书籍。早年用俄文写作,移居美国后用英文创作的纳博科夫是一位多产的作家,他认为:"读书人的最佳气质在于既富艺术味,又重科学性。单凭艺术家的一片赤诚,往往会对一部作品偏于主观,唯有用冷静的科学态度来冲淡一下直感的热情。"④可供参考的读书方法有很多,适用是最重要的原则,假如能找到最适合自己的那种,将会事半功倍,从阅读中获得更多的知识与乐趣。

二、系统的阅读技巧训练

通过阅读技巧的训练,掌握有效的阅读方法,能在阅读中获得更多的收益。上一节是较为零散的关于阅读方法的介绍,假如要做较为系统的阅读方法和技巧的训练,可以参看美国学者莫提默·J.艾德勒和查尔斯·范多伦合著的《如何阅读一本书》⑤,以下结合此书中的主要观点和经典著作对系统的阅读技巧训练进行解说。

首先,拿到一本书时,可以先用检视阅读的方法。《如何阅读一本书》中将阅读分为三个层次:基础阅读、检视阅读和分析阅读。作者认为,只有到了检视阅读的阶段,才能算是进入了真正的阅读层次,这个阶段的阅读,包括对一本书进行有系统的略读或粗读,如先看书名页和序、研究目录页、检阅索引、看出版者介绍等,然后再挑选跟主题相关的篇章或段落进行翻看。只有

---

①　陈忠实:《寻找属于自己的句子》,上海:上海文艺出版社,2009 年,第 14 页。

②　(宋)苏轼:《又答王庠书》,见苏轼著,郎晔选注:《经进东坡文集事略》(下册)卷四十六,北京:文学古籍刊行社,1958 年,第 785 页。

③　(宋)邵雍:《皇极经世书》,郑州:中州古籍出版社,1993 年,第 445 页。

④　[美]纳博科夫:《优秀读者与优秀作家》,见[美]纳博科夫:《文学讲稿》(申慧辉等译),北京:生活·读书·新知三联书店,1991 年,第 24 页。

⑤　[美]莫提默·J.艾德勒、查尔斯·范多伦:《如何阅读一本书》(郝明义、朱衣译),北京:商务印书馆,2004 年。

经过了这样的略读和粗读，才能清楚手边的书是否值得细心阅读。书中特别指出：

> 在第一次阅读一本难读的书时，不要企图了解每一个字句。这是最最重要的一个规则。这也是检视阅读的基本概念。不要害怕，或是担忧自己似乎读得很肤浅。就算是最难读的书也快快地读一遍。当你再读第二次时，你就已经准备好要读这本书了。[①]

这种阅读方法与陶渊明的"不求甚解"读书有相似之处，陶渊明在《五柳先生传》中谈到他读书的方法是："好读书，不求甚解；每有会意，便欣然忘食。"不求甚解的跳读和粗读方法在阅读的检视阶段非常重要，可以培养阅读者的分析能力、判断能力，知道自己在读哪一类书，是否对自己有帮助，可以有效地节省时间。

以古典小说的巅峰之作《红楼梦》为例，很多初读者的感受是看了小说的前几回就读不下去，很容易放弃。这是因为在最初的几回中，故事的主要人物和情节尚未铺展开来，作者以一段神话故事做引子来交代小说的由来，并借助次要人物的梦境或讨论，来简介主要人物的前世因缘和宁、荣二府的人物关系，如甄士隐的梦境、冷子兴和贾雨村的对话等，因此容易让读者有缺乏阅读乐趣的感觉。初读者经常遇到的另外一个问题是，《红楼梦》一书虽以纯熟的白话为叙述语言，但其中仍掺杂了不少诗词曲赋，也有不少生僻字词，这些往往成为阅读过程中的障碍。事实上，对于《红楼梦》这样篇幅浩大的经典著作，不要一开始就抱着求全的心态，力求逐字逐句地阅读，这样很有可能会让整个阅读过程充满挫败感。不妨采用检视阅读地方法，先翻看回目，了解一下全书的概况，或者直接跳过前两回的交代文字，直接从主要人物出场开始看。又或者随意翻阅，挑选一些自己感兴趣的部分进行试读，遇到看不懂的字词或内容，先放在一边，不必耿耿于怀。这样粗略地读上一遍，有了大体了解后，第二遍、第三遍阅读时，就会比较容易深入，不断收获对作品的新领悟和新理解。

其次，在检视阅读后，应当进入分析阅读的阶段。在这个阅读阶段，如果要成为一个主动的阅读者，面对一本书，必须训练自己一边阅读一边提问。有一些非常基本的问题可用于自我提问：整本书讨论了几个问题？通过这些

---

① ［美］莫提默·J.艾德勒、查尔斯·范多伦：《如何阅读一本书》（郝明义、朱衣译），北京：商务印书馆，2004年，第40页。

问题,作者想要表达怎样的观点? 你是完全同意书中的观点,还是部分同意?
为什么? 分析阅读和消遣性的阅读不同,后者只是打发时间,要从阅读中有
所收获,让自己的学识真正获得提高,当遇到看不懂的作品时,不能将它抛在
一边,而应当准备再次阅读,或者查阅资料,主动去寻找答案。 可以说,进入
到分析阅读阶段后,一个认真的读者应当做更多的工作,比如:"依照书本的种
类与主题作分类。用最简短的句子说出整本书在谈些什么。依照顺序与关
系,列出全书的重要部分。将全书的纲要拟出来之后,再将各个部分的纲要也
一一列出。找出作者在问的问题,或作者想要解决的问题。"①只有不断提问,
不断回答,并养成做笔记的习惯,才能通过阅读让一本书成为真正属于你的书。

　　最后,在完成对一部作品的分析阅读后,读者应该做到的是"公正地评断
一本书",在说出"同意"、"不同意"或"我暂缓评论"之前,一定要能肯定地说:
"我了解了。"本人在多年的教学过程中,偶尔也会遇到一些年轻学子主动对
作家作品发表意见,滔滔不绝进行批评,但却经不起一个反问:"你读过你所
评论的作品吗?"令人遗憾的是答案常常是否定的。正如《如何阅读一本书》
的作者所说:"学生经常完全不知道作者在说些什么,却毫不迟疑地批评起作
者来。他们不但对自己不懂的东西表示反对,更糟的是,就算他们同意作者
的观点,也无法用自己的话说出个道理来。"②纳博科夫表达过同样的观点,
在《优秀读者与优秀作家》一文中,他提醒读者:"没有一件艺术品不是独创一
个新天地的,所以我们读书的时候第一件事就是要研究这个新天地,研究得
越周密越好。"③因此在阅读的时候,要特别注意书中的细节,必须将细节逐一
品味、欣赏、了解之后再对书籍做出判断,而不是带着先入为主的观点来阅读。

　　运用正确有效的阅读方法,可以在书籍中看到新的事物,获得丰富的知
识,这不仅能为写作打好基础,而且,阅读习惯的养成和阅读中的收获,更能
在多方面对人生产生影响,让心灵保持成长与发展。

　　最后,可以来做一下《如何阅读一本书》中提到的一个古老测验:"如果你
被警告将在一个无人荒岛度过余生,或至少很长一段时间,而假设你有时间
作一些准备,可以带一些实际有用的物品到岛上,还能带十本书去,你会选哪

---

① ［美］莫提默·J.艾德勒、查尔斯·范多伦:《如何阅读一本书》(郝明义、朱衣译),北京:
商务印书馆,2004 年,第 87 页。

② ［美］莫提默·J.艾德勒、查尔斯·范多伦:《如何阅读一本书》(郝明义、朱衣译),北
京:商务印书馆,2004 年,第 128—129 页。

③ ［美］纳博科夫:《优秀读者与优秀作家》,见［美］纳博科夫:《文学讲稿》(申慧辉等
译),北京:生活·读书·新知三联书店,1991 年,第 19 页。

十本？"①也许设想自己被隔绝时，更能清楚自己真实的需要，请在列出的书名后，说明自己选择此书的详细理由。

第三节 阅读的内容：构建全面的知识结构

　　阅读的内容决定了一个人的知识结构，作家阿城认为：人与人之间"没有代沟，只有知识结构沟"②。通过阅读古今中外的书籍构建全面的知识结构，可以弥补文化断层，与前人对话。初始的阅读，往往是从学校或老师开列的书单开始，但若止步于他人的书单，则是丧失了自己的阅读规划乃至人生规划。香港媒体人梁文道提出了这样一个观点："所有的书单都是一种人生的计划，……当我开一份书单，相信这是我对人生的投射，这是我对理想人生的规划，当我开一份书单给年轻人，我是在暗示年轻人，我希望你看这些书，希望你变成我理解中的人，那种人怎么变成？就是先看完这些书。所以我认为任何开给年轻人的书单都是狂妄和自大的，我们凭什么以为自己有能力去帮人家规划他的人生？他该看什么书？他该做什么样的人？我们又凭什么以为只要这份完美的书单开出来，年轻人的人生就能很完美？我觉得太狂妄，所以我不敢开这样的书单。"③事实上，假如要使阅读成为一种生活习惯，就应当尽快跨越依赖书单的阶段，20 世纪最重要的意大利作家之一卡尔维诺在《寒冬夜行人》中告诉读者：

　　　　书店的柜台和书架上陈列着许许多多你没有读过的书，……你不必害怕它们，因为它们之中有许多你可以不看的书，有许多并非为了让人阅读的书，还有许多不用看就知道其内容的书，原因是它们尚未写出来就属于已经看过的书之列了。你跨越这第一道障碍后，那些你如果能活上几次的话也许会看的书便向你袭来。可惜你只有一次生命，活着的日子有限，你只好跨越它们，来到你打算看的书中间：这里有你想看但首先要看过别的书后才能看的书；有价格昂贵必须等到书价打对折时，或者必须等到出平装袖珍本时你才买的书；有你可以向人借到的书；有大家都读过因此你也似乎读过的书。击退这些书的攻击之后，最后你来到最

---

　　①　[美]莫提默·J.艾德勒、查尔斯·范多伦：《如何阅读一本书》（郝明义、朱衣译），北京：商务印书馆，2004 年，第 296 页。

　　②　查建英：《八十年代：访谈录》，北京：生活·读书·新知三联书店，2006 年，第 23 页。

　　③　《深圳晚报》专访《梁文道：不敢开书单》，2006 年 11 月 18 日。

难攻克的堡垒下面,这里有:

你早已计划要看的书;

你多年来求之不得的书;

与你现在的工作有关的书;

你希望放在手边随时查阅的书;

你现在虽不需要但今年夏天要看的书;

你需要放在书架上与其他书籍一起陈列的书;

你莫名其妙突然产生强烈愿望要购买的书。①

在经历了根据他人开出的书单而阅读的阶段后,积累了一定的阅读量,应当迅速进入自主选择的阶段,面对浩瀚书海,不必望而却步,如卡尔维诺所说,排除那些因各种原因不必看的书,学会根据自己的兴趣和需要去寻找,找到自己真正要阅读的书籍。在选择书籍时要放开胸怀,不妨古今中外兼容并包,记住开卷有益,阅读越广泛,眼界就越开阔,知识结构也会越全面。

对于刚入学的大学生,很多大学或专业会提供阅读书目,本书也未能免俗,在这里介绍几种阅读书单,有的是学校推荐的较为全面的书单,也有作家自我阅读的体验总结、纯为小说阅读的书单,或许对提高写作较有帮助。不同的书单体现不同的选择角度和依据,仅供参考,万不可将阅读范围局限于此。

一、梁启超的国学入门书要目

梁启超被誉为"百科全书式"的国学大师,他是中国近代史上最杰出的思想家之一,同时也是著名的政治家、史学家、文学家和教育家,一生著述丰富,除有多种作品集行世外,亦有《饮冰室合集》,共一百四十八卷,逾千万字。由这样一位成就卓著的学者来为年轻学子开列书单,最为合适不过。在民国十二年,梁启超接受《清华周刊》记者的邀约开一个国学入门书籍的阅读要目,当时梁启超正好独居翠微山中,手边无一书,只能凭借记忆所及,在三天之内列出了一份相当完备的要目。梁启超的想法是:"一个受过中学以上教育的中国人,对于本国极重要的几部书籍,内中关于学术思想者若干种,关于历史

---

①　[意]伊塔洛·卡尔维诺:《卡尔维诺文集·寒冬夜行人》(萧天佑译),南京:译林出版社,2001年,第8—9页。

者若干种,关于文学者若干种,最少总应该读过一遍。"①因此他开列的书籍要目既有个人修养应用之类,也包含了思想史、政治、文学、文法及其他方面,且在每一类中,对书籍略作点评,指出或可精读,或可浏览,十分全面。以下根据其《国学入门书要目及其读法》②一文,就其所开书单做简化列举。

其一,修养应用及思想史关系书类。这一类所列书籍分别为:《论语》、《孟子》、《易经》、《礼记》、《老子》、《墨子》、《庄子》、《荀子》、《尹文子》、《慎子》、《公孙龙子》、《韩非子》、《管子》、《吕氏春秋》、《淮南子》、《春秋繁露》、《盐铁论》、《论衡》、《抱朴子》、《列子》、《近思录》、《朱子年谱》、《传习录》、《明儒学案》、《宋元学案》、《日知录》、《亭林文集》、《明夷待访录》、《思问录》、《颜氏学记》、《东原集》、《雕菰楼集》、《文史通义》、《大同书》、《国故论衡》、《东西文化及其哲学》、《中国哲学史大纲》上卷、《先秦政治思想史》、《清代学术概论》等。其中特别指出,《论语》和《孟子》的文字并不艰深,适宜专读正文,待有不解之处再去看注释;《老子》五千言要熟读成诵;《庄子》应当精读《内篇》七篇及《杂篇》中的《天下篇》。

其二,政治史及其他文献学书类。包括:《尚书》、《逸周书》、《竹书纪年》、《国语》、《春秋左氏传》、《战国策》、《周礼》、《考信录》、《资治通鉴》、《续资治通鉴》、《文献通考》、《续文献通考》、《皇朝文献通考》、《两汉会要》、《唐会要》、《五代会要》、《通志·十二略》、《二十四史》、《廿二史札记》、《圣武记》、《国朝先正事略》、《读史方舆纪要》、《史通》、《中国历史研究法》等。其中《尚书》虽宜精读,但因其文佶屈聱牙,不能成诵亦无妨;《资治通鉴》是编年政治史最有价值的作品,所以尽管卷帙较繁,还是应当全部精读,或者可以和王船山的《读通鉴论》并读,可为助兴方法。梁启超特别说明,要读旧史,最重要的标准是看其资料是否丰富,至于炉锤组织,则当求之于己。

其三,韵文书类。包括:《诗经》、《楚辞》、《文选》、《乐府诗集》、魏晋六朝人诗作(曹子建、阮嗣宗、陶渊明、谢康乐、鲍明远、谢玄晖等)、《李太白集》、《杜工部集》、《王右丞集》、《孟襄阳集》、《韦苏州集》、《高常侍集》、《韩昌黎集》、《柳河东集》、《白香山集》、《李义山集》、《王临川集》、《苏东坡集》、《元遗山集》、《陆放翁集》、《唐百家诗选》、《宋诗钞》、《清真词》、《醉翁琴趣》、《东坡

---

① 梁启超:《要籍解题及其读法》,见梁启超著,李俐编:《梁启超讲读书》,天津:天津古籍出版社,2005 年,第 34 页。

② 梁启超:《国学入门书要目及其读法》,见梁启超著,李俐编:《梁启超讲读书》,天津:天津古籍出版社,2005 年,第 1—21 页。

乐府》、《屯田集》、《淮海词》、《樵歌》、《后村词》、《白石道人歌曲》、《碧山词》、《梦窗词》、《西厢记》、《琵琶记》、《牡丹亭》、《桃花扇》、《长生殿》等。梁启超认为《诗经》应当全部熟读成诵,《楚辞》只读屈、宋之作即可,这类图书的主要作用是供课余讽诵陶冶情趣。

第四,小学书及文法书类。包括:《说文解字注》、《说文通训定声》、《说文释例》、《经传释词》、《古书疑义举例》、《文通》、《经籍籑诂》等。这几部为文字音韵方面的入门书籍,梁启超在这一门类的最后说明,如果不是有志于专门对此进行研究的学者,以上几本不读亦无妨。

第五,随意涉览书类。包括《四库全书总目提要》、《世说新语》、《水经注》、《文心雕龙》、《大唐三藏慈恩法师传》、《徐霞客游记》、《梦溪笔谈》、《困学纪闻》、《通艺录》、《癸巳类稿》、《东塾读书记》、《庸盦笔记》、《张太岳集》、《王心斋先生全书》、《朱舜水遗集》、《李恕谷文集》、《鲒琦亭集》、《潜研堂集》、《述学》、《洪北江集》、《定盦文集》、《曾文正公全集》、《胡文正公集》、《苕溪渔隐丛话》、《词苑丛谈》、《语石》、《书林清话》、《广艺舟双楫》、《剧说》、《宋元戏曲史》等。设这个门类的书目,是因为一方面学问要专精,但同时又要兼顾博涉,且随意浏览也能发现问题,"初时并无目的,不期而引起问题,发生趣味,从此向某方面深造研究,遂成绝业者,往往而有也"①。读这部分的书籍,可以抱着比较轻松的心态,不能终卷也无妨。

若能根据梁启超所开的这份书单进行阅读和学习,假以时日,必能打稳学术根基,融通文史哲等领域。但此书单所列书籍众多,对于一般年轻学子而言毕竟有相当难度,故梁启超又在此文的附录处另列一个"最低限度之必读书目",无论文科理科,年轻学子均须一读,共计二十五种:"四书"、《易经》、《书经》、《诗经》、《礼记》、《左传》、《老子》、《墨子》、《庄子》、《荀子》、《韩非子》、《战国策》、《史记》、《汉书》、《后汉书》、《三国志》、《资治通鉴》(或《通鉴纪事本末》)、《宋元明史纪事本末》、《楚辞》、《文选》、《李太白集》、《杜工部集》、《韩昌黎集》、《柳河东集》、《白香山集》等。其他词曲集则可随个人兴趣选读几种。

二、北京大学学生应读书目和选读书目

该书目为 1998 年为北京大学百年校庆而作,由北京大学校内外五十多位著名教授推荐,包括推荐应读书目 30 种和推荐选读书目 30 种。限于条

① 梁启超:《国学入门书要目及其读法》,见梁启超著,李俐编《梁启超讲读书》,天津:天津古籍出版社,2005 年,第 17 页。

件,未能在北京大学的网站上找到书目的原始出处,但该书目被各大高校的官方网站或图书馆网站广泛转载,如广西大学、华侨大学、华中师范大学等,当属真实。其中广西大学将北京大学列此书目时的缘由说明一并转载,最为全面,兹列如下:

> 北大百年文化之积蕴,在治学济世之鹄的。而究天人之际,通古今之变,思天下之兴,行匹夫之责,更当以读书治学为始基。善其身方能达兼天下,继往圣之绝学而可开万世之太平。然典籍之众浩如烟海,生有涯而知无涯,故读书不可不辨轻重先后。精于择书者,衡风而行;疏于识辨者,河海泛舟。书目之成,所求指数者虽不乏学林耆宿,书坛翘楚,却循循而善,悉悉而理,是令吾辈极涕铭怀,深感正道存焉。视此时,发弘好读之风,以继天人之责,舍我辈者其谁? 而仰瞻母校之巍巍,思前贤之殷冀,能不悟以往之所失而知来日之任重乎! 吾辈当自勉!

（1）应读书目（30 本）

《周易》:参读《周易大传今注》（高亨编注）;参读《周易译注》（周振甫译注）

《诗经》:参读《诗经译注》（江阴香编注）

《老子》:参读《老子注译及评介》（陈鼓应著）

《论语》:参读《论语译注》（杨伯峻译注）

《孙子兵法》:参读《孙子译注》（郭化若译注）

《孟子》:参读《孟子译注》（杨伯峻译注）

《庄子》:参读《庄子今注今译》（陈鼓应译注）

《史记》:参读《史记选》（王伯祥选注）

《坛经》:参读《坛经校释》（郭朋校释）

《古文观止》:（清）吴楚材、吴调侯选注

《唐诗三百首》:蘅塘退士编,陈婉俊补注

《宋词三百首笺注》:朱古微重编,唐圭璋笺注

《红楼梦》:曹雪芹、高鹗著

《中国近三百年学术史》:梁启超著

《鲁迅选集》

《中国哲学简史》:冯友兰著,涂又光译

《中国法律与中国社会》:瞿同祖著

《理想国》:[古希腊]柏拉图著,吴献书译

《神曲》：［意］但丁著，王维克译

《哈姆雷特》：［英］莎士比亚著，曹未风译

《思想录》：［法］帕斯卡尔著，何兆武译

《社会契约论》：［法］卢梭著，何兆武译

《纯粹理性批判》：［德］康德著，何兆武译

《约翰·克利斯朵夫》：［法］罗曼·罗兰著，傅雷译

《科学史》：［英］丹皮尔著，李衍译

《共产党宣言》：［德］马克思、恩格斯著

《资本论》（第一卷）：［德］马克思著

《路德维希·费尔巴哈和德国古典哲学的终结》：［德］恩格斯著，张仲实译

《毛泽东选集》

《邓小平文选》

（2）选读书目（30本）：

《礼记》

《左传》

《荀子》

《韩非子》

《论衡》：（汉）王充著

《三国志》：（晋）陈寿著

《世说新语》：（南朝宋）刘义庆著

《文心雕龙》：（南朝梁）刘勰著

《李太白集》：（唐）李白著

《资治通鉴》：（宋）司马光著

《明夷待访录》：（清）黄宗羲著

《儒林外史》：（清）吴敬梓著

《人间词话》：王国维著

《闻一多年谱长编》：闻黎明著

《中国哲学大纲》：张岱年著

《国史大纲》：钱穆著

《圣经》

《国富论》：［英］亚当·斯密著

《论法的精神》：［法］孟德斯鸠著

《复活》：[俄]托尔斯泰著

《物种起源》：[英]达尔文著

《城堡》：[奥]卡夫卡著

《飞鸟集》：[印]泰戈尔著

《新教伦理与资本主义精神》：[德]韦伯著

《精神分析引论》：[德]弗洛伊德著

《西方哲学史》：[英]罗素著

《历史研究》：[英]汤因比著

《德意志意识形态》：[德]马克思著

《社会主义从空想到科学》：[德]恩格斯著

《哲学笔记》：[俄]列宁著

此份书单较为系统，应读书目和选读书目共 60 本书中，古典部分多选"一代之文学"，从先秦散文、汉代被誉为"史家之绝唱，无韵之离骚"的杰出史传文学《史记》，到唐诗宋词，最后是古典小说的巅峰之作《红楼梦》，撷取了文学中最为精华的部分，同时也有哲学和历史典籍，体现出文史哲合一的综合考虑。晚清民国时期文人之作不多，较重学术，皆为影响深远之作。外国典籍则多为经典著作，涉文学、哲学、政治学等多个领域，如《理想国》为柏拉图于公元前 390 年所作，是政治学的基本经典，意大利诗人但丁的《神曲》被认为是欧洲最为重要的文学作品之一，这些典籍因译本极多，推荐中特注明译者，以备年轻学子参考。

三、作家冯唐的中文小说阅读书单

《中文小说阅读：体会时间流逝中那些生命感动》[①]是冯唐写于 2002 年的一篇杂文，文章基于个人的阅读经验来评论中文小说的整体情况，冯唐开篇明意，提出观点：中文小说先天不足，整体上无甚可观。他从中国文字的特点分析出发，认为中国文字太清通简要，难负重，故在文中建议爱读小说的读者多读外文小说，少读或不读中文。对于小说阅读及评断，冯唐认为标准是非常个人化的，他列出了一张中文小说书单，名为"二十二种美丽，二十二种感动"，标准是曾经给过他不同的生命感动，书目选择纯属其个人观点，排名不分先后，外举避仇，内举避亲。现罗列其书目如下，并选择几部较为重要的

---

① 冯唐此文载于其个人网站：http://www.fengtang.com/blog/? p＝152.

小说,结合原文简评略加介绍,以供阅读时参考。

《战国策》:秦汉时期史学著作,简称《国策》,作者已无法考证,有学者认为是汉初蒯通所作,其记事上继《春秋》,下至楚汉,保存了许多史料,司马迁在写作《史记》时,就大量地直接从《战国策》中进行取材。冯唐将此书归入小说之列,理由是在其中能看出逻辑、故事、人性、冲突,且语言"够贫",他用今天的例子来做比拟,指出此书的写作态度,既"象北京的士司机一样关心世事",同时也"象管理咨询顾问一样慎思笃行"。事实上,在通行的中国古代文学史或古代文学作品选等教材中,《战国策》均在先秦文学部分占了一定的比重,可见其虽为史学著作,但长于说事写人,善用譬喻,语言生动,富有气势,亦不乏夸张虚构之处,具有较强的文学色彩,其文学价值历来受到肯定,冯唐将其视为小说,也无不妥。

《世说新语》:南北朝时志人小说,由南朝宋临川王刘义庆召集门客编撰而成,全书共分三十六门,有"德行"、"言语"、"政事"、"文学"等,计一千一百多则。此书语言简约含蓄,所记丰富真实,被鲁迅誉为"记言则玄远冷俊,记行则高简瑰奇,下至缪惑,亦资一笑"[①]。冯唐称此书是其重要的文字来源,这是他看重此书的原因之一,此外,他对名士痛饮之风也颇感兴趣,书中所记名士常与饮酒有关。何谓名士?《世说新语》中的"任诞"一类中有载:"名士不必须奇才,但使常得无事,痛饮酒,熟读《离骚》,便可称名士。"[②]同一类中记载了很多名士饮酒逸事,如刘伶病酒、阮籍从妇饮酒、王子猷酒后访戴等,冯唐戏称:"刘伶和阮籍到北京不会无聊,三里屯有高价假酒,紫云轩和芥末坊都有曾经沧海媚眼如丝的老板娘。"

《红楼梦》前四十回:《红楼梦》被认为是古典小说的最高峰,通行的版本共一百二十回,据胡适的《〈红楼梦〉考证》,前八十回作者为曹雪芹,后四十回是高鹗补的。高鹗所续远不及前八十回,俞平伯评其为"面目虽似,神情全非"[③],喜爱《红楼梦》的张爱玲更感叹:"人生恨事:(一)海棠无香。(二)鲥鱼多刺。(三)曹雪芹《红楼梦》残缺不全。(四)高鹗妄改——死有余辜。"[④]曹雪芹投入一生精力写作此书,自谓"字字看来皆是血,十年辛苦不寻常",小说

---

① 鲁迅:《中国小说史略》,济南:齐鲁书社,1997年,第53页。

② (南朝宋)刘义庆著,张㧑之译注:《世说新语译注》,上海:上海古籍出版社,1996年,第645页。

③ 俞平伯:《俞平伯说红楼梦》,上海:上海古籍出版社,1998年,第3页。

④ 张爱玲、宋淇、宋邝文美著,宋以朗编:《张爱玲私语录》,北京:北京十月文艺出版社,2011年,第97页。

繁丽旖旎，不落俗套。冯唐认为前四十回是精华，在不同的人生阶段，可以从中看到不同的内容，小时候看到宝黛爱情，长大后读到齐家治国平天下。此说亦可证《红楼梦》内容的博大丰富。

《水浒》：经过历代累积而成的英雄传奇小说，一般认为作者是施耐庵，这是一部较早以纯熟白话写成的长篇章回体小说，通行一百二十回本，明末清初金圣叹将之腰斩为七十回，实际上以原书第一回为楔子，以原书第七十一回的部分内容和自撰内容合为第七十回，因此版中金圣叹撰有《读第五才子书书法》，并加入了大量精妙绝伦的批语，因此广受欢迎。冯唐亦特别说明要看金圣叹评点的版本，他认为可以从此书中学习小说写作的技巧，如细节处理，也可以从小说内容中领略诸多元素。

《金瓶梅》：署名兰陵笑笑生的《金瓶梅》是中国小说史上第一部长篇世情小说，也是最早的由文人独立完成的长篇小说。因书中有较多性描写，常被诟病，屡遭禁毁，但此书洞察人性之深刻，眼界之开阔，布局之繁杂，至今未能有与之比肩之作。鲁迅对其有极高评价："作者之于世情，盖诚极洞达，凡所形容，或条畅，或曲折，或刻露而尽相，或幽伏而含讥，或一时并写两面，使之相形，变幻之情，随在显见，同时说部，无以上之。"①冯唐也认为此书"写尽市井人情"，可精读之。

《围城》：钱钟书唯一的长篇小说。《围城》整整写了两年，期间因忧世伤生，钱钟书屡次想中止写作，幸得杨绛不断督促，他以平均每天五百字左右的进度写作，最终"得以锱铢积累地写完"②。每天写完后，钱钟书把五百字左右的定稿给杨绛看，杨绛说："他把写成的稿子给我看，急切地瞧我怎样反应。我笑，他也笑；我大笑，他也大笑。"③这些令杨绛和钱钟书会心大笑的地方，或许正是冯唐所说的小说中"精致的笑话"，要读懂这些，冯唐认为读者必须要同时具有旧学和西学的底子。

《十八春》：张爱玲写于 20 世纪 40 年代的长篇小说，初名《十八春》，后来张爱玲对其进行了改写，1966 年在给夏志清的信中，张爱玲说："这两天我正在改《十八春》。"④1968 年此书在台湾《皇冠》杂志连载时改名为《惘然记》，出

---

① 鲁迅：《中国小说史略》，济南：齐鲁书社，1997 年，第 144 页。

② 钱钟书：《序》，见钱钟书：《围城》，北京：生活·读书·新知三联书店，2002 年，第 1 页。

③ 杨绛：《记钱钟书与〈围城〉》，见杨绛：《杨绛散文》，杭州：浙江文艺出版社，1994 年，第 163 页。

④ 夏志清编注：《张爱玲给我的信件》，台北：联合文学出版社，2013 年，第 76 页。

单行本时再改为《半生缘》，但张爱玲对《惘然记》这个名字十分喜欢，1983 年出小说集，仍称之为《惘然记》，目前通行的多用《半生缘》这个书名。尽管冯唐选择《十八春》，但就这部小说不同的几版来看，当以张爱玲修改后的版本更为精彩。

此外，还有老舍的《牛天赐传》、沈从文的《边城》、杨绛的《洗澡》、穆时英《白金的女体塑像》、白先勇《台北人》、张贤亮《绿化树》、金庸《鹿鼎记》、古龙《大人物》、汪曾祺《受戒》、阿城《棋王》、余华《在细雨中呼喊》、王朔《动物凶猛》、王小波《黄金时代》、琼瑶《窗外》等。

冯唐的这份书单限定于中文小说阅读，选择标准是能否感动他，看似颇为随性，但从点评来看，其阅读关注点较为多元，对小说的文字、题材、风格、典型人物等多方面都有精当的评论，如《红楼梦》仅推荐前四十回，而对当代作家余华、王朔的评价也很有创见。从简短的点评不难判断这份书单是在冯唐广泛阅读的基础上形成的，同时，冯唐本身也是很好的杂文和小说作家，文字极为出色，对于喜欢文学写作的人来说，冯唐推荐的这二十二本中文小说或许更有借鉴意义。

第四节　思考对于写作的重要性

所谓"学而不思则罔，思而不学则殆"[①]，阅读若不能与思考相结合，就不能获得真正的学识。对于写作者来说，真正深刻的作品，必定含有其对人生、对社会的观察和思考，正如冯唐在 2012 年香港书展的讲座中提到的："好的文章，表达的内容要能冲击愚昧、狭隘的世界观和人生观，像一个矿工一样探索人性的各种幽微之火。"[②]吴冠中在其自传散文集《我负丹青——吴冠中自传》中，引述了苏弗尔皮教授的观点："他将艺术分为两路，说小路艺术娱人，而大路艺术撼人。"[③]文学作品要达到震撼人心的效果，靠的绝不是文字的漂亮，或技巧的高超，而是蕴含在作品中的思考的力量。

很多优秀的作家都在作品中表现出深刻的思考，鲁迅作为中国最为重要的作家，其杂文和小说创作，无不体现出其对社会现实和人性的深刻思考，《阿 Q 正传》以讽刺滑稽的笔法，意在写出"一个现代的我们国人的魂灵来"，

---

① 杨伯峻：《论语译注》，北京：中华书局，2012 年，第 24 页。

② 冯唐 2012 年香港书展讲座《如今的文学与写作》。

③ 吴冠中：《我负丹青——吴冠中自传》，北京：人民文学出版社，2004 年，第 13 页。

其中所包含的对国民性的反思，令人倍感沉痛。更进一步说，独立思考必须秉持客观立场，不媚俗，不从众，而作家若要将反思结果如实呈现在作品中，就绝无取悦大众的可能，这就需要作家具备格外的勇气和坚持。爱尔兰作家詹姆斯·乔伊斯的《都柏林人》就是一部批评爱尔兰人价值观混乱、心灵麻木的短篇小说集。他以故乡都柏林为描写对象，在庸常的生活图景中，平静而无情地揭破国人真实的精神面貌。《都柏林人》的出版一波三折，但詹姆斯·乔伊斯始终不改立场，他说："我打算就我国的道德史写上一章，之所以选择都柏林作舞台，是因为我觉得这座城市是瘫痪的中心。"①

　　如何培养自己的独立思考能力？首先，决不能盲目崇拜任何人，不管是面对老师、长辈还是权威，不能唯唯诺诺一味附和，要善于思考讨论，敢于提出自己的看法。尊敬师长、常怀谦卑之心，这当然重要，但在追求真理的路途中，事实和逻辑才是最终的判断标准。西方学术史上最重要的人物之一的亚里士多德，在哲学、逻辑、伦理等多个领域著有开创性的重要著作，他在少年时期求学于雅典柏拉图的书院，受到柏拉图很大的影响，他终身尊敬老师，然而在学术方面并没有对老师亦步亦趋，而是勇于思考，敢于批评，并最终摆脱柏拉图的影响，自创体系。很多人指责他背叛老师，亚里士多德的回答是："吾爱吾师，吾更爱真理！"同样的，追求真理的老师也会鼓励学生思考，甚至鼓励学生批评自己，比如巴勒斯坦裔美国教授爱德华·赛义德，他是美国当代重要的文学理论家和批评家、后殖民理论的创始人，长期任教于哥伦比亚大学，也曾任教于哈佛大学和耶鲁大学等，1978 年出版的《东方主义》一书在学术界产生了深刻的影响，同时也带了很多争议。这位被认为代表了公众知识分子形象的学者谈到教学和写作时这样说：

　　　　我在教学和写作上从来不要弟子，然而有的教授、作家和知识分子却执意培养自己的跟从者。我对此道从来没有兴趣。作为一个教师，我觉得我最擅长的是要我的学生——从某种意义上说——批评我，不是攻击我——虽然攻击我的也大有人在——而是要他们向我实事求是宣布独立，然后各走自己的道路。②

　　其次，培养自己的判断能力，不要仅仅满足于知道，而是要多问"为什

---

① ［爱尔兰］乔伊斯：《尤利西斯自述：詹姆斯·乔伊斯书信辑》（李宏伟译），重庆：重庆大学出版社，2011 年，第 91 页。

② 李欧梵：《我的哈佛岁月》，南京：江苏教育出版社，2005 年，第 184 页。书中《退休记事》一文引用了赛义德《对等和悖论》中的相关段落。

么"。中国当代作家王朔曾撰文《知道分子》,嘲讽只有"知道"而没有"见识"的"知道分子",文中对只知埋头读书而不抬头思考的行为表示否定。"尽信书,不如无书",说的也是同样的道理。对于年轻人而言,养成阅读的习惯是第一步,但决不能仅止于此,同时也要训练自己的思考能力,既要懂得怀疑、审视,更要有寻找证据证明、分析、综合与判断的能力,这是最基本的自我训练的方法。不妨试用胡适的方法,多问"为什么",简单易行,可养成思考的习惯:

> 诸位,千万不要说"为什么"这三个字是很容易的小事。你打今天起,每做一件事,便问一个为什么,——为什么不把辫子剪了?为什么不把大姑娘的小脚放了?为什么大嫂子脸上搽那么多的脂粉?为什么出棺材要用那么多叫化子?为什么娶媳妇也要用那么多叫化子?为什么骂人要骂他的爹妈?为什么这个?为什么那个?——你试办一两天,你就会晓得这三个字的趣味真是无穷无尽,这三个字的功用也无穷无尽。①

对独立思考最好的总结莫过于陈寅恪的"独立之精神,自由之思想"。1927年国学大师王国维自沉北京颐和园昆明湖,两年后,与王国维同为清华国学研究院"四大导师"之一的陈寅恪在《清华大学王观堂先生纪念碑铭》中写道:

> 士之读书治学,盖将以脱心志于俗谛之桎梏,真理因得以发扬。思想而不自由,毋宁死耳。……先生之著述,或有时而不章。先生之学说,或有时而可商。惟此独立之精神,自由之思想,历千万祀,与天壤而同久,共三光而永光。②

直到今天,这段话对于后世学子仍具警示意义:唯有具备"独立之精神,自由之思想",保持思考的习惯,才能理性客观,不至随波逐流,在不断探索真理的道路上获得人生智慧。对于写作而言,独立思考能力让作者更能洞悉人性的幽微之处,对社会有更深刻的了解,可以说唯有具备如此能力的作者,才有可能创造出震撼人心的作品来。

---

① 胡适:《新生活》,见《胡适文集2》,北京:北京大学出版社,1998年,第550页。
② 陈寅恪:《陈寅恪集·金明馆丛稿二编》,北京:生活·读书·新知三联书店,2001年,第246页。

练习与本章参考书目

练 习

1. 以下列出了"优秀读者十大条件",请从中选择四项足以使人成为优秀读者的条件,并谈谈选择的理由。①

  (1)须参加一个图书俱乐部。

  (2)须与作品中的主人公认同。

  (3)须着重从社会——经济角度来看书。

  (4)须喜欢有情节、有对话的小说,而不喜欢没有情节、对话少的。

  (5)须事先看过根据本书改编的电影。

  (6)须自己也在开始写东西。

  (7)须有想象力。

  (8)须有记性。

  (9)手头应有一本词典。

  (10)须有一定的艺术感。

2. 请写出十部(篇)印象深刻的文学作品,小说、散文、诗歌均可,并作简短点评,字数不限。

本章参考书目

[1] 陆灏:《东写西读》,上海:上海书店出版社,2006 年。

[2] [法]罗兰·巴特:《罗兰·巴特自述》(怀宇译),天津:百花文艺出版社,2002 年。

[3] 林语堂:《苏东坡传》(宋碧云译),海口:海南出版社,2001 年。

[4] 陈徒手:《故国人民有所思:1949 年后知识分子思想改造侧影》,北京:生活·读书·新知三联书店,2013 年。

[5] [英]阿兰·德波顿:《哲学的慰藉》(资中筠译),上海:上海译文出版社,2012 年。

[6] 陈忠实:《寻找属于自己的句子》,上海:上海文艺出版社,2009 年。

---

① 此测试题见纳博科夫《优秀读者与优秀作家》一文,见[美]纳博科夫:《文学讲稿》(申慧辉等译),北京:生活·读书·新知三联书店,1991 年,第 21—22 页。

［7］〔法〕萨特：《文字生涯》（沈志明译），北京：人民文学出版社，2006年。

［8］〔法〕雨果：《雨果文集》（李丹、方于译），北京：人民文学出版社，2002年。

［9］王安忆：《小说课堂》，北京：商务印书馆，2012年。

［10］陈丹青：《谈话的泥沼》，桂林：广西师范大学出版社，2004年。

［11］（清）张廷玉等：《明史》，北京：中华书局，1974年。

［12］梁启超著，李俐编：《梁启超讲读书》，天津：天津古籍出版社，2005年。

［13］（宋）苏轼著，郎晔选注：《经进东坡文集事略》，北京：文学古籍刊行社，1958年。

［14］（宋）邵雍：《皇极经世书》，郑州：中州古籍出版社，1993年。

［15］〔美〕纳博科夫：《文学讲稿》（申慧辉等译），北京：生活·读书·新知三联书店，1991年。

［16］〔美〕莫提默·J.艾德勒、查尔斯·范多伦：《如何阅读一本书》（郝明义、朱衣译），北京：商务印书馆，2004年。

［17］查建英：《八十年代：访谈录》，北京：生活·读书·新知三联书店，2006年。

［18］〔意〕伊塔洛·卡尔维诺：《卡尔维诺文集·寒冬夜行人》（萧天佑译），南京：译林出版社，2001年。

［19］鲁迅：《中国小说史略》，济南：齐鲁书社，1997年。

［20］（南朝宋）刘义庆著，张㧑之译注：《世说新语译注》，上海：上海古籍出版社，1996年。

［21］俞平伯：《俞平伯说红楼梦》，上海：上海古籍出版社，1998年。

［22］张爱玲、宋淇、宋邝文美著，宋以朗编：《张爱玲私语录》，北京：北京十月文艺出版社，2011年。

［23］钱钟书：《围城》，北京：生活·读书·新知三联书店，2002年。

［24］杨绛：《杨绛散文》，杭州：浙江文艺出版社，1994年。

［25］夏志清编注：《张爱玲给我的信件》，台北：联合文学出版社，2013年。

［26］杨伯峻：《论语译注》，北京：中华书局，2012年。

［27］吴冠中：《我负丹青——吴冠中自传》，北京：人民文学出版社，2004年。

［28］〔爱尔兰〕乔伊斯：《尤利西斯自述：詹姆斯·乔伊斯书信辑》（李宏伟译），重庆：重庆大学出版社，2011年。

［29］李欧梵：《我的哈佛岁月》，南京：江苏教育出版社，2005年。

［30］胡适：《胡适文集》，北京：北京大学出版社，1998年。

［31］陈寅恪：《陈寅恪集·金明馆丛稿二编》，北京：生活·读书·新知三联书店，2001年。

第三章　观察、经验与材料使用

　　作家秦牧有"三个仓库"之说：一个作家应该有三个仓库，一个直接材料的仓库装从生活中得来的材料；一个间接仓库装书籍和资料中得来的材料；另一个就是日常收集的人民语言的仓库。有了这三个仓库，写起来就比较容易。

　　写作需要丰富的材料，材料的来源主要为生活和书籍两大类，秦牧将写作者的材料仓库分为三个，非常精细且实用。初学者在收集材料时，可在这三个仓库的基础上合并为二，建立自己的材料库，一个装来自日常观察和经验感受的生活材料，一个装来自阅读摘录的书面材料。书面材料的积累已在上一章《阅读与思考》中提及，这里不再赘述；以下就如何通过观察和经验感受收集生活材料谈一些方法和技巧，在此基础上再讨论材料的选择与使用。

第一节　观察与写作：观察的作用、方法和要点

　　观察是指调动自身不同的感官，如视觉、听觉、味觉、触觉等，对客观事物有意识地进行认知的行为。观察是一切艺术创作的基础，只有拥有观察的能力，才能体察生活的细节，从中汲取丰富的素材进行创作。

一、观察的作用

　　观察的重要性已被古今中外的不少作家所认可，纳博科夫在《文学讲稿》中提到："写作的艺术首先应将这个世界视为潜在的小说来观察，不然这门艺术就成了无所作为的行当。"[①]鲁迅在指导后学者创作时也提出："如要创作，

---

　　① ［美］纳博科夫：《文学讲稿》（申慧辉等译），北京：生活·读书·新知三联书店，1991年，第20—21页。

第一须观察。"①

观察对创作的帮助主要体现在两个方面,一是可以帮助写作者收集来自生活的直接材料,其次是能够激发创作的灵感。1943 年在上海横空出世的天才奇女张爱玲,在尚未成名前,就已经养成观察和记录的习惯,有意识地收集生活中的材料,为写作做好准备。在其胞弟张子静的《我的姐姐张爱玲》一书中,张子静回忆了张爱玲成名前和他谈到通过观察为写作积累原始材料的经验:

> 一九四二年她从香港大学辍学回上海后,有一次又和我谈到写作。那时她尚未成名,但谈起写作已像一个经验老到的作者。现在回想起来,当时她已为成名做好了周全的准备。她讲的原话与我现在写的,可能词句有些出入,但意思是完全符合的。她说:
>
> 积累优美词汇和生动语言的最佳方法就是随时随地留心人们的谈话;不管是在路上、车上、家里、学校里、办公室里,一听到后就设法记住,写在本子里,以后就成为你写作时最好的原始材料。②

张爱玲的作品中,最常见的是对人物语言活灵活现的再现,以及对生活场景的细致还原,这都得益于其观察的习惯。张爱玲的小说大多以上海为背景,上海这座摩登城市对张爱玲而言具有极其特殊的意义。张爱玲生于上海,两岁时举家迁往北方,八岁重回上海,此后一直住在上海,中学毕业考进大学后去香港念书才离开上海,然而三年后因为战事,张爱玲又回到上海,从此居住在静安寺路的公寓里,开始写作,张爱玲自言这好像是"寄住在旧梦里,在旧梦里做着新的梦"③。上海既是张爱玲的出生之地、成长之地,更是她创作的孕育之地,是她观察的主要对象。上海早在 20 世纪 30 年代就已和世界最先进的都市同步,根据考证:"现代都市生活的绝大多数设施在 19 世纪中叶就开始传入租界了:银行于 1848 年传入,西式街道 1856 年,煤气灯 1865 年,电 1882 年,电话 1881 年,自来水 1884 年,汽车 1901 年和 1908 年的电车。"④在这座新与旧、中与西强烈对照的城市里,张爱玲对其的观察从街

---

① 鲁迅:《致董永舒》,见鲁迅:《鲁迅全集》(第十二卷),北京:人民文学出版社,2005 年,第 434 页。

② 张子静、季季:《我的姐姐张爱玲》,长春:吉林出版集团有限责任公司,2009 年,第 97 页。

③ 张爱玲:《私语》,见张爱玲:《张爱玲散文全编》,杭州:浙江文艺出版社,1992 年,第 134 页。

④ [美]李欧梵:《上海摩登——一种新都市文化在中国 1930—1945》(毛尖译),北京:北京大学出版社,2001 年,第 6—7 页。

道行人到店铺橱窗,从公寓高楼的风雨到整个城市的喧声,几乎无所不包。她出生于贵族之家,却喜欢自称小市民,最爱坐在电车上,观察车上各式各样的人,听他们说话,在她的创作里,充满了她的观察所得。比如张爱玲的小说《封锁》,写的就是封锁时电车上发生的一段故事,因为封锁,两个素不相识的人,会计师吕宗桢和英文助教吴翠远,短暂地发生了一场恋爱,然而封锁解除后,吕宗桢并没有下车,而是回到了自己原来的座位上,这使得吴翠远十分震动,忽然明白了这场恋爱的意义:"封锁期间的一切,等于没有发生。整个的上海打了个盹,做了个不近情理的梦。"①很多人为这个昙花一现的爱情故事唏嘘感慨,但却忽略了小说的开篇部分有几段极其精彩的对电车内外的描写,车外的人、车内的人、山东乞丐、开电车的人,寥寥几笔,形神俱出,很能见出张爱玲日常观察的功力:

> 开电车的人开电车。在大太阳底下,电车轨道像两条光莹莹的,水里钻出来的曲蟮,抽长了,又缩短了;抽长了,又缩短了,就这么样往前移——柔滑的,老长老长的曲蟮,没有完,没有完……开电车的人眼睛钉住了这两条蠕蠕的车轨,然而他不发疯。

> 如果不碰到封锁,电车的进行是永远不会断的。封锁了。摇铃了。"叮玲玲玲玲玲",每一个"玲"字是冷冷的一小点,一点一点连成一条虚线,切断了时间与空间。

> 电车停了,马路上的人却开始奔跑,在街的左面的人们奔到街的右面,在右面的人们奔到左面。商店一律地沙啦啦拉上铁门。女太太们发狂一般扯动铁栅栏,叫道:"让我们进来一会儿! 我这儿有孩子哪,有年纪大的人!"然而门还是关得紧腾腾的。铁门里的人和铁门外的人眼睁睁对看着,互相惧怕着。

> 电车里的人相当镇静。他们有座位可坐,虽然设备简陋一点,和多数乘客的家里的情形比较起来,还是略胜一筹。街上渐渐的也安静下来,并不是绝对的寂静,但是人声逐渐渺茫,像睡梦里所听到的芦花枕头里的窸窣声。这庞大的城市在阳光里盹着了,重重的把头搁在人们的肩上,口涎顺着人们的衣服缓缓流下去,不能想像的巨大的重量压住了每一个人。上海似乎从来没有这么静过——大白天里! 一个乞丐趁着鸦雀无声的时候,提高了喉咙唱将起来:"阿有老爷太太先生小姐做做好事

---

① 张爱玲:《封锁》,见张爱玲:《张爱玲全集·倾城之恋》,北京:北京十月文艺出版社,2009 年,第 159 页。

救救我可怜人哇？阿有老爷太太……"然而他不久就停了下来,被这不经见的沉寂吓噤住了。

　　还有一个较有勇气的山东乞丐,毅然打破了这静默。他的嗓子浑圆嘹亮:"可怜啊可怜! 一个人啊没钱!"悠久的歌,从一个世纪唱到下一个世纪。音乐性的节奏传染上了开电车的,开电车的也是山东人。他长长的叹了一口气,抱着胳膊,向车门上一靠,跟着唱了起来:"可怜啊可怜! 一个人啊没钱!"

　　电车里,一部分的乘客下去了。剩下的一群中,零零落落也有人说句把话。靠近门口的几个公事房里回来的人继续谈讲下去。一个人撒喇一声抖开了扇子,下了结论道:"总而言之,他别的毛病没有,就吃亏在不会做人。"另一个鼻子里哼了一声,冷笑道:"说他不会做人,他把上头敷衍得挺好的呢!"

　　一对长得颇像兄妹的中年夫妇把手吊在皮圈上,双双站在电车的正中。她突然叫道:"当心别把裤子弄脏了!"他吃了一惊,抬起他的手,手里拈着一包熏鱼。他小心翼翼使那油汪汪的纸口袋与他的西装裤子维持二寸远的距离。他太太兀自絮叨道:"现在干洗是什么价钱? 做一条裤子是什么价钱?"①

这段对封锁场景的描写,是整个故事开展的背景,虽然其中出现的人物无一是小说的主角,却都是构成真实场景必不可少的人物,张爱玲以传神之笔,活画出生活在老上海的各色人等,于细节处见其日常观察和文字表达的功力。胡兰成在《民国女子》一文中提到初读此文的情景:"翻到一篇《封锁》,笔者张爱玲,我才看得一二节,不觉身体坐直起来,细细地把它读完一遍又读一遍。"②足见此文之令人动容。

　　张爱玲另有一篇散文《有女同车》,几乎是她的记录笔记:"这是句句真言,没有经过一点剪裁与润色。"③张爱玲将在电车上听到的两段女人之间的对话记录下来,女人的打扮模样、说话的神态语气,跃然纸上,张爱玲只在实

---

①　张爱玲:《封锁》,见张爱玲:《张爱玲全集·倾城之恋》,北京:北京十月文艺出版社,2009 年,第 148—149 页。

②　胡兰成:《民国女子》,见胡兰成:《今生今世》,北京:中国社会科学出版社,2003 年,第143 页。

③　张爱玲:《有女同车》,见张爱玲:《张爱玲散文全编》,杭州:浙江文艺出版社,1992 年,第 86 页。

录的最后加上两句感慨:"电车上的女人使我悲怆。女人……女人一辈子讲的是男人,念的是男人,怨的是男人,永远永远。"①电车上看到的女人、听到的女人间的对话,让张爱玲感慨,给予她写作的灵感,让她写下这篇散文。很多学者都注意到了张爱玲小说充满细节这一特点,研究中国现代文学的李欧梵教授甚至认为这些细节描写的意义"可以超越私人领域扩至作为整体的上海都会生活"②。可以说张爱玲得益于其观察之力,在文字中构筑了一个充满细节的上海,让读者看到上海的日常和传奇、摩登和传统。

若不局限于写作,将案例的选择范围扩大一些,观察对创作的重要作用可以得到更多的印证。被称为"喜剧之王"的英国喜剧演员查尔斯·卓别林从小就养成了观察的习惯,并将这一习惯保持终身。根据 David Robinson《卓别林——生活在欢笑和眼泪之间的演员》一书的叙述,卓别林的母亲汉娜经常"和孩子们坐在窗前观察街上的行人,根据行人的走路神态来猜测他们的性格,培养了孩子们的观察能力"③。卓别林的儿子小查尔斯·卓别林的《回忆我的父亲卓别林》中的记载也佐证了这一点,小查尔斯记得卓别林有一副三脚高能望远镜,是其最珍爱的东西,经常带在身边把玩,而且最喜欢把望远镜对着街道观察行人。小查尔斯还记得有一次卓别林用望远镜观察一个过路人,边看边推测那个人"大概是劳累了一天现在正回家去。注意他的步履,他是多么疲乏地拖着脚走路啊!他把头缩在肩上,在忧虑着什么。你想想看,他忧虑什么呢?"④若干年后小查尔斯回忆此事仍记忆犹新,他感叹正是这种观察的兴趣给卓别林带去了创作的灵感:"是的,父亲对人怀着过分浓厚的兴趣,从不陷入对上天的冥想之中。依我看,他在哑剧中展示的不是天体的宏伟壮丽,而是尘世间不幸人们的悲欢离合,这决不是偶然的。"⑤卓别林拍摄《寻子遇仙记》的灵感就来自于观察,当时他刚拍完《阳光山村》,感到

---

① 张爱玲:《有女同车》,见张爱玲:《张爱玲散文全编》,杭州:浙江文艺出版社,1992年,第87页。
② [美]李欧梵:《上海摩登——一种新都市文化在中国1930—1945》(毛尖译),北京:北京大学出版社,2001年,第288页。
③ [美]David Robinson:《卓别林——生活在欢笑和眼泪之间的演员》(葛智强译),上海:上海译文出版社,2003年,第14页。
④ [美]小查尔斯·卓别林:《回忆我的父亲卓别林》(文刚、吴樾译),长沙:湖南人民出版社,1982年,第32页。
⑤ [美]小查尔斯·卓别林:《回忆我的父亲卓别林》(文刚、吴樾译),长沙:湖南人民出版社,1982年,第32页。

筋疲力尽,在创作上陷入了难以为继的绝望。为了放松一下心情,卓别林去奥尔菲姆戏院看戏消遣,舞台上一个 4 岁的孩子吸引了他的注意,他留神地观察着孩子的一举一动:"孩子跟着父亲鞠完了躬,忽然跳了几个有趣的舞步,用懂事的眼光望了望观众,向大家摆了摆手儿,然后跑到后台去。观众大声喝彩,于是孩子只得再走上场,这次他跳了另一个式样的舞蹈。要是换了另一个孩子,这些做作是会惹人讨厌的。然而贾克·柯根却很逗人爱,他的一举一动观众们看了都觉得有趣。不论演什么,这小家伙都表现出一种可爱的个性。"①时年 4 岁的贾克·柯根给卓别林留下了深刻的印象,一个星期过去了,卓别林仍时时想起他,并且一直不断地以这个孩子为中心构思创作:"你们可曾想到,流浪汉是一个装配玻璃的,小孩在街上到处砸碎窗子,流浪汉就来装配玻璃?孩子和流浪汉一起生活,那该多么有趣,那可以串出各式各样离奇的事情呀!"②这些念头后来都在《寻子遇仙记》中得到了表现,这部电影获得了巨大的成功,在盐湖城试演时,观众们发了疯似地笑着,从头到尾。很多研究者都认为卓别林的成功在于观察:"他的喜剧艺术成功的基本就在于观察人,认识和熟悉人的本性。在《观众为什么笑》一文中他这样阐释成功秘诀:'要想使观众发笑,并不需要知道什么特殊的秘密。我的全部秘密就在于:我过去和现在都一直在研究人,因为没有人,我什么目的也达不到。'"③

　　这些例子足可证明观察对创作的重要性:对生活的细致观察,既可以积累材料,更可以激发灵感。

二、观察的方法和要点

　　根据观察者所处的位置不同,可以将观察的方法分为定点观察和移动观察。定点观察是指观察者固定在一个立足点,从这个位置观察周围事物的方法。使用定点观察时,应当按照一定的顺序,安排好远近、高低、上下、内外、左右等的观察次序,定点观察的好处在于容易深入。移动观察指观察者不断移动、变换位置的观察方法。由于观察的角度和距离随着观察者的移动发生

---

　　①　[英]查尔斯·卓别林:《卓别林自传》(叶冬心译),北京:中国戏剧出版社,1980 年,第 273—274 页。

　　②　[英]查尔斯·卓别林:《卓别林自传》(叶冬心译),北京:中国戏剧出版社,1980 年,第 274 页。

　　③　郑淑梅主编:《世界电影名家名片二十讲》,杭州:浙江大学出版社,2008 年,第 42 页。

变化，这种观察方法可以获得较为全面的观察结果。

面对不同的观察对象应当采用不同的观察方法。假如被观察的对象是单一物体，且体积不大，定点观察是比较理想的方法。被誉为"短篇小说之王"的法国作家莫泊桑，早年跟随福楼拜学习文学创作，福楼拜对莫泊桑的指导重点就在于"观察"，他认为一个作家要获得独创性，必须长时间地观察所要表现的事物："要相当长久、相当注意地观察自己想表现的一切，一直到发现一种还没有被任何人看见过、说起过的情况。在使用自己的眼睛的时候，我们总是免不了要回忆起我们前人对我们所注视的东西的意见，因此，在任何东西里面，总还有尚未被人挖掘出来的东西。最最微小的事物里面也包含着一些还不为人知的东西，把它找出来吧。要描写一堆在燃烧的火和一棵平原上的树，我们就要两眼紧盯着这堆火和这棵树，一直看到这堆火和这棵树在我们眼中和任何其他的火和其他的树有所不同为止。"[①]一堆篝火、一棵树，乃至于一小段街道、一些端坐或站立某处的人物，对于这样相对固定的观察对象，比较适合采用定点观察的方法。在做定点观察时，观察者和观察对象基本保持不变的位置，不易被打扰，通过长时间的凝神注视，可以得到更加细致的观察结果，也比较容易呈现在作品中。如陈丹青在《雅斯纳亚·波里亚那》（下篇）中写到自己初见列夫·托尔斯泰的墓地的情景，就是一个非常典型的定点观察案例。作为观察者的他站在草坪上，调整目光，指向低矮的草坟：

> 从地面高出尺余，墓体周边大约两尺见方的泥地被仔细铲平，踩硬，使周围的青草与坟墓隔开，青草蔓延到沙路，呈半圆形，边缘是今春新摘的细树枝，一弯一弯，连成栅栏，如乡村贫户的菜地边界。……
>
> 两三米远的那方土墩——我不知道这算不算坟墓——周身裹着隔年的柏树叶，每一簇柏叶长短均等，稍稍交叠，紧挨着，顺着坟的四边有顺序地排列、转折、包拢，远看过去，草坟通体毛茸茸的，间着柏叶的杂色：浅褐、枯黄，或微微带霜似的灰青，严严实实的叶缝中，藏着枯萎干瘪的柏籽和小白花。[②]

当观察对象范围较广时，比如连绵群山、整个小镇等，则需要采用移动观

---

① ［法］莫泊桑：《论小说》，见［法］莫泊桑：《莫泊桑小说全集3·一生　两兄弟》（王振孙译），上海：上海译文出版社，2008年，第394—395页。

② 陈丹青：《雅斯纳亚·波里亚那》（下篇），见陈丹青：《无知的游历》，桂林：广西师范大学出版社，2014年，第196—197页。

察的方法，从不同的角度进行察看比较，以获得全面准确的观察结果。苏轼的《题西林壁》说的正是移动观察的方法："横看成岭侧成峰，远近高低各不同。不识庐山真面目，只缘身在此山中。"对于群山这样的观察对象，需要从各个角度进行观察，由远及近，从外而内，观察者必须不断变换位置，边走边看，即便如此，还未必能识得其真面目。移动观察要事先规划好路线，记录观察结果时要有条理，让读者通过观察者的视角，对观察对象得到清晰的印象。在福楼拜对莫泊桑的指导中，有一则小故事就是与移动观察有关的，当福楼拜看完莫泊桑所写的小说后，对他说，"我看你还是别写这些故事为好，希望你做一做这样的练习：骑着马出去走一圈，一两个钟头以后回来，再把自己所看到的一切记下来。"这正是移动观察的训练，此后莫泊桑按照福楼拜的指导，骑着马出去边走边观察，回来后写下一路上的所见所闻。莫泊桑按照这种方法坚持练习了一年之久，写出了著名的短篇小说《点心》。此外，《红楼梦》中林黛玉初次进贾府的描写，也是文学作品中非常经典的移动观察视角案例，小说从林黛玉进入城中开始写起，一笔带过街市之繁华，然后依次写宁国府大门口的石狮子、匾额、荣国府正门、府内垂花门、抄手游廊、穿堂、紫檀架子大理石插屏、三间厅及正房大院等，借林黛玉之眼，作为钟鸣鼎食之家、翰墨诗书之族的贾府实景有条不紊地展现在读者眼前。

　　观察时除了选择正确的方法外，还要注意一些关键的诀窍才能事半功倍。首先观察者必须耐心专注，唯有如此，才能深入挖掘，从看似平常无奇的事物中发现被人忽略的独特之处，走马观花式的随意浏览是无法得到有效的观察结果的。法国著名的现实主义作家巴尔扎克在观察方面的耐心专注很值得学习，1834 年他的朋友达文写了《〈哲学研究〉导言》，其中特别提到了巴尔扎克的观察要诀："巴尔扎克先生每到一个家庭，到每一个火炉旁去寻找，在那些外表看来千篇一律、平稳安静的人物身上进行挖掘，挖掘出好些既如此复杂又如此自然的性格，以致大家都奇怪这些如此熟悉，如此真实的事，为什么一直没有被人发现。这是因为，在他以前，从来没有小说家像他这样深入地考察细节和琐事，以深刻的观察力把这些东西选择出来，加以表现，以老螺钿工匠的那种耐心和手艺把它们组合起来，使它们构成一个独创、新鲜的整体。"[1]巴尔扎克创作的《人间喜剧》包含了九十一部小说，创作的人物多达两千四百多个，终其一生巴尔扎克能拥有如此旺盛的创造力，并刻画了如此之多的典型人物形象，这与其耐心专注的观察习惯密不可分。

---

①　相静：《散文创作艺术论》，沈阳：辽宁大学出版社，2009 年，第 31 页。

其次，观察者要善于抓重点。在观察时，既要把握事物的整体，更要找到重点，发现被观察事物与众不同之处，以便在描写时突显特色。以观察人物为例，可重点观察人物的某些部位，如手、眼睛等，通过对细节的观察来判断人物的生活习惯、职业背景或个性特点等。在文学创作中，对人物形象进行事无巨细的全貌式的描写往往令人生厌，而重点突出的描写反而让人印象深刻。法国作家福楼拜的《包法利夫人》被誉为是"最完美的小说"，小说讲述的是农庄女孩爱玛的故事，婚后的爱玛成了包法利夫人，但仍然陶醉在爱情的梦幻中，同时她爱慕虚荣，两度偷情，最终被情人抛弃，又欠下高额债务，走投无路之下，爱玛只能服毒自杀。在书中，女主人公爱玛的出场非常特别，不同于大部分小说对主人公的细致描写，最先出现在读者面前的是爱玛一双手：

> 夏尔惊讶地注意到，爱玛的指甲那样晶莹发亮，指尖纤细，修建成杏仁状，比迪普的牙雕还光洁。然而，她的手并不美，恐怕也不够白皙，关节处略过干瘦，而且太长，线条不够丰腴、柔和。[①]

爱玛是农民之女，在13岁时却被送去修道院学习，巴尔扎克说："大革命前，有些贵族家庭，送女儿入修道院。许多人跟着学，心想里头有大贵族的小姐，女儿送去就会学到她们的谈吐、仪态。"爱玛美丽、聪慧，修道院的生活激发了她内心的幻想和虚荣，令她向往不切实际的恋爱和精致优雅的贵族生活。福楼拜没有对爱玛做全貌式的肖像描写，仅仅对她的手做了特写，那是一双天生并不完美的手，却在后天的努力下显出比象牙还要光洁的色泽，令人印象深刻，爱玛的这双手，正是她人生的写照，表现出她渴望挣脱平庸生活的努力。

最后，在观察时要善于比较，除了找到重点进行观察以外，还要对重点观察对象进行比较，以获得更为精准的观察结果。福楼拜在对莫泊桑进行写作指导时也指出了这一点："他还说，世界上没有两粒沙子、两只苍蝇、两只手或者两只鼻子是完全一样的。"[②]福楼拜常常要求莫泊桑做这样的练习：用几句话来表现一个人或一件东西，而这个人和这件东西应该有明显的特点，有别于同种的所有其他人和同类的所有其他东西。这就要求观察者能注意到观察对象与其他同类事物的差别，换言之，要通过比较发现观察对象的独特之

---

① ［法］福楼拜：《包法利夫人》（罗国林译），北京：北京燕山出版社，2000年，第11页。

② ［法］莫泊桑：《论小说》，见［法］莫泊桑《莫泊桑小说全集3·一生 两兄弟》（王振孙译），上海：上海译文出版社，2008年，第395页。

处。福楼拜进一步说明："当您经过一个坐在自己铺子门口的杂货商人前面……经过一个在抽烟斗的门房前面,一个公共马车停车站前面时,请把这个杂货商和这个门房的姿态,以及他们所有的——包含着他们所有的道德品质在内的——体形外貌以形象化的手法表现给我看,而且要使我不会把他们和任何其他杂货商或者其他门房混淆起来。请再用一句话让我看出,一匹拉公共马车的马和它前前后后五十匹其他的马有何不同。"①这是很好的观察训练,且简单易学,初学者可多做尝试,只有不断练习,养成在观察时注意比较的习惯,才能在创作时写出观察对象的独特之处。如同样是对手进行观察,不同职业或不同个性的人,他们的手会呈现出不一样的特点。茨威格的小说《一个女人一生中的二十四小时》,讲述一个妇人在 40 岁时丈夫突然去世,她决定在她的儿子们成家以前,尽量将那几年时光用来旅行以遣愁怀。期间她常常观光赌馆,妇人回忆中提到她丈夫在赌桌上观察手相的方法,即不看任何一个人的脸,而是专门注视桌子的四周那些人的手,留神那些手的特殊动作。小说中有一段关于各种手的描写:

> 绿呢台面四周许许多多的手,都在闪闪发亮,都在跃跃欲伸,都在伺机思动。所有这些手各在一只袖筒口窥探着,都像是一跃即出的猛兽,形状不一颜色各异,有的光溜溜,有的拴着指环和铃铃作声的手镯,有的多毛如野兽,有的湿腻盘曲如鳗鱼,却都同样紧张战栗,极度急迫不耐。……根据这些手,只消观察它们等待、攫取和踌躇的样式,就可教人识透一切:贪婪者的手抓搔不已,挥霍者的手肌肉松弛,老谋深算的人两手安静,思前虑后的人关节弹跳;百般性格都在抓钱的手势里表露无遗,这一位把钞票揉成一团,那一位神经过敏竟要把它们揉成碎纸,也有人筋疲力尽,双手摊放,一局赌中动静全无。我知道有一句老话:赌博见人品;可是我要说:赌博者的手更能流露心性。②

这段对手的描写很能说明观察中运用比较的重要性,同样是赌徒,在同样的环境下,由于生理、个性、生活习惯的不同,从手相上亦能体现出较大的差异。要写出这样准确细腻的段落,在观察中就需要进行比较鉴别,以发现事物的"同中之异"或"异中之同"。

---

① [法]莫泊桑:《论小说》,见[法]莫泊桑:《莫泊桑小说全集3·一生 两兄弟》(王振孙译),上海:上海译文出版社,2008 年,第 395 页。

② 高中甫主编:《茨威格文集3》,西安:陕西人民出版社,1998 年,第 132—133 页。

第二节　经验与写作：丰富的生活经历、感受大于经历

生活材料的积累，既来自于观察，也来自于个人的经历和感受。写作需要丰富的生活经历，但仅有生活经历并不足以产生与众不同的文学作品。格非在《文学的邀约》一书中谈到，传统的文学理论倾向于认为文学作品是表现作者个人经验的媒介，但这种看法在今天已普遍受到质疑。他认为"经验"一词，至少应包含两个方面的含义："其一是经历或遭遇；其二是不同的主体对这种经历和遭遇所产生的一系列反应。"[①]也就是说，经历之外，还要有主体的感受。经历和感受在写作中都非常重要，而感受的作用更大于经历。

一、写作需要丰富的生活经历

有一种观点认为：一个人没有丰富的经历，即便他具备很高的智慧，也很难成为作家。唐德刚写《胡适杂忆》时评论胡适不会成为好的文学"作家"："作家要有丰富的生活经验和根据这经验所发出的玄妙的幻想和见解。那一直躲在象牙之塔内的胡适之，一未失恋、二未悼亡、三无忧患。他少年翰苑、中年大使、晚年院长，'飞来飞去宰相家'，他的生活经验十分单纯。生活十分单纯的人，断然写不出情节曲折动人的文学作品。"[②]这番话说的就是这个观点，是具有一定道理的。

以伊曼努尔·康德为例，这位伟大的哲学家出生于哥尼斯堡，他一生从未远游，始终没有踏出国境一步，除了曾经在乡村担任私人教师外，康德终身没有离开哥尼斯堡。不仅如此，康德的生活十分规律，海涅这样概括康德的一生：

> 记述康德底传记是困难的。为什么呢？因为他没有生活，也没有事件。他在开尼希斯堡底闲静偏僻的小路上，度过了机械地定规的差不多是抽象的独身生活。这城市是德国国境东北底古都。就是那儿教堂里的大时钟，我也不相信它会比它底同乡康德更来得规划地、没热情地、度过那外部的日常生活。起床、喝咖啡、执笔、讲课、吃饭、到外头散

---

① 格非：《文学的邀约》，北京：清华大学出版社，2010年，第27页。
② 唐德刚：《胡适杂忆》，桂林：广西师范大学出版社，2005年，第63页。

步。——万事都有一定的时间。如果康德穿着红紫色的燕尾服,手挈西班牙式的短藤杖,从家里出来,在菩提树底小并木路上——这路因他而被称为哲学家之路——逍遥自在时,邻人们就确知这时候正是三点半钟了。①

康德一生著述丰厚,《纯粹理性批判》、《实践理性批判》和《判断力批判》被合称为"三大批判",他的研究可以抵达思想的深处,日益完美,但限于个人经历,不可能成为小说家。

即使是奥地利小说家弗朗茨·卡夫卡这样的作家,他一生蜗居布拉格,写出的作品数量不多,却影响深远。但同样因为有限的生活经历,卡夫卡小说的选材范围极其有限,专写现代人的孤独、压抑、困惑和异化,而不会选择远离其生活经历的题材。

毋庸置疑,人的经历会对创作产生很大的影响。法国著名作家巴尔扎克曾写作一部以破产为主题的小说《赛查·皮罗多盛衰记》,小说讲述的是出身平凡的乡下人赛查·皮罗多的故事,他靠着勤奋工作,成了巴黎的一个花粉商人,因为抱着野心想摆脱花粉商人的身份进入上流社会,结果不幸在生意兴旺的顶峰上跌落下来,变成了倾家荡产的穷光蛋,欠下债务,宣告破产。面对着债主们,濒临破产的皮罗多"茫无目的,只觉得自己象冰消瓦解一般的化掉了"②,他见识到了各种嘴脸,阴阳怪气、尖酸刻薄的房东莫利奈冷酷地对他说:"钱是不认人的;钱没有耳朵,没有心肝。"③能有如此入木三分的描写,与巴尔扎克的亲身经历有关。在 26 岁到 29 岁之间,巴尔扎克因为办印刷所而倒闭欠债,拖了十年才还清债务,然而旧债还清,又欠新债,可以说巴尔扎克的一生都不时面临着债主的催逼,破产的阴影一直笼罩着他,正是因为有这样切身的经历,他才能写出这部《赛查·皮罗多盛衰记》。巴尔扎克在小说中感慨道:"一个人遇到不幸,只要用着能安慰自己而多少也有些道理的推论,把希望寄托在空中楼阁上面,往往就可以得救。……许多弱者不是靠着希望支持,才能定下心来等待时来运转么?"④这也正是他自己

---

① 　[德]海涅:《德国宗教及哲学史概观》(辛人译),上海:辛垦书店,1936 年,第 141 页。

② 　[法]巴尔扎克:《赛查·皮罗多盛衰记》,见傅雷:《傅雷译文集》(第六卷),合肥:安徽人民出版社,1982 年,第 685 页。

③ 　[法]巴尔扎克:《赛查·皮罗多盛衰记》,见傅雷:《傅雷译文集》(第六卷),合肥:安徽人民出版社,1982 年,第 763 页。

④ 　[法]巴尔扎克:《赛查·皮罗多盛衰记》,见傅雷:《傅雷译文集》(第六卷),合肥:安徽人民出版社,1982 年,第 699 页。

的心声。

另一个典型的案例是美国小说家杰克·伦敦。这位有着传奇经历的小说家，从童年起就为了谋生而做过各种工作：报童、牧童、码头小工。因贫困辍学后，他进入罐头厂工作，攒钱买了小船后，甚至做起了蚝贼，在15岁时，他成了有名的"牡蛎海盗王子"。失业后他混迹于各大都市的贫民窟里，这些经历成为他此后创作的重要素材。1893年后，他做过水手、发电站苦工，加入过失业大军的抗议队伍，曾因为"流浪罪"入狱几个月。在他20岁时，他用一年时间学完中学的四年课程，考入伯克利加州大学。一年后，又因为贫困退学，加入到了前往阿拉斯加淘金的队伍中。杰克·伦敦带有传奇浪漫色彩的短篇小说，往往描写太平洋岛屿和阿拉斯加冰天雪地的土著人和白人生活，这些作品可以说是他短暂一生的历险记，他传奇的人生经历为他的创作提供了丰富的素材。

丰富的生活经历对于写作十分重要，即使博览群书，也无法用书本知识代替身处实境的亲身体验。在电影《心灵捕手》中，有一位擅长卖弄书本知识的年轻天才威尔·杭汀，他绝顶聪明，叛逆不羁，饱读诗书之余，也用知识嘲弄他人，几乎所向无敌，只有教授西恩·麦奎尔看到他的内心。在湖边，西恩对威尔说了如下一番话：

> 你只是个孩子，你根本不晓得你在说什么。所以问你艺术，你可能会提出艺术书籍中的粗浅论调，有关米开朗基罗，你知道很多，他的满腔政治热情，与教皇相交莫逆，耽于性爱，你对他很清楚吧？但你连西斯汀教堂的气味也不知道吧？你没试过站在那儿，昂首眺望天花板上的名画吧？肯定未见过吧？如果我问关于女人的事，你大可以向我如数家珍，你可能上过几次床，但你没法说出在女人身旁醒来时，那份内心真正的喜悦。你年轻彪悍，我如果和你谈论战争，你会向我大抛莎士比亚，朗诵"共赴战场，亲爱的朋友"，但你从未亲临战阵，未试过把挚友的头拥入怀里，看着他吸着最后一口气，凝望着你，向你求助。我问你何为爱情，你可能只会吟风弄月，但你未试过全情投入真心倾倒，四目交投时彼此了解对方的心，好比上帝安排天使下凡只献给你，把你从地狱深渊拯救出来，对她百般关怀的感受你也从未试过，你从未试过对她的情深款款矢志厮守，明知她患了绝症也在所不惜，你从未尝试过痛失挚爱的感受……

这段经典台词，实质上正点出了来自书本的知识和亲身经历的区别，就算读再多的艺术书籍,也无法获得亲眼眺望名画的感动,朗诵诗歌、吟风弄月,也代替不了亲临现场的真情流露。读万卷书,是积累书本知识,行万里路,才能获得真切体验,这对普通人如此,对于写作者来说更是重要。

当代作家张炜在香港浸会大学讲授文学写作时,也十分强调个人经历对写作所起的作用,他甚至认为,一个人只要经历丰富,即便自己的故事讲完了,也可以再生出更多的题材来:"有的作者过一段时间就会枯竭,讲故事的能力明显下降:他心里装的故事就那么多,再生力不行。这与人的经历是有关系的。从小没经历多少事情,只靠看书和听人讲,最终是不行的。如果一个人有复杂的阅历,有深厚的人生经验,那么即便原有的一些故事讲完了,心里还会再生,会源源不断。"①

二、感受对写作的作用大于经历

丹麦哲学家克尔凯戈尔说:"在世人眼里微不足道的事情,在我眼里却举足轻重,或者相反,世人趋之若鹜之事,于我却毫无意义。"②这正说明了面对相同的事情,不同的主体会产生感受的差异。感受是主体在受到外界事物刺激后产生的心理反应,相比于经历,感受是更加个人化的体验。格非在《文学的邀约》中谈到作者笔下的经历"无一例外都是记忆中的经历"③,即使不同的主体面对相同的经历和遭遇,也会产生不同的反应和感受,呈现出不一样的记忆,对于写作而言,这种不同的感受才是造成作品千差万别的原因所在,可以说在写作中感受所起的作用要大于经历。

天生敏感的创作者会受到其童年感受的深刻影响,这种童年感受会反复出现在其作品中,这在艺术创作中是十分常见的现象。查尔斯·卓别林的电影,以笑中带泪著称,他的作品以滑稽嬉笑的方式来表达对社会现实问题的思考,呈现出悲喜交融的特点。他在自传中谈到童年时期印象深刻的一件事,人们追赶一只逃跑的羊,有的人摔倒了,一片混乱,整个场景让人觉得滑稽有趣,他也乐得哈哈大笑,但当那头羊被抓住送往屠宰场时,年幼的卓别林忽然感受到莫名的伤感,他回忆当时:"悲剧的现实性控制了

---

① 张炜:《小说坊八讲:香港浸会大学授课录》,北京:生活·读书·新知三联书店,2011年,第68页。

② [丹麦]索伦·克尔凯戈尔著,[丹麦]彼德·P.罗德编:《克尔凯戈尔日记选》(晏可佳、姚蓓琴译),上海:上海社会科学院出版社,2002年,"题辞"。

③ 格非:《文学的邀约》,北京:清华大学出版社,2010年,第29页。

我，我跑进家门，哭喊着对母亲说：'他们要杀死它了！他们要杀死它了！'过了许多天，那个寂寥的春日下午，那个滑稽的追赶场面，一切情景依然留在我的记忆中。"①从这件事来看，卓别林从小就表现出极强的感受能力，他认为自己后来拍电影的主题思想往往混合了悲剧与喜剧的成分，应该是受到这一事件的影响。

卓别林在银幕上创造的经典的流浪汉形象，也与他的童年感受有关。卓别林的童年几乎是在贫民窟里度过的，他的母亲汉娜独力抚养两个孩子，靠着给人缝补度日，在卓别林 6 岁时汉娜还出现了精神失常的症状，当母亲的病情反复加重后，卓别林和他的哥哥被送去了贫民习艺所，一所孤儿院。在卓别林的童年，"他几乎是一个名副其实的流浪儿：沿街乞讨，随便什么地方倒下就睡，什么活儿都干，只要不饿死就行"②。卓别林对苦难的感受是十分强烈的，他这样形容自己的童年："毕卡索有过一个蓝色时期，我们过的则是灰色的日子。"③多年之后，过去经历的具体事件卓别林已不能完全记得清楚，但那种感受永志不忘："给我印象深刻的，是穷苦生活中那种使人感到难堪的处境。……我很清楚地体会到，我们家由于穷苦而在社会上受到了种种耻辱。"④可以说查尔斯·卓别林最为熟悉的人物是那些生活在贫困和饥饿中的小人物，最深刻的感受是作为一个穷人的生存困境，这给了他创作的灵感。在拍摄《玛蓓尔奇遇记》时，卓别林需要在里面扮演一个新闻记者的角色，但是他并不喜欢那一身新闻记者的打扮，因此创造了一个流浪汉的形象：穿着鼓鼓囊囊的裤子和大鞋子，头戴圆顶礼帽，手里拿着手杖，上衣紧绷、裤子松垮、帽子偏小、鞋子超大，再加上两撇翘胡子，所有的一切都显得十分不合时宜，显得肮脏邋遢，让人忍俊不禁。他赋予这一人物丰富的个性："你瞧，这个家伙的个性是多方面的：他是一个流浪汉，一个绅士，一个诗人，一个梦想者；他感到孤单，永远想过浪漫的生活，做冒险的事情。他指望你会把他当作是一个科学家，一个音乐家，一个公爵，一个玩马球的。然而，他只会拾拾

---

① ［英］查尔斯·卓别林：《卓别林自传》（叶冬心译），北京：中国戏剧出版社，1980 年，第 35 页。

② ［美］小查尔斯·卓别林：《回忆我的父亲卓别林》（文刚、吴樾译），长沙：湖南人民出版社，1982 年，第 5 页。

③ ［英］查尔斯·卓别林：《卓别林自传》（叶冬心译），北京：中国戏剧出版社，1980 年，第 15 页。

④ ［英］查尔斯·卓别林：《卓别林自传》（叶冬心译），北京：中国戏剧出版社，1980 年，第 46 页。

香烟头,或者抢孩子的糖果。当然,如果看准了机会,他也会对着太太小姐的屁股踢上一脚——但只有在非常愤怒的时候他才会那样!"①这个流浪汉的角色成了卓别林的经典创造,此后在他的电影中,如《淘金记》《城市之光》等,不断出现这一经典形象,代表了那些善良正直,然而在社会恶势力面前孤立无援的小人物,让无数观众为之感动,《城市之光》放映到最后一场时,在场的科学家爱因斯坦也流下了眼泪。这个流浪汉形象的成功,得益于卓别林幼年对贫穷生活的强烈感受,用小查尔斯·卓别林的话来概括:"这不是一个凭空臆想的人物,简直是从父亲内心深处塑造出来的。实际上这是父亲的'第二个我'——一个没有成年的男孩子,长年忍饥挨冻,衣衫褴褛。可他终究没有失去本身固有的热情……"②

同样的案例还有德国新电影代表导演法斯宾德。在他8岁时,几乎没有人关心他,他的母亲因为患肺结核在疗养院休养,父亲不愿意照顾他,其他的亲人死的死,搬走的搬走,只有承租他母亲公寓的租户给他东西吃,尽管"他并不会挨饿受冻,但在缺乏适当照顾与教导的环境中,他逐渐变得更为独立与桀骜难驯。他经常在街头游荡,有时和其他孩子一起玩,有时只是默默地望着眼前所发生的一切事物"③。极度缺乏关爱的童年,令他与母亲的关系十分矛盾,一方面他们彼此依赖,法斯宾德总是迫不及待地用零用钱买小礼物给母亲,渴望得到肯定与爱,但同时他们又互相伤害,感受到对方并不需要自己,罗纳德·海曼在《法斯宾德的世界》一书中指出:"法斯宾德日后必须耗费无数成年的时光来与悲痛的童年记忆对抗。"④在法斯宾德的作品中,最常出现的是冷漠自私的母亲形象,比如在《只要你爱我》中,他安排小男孩彼得从邻居的花园中偷偷摘了一束花送给父母,然而冷漠的母亲不但没有感受到孩子的爱,反而用衣架狠狠揍了他一顿。这一情节设计毫无疑问来自法斯宾德的童年感受,爱与温情极度缺失的童年感受。罗纳德·海曼对此的评价是:"彼得那种不计后果的强烈冲动是源自缺乏温情的童年经验,而这部电影

---

① [英]查尔斯·卓别林:《卓别林自传》(叶冬心译),北京:中国戏剧出版社,1980年,第167页。

② [美]小查尔斯·卓别林:《回忆我的父亲卓别林》(文刚、吴樾译),长沙:湖南人民出版社,1982年,第11页。

③ [英]罗纳德·海曼:《法斯宾德的世界》(彭倩文译),桂林:广西师范大学出版社,2003年,第5页。

④ [英]罗纳德·海曼:《法斯宾德的世界》(彭倩文译),桂林:广西师范大学出版社,2003年,第6页。

的主要目的是呈现出彼得为何会一步步走向不可避免的毁灭命运的原因。法斯宾德晚年的生活方式——暴饮暴食、工作过度、疯狂酗酒、毫无节制地大量服用毒品与迷幻药——也同样显示出他现实生活中被剥夺的童年与对冒险的需求。"①就法斯宾德的例子来看，不仅在他对作品主题的处理方式中充满了痛苦的童年感受，他的一生也极大地受到其痛苦童年记忆的影响，他疯狂地工作，摧残自己的身体，短短一生拍了四十一部电影，1982 年死于毒品过量，年仅 37 岁。②

　　除了对自我经历的感受外，杰出作家还必须拥有对他人生活的感悟能力。这需要有敏感的个性以及旺盛的好奇心，对生活和人性保持不断的探究。经历的多少决定写作者见识的广度，而感受力的强弱则直接影响作品的深度，因此这种对他人生活的感受能力对于写作来说十分重要。不少写作教程都提出了培养感受能力的方法，如"培养敏锐的感知能力、扩展丰富的情感趣味、追求独特的体悟能力"③等。此外，培养同理心亦是增强感受力的有效途径。所谓同理心，即站在对方的立场，去理解和感受对方的情绪和心理，也称为"共情"。进入"共情"状态，就能让写作者的自身进入到他人所处的环境、心理，最为真切地感受到对方的状态。19 世纪最为杰出的俄罗斯作家果戈理有一篇著名的小说《外套》，其创作缘起是和朋友笑谈中听来的一个彼得堡官场上的笑话：一个小公务员嗜好打猎，他通过异乎寻常的节俭，终于存钱买了一支猎枪，但还没使用就不慎把枪掉到了水里，小公务员因此大病一场，几乎死掉，幸得同事们签名捐款，替他买了一支新的猎枪，才活了下来，然而从此小公务员落下一个病根，只要听到有人提起这件事，他就吓得面无人色。这个确有其事的笑话令众人哄笑，但唯有果戈理陷入沉思。果戈理曾经有过做公务员的经历，这让他比其他人更容易理解和同情故事中小公务员的心酸生活，也更容易进入"共情"状态。根据这个故事，果戈理创作了《外套》，描写了一个小公务员的悲惨命运，只是在小说中，他将猎枪这件奢侈品改成了外

---

　　①　［英］罗纳德·海曼：《法斯宾德的世界》（彭倩文译），桂林：广西师范大学出版社，2003 年，第 8 页。

　　②　关于法斯宾德的出生日期，据罗纳德·海曼的《法斯宾德的世界》书中说明："他与他的母亲长久以来皆将他的出生日期误认为 1946 年，直到他死后，才由伯特·凡里萧芬（Bad Worishofen）城的出生登记证实，他真正的出生日期为 1945 年 5 月 31 日。因此，当他于 1982 年去世时，实际年龄仅有三十七岁。"［英］罗纳德·海曼：《法斯宾德的世界》（彭倩文译），桂林：广西师范大学出版社，2003 年，第 1—2 页。

　　③　董小玉：《现代写作教程》，北京：高等教育出版社，2008 年，第 31—32 页。

套这样的生活必需品,外套最后的丢失,造成了小公务员的命丧黄泉。哈金在 2008 年香港书展的名为"个人与文学"的演讲中盛赞果戈理的这篇小说:

> 在俄罗斯文学当中有两个传统,一个是托尔斯泰的传统,托尔斯泰写得非常高雅典雅,在他作品当中总有一个王子,像《安娜·卡列尼娜》当中,《战争与和平》当中,他们都是要有这个传统。另一个传统是更大的传统,那就是从果戈理开始,写小人物与小职员,从《外套》开始,辛辛苦苦一辈子就为了做一个外套,外套还被别人抢去了,一气之下自杀了。这是另一个宏大传统,这个传统实际上孕育了一个真正的俄罗斯文学的最大的主流,这是为什么陀斯妥耶夫斯基说的"我们都来自于果戈理",这个话的意思,我们这个写法,专门写普通的人,小的人物,像虫子一样的人,就从这个宏大传统、从果戈理开始的。果戈理作品很小,但是就是因为他这个创始人的身份,确定他一个不朽的地位。

果戈理曾经有过的公务员经历,使得他能够对小公务员的遭遇产生同理心,感受到笑话背后小人物的心酸,他怀着深切的同情,写下了以被侮辱被损害的小人物为表现对象的小说,开创了一个文学创作的全新传统。

要之,经历和感受共同构成人的记忆和经验,西班牙超现实主义电影之父布努艾尔在他的自传中说:"我认为一个人老了,逐渐丧失记忆是必然的,这样我们才会体会到,我们之所以活着,乃是因为有记忆的关系,没有记忆的生命就不能称之为生命了,就如同没有表现能力的智能不能称之为智能,道理是一样的。记忆是一种凝聚力,一种理性,一种情感,甚至是一种行为,没有记忆,我们就什么都不是了。"[①]个人记忆中的各种经历和感受,是作家最重要的创作来源,这其中有来自于作家切身体验的,也有从他人经历中得到感悟的,所有这些都必须与作家的个人经验相结合,才能得以表达,最终呈现在作品中。

第三节　材料的整理与使用

阅读、思考、观察、经历、感受,这些行为都能为写作收集有用的材料。收集材料是写作的第一步,第二步是建立井然有序的材料仓库,也就是对材料进行整理归类。整理时分类合理,写作时才能得心应手,精准地找到所需的材料。

---

① 　[西]布努艾尔:《我的最后一口气:布努艾尔自传》(刘森尧译),桂林:广西师范大学出版社,2003 年,第 2 页。

初学者可以根据材料来源的不同,将之分为来自阅读的书面材料仓库和来自日常的生活材料仓库两大类,每一类中还可根据不同的内容主题,进一步细分管理。当材料收集达到一定的规模后,就要做好编次整理,建立详细的目录,以便搜寻。材料可以用摘抄的方式留存,这种方式的好处是通过抄写可以让人印象深刻,也可以利用更为快捷的现代技术手段。这些整理工作虽然繁琐,却十分必要。被誉为"世界三大短篇小说之王"的俄国作家契诃夫一生留下了众多经典作品,在他笔下,既有活得战战兢兢的小公务员,如《小公务员之死》;也有见风使舵的变色龙,如《变色龙》;他的短篇小说《苦恼》则通过马车夫姚纳·波达波夫的遭遇写出了人类孤独隔膜的生活状况。契诃夫的几百个短篇小说所涉题材极为多样,这些精彩的人物和作品都来自于他的材料储备。契诃夫采用了非常辛苦的写作札记的方式来收集整理材料,其中记录了不少日常生活中遇到的人物。另一位法国大作家大仲马甚至雇人帮忙抄写剪贴,并完成材料整理的工作。很多杰出的作家都非常重视材料的收集整理工作,这对于后学者是很好的示范。

当代作家李敖有一套"随手剪贴"、及时归类的整理材料的方法,很值得参考,他在《答陈依玫》一文中提到:

> 为了避免看过的东西随时扔掉了,为了避免随看随忘,我就发明了一种随手剪贴的方法,就是把所有过眼的读物,在过眼当时,立刻决定取舍去留,该剪就剪、该影印就影印(我是不抄的,抄太慢了缺乏效率),然后按照我所预拟的大类,分别分入我的资料夹中,累积多了,要写什么,就写什么,不会临时抓瞎。所以,我没有笔记、没有卡片,有的全是直接的分类好了的材料。至于什么材料有用,什么材料没用,那就要凭"读书得间"的慧眼。在韩愈眼中,"牛溲、马勃、败鼓之皮,俱收并蓄,待用无遗",什么材料都有用;在宋太宗眼中,"开卷有益,岂徒然也"。什么书都有用,就在你会不会有慧眼了。[①]

2009年凤凰卫视的访谈节目《鲁豫有约》曾走入李敖在阳明山的书房进行采访,节目拍摄了李敖书房内的情况,除了满屋书籍外,李敖还展示了他剪贴分类的材料,蔚为大观。现在可利用影印、摄影、摄像及电脑各种软件来收集和分类材料,既可保存文字材料,也可保存图片、照片等。养成随手收集,

---

① 李敖:《李敖私房书》(二),见《李敖大全集30》,北京:中国友谊出版公司,2010年,第57页。

及时整理分类的习惯,可以在整理的过程中提炼出材料的主题加以归类,也可以先设定主题,围绕这个主题去收集整理材料。

收集材料多多益善,但在选择使用材料时,却必须精挑细选,注意遵循一些原则。首先,所选用的材料应紧扣主题,选择那些与作品主题密切相关的材料,如与主题无关,就要加以舍弃。以陆文夫的《美食家》为例,小说塑造了一位好吃嗜吃的人物朱自冶,通过这位美食家的人生遭遇,折射出时代的变迁,具有深刻的社会内涵,这篇小说被认为是陆文夫小说创作的一个高峰。小说为了突显"美食家"的主题,使用了不少有关美食的材料,如小说开篇有一段关于食客对吃面的各种讲究的描写,用了一系列的食客术语:硬面、烂面、宽汤、紧汤、拌面、重青、免青、重油、清淡点、重面轻浇、重浇轻面、过桥……紧接着再写朱自冶个人的特别讲究:

> 一碗面的吃法已经叫人眼花缭乱了,朱自冶却认为这些还不是主要的,最重要的是要吃"头汤面"。千碗面,一锅汤。如果下到一千碗的话,那面汤就糊了,下出来的面就不那么清爽、滑溜,而且有一股面汤气。朱自冶如果吃下一碗有面汤气的面,他会整天精神不振,总觉得有点什么事儿不如意。所以他不能像奥勃洛摩夫那样躺着不起床,必须擦黑起身,匆匆盥洗,赶上朱鸿兴的头汤面。吃的艺术和其他的艺术相同,必须牢牢地把握住时空关系。[1]

利用这些与吃有关的材料,作者生动地刻画出主人公嗜吃如命的个性特点。相反,如果是与主题无关的材料,哪怕材料本身十分精彩,也必须忍痛割爱。在史学界享有大名的学者何炳棣晚年回忆小时候所受的写作教育,仍然记得父亲"文章贵能割爱"的教导:"第二件事是高小在家练习作文时父亲一再强调阐发:'文章贵能割爱。'意思是文章的主题本身是一个单元,主题之下,章节段落一般是为发挥主题意蕴的,也可能是有关主体的较小单元。尽管作者有天大学问,所论如不贴切主题而强行揿入,必会破坏文章的单元,反成全文之病。父亲这项教导对我日后重要的考试和写作都大有裨益。"[2]

其次,选择真实贴切的材料。尽量选择直接来源于现实生活的材料,这有助于更为生动可信地表现主题。导演李安亲自撰写剧本并拍摄的电影《喜宴》,叙说一位旅居美国的台湾男同性恋高伟同,为了在与恋人保持同居关系

---

[1]　陆文夫:《美食家》,北京:人民文学出版社,2006年,第4页。

[2]　何炳棣:《读史阅世六十年》,桂林:广西师范大学出版社,2005年,第10页。

的同时能安抚远在台湾的父母，又能让来自大陆的非法女移民顾威威拿到绿卡，决定和顾威威结婚的故事。电影的主题是通过喜宴来表现中西方观念的冲突，在电影中，李安用到了很多自己婚礼中的真实事件，如混乱的注册过程、中式喜宴上啃鸡脖子、闹洞房……甚至连电影中出现的床单，都是当时李安结婚时所用的床单。在《十年一觉电影梦：李安传》中，李安一再提到这部电影的很多材料来自他亲身的经验："很多《喜宴》里的情景都是我结婚实况的翻版。"①"《喜宴》里糅杂了许多我自己的经验。如纽约市政府的公证结婚、婚礼上的闹酒花招、父亲的训话、母亲的悲喜交加，几乎就是我的自述。片中伴郎当场被其他新人抓公差权充介绍人的情景，也是我真实婚礼中的小插曲。"②这些来自导演亲身经历的材料，使用非常切和电影所要表现主题的需要，在一个热闹忙乱的中国喜宴背后，隐含了上一辈和年轻一代的冲突、中国传统和西方现代观念的冲突，以及各种情感纠纷和人际冲突。这部悲喜交集的经典电影，为李安赢得了1993年第43届柏林国际电影节的最佳影片金熊奖，以及第30届台湾金马奖最佳剧情片、最佳导演奖等荣誉。

此外，作家章诒和的《伶人往事：写给不看戏的人看》一书，也是选择和使用材料的一个极佳案例。此书记录了八位艺人：尚小云、言慧珠、杨宝忠、叶盛兰、叶盛长、奚啸伯、马连良、程砚秋等人的事迹，他们幼年刻苦学艺，艺成后都大红大紫，也因为世事变迁饱经磨难。在《自序》中，作者说明此书是记录性的，"知道的，就写；知道多点，就多写点。……书中的叙述与诠释，一方面是为我的情感所左右，另一方面也是我所接触材料使然"③。对于此书材料的使用，有一种批评的意见认为此书堆砌了太多的材料，但另一种看法是传记类的书应当尽量详实地运用材料。《伶人往事》一书，作者自叙"着墨之处在于人，而非艺"，她在写作此书时饱含感情："感动我的事情，才写。"故材料的选择着重用细节故事来表现人物的性情，如写尚小云的嗜好是"喜零食，饭局多"，写他的孝，用了"白皮鞋"的故事，"尚五块"的称呼，则体现出尚小云的生性豪侠和仗义疏财等，这部著作运用真实详尽的材料，还原了艺人们在不同人生阶段的各种遭遇以及他们保持并贯通始终的姿态与精神，令人动容，可为写作中如何使用材料提供参考借鉴。

---

① 张靓蓓：《十年一觉电影梦：李安传》，北京：人民文学出版社，2007年，第30页。
② 张靓蓓：《十年一觉电影梦：李安传》，北京：人民文学出版社，2007年，第58页。
③ 章诒和：《自序》，见章诒和：《伶人往事：写给不看戏的人看》，长沙：湖南文艺出版社，2006年。

练习与本章参考书目

练　习

1. 提供一组眼睛或手的特写照片,根据照片进行观察,用几句话概括出这些眼睛或手的特点。

2. 写作观察笔记一则,观察一位人物,同学、老师、家人或路人、公众人物均可,要求观察结果有重点、有比较,字数不限。

3. 为写作建立两个材料仓库:生活材料仓库和书面材料仓库。可采用书面记录摘抄的形式,也可利用电脑软件进行记录。可采用两种方式来丰富材料仓库:预先设定主题,如"环保"、"校园生活"等,围绕主题进行有意识的材料收集;也可在日常生活中随手收集,达到一定数量的材料后再进行整理、分类。

4. 收集 10 则以上的标语,标语的类别可自行设定,如"环保"、"公益"、"交通"等,可自行拍摄或通过网络寻找,并做成 PPT 形式做课堂展示,要求对每则评语加以点评,并在最后写一段有关材料收集的总结,无字数要求。

本章参考书目

[1] [美]纳博科夫:《文学讲稿》(申慧辉等译),北京:生活·读书·新知三联书店,1991 年。

[2] 鲁迅:《鲁迅全集》,北京:人民文学出版社,2005 年。

[3] 张子静、季季:《我的姐姐张爱玲》,长春:吉林出版集团有限责任公司,2009 年。

[4] 张爱玲:《张爱玲散文全编》,杭州:浙江文艺出版社,1992 年。

[5] [美]李欧梵:《上海摩登——一种新都市文化在中国 1930－1945》(毛尖译),北京:北京大学出版社,2001 年。

[6] 张爱玲:《张爱玲全集》,北京:北京十月文艺出版社,2009 年。

[7] 胡兰成:《今生今世》,北京:中国社会科学出版社,2003 年。

[8] [美]David Robinson:《卓别林——生活在欢笑和眼泪之间的演员》(葛智强译),上海:上海译文出版社,2003 年。

[9] [美]小查尔斯·卓别林:《回忆我的父亲卓别林》(文刚、吴樾译),长沙:

湖南人民出版社,1982年。

[10] [英]查尔斯·卓别林:《卓别林自传》(叶冬心译),北京:中国戏剧出版社,1980年。

[11] 郑淑梅主编:《世界电影名家名片二十讲》,杭州:浙江大学出版社,2008年。

[12] [法]莫泊桑:《莫泊桑小说全集》(王振孙译),上海:上海译文出版社,2008年。

[13] 陈丹青:《无知的游历》,桂林:广西师范大学出版社,2004年。

[14] 相静:《散文创作艺术论》,沈阳:辽宁大学出版社,2009年。

[15] [法]福楼拜:《包法利夫人》(罗国林译),北京:北京燕山出版社,2000年。

[16] 高中甫主编:《茨威格文集》,西安:陕西人民出版社,1998年。

[17] 格非:《文学的邀约》,北京:清华大学出版社,2010年。

[18] 唐德刚:《胡适杂忆》,桂林:广西师范大学出版社,2005年。

[19] [德]海涅:《德国宗教及哲学史概观》(辛人译),上海:辛垦书店,1936年。

[20] 傅雷:《傅雷译文集》,合肥:安徽人民出版社,1982年。

[21] 张炜:《小说坊八讲:香港浸会大学授课录》,北京:生活·读书·新知三联书店,2011年。

[22] [丹麦]索伦·克尔凯戈尔著,[丹麦]彼德·P.罗德编:《克尔凯戈尔日记选》(晏可佳、姚蓓琴译),上海:上海社会科学院出版社,2002年。

[23] [英]罗纳德·海曼:《法斯宾德的世界》(彭倩文译),桂林:广西师范大学出版社,2003年。

[24] 董小玉:《现代写作教程》,北京:高等教育出版社,2008年。

[25] [西]布努艾尔:《我的最后一口气:布努艾尔自传》(刘森尧译),桂林:广西师范大学出版社,2003年。

[26] 李敖:《李敖大全集》,北京:中国友谊出版公司,2010年。

[27] 陆文夫:《美食家》,北京:人民文学出版社,2006年。

[28] 何炳棣:《读史阅世六十年》,桂林:广西师范大学出版社,2005年。

[29] 张靓蓓:《十年一觉电影梦:李安传》,北京:人民文学出版社,2007年。

[30] 章诒和:《伶人往事:写给不看戏的人看》,长沙:湖南文艺出版社,2006年。

第四章 想象力训练

黑格尔的经典巨著《美学》探讨了艺术之美,其中特别谈到想象:"如果谈到本领,最杰出的艺术本领就是想象。……想象是创造性的。"①肯定了想象在艺术创作中的重要地位。当代著名作家陈忠实也在《白鹿原》的创作手记中特别强调想象力对创作所起的作用:"在我学习创作的已不算短的历程中,越来越相信创作需要想象,想象力愈丰富,作品就出奇制胜,甚至可以说想象力贫乏的作家,是很难实现思想和艺术的突破的,我不仅相信这个理论,也有自己创作实践的切实感知。"②他强调来自生活的直接感受和直接体验是写作所不可或缺的,但是,这一切必须与想象相结合:"如果既保持活跃丰富的想象,又对具体一部小说所描写的生活背景和人物生存环境有直接的体验和感受,我就会进入最踏实最自信也最激情的写作状态。"③杨绛也形象地阐述过创作中想象和已有经验材料的关系:"创作的一个重要成分是想象,经验好比黑暗里点上的火,想象是这个火所发的光;没有火就没有光,但光照所及,远远超过火点儿的大小。创造的故事往往从多方面超越作者本人的经验。"④毫无疑问,想象力和材料的完美结合,会让作家进入最佳的创作状态。因此,想象力对文学创作来说至关重要,在完成了知识积累、材料收集之后,进入到真正的写作阶段,从最初的构思开始,到情节的发展、人物的塑造、场面的再现,每一个写作环节,都离不开想象力的作用。

---

① 〔德〕黑格尔:《美学》(第一卷,朱光潜译),北京:商务印书馆,1979年,第357页。
② 陈忠实:《寻找属于自己的句子》,上海:上海文艺出版社,2009年,第68页。
③ 陈忠实:《寻找属于自己的句子》,上海:上海文艺出版社,2009年,第68页。
④ 杨绛:《记钱钟书与〈围城〉》,见杨绛:《杨绛散文》,杭州:浙江文艺出版社,1994年,第164页。

第一节　想象的分类与写作

想象是写作者对头脑里已有的记忆表象进行加工改造后重新形成新形象的心理过程。想象力就是指这种创造新形象的能力。想象力既包括对外在现实形象的敏锐感知和记忆，同时要真正对创作起作用，不能仅停留在对外在现实与内在现实的感知和单纯吸收，必须对储存在头脑中的记忆表象深思熟虑、彻底体会。正如黑格尔所说："轻浮的想象决不能产生有价值的作品。"①

弗洛伊德在《自我与本我》一文中将心理区分为意识和无意识，认为这是精神分析学的基本前提。② 根据这一观点，可将想象分为无意想象和有意想象。有意想象是主动的、自觉的想象过程，它具有预定的目的。有意想象包括再造想象、创造想象和幻想，这三种想象的能力与写作密切相关。无意想象则是在不由自主的无意识状态下发生的想象，它没有预定目的。弗洛伊德认为无意识有两种："一种是潜伏的，但能够变成意识；另一种被压抑的，在实质上干脆说，是不能变成意识的。"③梦是无意想象的典型形式，它是人的潜伏的、被压抑的心理状态的一种反映，在很多实际的案例中，梦也能对写作产生积极的作用。

一、再造想象与写作

再造想象是根据已有的描绘，如语言、文字、图像、音乐等的描述，在头脑中再造新形象的心理过程。例如读者在阅读小说时，根据小说中的文字描绘，在头脑中构筑人物形象的过程，就是再造想象。在创作中，依据历史资料进行小说创作，或根据已有的小说改编成电影作品，这些都是利用再造想象进行的创作。有的创作论著中，将悼亡怀友的散文写作也列入利用再造想象的创作之列，"一些悼亡怀友的写人散文，作者往往通过再造形象

---

① 〔德〕黑格尔：《美学》（第一卷，朱光潜译），北京：商务印书馆，1979年，第358页。
② 〔奥〕西格孟德·弗洛伊德：《弗洛伊德后期著作选》（林尘、张唤民、陈伟奇译），上海：上海译文出版社，1986年，第160页。
③ 〔奥〕西格孟德·弗洛伊德：《弗洛伊德后期著作选》（林尘、张唤民、陈伟奇译），上海：上海译文出版社，1986年，第162页。

将亲人故友的形象再现出来,如宗璞的《哭小弟》、巴金的《再忆萧珊》等"①。值得注意的是,在创作中,也可以用再造想象为主,同时融合一些创造想象。

朱东润的《张居正大传》根据史料写作传记文学,是再造想象的典型案例。朱东润是中国著名学者,早年求学英国,后执教于武汉大学、复旦大学等高校,在中国古代文史研究领域颇有建树,同时,他也是享有盛名的传记作家,一生留下了很多具有影响力的传记作品,如《陆游传》、《梅尧臣传》,以及《朱东润自传》和以妻子邹莲舫为立传对象的《李方舟传》②等。朱东润对传记文学感兴趣始于读到鲍斯威尔的《约翰逊博士传》。1939 年,他有感于时人对传记文学观念之模糊以及传记文学滞于发展,遂起意要替中国文学界做一番斩伐荆棘的工作。朱东润认为传记文学,应当是一种有来历、有证据、不忌繁琐、不事颂扬的作品,而在选择传主方面,他认为"任何人都有自己的世界,自己的一生。这一生的记载,在优良的传记文学家的手里,都可以成为优良的著作。所以在下州小邑、穷乡僻壤中,田夫野老、痴儿怨女的生活,都是传记文学的题目"③,但他同时也承认:这是一个理想的说法,我们所能细密认识的,只有最有限的几个人,因此他从伟大人物着手,选择了在中国历史上划时代的人物张居正。朱东润在写作这部传记文学时遇到的最大困难是:张居正是一个几乎没有私生活的人物,而私生活的描写正是使传记文学生动亲切不可或缺的重要部分,同时材料的缺乏,如无法看到《明实录》,也造成了写作的困难。此书以张居正本人的著作《张文忠公全集》四十六卷为主要依据史料,力求还原历史真相,充分利用史料,"我担保没有一句凭空想象的话"④,纷繁的历史事件和错综复杂的人物关系,在平实自如的语言表述中显得鲜活生动,要言不烦。这部传记文学于 1943 年 8 月完成,出版后赞誉之声不绝,直至今日仍不断重印出版,被誉为 20 世纪四大传记之一。⑤

再举根据小说改编成电影作品的例子。《一个陌生女人的来信》是奥地

---

① 相静:《散文创作艺术论》,沈阳:辽宁大学出版社,2009 年,第 57 页。

② 李方舟为邹莲舫女士的化名。朱东润在《李方舟传》的序言中特别说明:"传中的人名、地名、机关名,由于是在特殊的年代写作的,因此都经过一些转化,关心的人还是可以理解的。"见朱东润:《朱东润传记作品全集》(第四卷),上海:东方出版中心,1999 年,第 507 页。

③ 朱东润:《序》,见朱东润:《张居正大传》,天津:百花文艺出版社,2000 年,第 5 页。

④ 朱东润:《序》,见朱东润:《张居正大传》,天津:百花文艺出版社,2000 年,第 12 页。

⑤ 20 世纪四大传记分别为林语堂《苏东坡传》、梁启超《李鸿章传》、朱东润《张居正大传》、吴晗《朱元璋传》,百花文艺出版社和陕西师范大学出版社均出版过四本一套的丛书。

利作家茨威格的早期小说,通过一封凄婉的长信叙述了一个女子绝望的爱情故事。小说主体部分以第一人称的叙述展开,极为抒情地讲述了女子从童年起爱上一个作家的经历:

> 从这秒钟起,我就爱上了你。我知道,许多女人对你这个宠惯了的人常常说这句话。但是我相信,没有一个女人像我这样盲目的、忘我地爱过你,我对你永远忠贞不渝,因为世界上任何东西都比不上孩子暗地里悄悄所怀的爱情,因为这种爱情如此希望渺茫,曲意逢迎,卑躬屈膝,低声下气,热情奔放。①

然而,令女子痛苦的是,她付出一生来挚爱的作家对她一无所知,在小说的结尾,作家读完了女子的长信,却仍然想不起这个曾经爱慕他、已经离世的女子的模样:

> 他从颤抖着的手里把信放下。然后就久久地沉思。某种回忆浮现在他的心头,他想起一个邻居的小孩,想起一位姑娘,想起夜总会的一个女人,但是这些回忆模模糊糊,朦胧不清,宛如一块石头,在流水底下闪烁不定,飘忽无形……

> 他觉得,仿佛一扇看不见的门突然打开了,股股穿堂冷风从另一世界嗖嗖吹进他安静的屋子。他感觉到一次死亡,感觉到不朽的爱情:一时间他的心里百感交集,他思念起那个看不见的女人,没有实体,充满激情,犹如远方的音乐。②

这篇小说分别于 1948 年、1974 年和 2004 年三次被改编成电影,这是利用再造想象将小说改编成电影进行再创作的案例。2004 年的电影《一个陌生女人的来信》由中国女演员徐静蕾自编自导自演完成,故事的时空发生了巨大转变,从维也纳搬到了 20 世纪 30 年代的中国北平,因此相关的场景发生了较大的变化,然而故事的结构、人物的情感仍然得到了真实的再现,电影展现了女主人公从孩童,到少女,再到妇人三个阶段的不同遭遇,其中大段的内心独白,完全来自小说中的原文,电影以影像化的叙事,再现了女主人公对那位一再忘记她的作家炙热而又绝望的爱。这是以再造想象为主,同时结合创造想象,将小说改编成电影作品较为成功的案例。

---

① 高中甫主编:《茨威格文集 2》,西安:陕西人民出版社,1998 年,第 287—288 页。
② 高中甫主编:《茨威格文集 2》,西安:陕西人民出版社,1998 年,第 322—323 页。

二、创造想象与写作

相比再造想象,创造想象相对独立,它并不依据现成的资料或描述,而是有一定的目的计划,利用头脑中原有的记忆表象重新加工改造,进行新形象创造的过程。创造想象既是以现实生活中积累的记忆表象为基础,同时必须对原有的记忆表现进行分解与重组,以创造出新的形象。创造想象具有独立、首创的特点,其目的是创造出别人从未创造出来的新形象。可以说绝大多数的文学、艺术创作是创造想象的结果。写作者可以运用创造想象力,对记忆表象进行加工改造,"杂取种种人,合成一个"[①],创造出全新的艺术形象和艺术境界。

以菲茨杰拉德写于 1925 年的《了不起的盖茨比》为例来看。弗朗西斯·司各特·菲茨杰拉德生于 1896 年,于 1940 年因心脏病猝发而去世,一生短暂坎坷,却留下了四部长篇小说和一百多篇短篇小说,是 20 世纪美国最伟大的作家之一。《了不起的盖茨比》是菲茨杰拉德最重要的作品,也是美国文学中的经典之作,小说以 20 世纪 20 年代的纽约市和长岛为背景,塑造了一个靠非法贩酒而暴发的富豪形象——盖茨比,并描写了其美梦幻灭的悲剧人生。小说来自现实生活,是对"爵士时代"的真实写照,这是一次世界大战以后、经济大萧条之前的十年,是一个挥金如土、浮华享乐的时代,同时作者又以非凡的创造想象力,虚构了盖茨比、黛西、约翰以及故事叙述者尼克等具有象征意义的系列人物形象。盖茨比是爵士时代典型美国青年的形象,他对于梦想的追求是那样的执著,"长年朝思暮想,梦寐以求,简直是咬紧了牙关期待着,感情强烈到不可思议的程度"[②],他追求青春和爱情,为此他投身在金钱的世界里,然而"随着沆瀣一气的欢闹的高涨,他却变得越发端庄了"[③],盖茨比为了一个梦付出了很高的代价,他对理想的无怨无悔让他的精神境界高于整个时代,让他成为"了不起的盖茨比"。黛西是盖茨比的梦想,然而她没有他想象中那么纯洁美好,她的声音里充满了金钱,最终她无情离去,盖茨比梦碎人亡。所有的创造想象都必须以丰富的现实经验储存为条件,否则很难

---

① 鲁迅:《〈出关〉的关》,见鲁迅:《鲁迅全集》(第六卷),北京:人民文学出版社,2005 年,第 538 页。

② [美]弗朗西斯·司各特·菲茨杰拉德:《了不起的盖茨比》(巫宁坤译),南京:译林出版社,2007 年,第 185 页。

③ [美]弗朗西斯·司各特·菲茨杰拉德:《了不起的盖茨比》(巫宁坤译),南京:译林出版社,2007 年,第 101 页。

创造出栩栩如生、令人信服的形象来。对于笔下这个"美国历史上最会纵乐、最炫丽的时代",菲茨杰拉德本人也纵情参与其中,就像他在《了不起的盖茨比》中所写的:

> 然而我们这排黄澄澄的窗户高踞在城市的上空,一定给暮色苍茫的街道上一位观望的过客增添了一点人生的秘密,同时我也可以看到他,一面在仰望一面在寻思。我既身在其中又身在其外,对人生的千变万化既感到陶醉,同时又感到厌恶。①

这段描写正好写出了菲茨杰拉德与整个时代的关系。在菲茨杰拉德成名之后,他过着和其小说中所描绘的人物一样奢靡的生活,沉湎于酒精之中,挥金如土,同时也挥霍了健康和才华。可以说菲茨杰拉德和那个时代的关系是既身在其中,又冷眼旁观。或许正因如此,他才能在现实生活经验的基础上,选取相关表象进行重新的组合排列,勾画出一个全新的艺术世界,生动鲜活地重现了整个爵士时代的社会风貌以及年轻一代对于"美国梦"幻灭的悲哀,显示出作者对社会百态的理解,这部小说奠定了菲茨杰拉德在美国文学史上的地位,也为世界读者留下了系列经典的文学人物形象。

再如另一位20世纪著名的美国作家海明威,他一生创造了很多经典的人物形象,也是一位利用创造想象进行写作的高手。海明威的创作带有鲜明的个人特点,在塑造人物时善于结合自己的人生经验,他笔下的经典人物常常带有他个人的影子。海明威于1954年获得诺贝尔文学奖,瑞典文学院常务秘书安德斯·奥斯特林在《授奖辞》中盛赞其叙事技巧:"他能把一篇短小的故事反复推敲,悉心剪裁,以极简洁的语言,铸入一个较小的模式,使其既凝练,又精当,这样,人们就能获得极鲜明、极深刻的感受,牢牢地把握它要表达的主题。"②《老人与海》发表于1952年,被认为是体现了这一海明威式叙事技巧的典范之作。小说中桑提阿果老人连续八十四天没有钓到鱼,在第八十五天,他钓到了一条大鱼,经过一番搏斗,他终于杀死了大鱼,然而这战利品却被鲨鱼吃得只剩下一副骨架。在故事的最后,作者借曼诺林之口对筋疲力尽的老人说:"它可没打败你。那条鱼没有。"③这篇小说的故事原型是海

---

① 〔美〕弗朗西斯·司各特·菲茨杰拉德:《了不起的盖茨比》(巫宁坤译),南京:译林出版社,2007年,第73页。

② 〔瑞典〕安德斯·奥斯特林:《授奖辞》(象愚译),见〔美〕海明威:《老人与海》(董衡巽等译),桂林:漓江出版社,1987年,第358—359页。

③ 〔美〕海明威:《老人与海》(董衡巽等译),桂林:漓江出版社,1987年,第353页。

明威写于 1936 年的一篇报道,但人物形象却是他重新创造的结果,这个不肯认输、决不屈服的老人形象,传达了一种硬汉精神,他在和鲨鱼搏斗时说:"人可不是造出来要给打垮的"、"可以消灭一个人,就是打不垮他。"[1]"硬汉形象"也是海明威本人一直以来给人的印象,他是"一位忠实地、勇敢地再现时代的艰辛危难的真实面貌的作家"[2],他在创作中融入自己的理解,运用创造想象,根据知道的或不可能知道的一切事情进行虚构,他认为"创造出来的东西就不是表现,而是一种崭新的东西,它比实际存在的真实的东西更为真实"[3]。

从以上这些案例可知,要运用好创造想象进行写作,必须以现实生活为基础,同时进行大胆的分解、重组,才能创造出新颖独特的作品来。

三、幻想与写作

幻想是一种与生活愿望相结合并指向未来的想象。尽管仍以现实为基础,但幻想创造出来的东西离现实较远,难以实现。利用幻想进行的写作,可以突破时空限制,天马行空,构筑异于常态的离奇的艺术形象与境界,如神话、科幻作品等。

要利用幻想进行创作,必须思路开阔,想象丰富,不被现实拘束。法国作家儒勒·凡尔纳是现代科幻小说的开创者之一,他的代表作《海底两万里》就是一部极其经典的科幻小说。故事从海上发现怪物开始,在追捕怪物的过程中,小说主人公生物学专家阿龙纳斯教授,以及他的仆人康塞尔、鱼叉手尼德·兰三人不幸被抛到海中,这才发现怪物原来是一艘潜水艇,他们受到潜水艇尼摩船长的邀请在海底旅行,他们从太平洋出发,经过了珊瑚王国、印度洋、红海、地中海、大西洋,还见识了冰山和南北两极的海洋,在一路上,他们看到各种各样美丽的鱼类、奇异的软体动物,以及沉没的船只等海底景象,最后在挪威海岸脱离了潜水艇。在这场新奇惊险的海底环球旅行中,既充满了丰富详尽的科学知识,也让读者领略了奇异生动的想象,作者在小说的最后部分表明这样的想象也许在未来的某一天可以成为现实:"有一天学术进步,

---

① ［美］海明威:《老人与海》(董衡巽等译),桂林:漓江出版社,1987 年,第 341 页。

② ［瑞典］安德斯·奥斯特林:《授奖辞》(象愚译),见［美］海明威:《老人与海》(董衡巽等译),桂林:漓江出版社,1987 年,第 361 页。

③ ［美］乔治·普林浦敦:《海明威访问记》,见［美］海明威:《老人与海》(董衡巽等译),桂林:漓江出版社,1987 年,第 408 页。原书注:海明威不习惯当人面谈自己的创作,所以这篇访问记采取的方式是由记者提问,海明威作书面回答。

这海底是要变为可以自由通行的。"①这部出版于1869年的小说充满了幻想的色彩,至今仍具有很强的生命力和影响力,曾多次被改编拍摄成同名电影以及制作成动画片。

科幻小说中的一类反乌托邦小说也很值得一提。较早幻想未来的小说可以英国人托马斯·莫尔的《乌托邦》为代表,幻想的是未来的理想社会,人民生活幸福,物质丰富,一切都十分美好。而反乌托邦小说则反映了一种截然不同的对未来的幻想,它是理想社会的反面,这派小说通过想象构筑一个虚拟想象的未来世界,通常是一种极端恶劣的社会形态,看似有序和平,实则令人窒息绝望。反乌托邦已经成为科幻文学中的一个流派,以俄国扎米亚京的《我们》、英国赫胥黎的《美丽新世界》和英国乔治·奥威尔的《一九八四》为代表,其中尤以乔治·奥威尔的《一九八四》最为著名,目前已被翻译成至少六十几种文字,并被美国《时代》杂志评为1923年至今最好的100本英文小说之一。

在《一九八四》的虚构中,世界已经在一次大战后分成三个国家联盟,大洋国、欧亚国和东亚国,故事发生在大洋国,主角温斯顿·史密斯在"真理部"从事着篡改历史的工作,过着刻板的生活:穿蓝色的工作服,居住在一居室的公寓里,吃黑面包以及人工合成的饭菜,喝硝酸似的胜利牌杜松子酒。在他生活的世界里,监视的电幕遍布公共场所和住处,而招贴画上的面孔无时不提醒人们:"老大哥在看着你。"②在一成不变的生活中,温斯顿对"老大哥"产生了怀疑,并且与裘莉亚发生感情,以此来对抗恐惧和仇恨,因而成为思想犯,在经过专门负责内部清洗的"友爱部"三个阶段(学习、理解、接受)的思想改造之后,他成为一名"思想纯洁者"。在小说的最后,温斯顿在被枪决前,"抬头看着那张庞大的脸。他花了四十年的功夫才知道那黑色的大胡子后面的笑容是什么样的笑容。哦,残酷的、没有必要的误会!哦,背离慈爱胸怀的顽固不化的流亡者!他鼻梁两侧流下了带着酒气的泪。但是没有事,一切都很好,斗争已经结束了。他战胜了自己。他热爱老大哥"③,留给读者一个讽刺而悲哀的结局。小说完成于1948年,翌年出版,乔治·奥威尔想象出一个

---

① [法]儒勒·凡尔纳:《海底两万里》(曾觉之译),北京:中国青年出版社社,1961年,第499页。

② [英]乔治·奥威尔:《一九八四》(董乐山译),沈阳:辽宁教育出版社,1998年,第3页。

③ [英]乔治·奥威尔:《一九八四》(董乐山译),沈阳:辽宁教育出版社,1998年,第267页。

存在于未来的 1984 年,用文字创造出一个与理想社会截然相反的极权社会,其中传达出的恐怖和绝望,表现出对人性和现实的深刻反思,亦显示出别具一格的想象力。同时,奥威尔在小说中创造的一些词语,如"老大哥"、"双重思想"、"新话"等,都被收入权威英语词典,他的名字也衍生出"奥威尔式的"、"奥威尔主义"等新词,可见奥威尔及其《一九八四》的影响力。

近年来出版的美国青春文学代表作品《分歧者》也可归入此类反乌托邦小说之列。在作者维罗尼卡·罗斯还是美国西北大学的学生时,她创作了首部作品《分歧者》。在小说中,为了根除罪恶、恢复和平,未来世界的人类被分为五个派别:"灰石代表无私派,清水代表博学派,泥土代表友好派,点燃的炭火代表无畏派,玻璃代表诚实派。"①然而,在平静的社会表象下,隐藏着严苛不近人情的社会结构:"派别远重于血缘。"②随着女主人公碧翠丝的经历,权力斗争、暴虐杀戮等种种丑恶被暴露出来,无情展示出这个人造乌托邦社会的虚假和荒谬。这部新一代的反乌托邦小说充满了奇妙的想象力,曾入围《纽约时报》畅销书排行榜超过 100 周,广受读者欢迎。

四、梦与写作

梦是人在睡眠状态下产生的想象,是一种无意识的心理活动。梦可以反映人的潜意识,因此弗洛伊德认为:"我们可以把对梦的研究看作是探讨内心深处心理过程的最可靠方法。"③法国文学家及文学批评家罗兰·巴特甚至认为梦的构成缘于有意识的逻辑:"梦允可、激发、释放、暴露道德的感觉,有时甚至是玄学的极端精微的感觉,人类关系最不可言的意念,细微差异最敏锐的辨别力,最高等文明的某类知识,总之,一种有意识的逻辑,以异乎寻常的精致榫合起来。清醒时,惟有极度熬夜工作,方可达臻那般境地。简质地说,梦使我身上常见且固有的一切事物开口言说:梦是一个未开化的轶事,由完全开化的感觉构织而成(梦是令人开化的)。"④

梦并不能直接作用于写作,但梦境中的影像、感觉可以成为创作很好的素材,这在不同领域的创作中都有先例可循。

---

① ［美］维罗尼卡·罗斯:《分歧者》(王明达译),成都:四川文艺出版社 2014 年,第28 页。

② ［美］维罗尼卡·罗斯:《分歧者》(王明达译),成都:四川文艺出版社 2014 年,第30 页。

③ ［奥］西格孟德·弗洛伊德:《超越唯乐原则》,见［奥］西格孟德·弗洛伊德:《弗洛伊德后期著作选》(林尘、张唤民、陈伟奇译),上海:上海译文出版社,1986 年,第 10 页。

④ ［法］罗兰·巴特:《文之悦》(屠友祥译),上海:上海人民出版社,2002 年,第72 页。

香港知名作家、编剧倪匡，一生笔耕不辍，写作速度极快，曾自言"一天可以写两万多字"①、"一个小时可写九张五百字的稿纸。除去空格标点，最多三千字"②。他的创作以科幻小说为主，以"卫斯理系列"、"原振侠系列"等最受读者喜爱，此外，亦有不少灵异故事及武侠、侦探题材，均是想象奇特之作。在倪匡的创作中，很多小说是其梦境的实录。他在一次访问中笑言："写稿之外，就是吃、睡。人家问我现在忙什么，我整天睡觉，而且一睡就做梦，人家笑我的人生有两次，梦中一次，现实一次，好像庄子一样，都不知道是现实还是梦中。我的很多小说都是做梦做出来的，至少有四分之一的小说在梦中想到很古怪的情节，我一定即刻跳起来，记录下来，要不然明天就会不记得了。昨天我就梦见潜到海底，见到一条古怪的鱼，奇怪，我根本就不会潜水。"③

另一个有据可查的以梦境为创作素材的例子，是西班牙著名导演布努艾尔的影片《一条安达鲁狗》。根据其自传中的记录，这部影片大约拍摄于1928年，结合了布努艾尔和他的好友达利——以超现实主义作品闻名于世的画家——两个人的梦境：

> 几个月之后，我拍了《一条安达鲁狗》，这部片子结合了两个人的梦境——达利和我。那时候我住在达利的家，有一天我告诉他我做了一个奇特的梦，我梦见一片乌云把月亮遮住，那个过程很像一把剃刀把眼珠划开一样。达利也告诉我前晚他做了一个诡异的梦，他梦见一只爬满了蚂蚁的手掌。

> "我们就从这两个梦境开始来拍一部电影好不好？"达利突然大叫。

> 我稍稍迟疑了一下，接着我们便马上着手努力进行，不到一个礼拜，我们就完成了剧本。我们合写剧本的前提很简单：没有故事，没有情节，只有一幕接一幕的影像展现，用影像的视觉效果来震撼人的感觉。④

在这部超现实主义的影片中，呈现的完全是恐怖的人物梦境和潜意识状

---

① 李怀宇采写：《访问历史：三十位中国知识人的笑声泪影》，桂林：广西师范大学出版社，2007年，第75页。

② 李怀宇采写：《访问历史：三十位中国知识人的笑声泪影》，桂林：广西师范大学出版社，2007年，第75页。

③ 李怀宇采写：《访问历史：三十位中国知识人的笑声泪影》，桂林：广西师范大学出版社，2007年，第69—70页。

④ ［西］布努艾尔：《我的最后一口气：布努艾尔自传》（刘森尧译），桂林：广西师范大学出版社，2003年，第81页。

态，没有任何有逻辑可循的情节，令人感到怪诞、奇特、恐怖，最具有视觉冲击力的画面是一把剃刀横切女孩眼球的镜头。这部影片造成的观影效果也与众不同，据布努艾尔回忆，卓别林曾为了他在家中放映过好几次《一条安达鲁狗》，同时招待亲朋好友观看，但第一次放映时，这部纯以梦境构成的法国先锋电影代表作，竟然让卓别林的中国管家领班吓得昏了过去。

布努艾尔热爱想象，他认为想象是一种生命力的源泉，不应该有任何的羁绊束缚，哪怕去想象一些荒诞不经、暴虐杀戮的可怕意象，他一再强调"想象的发挥是无所不包无所不可的"①、"想象力包容广大，却完全属于个人世界的范围"②。同时，他也强调，梦对于他的创作具有重要意义，他喜欢做梦，即使是噩梦他也热爱，如果只剩下 20 年可以活，布努艾尔希望自己"每天只活动两个钟头的时间，其余 22 个钟头我都将用来做梦，而且，最好都能记住这些梦的内容"③，因为"对做梦的热爱以及对梦的内容的兴致，可以说是所有超现实主义者最重要的共同点"④。

可以说，作为有意想象的三种不同的想象，以及作为无意想象代表的梦，对创作都具有重要的作用，是保持创作持续进行的不可或缺的动力。

第二节　提高写作想象力的方法

库申在《论美》中说："人与人之间，想象力的差异甚大，因为有些人对于外物无动于衷，对于保存起来的形象十分冷淡，对于构成的新的表象也漠不关心；而另外的人，天赋一种特殊的敏感，在外物呈现的最初印象面前，就已十分激动，事后又总是记忆犹新，在应用各个机能从事活动的时候，总是带着这股激动的力量。……想象力丰富的人，其长处在于把各种人物描绘得不像原状并且眷念那些虚构的幻想。"⑤人与人之间存在着能力的差异，写作需要

---

① ［西］布努艾尔：《我的最后一口气：布努艾尔自传》（刘森尧译），桂林：广西师范大学出版社，2003 年，第 144 页。

② ［西］布努艾尔：《我的最后一口气：布努艾尔自传》（刘森尧译），桂林：广西师范大学出版社，2003 年，第 144 页。

③ ［西］布努艾尔：《我的最后一口气：布努艾尔自传》（刘森尧译），桂林：广西师范大学出版社，2003 年，第 71 页。

④ ［西］布努艾尔：《我的最后一口气：布努艾尔自传》（刘森尧译），桂林：广西师范大学出版社，2003 年，第 71 页。

⑤ 引自葛兆光《想象力的世界》，北京：现代出版社，1990 年，第 138 页。

很强的想象力，要培养想象力，就要改变对外物无动于衷的习惯，提高注意力，此外，还可以结合写作练习，训练自己的想象力。

一、结合观察进行想象力训练

结合观察进行想象训练，是可行的方法之一。最好的训练方法是观察人物。在观察的过程中，首先要获得的是初步的整体印象，然后对观察对象由总到分，关注其各个部分的细节，从外貌、衣着，到精神气质，力求得出最为精准的结果。在此基础上，展开想象训练，尝试判断他们的身份、工作、生活，并设想他们将要去做什么事。这样的训练，能有效提高想象能力，为写作积累更多的素材，即使是有经验的作家，也能从中获益良多。

俄国作家陀思妥耶夫斯基在坎坷贫病的一生中写作了十一部长篇小说，此外还有不少中短篇小说，他的作品被同为小说家的茨威格极力称赞："我们阅读陀思妥耶夫斯基的一部长篇小说，就如同与一个特别深沉和充满激情的人相遇。陀思妥耶夫斯基的艺术作品，它的不朽可以为证，是最有现世性的，不可计算的，深不可测的。就像感情在身体范围之内是无可比拟的一样，他的艺术作品在艺术的表现形式里也是无可比拟的。"①陀思妥耶夫斯基这位伟大的作家，就经常在观察街头人物时训练自己的想象力，他在《街头即景》中记录了自己在街头散步的感受。在一次散步时，陀思妥耶夫斯基注意到街头各式各样的人，其中有一个孤单的工匠，带着一个男孩儿，两个人看上去都是孤独的。他先观察工匠的年龄、面孔、服装和面部表情，以及孩子虚弱的脸色、衣着和一些举动，然后展开了想象：

> 我喜欢在街道上一边走一边观察完全陌生的来来往往的行人，端详他们的面孔，揣测他们：他们是些什么人，生活得怎样，做什么事情，此时此刻他们最关心的是什么。关于那个带男孩子的工匠当时我想的是，这个工匠在一个月以前刚刚死了老婆，不知为什么我想她必定是死于肺痨病。把这个小孤儿暂时交给一位老太婆管（父亲整整一周都在作坊里干活），他们和老太婆住在地下室，在那里他们租了一间小屋，也许那只是一个屋角。现在是星期日，鳏夫带着儿子到远离维堡区的某个地方去看望他们还在世的唯一亲人，多半是死者的姐姐，从前他们不常往来。姐姐的丈夫是带军衔的士官，必定是住在一所宽敞的公房里，也是地下室，

① ［奥］斯蒂芬・茨威格：《三大师》（申文林译），北京：人民文学出版社，2001 年，第137 页。

不过只是自己一家人单独住。姐姐大概是为死者悲伤了一阵子,但不是很沉痛,鳏夫在做客的时候想必也不是很悲伤的,但始终是愁容满面的,偶尔说句话,但话很短,他还必定是把话题转向日常的具体事情,就连这也是说了几句就完了。应该是摆上茶炊,咬着糖块喝茶。男孩儿一直坐在角落里的长凳上,紧皱着眉头,怕见生人,后来又打起瞌睡来。姨母和她的丈夫很少照顾他,不过终于还是给了他一点儿牛奶和面包,作为主人的士官一直没有理会他,现在为了表示爱抚,说了一句逗孩子的俏皮话,但说得很粗鲁,也不得体,于是他自己(其实就是他一个人)笑了起来,而鳏夫则相反,恰恰在这个节骨眼儿上不知为什么对着孩子厉声厉色地喊一声,弄得孩子立刻就要哭出声来,这时父亲就不再喊了,绷着脸把孩子抱到室外待了一会儿……告别时也都是面色阴沉,客客气气,跟谈话时一样,谦恭有礼。父亲把孩子搂在怀里抱着往家走,从维堡区走到铸造大街。明天又要到作坊去,还是把男孩儿交给老太婆。①

陀思妥耶夫斯基就这样在散步时,将观察到的对象作为想象的主角,构想着一些不着边际的画面,虽然这些想象的情节无法考证是否切合实际,但这样练习的目的并不在于猜测出被观察对象的真实情况,而是将观察到的表象作为想象的基础,进行各种可能的设想,对于写作来说,是非常有益的构思训练。初学者可以有意识地反复练习,养成习惯,既可提高想象的能力,同时也能收集更多的写作素材。

二、利用文学作品中的经典人物形象重新创作

利用现成文学作品中的经典人物形象进行实验式的重新创作,是训练写作想象力的方法之一。这个方法的好处在于,一来成熟文学作品中的经典人物形象往往个性突出鲜明,容易把握,相对于重新创造人物形象,这样的写作训练难度较低,二来也较有趣味。在训练时可以尝试将来自不同文本的经典人物形象放在一处,根据人物原有的个性特点来发挥想象,设置故事情节,在时空交替、矛盾冲突中完成一个全新的作品。

外号"江湖散人"、晚年以杂文著称的作家何满子,在年轻时曾用这样的方法创作过一部小说《西国水神梦》。大约在 20 世纪 40 年代,他将《西游记》、《三国演义》、《水浒传》、《封神榜》、《红楼梦》中的人物混合一处,创作了

---

① ［俄］陀思妥耶夫斯基:《陀思妥耶夫斯基全集・作家日记(上)》(张羽译),石家庄:河北教育出版社,2009 年,第 137－138 页。

全新的小说："有一个老先生，抗战时跑到山里面去，一下雨，这五本书混在一起了，其中的人物就互相来往。"①何满子自谓这是"游戏文章"。

创作这样的"游戏文章"有助于想象力训练，在当代依然有很多成功的案例。曾就读于北京大学化学系的江南所著的《此间的少年》一书，就采用了这样的创作方式。小说写于20世纪90年代，书中所有人物的姓名均来自金庸的武侠小说，同时也保留了原有人物的个性特点。金庸被称为"香港四大才子"之一，他创办《明报》并亲自撰稿，"左手写社评，右手写小说"，可谓当代华人中最为知名的作家。金庸曾把自己创作的十四部武侠小说的首字联成一副对联：飞雪连天射白鹿，笑书神侠倚碧鸳。这十四部小说深受读者欢迎，广为流传，甚至有这样的说法："凡有华人的地方，就有金庸的武侠小说。"可见其小说的影响之广。江南将取自金庸武侠小说中的这些人物放置于虚构的"汴京大学"中，原型则是"北京大学"，利用这些早已为读者所熟知的江湖豪侠们，让他们或同处一个寝室，或在篮球场中互相对抗，在现代的大学校园中展开了新的故事。在这部奇特的小说中，既有年轻人非常熟悉的校园生活，又有武侠故事中经典人物形象的原型，两重印象在交叠冲突中，形成了特殊的审美意趣。江南自述："其实就是书中那些郭靖、杨康、令狐冲、段誉、慕容复啦……这些人的原型就是我们身边那些穿着大裤衩和跨栏背心在篮球场上骚包耍帅的兄弟。《此间的少年》就像一场拼凑演员的校园电影，我匆匆地给这些兄弟脸上抹点粉底就把他们攥到聚光灯下拍了这样一部剧，他们上身穿着古装脚下还穿着夹脚趾的凉鞋，一个个带着贱贱的坏笑。"②小说最先在网络连载，正式出版后广受欢迎，不断再版重印，"前后百多万册"③。这部小说固然写得精彩，但假如没有利用金庸武侠小说中那些读者早已耳熟能详的人物原型，仅仅是单纯的校园青春文学，则这部小说未必能引起这样的关注。可以说，《此间的少年》成功的原因，很大程度上在于经典原著和重新创作的组合。

此外，这一训练方法也可以围绕一个经典人物形象，对原作中未作交代的部分进行想象补充，以完成新的创作。沙子的《轻功是怎样练成的》选择了

---

① 李怀宇：《何满子：天地有罗网　江湖无散人》，见李怀宇（采写）：《访问历史：三十位中国知识人的笑声泪影》，桂林：广西师范大学出版社，2007年，第347页。

② 江南：《青春是场永志的劫数》，见江南：《此间的少年》，北京：北京联合出版公司，2011年，第3页。

③ 江南：《青春是场永志的劫数》，见江南：《此间的少年》，北京：北京联合出版公司，2011年，第2页。

金庸武侠小说中以轻功著称的人物形象青翼蝠王韦一笑来进行重新创作,由于在原著《倚天屠龙记》中,韦一笑甫一出场就已是轻功绝顶的人物,并没有对其来历做出说明,沙子的这部小说以韦一笑为中心人物,用天马行空的想象力和机智幽默的语言,叙述了韦一笑进入轻的世界的过程,是一次极有想象力的重新创作。

三、设置情境的写作练习

　　设置一定的情境以引起兴趣的写作练习,也是培养想象力的极好方法。弗兰克·迈考特是一位在纽约的高中任教三十年的教师,在忙碌的教学生涯中,他每周工作五天,每天教五个高中班级,或许正因如此,1996 年,在他 66 岁时才出版了第一本书《安琪拉的灰烬》。他的《安琪拉的灰烬 3·教书匠》详细地描述了他的教书生涯,在第六章中,他记叙了一次偶然的发现,让他找到了激发学生想象力和写作热情的方法。有一次,他的学生递给迈考特先生一张他母亲写的假条,解释前一天缺课的原因:

　　　　亲爱的迈考特先生:米奇八十岁的姥姥因为端了太多的咖啡而从楼梯上摔下来。我让米奇在家照看姥姥和小妹妹,这样我就可以到轮渡码头的咖啡店上班。请原谅米奇,他将来一定会努力学习,因为他喜欢你的课。你真诚的伊梅尔达·多兰。另:他的姥姥已经没事了。①

迈考特先生亲眼看到米奇在他眼皮底下伪造了这张假条,他用左手写字,以掩饰笔迹。但迈考特先生什么也没说,因为他收到的绝大多数以父母名义写的假条都是那些男孩女孩自己编的。他把所有的假条分成两摞,一摞是父母写的,一摞是伪造者写的,他忽然发现,那些伪造的假条内容从异想天开到古灵精怪各不相同。迈考特先生有醍醐灌顶之感:

　　　　我想,这难道不是一件很值得注意的事吗?他们抵制任何一种课上或课后的写作作业。他们哀叫着说他们很忙,很难就任何题材写出二百字来。但当他们伪造假条时,却才华横溢。这是为什么?我有满满一抽屉假条,足够编成一本《美国伟大的借口集锦》或《美国伟大的谎言精粹》。

　　　　我的抽屉里塞满了诗歌、小说或学术研究中从来没有提到过的美国天才的样本。我怎么能忽视这座宝库?你能在这里找到虚构、幻想、创

---

①　[美]弗兰克·迈考特:《安琪拉的灰烬 3·教书匠》(张敏译),海口:南海出版公司,2010 年,第 72 页。

造力、搜肠刮肚、自我怜悯、家庭问题、锅炉爆炸、天花板塌陷、大火波及整个街区、婴儿和宠物在作业本上撒尿、意想不到的分娩、心脏病发作、中风、流产和抢劫的精华。这儿有处在全盛时期的美国高中作文——未经润饰、真实、急迫、清晰、简明而且满纸谎言。①

相比之下，那些真正由父母写的诚实假条，显得枯燥乏味，而这些伪造的假条却充满了想象力，滑稽可笑，同时充满让人阅读下去的吸引力。于是迈考特先生把这些伪造的假条打印出来，发给班上的学生，并且布置了一堂练习写假条的课。他要求学生充分发挥想象力，不要满足于老套的借口，让他们假想要为自己的孩子写假条，在他们迟到、缺课或干了什么恶作剧的时候。学生急切地进入了创作的状态，甚至要求：还能多写一些吗？这种创作的激情令迈考特感到震惊。这种设置有趣的情境以引起学生激情的写作练习非常值得借鉴。

四、利用微小说写作训练想象力

微型小说又名小小说、超短篇小说、一分钟小说，具有篇幅短小、情节紧凑、结局新奇等特点，通常要求在 1500 字以内完成故事，历来被认为是训练作家最好的学校。目前微型小说已发展成为一种独立的文学样式，其性质被界定为"介于边缘短篇小说和散文之间的一种边缘性的现代新兴文学体裁"。马克·吐温的《丈夫支出账本中的一页》、弗里蒂克·布朗《地球上最后一个人》，以及欧·亨利的《警察与赞美诗》等微型小说作品符合简洁、新奇、巧妙的要求，是经典的微型小说作品。

近年来随着网络的盛行，在微型小说的基础上，又发展出更短篇幅的 140 字超微小说，2010 年日本 Discover 举办首届超微小说大赏，即在 140 字以内完成一则故事，在收到的 2000 多份作品中，有 75 位入选最终评审，故事内容涵盖丰富，不乏科幻、悬疑、恐怖、幻想等充满奇思妙想之作。

这是大奖作品：

她每周三都会来这所镇上的小邮局。邮局的人管她叫星期三小姐。今天她又如约而至……"对不起，这样写无法投递的"，拿着没有写对方姓名的信封，邮局的小伙子苦笑着抬头看了看她。只见她微微低着头、

---

① ［美］弗兰克·迈考特：《安琪拉的灰烬 3·教书匠》（张敏译），海口：南海出版公司，2010 年，第 74 页。

抿着嘴,双眸闪烁着热切的目光,紧紧地盯着他。

在短短的一百多字内,有人物有情节,在表面的故事中蕴藏了更多的言外之意。再举两则获得优秀作品奖的超微小说为例,也是极富想象力的作品:

一个初冬的深夜,空旷的垃圾场。明天是丢弃大型梦想的日子。每个人都会到这里来,丢弃自己伤痕累累的梦想。今夜,一个男子来到这里,与他成为棒球选手的梦想诀别。过了不一会儿,一个老人出现了,"这个看上去还能使,"老人一边将那个梦想装入大口袋,一边朝着驯鹿的耳边喃喃道,"你们说,把这个梦想放在哪个孩子的枕边呢?"

大拇指上有一根肉刺,不小心越剥越长,哧溜一下剥到了指根。进而一直剥离手腕、肘部、甚至到了脖子和脸。就这样一直蔓延到了全身,剥离的皮肤成了一个人的形状。我突然感到了恐惧,从肉里渗出汗滴。而皮肤则晃悠悠地站了起来,自顾自迈步走去。

超微小说一方面篇幅短小高度浓缩,因而易于完成,同时它通过微博等社交网络迅速传播,与严肃的文学创作不同,在超微小说中可以容纳各种荒诞离奇的故事,没有任何限制,因此可以充分发挥想象力,达到理想的训练效果。

练习与本章参考书目

练　习

1. 提供以某一人物为主要被摄对象的一组照片,根据照片展开想象,并为以下问题找到答案:人物做什么工作? 生活得怎样? 他最关心的事是什么? 接下去他会去做一件什么事? 请做出详细的描述。
2. 请从几部不同文学作品中选择一些经典人物形象,发挥想象力,进行重新组合,根据人物个性特点来设置故事情节,写作一篇小说。
3. 发挥想象力,在140字的篇幅内,编写三个有情节、有转折的小故事。

本章参考书目

[1] [德]黑格尔:《美学》(第一卷,朱光潜译),北京:商务印书馆,1979年。

[2] 陈忠实：《寻找属于自己的句子》，上海：上海文艺出版社，2009年。

[3] 杨绛：《杨绛散文》，杭州：浙江文艺出版社，1994年。

[4] ［奥］西格孟德·弗洛伊德：《弗洛伊德后期著作选》（林尘、张唤民、陈伟奇译），上海：上海译文出版社，1986年。

[5] 相静：《散文创作艺术论》，沈阳：辽宁大学出版社，2009年。

[6] 朱东润：《朱东润传记作品全集》，上海：东方出版中心，1999年。

[7] 朱东润：《张居正大传》，天津：百花文艺出版社，2000年。

[8] 高中甫主编《茨威格文集》，西安：陕西人民出版社，1998年。

[9] 鲁迅：《鲁迅全集》，北京：人民文学出版社，2005年。

[10] ［美］弗朗西斯·司各特·菲茨杰拉德：《了不起的盖茨比》（巫宁坤译），南京：译林出版社，2007年。

[11] ［美］海明威：《老人与海》（董衡巽等译），桂林：漓江出版社，1987年。

[12] ［法］儒勒·凡尔纳：《海底两万里》（曾觉之译），北京：中国青年出版社，1961年。

[13] ［英］乔治·奥威尔：《一九八四》（董乐山译），沈阳：辽宁教育出版社，1998年。

[14] ［美］维罗尼卡·罗斯：《分歧者》（王明达译），成都：四川文艺出版社，2014年。

[15] ［法］罗兰·巴特：《文之悦》（屠友祥译），上海：上海人民出版社，2002年。

[16] 李怀宇采写：《访问历史：三十位中国知识人的笑声泪影》，桂林：广西师范大学出版社，2007年。

[17] ［西］布努艾尔：《我的最后一口气：布努艾尔自传》（刘森尧译），桂林：广西师范大学出版社，2003年。

[18] 葛兆光：《想象力的世界》，北京：现代出版社，1990年。

[19] ［奥］斯蒂芬·茨威格：《三大师》（申文林译），北京：人民文学出版社，2001年。

[20] ［俄］陀思妥耶夫斯基：《陀思妥耶夫斯基全集》（张羽译），石家庄：河北教育出版社，2009年。

[21] 江南：《此间的少年》，北京：北京联合出版公司，2011年。

[22] ［美］弗兰克·迈考特：《安琪拉的灰烬3·教书匠》（张敏译），海口：南海出版公司，2010年。

文体篇

第五章　诗歌写作

中国是一个诗歌的国度,文学史中诗歌的历史源远流长。留下多本诗集的木心在他的文章中这样描述诗国盛况:"皇帝的诏令、臣子的奏章、喜庆贺词、哀丧挽联,都引用诗体,法官的判断、医师的处方、巫觋的神谕,无不出之以诗句,名妓个个是女诗人,武将酒酣兴起即席口占,驿站庙宇的白垩墙上题满了行役和游客的诗。"①可以说早在有文字之前,中国这块诗歌的土地上就已有口耳相传的原始诗歌出现。最早的诗歌与音乐、舞蹈混合,此后三种艺术逐渐分化独立。中国古代诗歌有古体诗和近体诗之分,两者均需押韵,均可入乐歌唱,近体诗则在平仄和对仗方面有更多规范。"五四"以来,胡适、刘半农等人提倡并亲自参与白话诗写作,一种不拘长短、不限格律的新诗体逐渐形成,与古诗相比,白话诗不受押韵、平仄和对仗等规则的约束,创作更为自由,也称新诗、现代诗。本章所讲的诗歌写作,即属用白话自由创作的现代诗。

第一节　认识诗歌:诗歌的要义和特征

文学类别的区分,一般采用"三分法"或"四分法"。"三分法"起源于亚里士多德的《诗学》,是依据文学作品塑造形象的不同方式,将之分为叙事、抒情、戏剧三大类,叙事类包括史诗、小说、叙事散文等,抒情类包括抒情诗、抒情散文等,戏剧类指悲剧、喜剧等戏剧作品。按照这一分类法,诗歌这种文体被分别归入叙事类和抒情类。"五四"以来,国内更流行"四分法",鲁迅在《小品文的危机》一文中提到:"到五四运动的时候,才又来了一个展开,散文小品的成功,几乎在小说戏曲和诗歌之上。"②这一句话中提到了散文、小说、戏

---

① 木心:《木心作品八种:鱼丽之宴》,桂林:广西师范大学出版社,2009 年,第 64 页。
② 鲁迅:《小品文的危机》,见鲁迅:《鲁迅全集》(第四卷),北京:人民文学出版社,2005 年,第 592 页。

曲、诗歌四种文体，这即是用四分法的标准来区分文学文体。所谓"四分法"，是依据文学作品在体制结构、语言运用和表现手法等方面的不同，将之分成小说、诗歌、戏剧、散文四大类。按照这一标准，诗歌是指与小说、戏剧、散文相并列的一种文学体裁。这种分类方法固然有失于简单的地方，对于一些界限不清的文体，如诗剧，较难归类，但它定名具体、易于分类讲解，故从此说。

关于诗歌的定义和特点，各家说法不同。

唐代诗人白居易在《与元九书》中将诗的要义简括为："诗者：根情，苗言，华声，实义。"①白居易以感情为诗歌之根本，以语言为苗，以声律为花，而以内涵意义为最终果实，他认为唯有如此，诗歌才能让人感动，达到"上自贤圣，下至愚骏，微及豚鱼，幽及鬼神"②的效果。这一说法全面地观照到诗歌的各个要素以及彼此之间的联系作用。现代新诗较之古诗，形式已然发生巨大变化，但诗歌的精神内涵仍当一以继之，因此白居易此说在今天依然具有相当的价值和积极意义。

作为中国文学史上最早提倡白话诗并亲自参与创作的作家，胡适对于诗歌的看法是与白话这种形式联系在一起的："新文学的语言是白话的，新文学的文体是自由的，是不拘格律的。……中国近年的新诗运动可算得是一种'诗体的大解放'。因为有了这一层诗体的解放，所以丰富的材料、精密的观察，高深的理想，复杂的感情，方才能跑到诗里去。"③胡适认为白话的形式更为自由，较之古典诗歌，能容纳更丰富的内容，材料、观察、理想、情感，可无所不包。

朱光潜是中国现代美学的开拓者和奠基者之一，其《诗论》阐述了新的诗歌美学理念，是中国现代诗学具有开创性意义的著作。他在《诗论》中特别强调诗歌的音律特点："'诗是具有音律的纯文学。'这个定义把具有音律而无文学价值的陈腐作品，以及有文学价值而不具有音律的散文作品，都一律排开，只收在形式和实质两方面都不愧为诗的作品。"④朱光潜认为只有同时兼具音律和文学的作品才能称之为诗歌。

杨鸿烈自谓写于1924年的《中国诗学大纲》是用全部精力来阐发诗歌本

---

① （唐）白居易：《与元九书》，见（唐）白居易著，朱金城笺校：《白居易集笺校》（五），上海：上海古籍出版社，1988年，第2790页。

② （唐）白居易：《与元九书》，见（唐）白居易著，朱金城笺校：《白居易集笺校》（五），上海：上海古籍出版社，1988年，第2790页。

③ 胡适：《谈新诗》，见胡适：《胡适文集2》，北京：北京大学出版社，1998年，第134页。

④ 朱光潜：《诗论》，北京：北京出版社，2005年，第135页。

质的著作,其中列举了数十条中国书里的诗歌定义并逐一加以批评,如"诗是言志的"或"诗是志的表现"、"诗是持人性情的"、"诗是承人情感的"等,他认为这些定义的共同缺点是"没有从诗的根本的、共有的本质属性来诠定诗的含义"①,在此基础上他另下新定义为:"诗是文学里用顺利谐合带音乐性的文字和简练美妙的形式,主观的发表一己心境间所感现。或客观的叙述描写一种事实而都能使读者引起共鸣的情绪。"②在最后的结论中,杨鸿烈批评了当时成为一时风尚的"白话诗"写作现象:"近年来白话诗盛行,诗体得空前的大解放……事实上除了白话诗的开山祖胡适之和同他进白话诗的试验室里的几位试验家的作品而外,现在差不多弄到作的人比看的人多了。一个人可以一个月出一本诗,两个月出一部诗;平素毫无见识,毫无才能的人,也都可以来胡诌几首;报纸杂志上,触目都是新诗,遍地都是诗人,这样的滥处,已经是滥到不可收拾了。"③杨鸿烈肯定胡适提倡白话诗的本意,乃在于打破诗歌形式上的束缚,但未料到学作白话诗的末流,却把诗歌最重要的内在本质也一并抛弃,犯了"言之无物"、"无病呻吟"的毛病。

此外,中国现代诗的代表诗人艾青与何其芳也曾经对诗歌下过定义,艾青的观点是:"诗是由诗人对外界所引起的感觉,注入了思想感情,而凝结为形象,终于被表现出来的一种'完成'的艺术。"④何其芳则认为:"诗是一种最集中地反映社会生活的文学样式,它饱和着丰富的想象和感情,常常以直接抒情的方式来表现,而且在精炼与和谐的程度上,特别是在节奏的鲜明上,它的语言有别于散文的语言。"⑤

以上各家关于诗歌的定义,角度不同,既有重合之处,也可互相补充,综合起来,可以对现代诗歌下一个界定:在形式上,现代诗歌已从格律中释放出来,语言力求简练但表达自由,不必平仄押韵,只需讲求节奏变化和韵律之美;在内容上,主观感受和客观事物均可入诗,但其中必须饱含着诗人的想象和情感;真正的诗歌是内容与形式的完美结合,最终能达到引人共鸣的效果。简言之,诗歌是一种用凝练概括、节奏鲜明的语言,集中反映丰富生活内容和思想情感的文学体裁。诗歌最重要的特征,是它的抒情性和韵律性。

---

① 杨鸿烈:《中国诗学大纲》,台北:"商务印书馆",1976 年,第 40 页。
② 杨鸿烈:《中国诗学大纲》,台北:"商务印书馆",1976 年,第 43 页。
③ 杨鸿烈:《中国诗学大纲》,台北:"商务印书馆",1976 年,第 221 页。
④ 艾青:《艾青全集》第三卷《诗论》,石家庄:花山文艺出版社,1991 年,第 6 页。
⑤ 何其芳:《关于写诗和读诗》,见何其芳:《何其芳全集》(第四卷),石家庄:河北人民出版社,2000 年,第 267 页。

第二节　诗歌的分类与发展

根据不同的标准，诗歌可以有不同的分类方法。按照诗歌是否押韵，可分为有韵诗与无韵诗；按照诗歌的语言形式，可分为旧诗与新诗；按其表现形式可分为格律诗、自由诗和散文诗。现代诗既不必刻意押韵，也不用遵守格律，因此最适用于按照诗歌的内容性质和表达方式来进行分类，可以分为抒情诗、叙事诗和哲理诗三类。

抒情诗是一种通过直接抒发诗人的主观情感来反映生活的诗歌。它借助艺术形象直抒胸臆，不求在诗歌中描绘完整的故事情节和人物形象，尽管在抒情诗中也会用到叙述的表达方式，但这些叙述往往是片断式的，而抒情诗中的一切写景状物，都是为了抒情。抒情诗能反映出作者强烈的主观情感和自我个性，可以容纳各种不同的情感，因此也可分为情诗、颂诗、挽诗等。诗歌是以抒情为主要表达方式的文体，因此抒情诗是诗歌的大宗。海子被认为是中国当代最好的诗人之一，在其短短的二十五年生涯中，留下了不少抒情诗。2009 年湖南文艺出版社整理出版了《海子最美的 100 首抒情短诗》一书，其中收录了海子的成名作《亚洲铜》，和被传诵最广的诗篇《面朝大海，春暖花开》，以及《麦地与诗人》、《日记》、《我走到了人类的尽头》等极为经典的抒情诗，这些抒情诗中，有对苦难的沉思，有对纯朴人生的憧憬，也有对爱情的赞美，是现代抒情诗的典范之作。

叙事诗是讲述故事、刻画人物形象的诗歌。它故事完整，人物形象的塑造较为鲜明，但相比小说和戏剧，叙事诗的情节相对简单，而情感则更为充沛。余光中的《飞将军》是一首非常精炼的叙事诗，篇幅并不长，仅有二十二行，却以诗意的语言勾勒出李广丰富多彩的一生，飞将军李广铿锵的名字、伟岸的身姿，他的英勇善战，以及悲壮的人生结局，全都涵括在诗歌中，尽管远不及史传文学中的记载详尽，但这首诗也如同对李广一生的素描，足以令人对李广产生深刻的印象和深深的同情。

哲理诗是作者通过艺术形象揭示哲理的诗歌。哲理诗通常篇幅不长，内容含蓄隽永。顾城的《一代人》只有短短的两句："黑夜给了我黑色的眼睛，我却用它寻找光明。"[①]这两句诗却被冠以一个博大的题目，显示出强烈的冲突

---

① 顾城：《一代人》，见顾城：《顾城作品精选》，武汉：长江文艺出版社，2007 年，第31 页。

感。这首巧妙运用象征的短诗,在黑暗与光明的对立统一中,揭示了一代人渴望光明、探索真理的愿望和毅力,在简洁有力的文字中蕴藏了哲理的光辉。

此外,美国诗人庞德批评对诗歌的分类术语过于陈旧,只着重于外表描绘的方式,因而根据诗歌的内在将其分为三类,这一观点可为参考:

> 声诗(Melopoeia),即词语在其普遍意义之外、之上,还有音乐的性质,且音乐引导意义的动态与倾向。
>
> 形诗(Phanopoeia),即把意象浇铸在视觉想象上。
>
> 理诗(Logopoeia),"语词间智慧之舞",也就是说,它不仅使用词语的直接意义,还特别考虑词语的使用习惯和我们期待它所在的语境,包括它的常用搭配、正常变化以及反语修辞。这种诗包含着那些语言表达所特有的、无法为造型或音乐艺术所包容的美学内容。它出现得最晚,也许是最巧妙、最不可捉摸的形式。①

庞德认为对于声诗,即便在语言不通的情况下,读者也能通过音乐来感受和赏识,而形诗可以被不差分厘地翻译成其他语言,理诗则只能意译。

从中国诗歌的发展史来看,相比古诗,现代诗产生和发展的历史很短,且仍处在发展过程中。自胡适提倡白话诗以来,20世纪二三十年代,中国文坛涌现了大量优秀的现代诗人,如徐志摩、闻一多、戴望舒、艾青、卞之琳、何其芳、冯至、汪静之等,留下了众多脍炙人口的诗篇,同时出现了不少现代诗歌流派,有湖畔诗派、新月诗派、象征诗派、现代诗派、七月诗派等。

20世纪60年代,诗人食指(郭路生)写作了《相信未来》、《这是四点零八分的北京》等诗歌,在当时传抄甚广,影响了一大批后来者。60年代末,芒克、根子、多多等知青在河北白洋淀进行诗歌创作,形成了一个探索现代诗的区域,其中根子的《三月与末日》是当时的经典诗作。《今天》的创刊人之一北岛也深受食指影响,他回忆:"那大约是一九七〇年春,我和两个好朋友史康成、曹一凡(也是我的中学同学,我们被称为"三剑客")在颐和园后湖划船。记得史康成站在船头,突然背诵起几首诗,对我震撼极大。我这才知道郭路生的名字。我们当时几乎都在写离愁赠别的旧体诗,表达的东西有限。而郭路生诗中的迷惘深深地打动了我,让我萌动了写新诗的念

---

① ［美］伊兹拉·庞德:《诗的种类》,见［美］伊兹拉·庞德:《庞德诗选——比萨诗章》(黄运特译),桂林:漓江出版社,1998年,第227—228页。《诗的种类》为原书附录之一,原书注:节译自 *Literary Essays of Ezra Pound* 中的"How to read"一文,原题为"Language"(语言)。

头。他虽然受到贺敬之、郭小川的革命诗歌的影响,但本质完全不同——他把个人的声音重新带回到诗歌中。虽然现在看来,他的诗过于受革命诗歌格律及语汇的种种限制,后来又因病未能得到进一步的发展,但作为中国近三十年新诗运动的开创者,他是当之无愧的。"①70 年代末,北岛、芒克等人创办民间文学刊物《今天》,北岛的《回答》、舒婷的《致橡树》等经典诗歌均首先发表在这本刊物上,此外,《今天》的作者还包括芒克、顾城、多多、江河、杨炼等一大批诗人,因其采用的艺术手法以及诗歌呈现出来的诗境意象模糊朦胧,他们被称为"朦胧诗派"②,这是 20 世纪 80 年代影响最深最广的诗歌流派。"朦胧诗迅即成为一股诗歌潮流,并且涌现出了一大批广为流传的代表性作品"③,因此 80 年代也被称为诗歌的"黄金时代"。然而遗憾的是,80 年代新诗高潮过去之后,诗歌创作逐渐边缘化,诗歌读者日渐流失,诗歌的影响力逐渐式微。

这种现象不仅仅出现在中国文坛,也在其他国家发生。以 20 世纪的美国文坛来看,尽管诗歌刊物不少,杰出诗人如庞德、艾略特、弗罗斯特等也创作出众多优秀篇章,但诗歌获得的关注仍在慢慢减少,无论是从诗集销售的数量来看,还是从批评家的评论来看,都是如此。约瑟夫·爱泼斯坦发表于 1988 年的《谁杀死了诗歌?》一文亦可为佐证。艾伦·金斯伯格因诗歌《嚎叫》成名,被奉为"垮掉的一代"之父,是美国当代诗坛的一位"怪杰",他也承认诗歌的萎缩状态,并指出诗歌应当结合说唱的形式:"诗只是作为可阅读的形式被定义,而未包括说或唱的形式,自然这样便减少了趣味性,更不能引起注意,并更少地被记诵,但当它们在过去的两个世纪里被编辑成集,我认为,迪伦将成为半个世纪以来最重要的诗人。"④鲍勃·迪伦是美国当代民谣歌手和摇滚歌手,他创作了大量的歌曲,20 世纪 60 年代创作的歌曲《答案在风中飘》是他最有代表性的歌曲之一,至今仍传唱不息。2016 年,鲍勃·迪伦获得诺贝尔文学奖。

正如英国诗人柯尔律治在《文学传记》中所主张的那样,诗歌的涵义应当

---

① 查建英:《八十年代:访谈录》,北京:生活·读书·新知三联书店,2006 年,第 70—71 页。

② 北岛本人对"朦胧诗"这一称呼并不认同,他在接受查建英的访谈时提到:"我一直对'朦胧诗'这一标签很反感,我认为应该叫'今天派',因为它们是首先出现在《今天》上的。"见查建英:《八十年代:访谈录》,北京:生活·读书·新知三联书店,2006 年,第 77 页版。

③ 朱栋霖等:《中国现代文学史》(下册),北京:高等教育出版社,1999 年,第 139 页。

④ [美]比尔·摩根:《金斯伯格文选:深思熟虑的散文》(文楚安等译),成都:四川文艺出版社,2005 年,第 182 页。

加以扩大：一切艺术以至人类的创造性活动都可称之为诗。诗歌求真、求美，这是诗歌的精神，此外诗歌创作应当毫无束缚。尽管诗歌创作日渐萎缩，但在经典的歌词创作中，仍然保留了诗歌的精神，因此，在学习诗歌写作的过程中，应把诗歌的范围适当拓展，将优秀的歌词也纳入现代诗的范围中。

第三节　诗歌写作技艺磨砺：意象、语言、节奏、情感

安徒生有一篇童话《创造》，讲的是一个希望成为诗人的年轻人，为了能获得创造的能力而求助于巫婆的故事，在这个年轻人的眼睛里，他所看到的一切都是毫无诗意的，"一切东西早已被人写完了"，在巫婆让他戴上了特殊的眼镜和听筒后，他忽然获得一种奇异能力：他能听到土豆唱歌，能和野李树对话，他在蜜蜂巢里看到活跃的生活……一个故事接着一个故事而来，原本令他感到厌烦的生活中忽然充满了可写入诗歌的题材和故事。尽管在故事的最后，失去了巫婆眼镜和听筒的年轻人没能成为诗人，但安徒生借着童话故事说出了写诗的诀窍："径直走到人群中去，用你的眼睛去看，用你的耳朵去听，用你的心去想吧！这样你才能创造出东西来！"①写诗，要有比常人更为敏锐的感受力和想象力，在日常生活中捕捉诗感和发掘诗意，激发出创造的热情。以下所讲的诗歌写作要点，侧重在于艺术性方面，而不包括思想内容的方面，诗歌应当具有一定的思想性，这是不言而喻的，"没有思想内容的诗，是纸扎的人或马"②，故不再赘述。

一、提炼和组合诗歌意象

在中国古典文论中，最早提出"意象"这一概念的是刘勰的《文心雕龙》："积学以储宝，酌理以富才，研阅以穷照，驯致以绎辞；然后使玄解之宰，寻声律而定墨，独照之匠，窥意象而运斤：此盖驭文之首术，谋篇之大端。"③除了提出"意象"的概念外，刘勰在《文心雕龙》中讨论了言、象、意的关系：审美意象的创造，必须结合意与象，并最终由言辞传达出来。

美国诗人庞德被称为意象主义运动的倡导者，他在《意象主义诗人的几

---

① ［丹］安徒生：《创造》，见［丹］安徒生：《安徒生童话全集之十四·曾祖父》（叶君健译），上海：上海译文出版社，1978年，第97页。
② 艾青：《艾青全集》第三卷《诗论》，石家庄：花山文艺出版社，1991年，第16页。
③ （南朝梁）刘勰：《文心雕龙》，杭州：浙江古籍出版社，2001年，第151页。

不要》一文中对意象下了一个定义："意象是理智和情感瞬间的复合物。"①在另一篇文章《关于意象主义》中，庞德对"复合物"作了进一步的阐释："意象可以分为两种。它可以来自心灵，因此是'主观的'。也许，那是外部因素作用于心灵的结果，这些因素进入心灵后融合、变化，在一个意象中面目全非地出现。其次，意象可以是'客观的'。情绪攫住某一外部情景或活动，原封不动地将它送入心灵；经过心灵这个漩涡的清洗，其基本的或主导的、突出的特色仍然保留着，像原来的一样呈现。"②

综合以上两说来理解意象，则诗歌创作中的意象，是诗人内在之意与外部具体之象的结合，是客观的人、事、景、物、理经过诗人的情感孕育后，用优美的诗歌语言重新创造出来的独特形象。诗人主观而抽象的情感通过诗歌意象得到具体形象的呈现。

在诗歌创作中，意与象的结合最忌两种情况：有意无象和有象无意。有意无象是指诗歌只有直白的感情抒发或哲理表述，而缺乏与形象的结合，如同格言哲理，虽有内涵道理在其中，却毫无诗味，不能称之为诗歌。有象无意则是指诗歌缺乏情感，立意肤浅，甚至忽略了立意，只有对物象的描述，其中却无寄寓，读来味同嚼蜡。这两种情况都是诗歌意与象结合不成功的表现，在初学诗歌创作时要注意避免。

只有意和象完美结合在一起，才能完成诗歌以具象传达情感、以有形承载无形的艺术功能，写出意与象兼具的诗歌。庞德的《在一个地铁车站》是意象主义诗歌的代表作：

> 人群中这些面孔幽灵一般显现；
> 湿漉漉的黑色枝条上的许多花瓣。③

1916 年，在《高狄埃—布热泽斯卡：回忆录》中，庞德对这首诗的写作情况作了详细的说明："三年前在巴黎，我在协约车站走出了地铁车厢，突然间，我看到了一个美丽的面孔，然后又看到一个，又看到一个，然后是一个美丽儿童的面孔，然后又是一个美丽的女人，那一天我整天努力寻找能表达我的感受的

---

① 彭予：《二十世纪美国诗歌——从庞德到罗伯特·布莱》，开封：河南大学出版社，1995 年，第 10 页。

② 彭予：《二十世纪美国诗歌——从庞德到罗伯特·布莱》，开封：河南大学出版社，1995 年，第 10 页。

③ ［美］庞德：《在一个地铁车站》（杜运燮译），见袁可嘉、董衡巽、郑克鲁选编：《外国现代派作品选》第一册（上），上海：上海文艺出版社，1980 年，第 130 页。

文字,我找不出我认为能与之相称的、或者象那种突发情感那么可爱的文字。那个晚上……我还在继续努力寻找的时候,忽然我找到了表达方式。并不是说我找到了一些文字,而是出现了一个方程式。……不是用语言,而是用许多颜色小斑点。……这种'一个意象的诗',是一个叠加形式,即一个概念叠在另一个概念之上。我发现这对我为了摆脱那次在地铁的情感所造成的困境很有用。我写了一首三十行的诗,然后销毁了,……六个月后,我写了一首比那首短一半的诗;一年后我写了下列日本和歌式的诗句。"①庞德写作此诗的突发情绪和灵感来自他在巴黎地铁车站的真实所见,一开始诗歌长达三十行,经过一再修改,最后浓缩为两行诗、两组意象:"人群"、"面孔"和"黑色枝条"、"花瓣"。第一组意象来自城市,人群是模糊的,但在模糊幽暗的环境中,不断出现的一张又一张漂亮的面孔却是鲜明的,这种黯淡和明亮、模糊和美丽,构成了强烈的冲突感,这是诗人最深刻的印象,也是他最想表达的内容。与这组来自城市的意象叠加的,是属于自然的意象,湿润黑色的枝条和柔美鲜艳的花瓣与人群、面孔有着某种联系和相似感,同时也构成了对比和冲突。这首诗虽然极为简短,但两组意象的叠加却可以让人产生联想,由此扩展出更为丰富多元的阐释。

再如余光中的《乡愁》也是一首意象鲜明的诗歌:

小时候
乡愁是一枚小小的邮票
我在这头
母亲在那头

长大后
乡愁是一张窄窄的船票
我在这头
新娘在那头

后来啊
乡愁是一方矮矮的坟墓
我在外头

---

① 袁可嘉、董衡巽、郑克鲁选编:《外国现代派作品选》第一册(上),上海:上海文艺出版社,1980年,第130页。

　　母亲在里头

　　而现在
　　乡愁是一湾浅浅的海峡
　　我在这头
　　大陆在那头①

诗歌以"乡愁"为题，点明了全诗的立意，诗中以几个简单的物象，邮票、船票、坟墓、海峡，来承载诗人的乡愁，分别寓意了母子分离、夫妻分别、母子生离死别、大陆与台湾的隔绝，物象的选择与情感的寄寓浑然天成，结合成一组既简单又鲜明的意象。

　　诗歌意象一经提炼，写入诗歌中时其组合也应当有一定的规律，而不是随意拼凑。诗歌意象的组合，可以根据诗歌主题的表现需要，按照各种方式来排列组合。按时间排列是一种方式，余光中的《乡愁》中，各意象就是按照"小时候"、"长大后"、"后来"、"现在"这样的时间次序来组合的。空间顺序也是常见的一种意象组合方式，流沙河评马致远的小令《天净沙·秋思》，分析其意象恰是按从诗人所见由高到低的空间顺序来组合的：

　　　　马致远的散曲《天净沙》排成一首四行诗，正好一行一个赋象，一共四个赋象。你看，一个书生骑马走在荒凉的驿道上，面带愁容。仰脸他看见第一行。平视他看见第二行。低头他看见第三行（瘦马）。遥望他看见第四行（夕阳）。真有电影蒙太奇的味道呢！可见这四个赋象绝不是随便拼凑到一块来的了。四个赋象，四颗明珠，被一条线串组起来，这条线就是"断肠人在天涯"。抽掉这六字，全诗便散架，不再是诗了。②

　　这首散曲虽是古代诗歌，但其意象的组合方式也可作为现代诗写作之借鉴。

二、使用凝练集中的语言

　　诗歌的语言应当是最凝练集中的语言，言简意赅而绝无啰嗦，精心锤炼而绝不草率，力求在简洁的语言表述中寄寓丰富的内涵意蕴。曾经将长诗反

---

　　① 余光中：《乡愁》，见余光中：《余光中集》（第二卷），天津：百花文艺出版社，2004年，第280页。

　　② 流沙河：《流沙河诗话》，成都：四川文艺出版社，1995年，第401页。

复删减至两句的诗人庞德直截了当地告诫想要写诗的人们："不要用多余的词,不要用无法揭示任何东西的形容词。……不要用平庸的诗行重复优秀的散文已经表达的东西。把文字切成一行行,以逃避极度困难的散文艺术之困难,这样做你也休想骗任何有头脑的人。"①不懂诗歌的人也许会嘲笑诗歌只是将散文分行排列,只有真正的诗人才了解写作一首好诗必须字字推敲,要像工匠打磨玉石一样锤炼字句,以使最后的作品光洁优美、毫无杂质,这是诗歌创作中无法逃避的艰难过程,假如只是随意地将文字切成一行行,这无疑是对诗歌的亵渎。

中国诗人对此也有不少精妙的论述,艾青说:"要想的比写的多,不要写的比想的多"②、"为了避免芜杂与零乱,必须勇敢地舍弃"③。臧克家也有过类似的论述,他认为,诗人写诗,在语言上的推敲,"应该像一个贫穷的老太婆那样叮当作响地敲打她那每一个不容易得来的铜板,而不能像一个浪荡的公子哥儿那样任意挥洒他手中的金钱"④。

凝练集中的语言并不等于在形式上要篇幅短小,同样的,仅仅做到篇幅短小并不意味着语言的精炼。举例来说,曾经在网上引起广泛争议的"梨花体"诗歌,每一首都极为短小,但用语却过于直白,对于这一类诗歌,艾青的评论或许也可适用:"难道能把一句最无聊的平直的话,由于重新排列而成为诗吗?"⑤真正精炼的诗歌应当无论篇幅长短,都可构筑出耐人咀嚼的情境,文字再少也能内涵丰富。上一节中提到的庞德的《在一个地铁车站》是一个典型案例,此外,胡适的《梦与诗》、张枣的《镜中》等均是典型的精炼之诗,其中传达的情感或喜悦或伤感,短短的文字所构筑的情境之美可穿越时空,打动不同年代的人心。

当代诗人海子以后期的长篇史诗创作震撼人心,留下了《太阳·七部诗》这样的伟大作品,但他早期的一些诗作同样值得关注,臧棣认为海子的诗最感人之处,正在于对诗歌语言近乎残酷的雕琢:"这种雕琢既谦逊又诚实,其

　　①　[美]伊兹拉·庞德:《回顾》,见[美]伊兹拉·庞德:《庞德诗选——比萨诗章》(黄运特译),桂林:漓江出版社,1998年,第223页。《回顾》为原书附录之一,原书注:译自 T. S. 艾略特编的 *Literary Essays of Ezra Pound*. Faber and Faber,1954. 有删节。

　　②　艾青:《艾青全集》第三卷《诗论》,石家庄:花山文艺出版社,1991年,第17页。

　　③　艾青:《艾青全集》第三卷《诗论》,石家庄:花山文艺出版社,1991年,第26页。

　　④　此说法见袁爱群《皱皱点点,便成风流——谈诗歌语言的魅力》一文,载《现代语文》2006年第2期。

　　⑤　艾青:《艾青全集》第三卷《诗论》,石家庄:花山文艺出版社,1991年,第23页。

结果又如此令人叹服。……他在沉着地尝试着以一种崭新的语言来写诗。"①写于1986年的《九月》很能体现海子诗作的这一特点:

> 目击众神死亡的草原上野花一片
> 远在远方的风比远方更远
> 我的琴声呜咽　泪水全无
> 我把这远方的远归还草原
> 一个叫马头　一个叫马尾
> 我的琴声呜咽　泪水全无
>
> 远方只有在死亡中凝聚野花一片
> 明月如镜高悬草原映照千年岁月
> 我的琴声呜咽　泪水全无
> 只身打马过草原②

　　海子的诗歌受到很高的评价,比如他的朋友骆一禾称他是一位有世界眼光的诗人,"他的诗歌质量之高,是不下于许多世界性诗人的,他的价值会随着时间而得到证明"③,他还引用欧阳江河对海子的赞誉对这一观点加以强调:"海子是中国诗人里有金子成份的少数几个人,是有天才之前的诗人,这在今天是非常少见的。"④对于海子如此崇高的诗歌声誉,西渡认为,"正是建立在雕刻般冷峻而雕琢的语言之上的"⑤。这首《九月》只有短短十行,却容纳了广阔的历史感。诗人以精炼的语言呈现出极为简单的几个意象:草原、野花、琴声、明月,这是诗人刻意选择的意象,属于远方、远离尘嚣。海子是个生活简单的诗人,在西川的回忆中,海子一直在贫穷、单调和孤独之中写诗:

---

　　①　西渡:《再生的海子——〈海子诗全编〉读后记》引,见崔卫平编:《不死的海子》,北京:中国文联出版社,1999年,第168页。在此文中,西渡认为1986年前后为海子诗歌创作发生根本性转变的分界点,此前海子倾心于雕琢语言,而此后则变为倾心于天才的滔滔抒发。

　　②　海子:《九月》,见海子著,西川编:《海子诗全编》,上海:生活·读书·新知上海三联书店,1997年,第177页。

　　③　骆一禾:《关于海子的书信两则》,见崔卫平编:《不死的海子》,北京:中国文联出版社,1999年,第18页。

　　④　骆一禾:《关于海子的书信两则》引,见崔卫平编:《不死的海子》,北京:中国文联出版社,1999年,第20页。

　　⑤　西渡:《再生的海子——〈海子诗全编〉读后记》引,见崔卫平编:《不死的海子》,北京:中国文联出版社,1999年,第168页。

"他既不会跳舞、游泳,也不会骑自行车。在离开北京大学以后的这些年里,他只看过一次电影……除了两次西藏之行和给学生们上课,海子的日常生活基本是这样的:每天晚上写作直至第二天早上7点,整个上午睡觉,整个下午读书,间或吃点东西,晚上7点以后继续开始工作。"①《九月》这首诗歌中呈现的意象与诗人的现实生活毫无关系,完全来自于诗人的理想。死亡与野花并置,草原上空的明月映照着悠悠岁月,"我的琴声呜咽　泪水全无"反复出现,在死亡与生命、现实与历史的对照中,贯穿了诗人深沉而哀伤的情感。这首诗语言简洁干净,显示出诗人高超的语言锤炼技巧。

要做到语言的凝练集中,首先要对写诗抱持一种认真的态度,构思不妨大胆,但下笔不可草率。臧克家提到自己写诗时说:"我写诗和我为人一样,是认真的。我不大乱写。常为了一个字的推敲一个人踱尽一个黄昏。"②其次,学习中国古代文人炼字的传统,推敲和锤炼字句,特别是注重动词的使用。杜甫一生追求"语不惊人死不休",贾岛也是苦吟诗人中以推敲著名的,古代诗词作品中有不少因为一个动词的精准使用而使整首作品光彩夺目的例子,如陶渊明《饮酒》中"悠然见南山"的"见"字,张先《天仙子》中"云破月来花弄影"的"弄"字,宋祁《玉楼春》中"绿杨烟外晓寒轻,红杏枝头春意闹"的"闹"字,等等,王国维评其只因一字而使得全词"境界全出"③,这种锻炼字句的方法亦值得现代诗人参考学习。

三、把握节奏和韵律

诗歌在外观上表现为分行排列的形式,这种排列并非随意为之,而是必须体现出诗歌的韵律美和节奏感。在远古时代,诗、乐、舞三者合一,后来逐渐分离,朱光潜在《诗论》中有这样的论述:"在原始时代,诗歌可以没有意义,音乐可以没有'和谐'(harmony),舞蹈可以不问姿态,但是都必须有节奏。后来三种艺术分化,每种均保存节奏,但于节奏之外,音乐尽量向'和谐'方面发展,舞蹈尽量向姿态方面发展,诗歌尽量向文字意义方面发展,于是彼此距离遂日渐其远了。"④除了节奏以外,中国古代的诗歌仍然保留了可以入乐歌唱的特性,"旗亭画壁"的故事和"凡有井水饮处,即能歌柳词"的传说,都说明了诗

① 西川:《怀念》,见崔卫平编:《不死的海子》,北京:中国文联出版社,1999年,第23页。
② 臧克家:《臧克家文集》(第一卷),济南:山东文艺出版社,1985年,第574页。
③ 王国维著,滕咸惠校注:《人间词话新注》,济南:齐鲁书社,1986年,第47页。
④ 朱光潜:《诗论》,北京:北京出版社,2005年,第13页。

词与音乐的密切关系。现在一些优美的歌词富有诗意,而不少现代诗也可谱曲歌唱,音乐必须讲求旋律节拍,诗歌亦讲求节奏韵律,这是两者的共通之处。

要掌握现代诗歌的节奏和韵律,主要从两个方面入手:"一是语气的自然节奏,二是每句内部所用字的自然和谐。至于句末的韵脚,句中的平仄,都是不重要的事。语气自然,用字和谐,就是句末无韵也不要紧。"①以刘半农的《教我如何不想她》为例来看:

> 天上飘着些微云,
> 地上吹着些微风。
> 啊!
> 微风吹动了我头发,
> 教我如何不想她?
>
> 月光恋爱着海洋,
> 海洋恋爱着月光。
> 啊!
> 这般蜜也似的银夜,
> 教我如何不想她?
>
> 水面落花慢慢流,
> 水底鱼儿慢慢游。
> 啊!
> 燕子你说些什么话?
> 教我如何不想她?
>
> 枯树在冷风里摇,
> 野火在暮色中烧。
> 啊!
> 西天还有些儿残霞,
> 教我如何不想她?②

---

① 胡适:《谈新诗》,见胡适:《胡适文集 2》,北京:北京大学出版社,1998 年,第 141 页。
② 刘半农:《教我如何不想她》,见杨晓民主编:《百年百首经典诗歌》,武汉:长江文艺出版社,2003 年,第 4—5 页。

此诗作于 1920 年,当时刘半农为了推广首创的"她"字而作,几年后赵元任为之谱曲,是第一首可入乐演唱的白话诗。诗歌以恋歌的形式,以女性的"她"比拟故乡和亲人,抒发了海外游子的思乡之情。这首诗虽然没有通篇押韵,但用语平易自然,由眼前景引起心中情,采用了回环复沓的结构,和谐的音节和韵律使此诗达到了一唱三叹的效果。

席慕蓉的《出塞曲》也是一首入乐演唱的现代诗:

> 请为我唱一首出塞曲
> 用那遗忘了的古老言语
> 请用美丽的颤音轻轻呼唤
> 我心中的大好河山
>
> 那只有长城外才有的清香
> 谁说出塞歌的调子太悲凉
> 如果你不爱听
> 那是因为歌中没有你的渴望
>
> 而我们总是要一唱再唱
> 想着草原千里闪着金光
> 想着风沙呼啸过大漠
> 想着黄河岸啊　阴山旁
> 英雄骑马啊　骑马归故乡 ①

诗人席慕蓉祖籍内蒙古,是蒙古贵族出身,这首《出塞曲》是其乡愁系列的诗作之一,抒发了对塞外故乡的思念之情。席慕蓉的诗作大多柔婉细腻,这首诗中却出现了长城、草原、风沙、黄河、阴山等带有塞外风情的意象,显得颇为豪壮,诗歌最后两段一韵而下,一气呵成,极为流畅自然。

除了可以入乐演唱的现代诗外,还可以经典歌词为例,给诗歌写作者在节奏和韵律把握上以一定的启发和参考。如前文所论,好的歌词保留了诗歌的特质和精神,可以纳入到现代诗歌的范围内来加以讨论。如鲍勃·迪伦,他既是歌手,也是诗人,他的音乐作品被称为"唱出来的诗"、"为摇滚乐注入了灵魂":"迪伦涵义深刻的歌词,朴素简洁、意气风发的音乐,迄今依然是摇

---

① 席慕蓉:《出塞曲》,见席慕蓉:《七里香》,北京:作家出版社,2010 年,第 96 页。

滚艺人难以超越的高峰。他用左手写着象征主义的诗歌，将时代的事件、场景、心态统统化作富于艺术魅力的隐喻；右手则写出动人心旌的音乐和歌曲，这为他的诗歌注入更强大的灵魂、更高扬的力量、更激荡人心的激情。"[①] 在他 1963 年的专辑《放任自流的鲍勃·迪伦》(*The Freewheelin' Bob Dylan*) 中，有一首《大雨将至》(*A Hard Rain's a-Gonna Fall*) 传唱很广，这是一首气势宏大的诗歌，在最后一节，鲍勃·迪伦写道：

> 噢我的蓝眼睛孩子，你现在要做什么？
> 噢我亲爱的小孩，你现在要做什么？
> 我要在大雨降临之前再走出去，
> 我要走进最深的黑森林深处，
> 那里人丁众多，可都一贫如洗，
> 那里毒弹泛滥了他们的水域，
> 那里山谷中的家园紧挨着肮脏潮湿的监狱，
> 那里刽子手的脸总是深藏不露，
> 那里饥饿难忍，那里灵魂被弃，
> 那里黑是唯一的颜色，那里零是唯一的数据，
> 而我将讲述它、思考它、谈论它、呼吸它，
> 站在山顶上反映它，让所有的灵魂看见，
> 然后我将站上大海，直到身体下沉，
> 但是我将更了解我的歌，在我开始歌唱之前，
> 啊大雨大雨大雨大雨，
> 那狂暴的大雨就要来临。[②]

这首歌中充满了丰富的意象和强烈的隐喻，每节以"我的蓝眼睛孩子"的问句开始，每一节既可以视为一首独立的诗篇，同时又构成了回环呼应的结构形式，有一种独特的节奏感和旋律美。这首歌在当年美国民权运动和反战抗议中被广泛传唱，至今仍拥有极强的影响力和感染力，2009 年 12 月在哥本哈根召开的联合国气候变化大会中被用作非官方主题曲，借以唤醒人们的环保意识。

---

① 李皖、郝佳译：《人间、地狱和天堂之歌：世界摇滚乐歌词集》，南京：南京大学出版社，2013 年，第 3 页。

② ［美］鲍勃·迪伦：《大雨将至》，见李皖、郝佳译：《人间、地狱和天堂之歌：世界摇滚乐歌词集》，南京：南京大学出版社，2013 年，第 9 页。

英国诗人柯尔律治曾说:心灵里没有音乐,决不能成为一个真正的诗人。现代诗的创作可借鉴古诗和音乐创作一些方法,如押韵、重复等,以增强诗歌的节奏和韵律,但无需太过讲求押韵格律等,正如艾青所说:"格律是文字对于思想与情感的控制,是诗的防止散文的芜杂与松散的一种羁勒;但当格律已成了仅只囚禁思想与情感的刑具时,格律就成了诗的障碍与绞杀。"①

四、抒发真挚动人的情感

要把诗歌写好,必须了解除了形式上的区别,诗歌和散文、小说、戏剧等最大的差别在哪里。从内容上来说,各种文学体裁之间并没有特别明显的分别,文学发展到今天,各种文学样式在处理题材时都已经可以做到"无意不可入,无事不可言"②,所不同应在情感的抒发方式及程度上。老舍在《文学概论讲义》中有一段话,对诗歌中的情感抒发作了细致的论述:"诗是感情的激发,是感情激动到了最高点。戏剧与小说里自然也有感情,可是,戏剧小说里不必处处是感情的狂驰。……至于诗人呢,他必须有点疯狂:'诗要求一个有特别天才的人,或有点疯狂的人;前者自易于具备那必要的心情,后者真能因情感而忘形。'(亚里士多德《诗学》十七)……诗是以感情为起点,从而找到一种文字,一种象征,来表现他的情感。他不像戏剧家小说家那样清楚的述说,而是要把文字或象征炼在感情一处,成了一种幻象。只有诗才配称字字是血,字字是泪。"③诗歌区别于其他一切文学体裁最本质的特点,应该是其抒情性,抒发真情、创造美感,这应当是诗歌最基本的也是永恒的追求。

美国著名的抒情女诗人艾米莉·狄金森写过一首诗《美,不能造作,它自生》,强调了诗歌中"真情"与"美感"的密切联系:

美,不能造作,它自生——

刻意追求,便消失——

听任自然,它留存——

当清风吹过草地——

风的手指把草地抚弄——

---

①　艾青:《艾青全集》第三卷《诗论》,石家庄:花山文艺出版社,1991年,第13页。

②　(清)刘熙载:《艺概》,上海:上海古籍出版社,1978年,第108页。

③　老舍:《文学概论讲义》,见老舍:《新编老舍文集》(第四卷),北京:商务印书馆,2009年,第271页。

要追赶上绿色波纹——

上帝会设法制止——

使你,永不能完成——

艾米莉·狄金森的诗歌,在生前未获世人青睐,她创作的一千八百首诗歌被深锁在箱子里,死后在其妹妹拉维妮雅的大力奔走下才得以出版面世,引起评论界和普通读者的高度关注。艾米莉·狄金森的诗歌以感情真挚、清新自然而著称,实践了其"美,不能造作,它自生"的创作主张。

诗歌是最好的抒情载体,可以承载人类的各种情感,诗歌中所抒发的情感,必须真挚,才能动人,因此,要作好诗,首先,在孕育构思诗歌之时就应保有充沛的情感。举例来说,博学广闻、著述丰富的胡适,最早提倡写白话诗并身体力行,他的诗歌大多文字清浅可爱,有着精妙哲思,偶有浅显中别有韵致的小诗,但总体而言,"还不能达到传统那一类好的短诗里幽深微妙无尽意味的境界"①,不算上乘之作,究其原因,周策纵认为一是胡适立志只用浅近明白的语言,但不能将之凝练成"诗的语言",其次,最重要的是"胡适诗最大的缺点——这与他个性也有关——是欠缺热情或挚情。……他在年轻时也早就了解他自己的个性太冷静、太'世故'了,这在他《留学日记》里也已提到过。所以他的诗、文,都有点冷清感,与梁任公常带感情的笔端大不相同"②。以胡适之大才及其对白话诗倡导之热情,但因其个性中热情和挚情的欠缺,尚不能成就动人之佳作,可见挚情对于诗歌创作起着决定性的作用。

其次,勇于在诗歌中袒露真实的自我情感。真正能打动人心的诗歌,情感抒发必定自然真实。爱尔兰著名诗人叶芝主张在诗中写真实的自己:"诗人在他的以生活的悲剧为素材的最佳作品中总要写他个人的生活,无论是怎样的生活,悔恨,失恋或纯粹的孤独。"③他的诗歌创作也实践了这一主张,《当你老了》是叶芝最广为传诵的爱情诗:

---

① 周策纵:《论胡适的诗》,见唐德刚:《胡适杂忆》,桂林:广西师范大学出版社,2005年,第222页。

② 周策纵:《论胡适的诗》,见唐德刚:《胡适杂忆》,桂林:广西师范大学出版社,2005年,第223页。

③ [爱尔兰]叶芝:《拙作总序》,见[爱尔兰]叶芝:《叶芝诗集》(傅浩译),石家庄:河北教育出版社,2003年,第865页。

当你老了,头发白了,睡思昏沉,
炉火旁打盹,请取下这部诗歌,
慢慢读,回想你过去眼神的柔和,
回想它们昔日浓重的阴影;

多少人爱你青春欢畅的时辰,
爱慕你的美丽,假意或真心,
只有一个人爱你那朝圣者的灵魂,
爱你衰老的脸上痛苦的皱纹;

垂下头来,在红火闪耀的炉子旁,
凄然地轻轻述说那爱情的消逝,
在头顶的山上它缓缓踱着步子,
在一群星星中间隐藏着脸庞。①

这首诗坦诚地表达了叶芝对毛德·冈(Maud Gonne)的爱情。1889 年,23 岁的叶芝结识了毛德·冈小姐,从此叶芝"生活的烦恼开始了",他深深地迷恋毛德·冈,并为她写了大量的诗歌。尽管毛德·冈一再拒绝了叶芝的求婚,叶芝对她的爱慕几乎持续了一生,这种对爱情的渴望和求之不得的痛苦,都体现在叶芝的诗歌中,有激情的爱恋,有无望的埋怨,也有爱恨交织的复杂情感。这首《当你老了》,诗人以假想中的场景来表达对爱人的情感可以超越时间,他对她的爱是那样执着无悔,不仅爱她的青春欢畅的美丽,更爱她经历岁月沧桑的衰老和皱纹,这一独特的倾诉角度,让诗歌更为真挚感人。

还有一例也可说明诗歌惟因其真实,方可打动人。在《文学回忆录》的《后记》里,木心的学生陈丹青记录了木心写作诗歌《杰克逊高地》的经过:

有次上课,大家等着木心,太阳好极了。他进门就说,一路走来,觉得什么都可原谅,但不知原谅什么。那天回家后,他写成下面这首"原谅"诗,题曰《杰克逊高地》:

五月将尽
连日强光普照

---

① [爱尔兰]叶芝:《当你老了》,见王宏印评著《英诗经典名译评析:从莎士比亚到金斯伯格》,济南:山东大学出版社,2004 年,第 136—137 页。

一路一路树荫

呆滞到傍晚

红胸鸟在电线上啭鸣

天色舒齐地暗下来

那是慢慢地,很慢

绿叶蘩间的白屋

夕阳射亮玻璃

草坪湿透,还在洒

蓝紫鸢尾花一味梦幻

都相约暗下,暗下

清晰　和蔼　委婉

不知原谅什么

诚觉世事尽可原谅[1]

木心一生遭遇坎坷,1982 年以 55 岁的年纪离开家乡,定居纽约,然而他绝少诉说自己的生活。1989 年起,木心开始为在纽约的一群中国艺术家讲述"世界文学史",为期五年,"五年讲课间,难得地,他说出早岁直到晚年的零星经历,包括押送与囚禁的片刻"[2]。某个走路去授课的日子,五月的阳光里,木心走过一路一路的树荫,夕阳、草坪、鸢尾花……天色舒齐地暗下来,一首好诗自然由心底流淌出来,诗中无一字提及往事,而往事依然深埋其中,"不知原谅什么,诚觉世事尽可原谅",含蓄,委婉,尽在不言中,有一种看尽世事的睿智与心平气和,令人感动。

最后,用艾青的话结束"诗歌写作"这一章:

写诗有什么秘诀呢?

——用正直而天真的眼看着世界,把你所理解的,所感觉的,用朴素的形象的语言表达出来。

不这样将永远写不出好诗来。[3]

---

[1] 陈丹青:《后记》,见木心讲述,陈丹青笔录:《文学回忆录》,桂林:广西师范大学出版社,2013 年,第 1100—1101 页。

[2] 陈丹青:《后记》,见木心讲述,陈丹青笔录:《文学回忆录》,桂林:广西师范大学出版社,2013 年,第 1100 页。

[3] 艾青:《艾青全集》第三卷《诗论》,石家庄:花山文艺出版社,1991 年,第 29 页。

练习与本章参考书目

练 习

1.推荐三首你心目中的好诗,并详细说明理由。

2.写作抒情诗一首,题目自拟,篇幅不限。

3.从以下提供的古诗词中选择一联(或一首),改写成现代诗:

(1)行到水穷处,坐看云起时。（王维《终南别业》）

(2)过尽千帆皆不是,斜晖脉脉水悠悠。（温庭筠《望江南》）

(3)秋风清,秋月明。落叶聚还散,寒鸦栖复惊。相思相见知何日,此时此夜难为情。李白《三五七言》

(4)少年听雨歌楼上,红烛昏罗帐。壮年听雨客舟中,江阔云低,断雁叫西风。　而今听雨僧庐下,鬓已星星也。悲欢离合总无情,一任阶前、点滴到天明。蒋捷《虞美人》

本章参考书目

[1] 木心:《木心作品八种:鱼丽之宴》,桂林:广西师范大学出版社,2009 年。

[2] 鲁迅:《鲁迅全集》,北京:人民文学出版社,2005 年。

[3] (唐)白居易著,朱金城笺校:《白居易集笺校》,上海:上海古籍出版社,1988 年。

[4] 胡适:《胡适文集》,北京:北京大学出版社,1998 年。

[5] 朱光潜:《诗论》,北京:北京出版社,2005 年。

[6] 杨鸿烈:《中国诗学大纲》,台北:"商务印书馆",1976 年。

[7] 艾青:《艾青全集》,石家庄:花山文艺出版社,1991 年。

[8] 何其芳:《何其芳全集》,石家庄:河北人民出版社,2000 年。

[9] 顾城:《顾城作品精选》,武汉:长江文艺出版社,2007 年。

[10] 〔美〕伊兹拉·庞德:《庞德诗选——比萨诗章》(黄运特译),桂林:漓江出版社,1998 年。

[11] 查建英:《八十年代:访谈录》,北京:生活·读书·新知三联书店,2006 年。

[12] 朱栋霖等:《中国现代文学史》,北京:高等教育出版社,1999 年。

[13] 〔丹〕安徒生:《安徒生童话全集之十四·曾祖父》(叶君健译),上海:上

海译文出版社,1978年。

[14](南朝梁)刘勰：《文心雕龙》,杭州：浙江古籍出版社,2001年。

[15]彭予：《二十世纪美国诗歌——从庞德到罗伯特·布莱》,开封：河南大学出版社,1995年。

[16]袁可嘉、董衡巽、郑克鲁选编：《外国现代派作品选》,上海：上海文艺出版社,1980年。

[17]余光中：《余光中集》,天津：百花文艺出版社,2004年。

[18]流沙河：《流沙河诗话》,成都：四川文艺出版社,1995年。

[19]崔卫平编：《不死的海子》,北京：中国文联出版社,1999年。

[20]海子著,西川编：《海子诗全编》,上海：生活·读书·新知上海三联书店,1997年。

[21]臧克家：《臧克家文集》,济南：山东文艺出版社,1985年。

[22]王国维著,滕咸惠校注：《人间词话新注》,济南：齐鲁书社,1986年。

[23]杨晓民主编：《百年百首经典诗歌》,武汉：长江文艺出版社,2003年。

[24]席慕蓉：《七里香》,北京：作家出版社,2010年。

[25]李皖、郝佳译：《人间、地狱和天堂之歌：世界摇滚乐歌词集》,南京：南京大学出版社,2013年。

[26](清)刘熙载：《艺概》,上海：上海古籍出版社,1978年。

[27]老舍：《新编老舍文集》,北京：商务印书馆,2009年。

[28]唐德刚：《胡适杂忆》,桂林：广西师范大学出版社,2005年。

[29][爱尔兰]叶芝：《叶芝诗集》(傅浩译),石家庄：河北教育出版社,2003年。

[30]王宏印评著：《英诗经典名译评析：从莎士比亚到金斯伯格》,济南：山东大学出版社,2004年。

[31]木心讲述,陈丹青笔录：《文学回忆录》,桂林：广西师范大学出版社,2013年。

第六章　散文写作

　　今天可见的"散文"一词的最早记录,是在南宋文人罗大经的《鹤林玉露》中,其一引周益公语:"四六特拘对耳,其立意措词,贵于浑融有味,与散文同。"①其二为引杨东山语:"山谷诗骚妙天下,而散文颇觉琐碎局促。"②两处分别将散文与注重对偶声律的骈文及需遵格律的诗歌并列,可见在中国古代的文体分类中,散文是与韵文相对而言的概念,指单行散句、无需押韵的文章,可以不管音韵对偶等格律上的限定。

　　现代散文的概念,则是指五四新文学运动后产生的新文体,是用白话文写作的散文。胡适于 1922 年撰《五十年来中国之文学》一文,其中总结民国六年至十年这五年来白话文学的成绩,提及白话散文的进步:

　　　　白话散文很进步了。长篇议论文的进步,那是显而易见的,可以不论。这几年来,散文方面最可注意的发展乃是周作人等提倡的"小品散文"。这一类的小品,用平淡的谈话,包藏着深刻的意味;有时很像笨拙,其实却是滑稽。这一类作品的成功,就可彻底打破那"美文不能用白话"的迷信了。③

正如胡适所言,现代散文是一种十分年轻的文体,然自诞生之日起就在不断地发展变化,取得令人瞩目的进步。本章所讲的散文写作,专指现代散文。要写好散文,既要多读"五四"以来各散文名家的作品,揣摩学习,汲取营养,同时更要抱持开放的心态,不拘泥,多创新,才能使散文获得更大的发展和进步。

---

① 　(宋)罗大经:《鹤林玉露》,北京:中华书局,1983 年,第 27 页。

② 　(宋)罗大经:《鹤林玉露》,北京:中华书局,1983 年,第 265 页。

③ 　胡适:《五十年来中国之文学》,见胡适:《胡适文集 3》,北京:北京大学出版社,1998年,第 263 页。

第一节　什么是散文：写实与个性

　　根据文学四分法的区分标准，现代的文学散文是指小说、诗歌、戏剧之外的一种文学体裁。广义地来说，文学散文除了包括记叙、抒情、写景类的文章外，还包括杂文、书信、日记，乃至于特写、报告文学等无法归入小说、诗歌、戏剧的其他带有文学色彩的种类。随着各类文体的不断发展，不少研究者认为这样的归类使得散文成为诸多文体的大杂烩，最终导致其概念内涵混杂不清，因此有必要收缩其文体范围。如张国俊的《中国艺术散文论稿》认为："从诞生的那天起，报告文学和特写就具有新闻性和文学性，这两重性使它栖身于两个家族，得到新闻界与文学界的两方面的关注。"①张国俊认为，随着这两种文体的发展，其新闻因素和效应不断扩大，文学的审美功能相应削减，将其归入新闻类文体更为合适，同时，回忆录、序跋、书信、日记等偏重于实用性的文体也不应该留在散文之列。此书观点可备参阅。关于散文的范围界定，做学术探讨时须谨慎严密，使其概念明晰精准，而在创作时不妨将标准略为放宽，举凡选材广泛、写法自由、个性鲜明，审美大于实用且富有创意的文章，均可视为文学散文。

　　散文以其独有的特点区别于其他的文学文体，其中最基本的特点是写实和个性化。

　　首先，写实是散文最为重要的一个特性。诗歌、小说、戏剧都可从现实生活出发进行虚构创作，而散文，则必须写实：叙真人真事，抒真情实感。相静的《散文创作艺术论》中特别指出散文的真实性问题是散文的基础，并引用周立波主编的《散文特写选》中的说法加以佐证："写真人真事是散文的首要特征。……散文特写绝对不能仰仗虚构。它和小说、戏剧的主要区别就在这里。"②当然写真人真事不等于机械地摹写，在写作过程中仍然需要对材料进行艺术加工和提炼，可以采用种种艺术手法，但无论采用何种艺术手法，都应建立在"说真话，叙事实，写实物、实情"的基础上，以展示出作者真实的个性，这是散文最大的特征。这一特征，把散文与其他虚构的文体，特别是小说区别开来。以钱钟书的小说《围城》和杨绛的散文《记钱钟书与〈围城〉》为例来看，钱钟书的《围城》是一部虚构之作，因其读来真实，被不少读者认为是写实

---

① 张国俊：《中国艺术散文论稿》，北京：中国社会科学出版社，2004年，第36—37页。

② 相静：《散文创作艺术论》，沈阳：辽宁大学出版社，2009年，第21页。

之作,《围城》里的男主人公方鸿渐的家乡是无锡、在上海住过,也曾留洋,竟有读者根据这些与钱钟书相似的经历,考据出方鸿渐就是钱钟书本人,因为在小说中方鸿渐有买文凭的举动,进而推断出钱钟书的学位也靠不住。杨绛写作《记钱钟书与〈围城〉》一文,表示:"很愿意让读者看看真人实事和虚构的人物情节有多少联系,而且是怎样的联系。"①杨绛一文秉持着既不过誉也不过谦的态度,只据事纪实,略述钱钟书的经历、家庭背景以及撰写《围城》时的处境,并为《围城》中出现的人物做出注解:

> 方鸿渐取材于两个亲戚:一个志大才疏,常满腹牢骚;一个狂妄自大,爱自吹自唱。……方鸿渐和钱钟书不过都是无锡人罢了,他们的经历远不相同。
>
> 苏小姐也是个复合体。她的相貌是经过美化的一个同学。她的心眼和感情属于另一个,这人可一点不美。走单帮贩私货的又另是一人。苏小姐做的那首诗是钟书央我翻译的,他嘱我不要翻得好,一般就行。苏小姐的丈夫是另一个同学,小说里乱点了鸳鸯谱。
>
> 赵辛楣是由我们喜欢的一个五六岁的男孩子变大的,钟书为他加上了二十多岁年纪。这孩子至今没有长成赵辛楣,当然也不可能有赵辛楣的经历。②

对于这篇注解小说式的文章,钱钟书读后也承认没有失真,文章第二部分《写〈围城〉的钱钟书》是一篇钱钟书的小传记,后来许多人为钱钟书写传记时多取材于此。杨绛在文末写道:"《围城》里写的全是捏造,我所记的却全是事实。"③将小说《围城》和散文《写〈围城〉的钱钟书》两相对照,正能说明散文写实的特征。

其次,散文应当能展现出作者的个性。郁达夫在《中国新文学大系·散文二集》的《导言》中有一段相关的论述:

> 现代的散文之最大特征,是每一个作家的每一篇散文里所表现的个性,比从前的任何散文都来得强。……但现代的散文,却更是带有自叙

---

① 杨绛:《记钱钟书与〈围城〉》,见杨绛:《杨绛散文》,杭州:浙江文艺出版社,1994年,第164页。

② 杨绛:《记钱钟书与〈围城〉》,见杨绛:《杨绛散文》,杭州:浙江文艺出版社,1994年,第167-169页。

③ 杨绛:《记钱钟书与〈围城〉》,见杨绛:《杨绛散文》,杭州:浙江文艺出版社,1994年,第191页。

传的色彩了,我们只消把现代作家的散文集一翻,则这作家的世系,性格,嗜好,思想,信仰,以及生活习惯等等,无不活泼泼地显现在我们的眼前。这一种自叙传的色彩是什么呢,就是文学里所最可宝贵的个性的表现。①

如郁达夫所述,现代散文中往往能展现出作者的性格、爱好、思想、信仰,乃至生活习惯,散文中出现的任何具象,往往都灌注了作者的主观情感,最能体现作者鲜明的个性。即使是相似的景物,出现在不同作者的笔下,会写出不同的体验和感触,甚或同一作者在不同心境的支配下,面对相似的景物,也会写出不同的散文来。这样的例子很多,很能说明散文个性鲜明的特征。经典的案例是 1923 年俞平伯与朱自清同游秦淮河时所作的同题散文《桨声灯影里的秦淮河》,两篇散文几乎写于同时,所叙又是同游的经历和景色,却呈现出不同的风貌:朱自清一文笔致简练,从容舒缓;俞文中则多见初游者的喜悦惊奇,既有细腻的描写,也不乏机智的哲理分析。

第二节 散文的分类:记叙、抒情、议论

郁达夫在《中国新文学大系·散文二集》的《导言》中谈到散文的分类问题,提及散文分类有分描写、叙事、说明、论理四大部类的,也有分成实写、抒情、说理三类的,但他认为,有的散文"是既说理而又抒情,或再兼以描写记叙的,到这时候,你若想把它们来分类合并,当然又觉得困难百出了,所以我们来论散文的内容,就打算先避掉这分类细叙的办法"②。郁达夫的论述谈到了散文分类中的重要问题。通常散文的分类,按内容和基本的表达方式,常分为记叙散文、抒情散文和议论散文三类,但任何一篇散文所用的表达方式并不纯粹,抒情散文中会有对人、事、物的记叙,而记叙散文中,也难免有情感的抒发。所以本章中的散文分类,只能是为了学习的便利而大概分类,这种分类的标准和方法并不完善,也并非绝对。

第一类记叙散文主要运用叙述和描写的表达方式,根据所记内容的不同,还可进一步细分为记人散文、叙事散文、写景散文和状物散文。

---

① 郁达夫:《导言》,见郁达夫:《中国新文学大系·第七集·散文二集》,上海:上海良友图书印刷公司,1935 年,第 5 页。

② 郁达夫:《导言》,见郁达夫:《中国新文学大系·第七集·散文二集》,上海:上海良友图书印刷公司,1935 年,第 4 页。

记人散文以记叙人物为中心,内容包括人物的生平事迹、外貌、语言、动作和心理等。杨绛散文中有不少记人散文的经典之作,如《记傅雷》、《回忆我的父亲》、《回忆我的姑母》、《记杨必》等。杨绛写人,多取至亲好友为对象,善于通过亲历的小事写所叙人物,语言平实,真切动人,可谓于平淡中见神奇,于无声处见悲喜。如回忆傅雷,杨绛不先写他的严肃,却从他的笑开始写起:"说起傅雷,总不免说到他的严肃。其实他并不是一味板着脸的人。我闭上眼睛,最先浮现在眼前的,却是个含笑的傅雷,他两手捧着个烟斗,待要放到嘴里去抽,又拿出来,眼里是笑,嘴边是笑,满脸是笑。这也许因为我在他家客厅里、坐在他对面的时候,他听着钟书说话,经常是这副笑容。傅雷只是不轻易笑;可是他笑的时候,好像在品尝自己的笑,觉得津津有味。"①傅雷素来以严厉为人熟知,然而杨绛的文章却让人看到傅雷严肃、严厉以外的特点,他在朋友面前的随和至诚,他对翻译工作的认真虚心,别人只能看到傅雷"孤傲如云间鹤"②的外表,但杨绛此文却写出了傅雷自比为"墙洞里的小老鼠"③的真实心情,让人印象深刻,是回忆傅雷的文章中不可多得的佳作。此外,高尔泰的《常书鸿先生》、梁文道的《我的老校长高锟》等,笔调风格各异,也都是记人散文中的佳作。

叙事散文偏重于对事件的记叙,一般有相对完整的事件过程。不少叙事散文人事结合,而以叙事为重点。张中行的散文集《负暄琐话》中,有一个系列的几篇文章可为叙事散文的范例,分别为《红楼点滴一》、《红楼点滴二》、《红楼点滴三》、《红楼点滴四》、《红楼点滴五》。张中行 1936 年毕业于北京大学中国语言文学系,曾任教于中学、大学,也担任过编辑,与季羡林、金克木合称为"燕园三老"。④《负暄琐话》一书初版于 1986 年,其时作者早已过古稀之年,全书六十余篇文章,多数是记人散文,唯独这个"红楼"系列的文章,谈的是作者当年在北京大学学习期间亲历的事件,通过各种事件来写民国年间北京大学散漫、严正、容忍的学习风气。"红楼"是当时北京大学文学院所在地,四层的砖木结构,因其外观红色故名。在《红楼点滴一》中,作者写当时的学生常常"该上课而不上课",而北京大学也是"来者不拒,去者不追",以至于

---

①　杨绛:《记傅雷》,见杨绛:《杨绛散文》,杭州:浙江文艺出版社,1994 年,第 74 页。

②　杨绛:《记傅雷》,见杨绛:《杨绛散文》,杭州:浙江文艺出版社,1994 年,第 76 页。

③　杨绛:《记傅雷》,见杨绛:《杨绛散文》,杭州:浙江文艺出版社,1994 年,第 76 页。

④　张中行生平资料见《负暄琐话》一书中所附的《作者小传》。张中行:《负暄琐话》,哈尔滨:黑龙江人民出版社,1986 年。

被批评为"北京大学是把后门的门槛锯下来，加在前门的门槛上"，事实上不上课的人，并非逃学去逛街看戏，而是多半在图书馆苦读，"目的是过屠门而大嚼"。① 再如《红楼点滴二》则谈北京大学求知求真的精神，鼓励学生"吾爱吾师，吾更爱真理"，既坚持己见，也容许别人坚持己见，教师之间、师生之间，常有关于学术问题或激烈或轻松的争执。② 在张中行冲淡隽永的文字中，民国年间老北大那种自由宽容、严正求真的学风得以充分展现，读来令人不胜神往。

写景散文以描绘景物为主。如朱自清的《欧游杂记》系列散文，记录了他在威尼斯、柏林、巴黎和瑞士等各欧洲城市和国家的所见所闻，以清新自然之笔，描绘出各个城市和国家的独特之美，如写威尼斯："在圣马克方场的钟楼上看，团花簇锦似的东一块西一块在绿波里荡漾着。远处是水天相接，一片茫茫，这里没有什么煤烟，天空干干净净；在温和的日光中，一切都像透明的。"③写柏林，从风景里可以看出德国人的严谨："柏林的街道宽大，干净……在这儿走路，尽可以从容自在地呼吸空气，不用张张望望躲躲闪闪。找路也顶容易，因为街道大概是纵横交切，少有'旁逸斜出'的。"④写巴黎，则突出其艺术气息："从前人说'六朝'卖菜佣都有烟水气，巴黎人谁身上大概都长着一两根雅骨吧。你瞧公园里，大街上，有的是喷水，有的是雕像，博物院处处是，展览会常常开；他们几乎像呼吸空气一样呼吸着艺术气，自然而然就雅起来了。"⑤《欧游杂记》出版于1934年，与朱自清较早前写的《荷塘月色》等散文比较起来，显得更加从容自然，是写景散文中不可多得的经典。

状物散文是以物件为表现对象的散文，通过对某些物件的描绘叙写，来表现作者的情感。相比其他种类的记叙散文，纯粹的状物散文较为少见，张爱玲的《忘不了的画》⑥是其中较好的作品。文章以画作为描绘对象，用文字再现了一系列让作者难以忘怀的画，著名画家的如高更的《永远不再》、林风

① 张中行：《红楼点滴一》，见张中行：《负暄琐话》，哈尔滨：黑龙江人民出版社，1986年，第83—85页。

② 张中行：《红楼点滴二》，见张中行：《负暄琐话》，哈尔滨：黑龙江人民出版社，1986年，第86—88页。

③ 朱自清：《欧游杂记》，北京：北京师范大学出版社，2012年，第4页。

④ 朱自清：《欧游杂记》，北京：北京师范大学出版社，2012年，第44页。

⑤ 朱自清：《欧游杂记》，北京：北京师范大学出版社2012年本，第61—62页。

⑥ 张爱玲：《忘不了的画》，见张爱玲：《张爱玲散文全编》，杭州：浙江文艺出版社，1992年，第164—172页。

眠的画、拉斐尔的画等,也有不知名画家的画作,《感恩节》、《明天与明天》、《青楼十二时》等。张爱玲对色彩与细节非常敏感,高更的《永远不再》所画的主角是一个躺在沙发上的女人,张爱玲这样描写她:"身子是木头的金棕色。棕黑的沙发,却画得像古铜,沙发套子上现出青白的小花,罗甸样地半透明。"除了主角之外,张爱玲更注意到很多的细节:"门外的一男一女一路说着话走过去"、"玫瑰红的夕照里的春天,雾一般地往上喷,有升华的感觉"、"嵌在暗铜背景里的户外天气则是彩色玻璃,蓝天,红蓝的树,情侣,石栏杆上站着童话里的稚拙的大鸟",等等。假若只是为状物而状物,文章就会呆板乏味,张爱玲在文章中以女性细腻的联想力,写出了静态画作之外的情节:"想必她曾经结结实实恋爱过,现在呢,'永远不再'了。……不像在我们的社会里,年纪大一点的女人,如果与情爱无缘了还要想到爱,一定要碰到无数小小的不如意,龊龊的刺恼,把自尊心弄得千疮百孔,她这里的却是没有一点渣滓的悲哀,因为明净,是心平气和的,那木木的棕黄脸上还带着点不相干的微笑。"能从画作联想到不同社会里女性在爱情中的处境,行文中依然能感受到张爱玲式的苍凉悲怆的情感,这在状物散文中是较为少见的。

第二类抒情散文是一种注重抒发作者主观情感的散文,或直抒胸臆,或触景生情,与抒情诗不同的是,抒情散文中的情感抒发仍然依托真实的物象和事件来进行,但通常没有贯穿全篇的情节。抒情散文最忌一味抒情至滥情的程度,须知过分的情感抒发并不能增添散文的感染力。很多作家都曾有过类似的提醒,如英国作家乔治·奥威尔强调写文章时"必须注意切莫夸张和自怜"[1],汪曾祺针对散文中过度抒情的情况有过一番批评:"二三十年来的散文的一个特点,是过分重视抒情。似乎散文可以分为两大类:抒情散文和非抒情散文。即使是非抒情散文中,也多少要有点抒情成分,似乎非如此即不足以称散文。散文的天地本来很广阔,因为强调抒情,反而把散文的范围弄得狭窄了。过度抒情,不知节制,容易流于伤感主义。我觉得伤感主义是散文(也是一切文学)的大敌。挺大的人,说些小姑娘似的话,何必呢。我是希望把散文写得平淡一点,自然一点,'家常'一点的。"[2]汪曾祺的散文创作也确实做到了这一点,《蒲桥集》中的散文,凡抒情处均平淡自然而感人至深,如《星斗其文,赤子其人》中写送别沈从文先生:"沈先生面色如生,很安详地

---

① [英]乔治·奥威尔:《如此欢乐的童年》,见[英]乔治·奥威尔:《我为什么要写作》(董乐山译),上海:上海译文出版社,2007年,第22页。

② 汪曾祺:《自序》,见汪曾祺:《蒲桥集》,北京:作家出版社,2000年,第2页。

躺着。我走近他身边，看着他，久久不能离开。这样一个人，就这样地去了。我看他一眼，又看一眼，我哭了。"①又如《昆明的雨》以雨季写对昆明的思念和乡愁，也只在最后淡淡点出一句："四十年后，我还忘不了那天的情味……我想念昆明的雨。"②此外，罗南选编的《郑振铎抒情散文》③中亦有不少抒情散文的佳作。

第三类议论散文以议论为主要表达方式，用散文的笔法阐述观点、发表见解。议论散文与一般议论文不同之处在于：议论散文往往抒情性、形象性和哲理性相结合，注重形象描绘和情感抒发，而不是像一般议论文那样结合事实理论依据，侧重逻辑的说理。如梁实秋的《骂人的艺术》一文，开篇即提出观点："古今中外没有一个不骂人的，骂人就是有道德观念的意思，因为在骂人时，至少在骂人者自己总觉得那人有该骂的地方。……骂人是一种高深的学问，不是人人都可以随便试的。有因为骂人挨嘴巴的，有因为骂人吃官司的，有因为骂人反被人骂的，这都是不会骂人的缘故。今以研究所得，公诸同好，或可为骂人时之一助乎？"④然后旁征博引加以议论，文章内涵丰富，对骂人的现象发表意见，既有洞察人生百态的机智，又运用了谐趣横生的语言，讥刺中见幽默，幽默中见文采。再如董桥的议论散文别具一格，自成风范。董桥曾长期在香港和英国两地从事新闻出版工作，以擅写散文著称，他的散文征引广博、文字精致、情调闲适，具有相当鲜明的特点，柳苏曾撰文《你一定要看董桥》，称董桥的文章是"卓然独立，有文采，有思想，有情怀的好散文"⑤，认为这样的文风是董桥独创的"董桥风格"。以这样的董桥风格来写议论散文，不仅思路开阔、议论透彻，且文采斐然，多典故逸闻，散发着浓浓的书卷气。以董桥的《说品味》为例，文章从张子高的千方藏品谈起，谈到"意"是"不太容易言传，等于品味、癖好之微妙，总是孕含一点'趣'的神韵，属于纯主观的爱恶"⑥，谈到品味跟精神境界的不可分："懂得看破功利社会怪现象

---

① 汪曾祺：《星斗其文，赤子其人》，见汪曾祺：《蒲桥集》，北京：作家出版社，2000年，第51—52页。

② 汪曾祺：《昆明的雨》，见汪曾祺：《蒲桥集》，北京：作家出版社，2000年，第117页。

③ 罗南选编：《郑振铎抒情散文》，北京：文化艺术出版社，1992年。

④ 梁实秋：《骂人的艺术》，见梁实秋：《梁实秋散文》（一），北京：中国广播电视出版社，1989年，第19页。

⑤ 柳苏：《你一定要看董桥（代序）》，见陈子善编：《你一定要看董桥》，上海：文汇出版社，1997年，第3页。

⑥ 董桥：《谈品味》，见董桥：《董桥散文》，杭州：浙江文艺出版社，1996年，第1—2页。

而发出会心微笑的人,才能洞识'现代品味'的真谛",文中多引事例:梁思成、袁宏道、苏珊·桑达、张岱、梁启超、陈寅恪……信笔拈来,收放自如,寓说理于文字的挥洒之间,写得闲雅有趣。王为松在《依然董桥》中说:"董桥有丰富的联想,活跃的思维,考究的语言,看似信手拈来随意写下的典故逸闻,略带卖弄的智慧与书袋,说到底,是文人的情怀,学人的博识,书人的雅致,闲人的雍容。"①这个评价十分中肯。

第三节　散文写作要点:自然、取材、形式、结构、风格

如何才能把文章写得好看,不同的作家有不同的观点,有些观点乍看之下相互矛盾抵触。英年早逝的中国作家王小波,生前寂寞,死后哀荣备至,在他死后,其戏谑而睿智的作品风格在国内引起关注热潮。王小波认为文学首先要有趣,并身体力行实践于写作中,他的观点是:"所谓文学,在我看来就是:先把文章写好看了再说。"②而在网上广为流传的 Morris Dickstein③ 的名言是:"时间对于别出心裁的小花招是最无情的。"若将有趣理解为别出心裁的花招,则这两种说法正好相反。但若换一种理解,别出心裁为刻意设计,而要达到有趣好看的效果,并不能通过刻意为文来完成,好看的文章是形式和内容的完美结合,并非徒有花招,如此理解,则二者同义。好的散文,应当真实有趣好看,以下几条散文写作要点,均围绕这一观点进行探讨。

一、忌造作为文

造作,即做作,与自然相对,清代钱泳《履园丛话》中谈裹足之弊,说:"天下事贵自然,不贵造作。"④写文章更是如此。造作为文从表面来看,表现为文字的过分雕琢,而更大的问题在于情感内涵的造作,包括情感虚假、无病呻吟、刻意模拟、扭捏作态、装腔作势等,在文章中不自然地东施效颦,完全不见自己真实流露的性情,扭曲如裹足、如病梅。散文既以写实为特征,写作时就

---

① 王为松:《依然董桥》,见陈子善编:《你一定要看董桥》,上海:文汇出版社,1997 年,第80 页。

② 王小波:《沉默的大多数》,见王小波:《王小波全集》(第一卷),昆明:云南人民出版社,2006 年,第 11 页。

③ Morris Dickstein:美国作家、教授,目前供职于纽约市立大学(CUNY),其简历、著作等介绍详见于其个人网站 http://www. morrisdickstein. com/中。

④ (清)钱泳:《履园丛话》,北京:中华书局,1979 年,第 630 页。

更需真情流露，自然表达。

署名王老板的《新概念作文大赛》①一文，以调侃的笔调讽刺了部分只有华丽辞藻而内容空洞、情感虚假的散文作品，读来令人忍俊不禁。作者开篇交代了翻看弟弟《新概念作文大赛获奖作品选》的原因，紧接着对一些入选的文章进行罗列点评：

> 首先映入我眼帘的是这样的句子："我总会在深夜喝一杯 coffee，然后就整夜整夜地写文字，写那些很哀伤很哀伤的句子，写到泪流满面。看着那些哀伤的句子，我整夜整夜地不能入睡。"我喉咙一阵反刍，赶紧往后翻。接着又看见一个高三女的写道："杜拉斯说当一个人开始回忆时他就已经老了。老了，我果然原来确实是在十五岁就已经老了呀！"我胃里开始翻江倒海，急忙跳过去，然后又看见一个高一女的文字："我约他来到酒吧，蔓延着一股浓密的酒气，是 GIN。我们沉默着，喝着 GIN。"看到这里，我硬生生把涌到喉腔的面条咽了下去，接着往后看……"千千，我们 17 岁了。有人说，17 岁就是苍老的开始"……咬着牙继续往后翻……"听过一首歌，叫《风一样的男子》，我想，用这个歌名来形容我再合适不过了"……看到这里，我吐出了一口血……"可是，我为什么还是那么难过？为什么我还是觉得寂寞？我不知道，我说过，我不了解"……我吐出了一片肝……"我是个完美主义者，但是完美主义却不能看《红河谷》《美丽的大脚》《美丽人生》等一类精致而完美的电影"……我吐出了一块肾……"我看着操场上那些高三的孩子因为不用穿校服而显得明媚张扬的样子，人人都是一张寂寞的脸"……我吐出了一段大肠……"这时，在放 jay 的《斗牛》，这是 jay 所有歌中我最喜欢的一首，我一个人慢慢地哼，他就唱了出来，唱得很像，我就开始听他唱，呵呵！听着听着也不哭了，好怪哦！"……

调侃过后，作者点出这些十六七岁的少男少女散文中最大的问题在于过分刻意的模仿，不仅模仿文风，如："不是安妮宝贝式——'就这样。如此。悲伤'，就是郭敬明式——'我总会忧伤地望着远方'，要么就是春树式——'她说失望就是这样无处不在，所以她迷上摇滚并且听激烈的 manson'。"同时这些文章也刻意模仿情感，充斥在字里行间的都是颓废、苍老、忧郁、寂寞、惶惑等字

---

① 王老板：原名王力，在网上自称王老板，陌陌科技运营总监。关于此文，笔者通过新浪微博联系王老板本人，确认《新概念作文大赛》一文为其所作，并在其新浪博客上找到发布于 2005 年 10 月 17 日的原文，地址为：http://blog.sina.com.cn/s/blog_4898214f010002kw.html.

眼,然而由于这些情感并非作者的真实体验,因此写出来的效果隔阂生硬,甚至极为可笑。作者在文章的最后通过对弟弟的教诲,语重心长地向读者说出自己的劝告:"千万要把持住,作文写不好没关系,要是沾了这种书,你这辈子可就完了……"

只重辞藻、为赋新词强说愁等,确实是初学散文时常犯的弊病,因为表面的刻意雕琢要比内在的提炼表达容易,而标新立异也比平淡自然更能引起一时的关注,但这种写作方式就像用裹脚布把自己的个性缠住,一提笔即装腔作势,久而久之走火入魔,会让人失去自然表达的能力,作品恶俗不堪,确如王老板文中所写的,最终达到令人作呕的效果。

要避免或矫正造作为文,第一步是练习用文字把内容表达清楚,做到明白晓畅。胡适提倡用白话文写作,曾经自评写作特点:"我的长处是明白清楚,短处是浅显。这时候我还不满十五岁。二十五年来,我抱定一个宗旨,做文字必须要叫人懂得,所以我从来不怕人笑我的文字浅显。"①不要怕文字不够漂亮,平易自然的语言远比浮夸华丽的文字能打动读者。即便是讲究文字精致的董桥,也明确说过文章的内在远比文字的漂亮要重要:"散文,我认为单单美丽是没有用的,最重要的还是内容,要有 Information,有 Message 给人,而且是相当清楚的讯息。"②其次要顺应自己的天性,真实为文,不要生硬地把别人的情感嫁接在自己的笔端,而应当让真实的情感自然流露。如陈丹青的《守护与送别——木心先生的最后时光》一文,是送别木心之作,文章从木心住院开始写起,随着对往事的回忆,情绪几起几落,有初时的惊痛无措,有永诀时的痛极而怒,文章收结于木心幼年时的一张家庭照,陈丹青细细描写照片中的人像:四五岁时的木心、微微扶着木心的小姐姐、握着礼帽的父亲、垂着刘海的母亲,还有美丽的大姐姐,伸着脚踏在栏杆上,姿态形貌无不毕现。拍这张照片之时也是木心一家最好的时光,此后木心的亲人逐一离世,只剩木心一人活下来,在文章的最后,陈丹青写下:

> 先生的死日,是 2011 年 12 月 21 日。倘若喘息不止,到得今年 2 月
> 14 日,木心便活满八十五岁:孙璞,是族中最高寿的人,现在他潜入这幅

① 胡适:《四十自述》,合肥:安徽教育出版社,2006 年,第 65 页。

② 柳苏:《你一定要看董桥(代序)》引,见陈子善编:《你一定要看董桥》,上海:文汇出版社,1997 年,第 12 页。

民国的照片，与全家会合了。①

人生中失去知己良师的悲痛伤感，隐在陈丹青温情平实的叙述里，在对木心往昔的追忆中，情感从心底缓缓流出，无需任何修饰雕琢，自然触动人心。

要想写出能打动人心的作品，切忌造作，记住罗丹的话：

> 要彻底的桀骜的真实。要毫不踌躇的表白你的感觉，哪怕你的感觉与固有思想是冲突的。也许你不会马上被人了解，但你的孤独的时间是很短促的，朋友们不久会来归向你，因为对于你是绝对真实的东西，对于大家也必绝对真实的。
>
> 可是不要装腔作势故意去勾引群众。要单纯，要天真！②

二、选择最为熟悉的题材

散文的取材可大可小，可以写琐屑小事，也可以写大江大海，凡外在的人物、事件、景色、风俗，内在的情感、体悟、回忆，乃至古往今来上天入地，均可写入文中，无意不可入，无事不可言。但在选材方面有两点需注意：一是要善于发现，二是要选择贴近自己生活的题材。很多初学写作的人常会苦于没有东西可写，事实上他们只是缺少在日常生活中发现题材的敏锐，如罗丹所说："在艺者的眼中，一切都是美的，因为他的锐利的慧眼，注视到一切众生万物之核心，如能发现其品性，就是透入外形，触到它内在的'真'。这'真'，也即是'美'。虔敬的研究罢，你一定会找到'美'，因为你遇见了'真'。"③

很多散文作家都善于从自己的生活中取材，发现美、表达美，贾平凹的《秦腔》是乡土小说，以其故乡棣花街为原型而作，小说的《后记》则是一篇满怀对故乡深情的散文，除了交代写作的原因和过程外，还写了真实的棣花街以及生活在棣花街上的人们，他们没有一个是胖子，每个人看上去都差不多，脖子细长，清一色土皂衣裤，但就在这样一群人当中，贾平凹看到了每个人不同的才能和个性：制木的、会泥塑的、精通胡琴的、爱唱秦腔的、会说书的、学绘画的……个个都有一手绝活，都有自己的个性。香港女作家李碧华的散文

---

① 陈丹青：《守护与送别——木心先生的最后时光》，见陈丹青：《草草集》，桂林：广西师范大学出版社，2014年，第238页。

② ［法］罗丹：《嘱词》，见［法］罗丹述，［法］葛赛尔著：《罗丹艺术论》（傅雷译），天津：天津社会科学出版社，2005年，第13页。

③ ［法］罗丹：《嘱词》，见［法］罗丹述，［法］葛赛尔著：《罗丹艺术论》（傅雷译），天津：天津社会科学出版社，2005年，第11页。

集《绿腰》，更是从生活中信手取材，全书三百多篇，每篇至多不过三百来字，取材从自然生物如蝴蝶蟋蟀、松鼠松树，到日常生活中的一只闹钟、一块豆腐、一方酥糖，以及看一场歌剧、读一则新闻，她都能看到其中的特别之处，写入笔下，《冷奴》一文，可为典范：

> 豆腐，在日本叫做"冷奴"。
>
> 它是这样上桌的：一个小小的玻璃皿，以冰镇着一方块雪白豆腐，毫无破绽，傲视同侪。上面斜斜摆放一个长柄的金菇和一朵芫荽。这一客冷奴，真贵，几乎同刺生一般身价。假得像幻觉，故并不敢惊动。
>
> 冷奴，为了它的名字，想：因为冷，所以寂寞如奴；或因为是奴，所以冷。谁给一方块豆腐起了个这样的好名字？
>
> 但我是个鄙俗的人。未几，已十分疲于尊敬它了。我最喜欢吃的豆腐，不是这种。是在上海，小小的店子贩卖"豆腐脑"，热腾腾的一碗，上面遍洒小虾米、葱花、榨菜末、酱料，又淋上滚油、麻油、辣油。——就像一个脑那么繁琐缤纷。每碗只卖人民币一角钱。我吃了两碗，又吃了油条，半个烧饼。后来，便觉得不单是胃，连脑袋也撑了。这是一个老百姓的生涯啊。①

文章写得极为短小，取材全自寻常生活中来，略微加以发挥引申，却令人看到平淡日常中的意外之喜。

　　而陈之藩虽为电机工程学者，却也有着深厚的文学素养，擅长散文写作，取材多与个人求学经历或日常阅读有关，体现出知识分子的博识睿智，出版有《旅美小简》、《在春风里》、《剑河倒影》等散文集。他的《愿天早生圣人》一文很能体现出学者散文的气质，文章以早年读过的曲文"怅钓鱼人去，射虎人遥，屠狗人无"起笔来写，从唐代英雄郭子仪苍凉激昂的感触，联想到当下的时代："一个时代，总应该有个把言行高洁的志士；如果没有，应该有个把叱咤风云的英雄；再没有，也应该有个把豪迈不羁的好汉；如果连这类屠狗的人全找不到，这个时代就太可怜了。"②历史感悟与现实关怀交融在一起，三句曲文，既是郭子仪浇胸中块垒之词，也让作者借以抒发个人的深沉感慨。

　　以上数例，诸位名家的取材，既有来自对故乡人事物的观察，亦有个人亲历、阅读所得，或琐屑或广博，无一不是自己最为熟悉的材料。对于写作者来

---

　　① 李碧华：《冷奴》，见李碧华：《绿腰》，上海：上海人民出版社，1996 年，第 4 页。
　　② 陈之藩：《愿天早生圣人》，见陈之藩：《在春风里·剑河倒影》，合肥：黄山书社，2008年，第 30 页。

说，只要善于发现，身边都是可写的题材。正如罗丹所说："最美的题材在你的面前，便是你最熟知稔悉的对象。"①

三、不拘泥于常规形式

散文是最自由的文体，无论在形式上还是写法上，都比其他文体要来得灵活随意。现代文学中的各种文体本就处在不断的发展变化中，其形式写法无法定论也不必有所定论，唯有如此，才能不断创新得到发展和繁荣。当然，这并不是说要为创新而创新，刻意在形式上搞噱头，这没有必要，而是说在散文的写作中，要有敢于突破种种常规的套路、定式的勇气，当灵感来临、情感充沛时，实在不必拘泥于散文的形式是什么、散文的特征是什么等理论束缚，自由发挥，笔随心至，这才是真正的创作。事实上不少散文佳篇是以不同的面貌出现的，以下特意选择一些不同形式的案例来加以说明。

王朔的《致女儿书》是一个长篇的亲情散文，写作的初衷是"本来是准备给女儿个交代的，以防万一"②，因为是对着女儿诉说，甚至是本着写遗书的心情来写，文章写得异常坦白真实，有一种毫不留情的自我剖析和反思。比如王朔谈到自己与父母的相处："我不记得爱过自己的父母。小的时候是怕他们，大一点开始烦他们，再后来是针尖对麦芒，见面就吵；再后来是瞧不上他们，躲着他们，一方面觉得对他们有责任应该对他们好一点但就是做不出来装都装不出来；再后来，一想起他们就心里难过。"③还有自己的一些人生感悟："经过很多年，我不再相信别人了，特别是那些有崇拜者鼓吹的人。我相信崇拜者是世界上最没价值的一些人，崇拜是世界上最坏的一种精神状态。"④这篇长文基本上分出了一定的章节，围绕一些主题来谈，最后部分却改成了日记体，对此，作者的交代是：

> 写作是为什么？我要问自己，还不是要把心里话痛痛快快地讲出来，至少这篇东西只是有关咱们俩的，我说的你总是能听懂，我又何必在乎什么完整性和所谓流畅。……想起一个形式，干脆用日记体，注明每天的日期，想起什么写什么，写到哪儿算哪儿，第二天情绪还在就接着

---

① ［法］罗丹：《嘱词》，见［法］罗丹述，［法］葛赛尔著：《罗丹艺术论》（傅雷译），天津：天津社会科学出版社，2005年，第13页。

② 王朔：《致女儿书》，北京：人民文学出版社，2007年，第101页。

③ 王朔：《致女儿书》，北京：人民文学出版社，2007年，第38页。

④ 王朔：《致女儿书》，北京：人民文学出版社，2007年，第53页。

写,情绪不在就写正在情绪上的,如此甚是方便。①

这段说明传达的意思正是散文写作不必拘泥于一定的格式,而是可以自创形式,追求把要表达的内容痛痛快快表达出来。这篇以复合的形式写成的长篇抒情散文,在情感内容上显露出的真挚深情十分感人,在形式上的创举则说明王朔的写作到了更加自信自由的境界。

目前旅居海外的作家王鼎钧是知名的散文家,他的散文集《千手捕蝶》被誉为是一部极富禅意的寓言式散文集,八十多篇文章均短小精炼,文字简净,蕴含哲思。其中有一篇《另外"十句话"》,在形式上颇为新奇,文章分十节,每一节长则七八行,短则不过两三行,谈的是创作感悟。最后作者自问:"我这十句话有几句是分了段的。分了段的话还能算一句吗?能,这是隐地在《十句话》创下的体例。"②这一创作形式来自于作家隐地的启发。隐地原名柯青华,出生于上海,1975 年在台湾创办尔雅出版社,他曾推广一句话作品的创作,并在 1987 年集结诸多作家的单句片语出版了《十句话》第一集,此后以同样的形式出版多集。王鼎钧的这篇文章,可以说是对散文文体的有益探索和丰富。

此外,还有不少以书信、讣闻等其他形式来写作散文美文的案例。沈从文早年曾发表九篇书信体散文,后辑为《狂人书简》。1934 年,沈从文独自还乡,一路以书信记录山水人文景观,以及对张兆和的思念。这批书信由沈虎雏整理为《湘行书简》,是优秀的书信体散文经典。香港作家倪匡自认为写得最好的文章,是为古龙写的讣闻。这篇讣闻,不用一般常见的套路,而是对古龙的一生作简短而凝练的概括,行文富有文采又充满感情,其中表达的对生死的超脱气度,极符合古龙一代武侠作家的身份。

木心的散文集《素履之往》中,有不少三言两语式的散文,兹选几例:

这小子

米兰·昆德拉反"媚俗",某小子听人谈起,便叫道:"昆德拉,他有什么资格反媚俗?"——这小子哪儿来的资格不让昆德拉反媚俗。③

---

① 王朔:《致女儿书》,北京:人民文学出版社,2007 年,第 51 页。

② 王鼎钧:《另外"十句话"》,见王鼎钧:《千手捕蝶》,北京:生活·读书·新知三联书店,2013 年,第 215 页。

③ 木心:《素履之往》,桂林:广西师范大学出版社,2009 年,第 37 页。

神的吝啬

上帝始终不给我朋友，只给我小说的题材。①

某种演奏家

饱经沧桑而体健神清的人读书最乐，他读，犹如主演协奏曲，尘世的森罗万象成为他的乐队。②

木心在《素履之往》的《自序》中说："总觉得诗意和哲理之类，是零碎的、断续的、明灭的。"此书中的多数散文均寥寥数语，而机智幽默尽出，闪烁着哲理之光。以上这些不同常规的散文，都能给后学者以启发。

四、合理安排文章结构

文无定法，然而不能全无章法。好的文章应当在谋篇布局上多下工夫，能在行文中见其条理和脉络，很多散文名家对此都极为重视。曾就读于台湾大学外文系的刘绍铭在校期间就与白先勇、叶维廉、李欧梵等人创办《现代文学》杂志，后在香港及海外各大学任教，著译丰富，也擅写散文，他在《风声雨声十七年》一文中盛赞为《联合报》副刊写专栏的黄碧端，特别肯定其在结构组织上的规矩："散文天地，从草木虫鱼到风土人情，都可入文，因此难有什么法则可言。黄碧端对自己的笔墨，倒自定义了规矩：'写情要不落入滥情，写事要不流于歧蔓，其要都在剪裁与组织。'"③

要做到这一点，首先要养成作文前先列纲要的习惯，梁实秋在《清华八年》中回忆在清华学校所受的教育，提及两位教授英文写作的女教师，令他受益匪浅：

她们还教了我们作文的方法，题目到手之后，怎样先作大纲，怎样写提纲挈领的句子，有时还要把别人的文章缩写成为大纲，有时从一个大纲扩展成为一篇文章，这一切其实就是思想训练，所以不仅对英文作文有用，对国文也一样有用。我的文章写得不好，但如果层次不太紊乱，思

---

① 木心：《素履之往》，桂林：广西师范大学出版社，2009年，第53页。
② 木心：《素履之往》，桂林：广西师范大学出版社，2009年，第104页。
③ 刘绍铭：《风声雨声十七年》，见刘绍铭：《浑家·拙荆·夫人》，上海：上海书店出版社，2009年，第112—113页。

路不太糊涂,其得力处在此。①

其次,根据构思需要安排散文各部分的组合与结构方式。散文结构中较为常见也最易学的是串珠式的结构方式。串珠式的结构指以一个线索串联起若干相对独立的散文意象的方法,这一结构方式不仅易于突出主题,且能容纳较为丰富的材料。丰子恺的《为青年说弘一法师》②一文中就用到了串珠式的结构,文章以李叔同先生最大的特点"认真",串起其一生的不同阶段:

> 在上海南洋公学读书奉母时,他是一个翩翩公子。……他出家时把过去的照片统统送我,我曾在照片中看见过当时在上海的他:丝绒碗帽,正中缀一方白玉,曲襟背心,花缎袍子,后面挂着胖辫子,底下缀带扎脚管,双梁厚底鞋子,头抬得很高,英俊之气,流露于眉目间。……真是当时上海一等的翩翩公子。这是最初表示他的特性,凡事认真。他立意要做翩翩公子,就彻底地做一个翩翩公子。

> 后来他到日本,看见明治维新的文化,就渴慕西洋文明。他立刻放弃了翩翩公子的态度,改做一个留学生。他入东京美术学校,同时又入音乐学校。这些学校都是模仿西洋的,所教的都是西洋画和西洋音乐。李先生在南洋公学时英文学得很好;到了日本,就买了许多西洋文学书。……由此可以想见,李先生在日本时,是彻头彻尾的一个留学生。我见过他当时的照片:高帽子、硬领、硬袖、燕尾服、史的克(手杖)、尖头皮鞋,加之长身、高鼻,没有脚的眼镜夹在鼻梁上,竟活像一个西洋人。这是第二次表示他的特性:凡事认真。学一样,像一样。要做留学生,就彻底地做个留学生。

> 他回国后,在上海《太平洋报》报社当编辑。不久,就被南京高等师范请去教图画、音乐。……这时候,李先生已由留学生变为"教师",这一变,变得真彻底:漂亮的洋装不穿了,却换上灰色粗布袍子、黑布马褂、布底鞋子。金丝边眼镜也换了黑的钢丝边眼镜。……他是一个修养很深的美术家,所以对于仪表很讲究。虽然布衣,形式却很称身,色泽常常整洁。他穿布衣,全无穷相,而另具一种朴素的美。……布衣布鞋的李先

---

① 梁实秋:《清华八年》,见梁实秋:《梁实秋散文》(一),北京:中国广播电视出版社,1989年,第214页。

② 此文写李叔同的两个特点"认真"和"多才多艺",后曾删去有关李叔同"多才多艺"的文字及其他部分内容,改名为《怀李叔同先生》,编入1957年版的《缘缘堂随笔》。

生，与洋装时代的李先生、曲襟背心时代的李先生，判若三人。这是第三次表示他的特性：认真。①

丰子恺在文章中写李叔同先生从翩翩公子，到留学生、教师，此后学道、学佛，终至出家，为弘一法师，每做一种人，都做得十分像样，全因"认真"的缘故。这篇文章写于1943年4月，其时弘一法师圆寂一百六十七天，文中流露出作者对李叔同先生深切的怀念与敬爱，又为读者介绍了李叔同先生一生最大的特点："认真"，以李叔同先生不同阶段的认真来串联其不同的人生片断，说明其对于一件事，不做则已，要做就非做得彻底不可，以串珠式的结构来写李叔同先生，令人印象深刻。

资中筠的《在国外"吃请"记》也使用了串珠式的结构方式。文章的主线，是"吃请"，在这条主线上，串起作者多年来在不同国家"吃请"的情况，从中可透视各国不同的风俗民情。印象最深的是在美国接受前参议院多数党领袖曼斯菲尔德的邀请，事先秘书十分郑重打电话问清各种细节，当日有司机接送、秘书迎接，作者的感觉，是"这顿午餐庄严而隆重，我确实荣幸地受到了贵宾待遇。不过，吃的内容真的就是一盘三明治和少数几样供选择的软饮料"②，这是美国式的朴素节制的请客之道。其后，作者又写到在英国、法国、苏联、日本等国的吃请经验，各有特色，读来脉络清晰，令人印象深刻。

此外，还有一些其他的较为常用的结构方式，如正反对比式、逐层递进式、点面结合式等，写作时需根据手中的材料，选择最为适合的结构方式。

五、找到自己的风格

文学是个人的创造，在写作中应当写出自己的特色来，尤其是散文这一最易于体现作者个性的文体，更应在文字表达中找到自己，形成独特的风格。当然，风格特色是无法预先设定的，吴冠中在《风格》一文中说：

中国国家大剧院的设计者安德鲁说："艺术创造不是追寻源头，而是探索未知。"我很同意他这一观点，毕加索也说："创作时如同从高处往下跳，头先着地或脚先着地，事先并无把握。"所以自己无从事先设计自己

---

① 丰子恺：《为青年说弘一法师》，见丰陈宝、丰一吟编：《丰子恺散文全编》（下），杭州：浙江文艺出版社，1992年，第146—148页。

② 资中筠：《在国外"吃请"记》，见资中筠：《闲情记美》，桂林：广西师范大学出版社，2011年，第100—101页。

的风格。

　　风格是作者的背影，自己看不见。①

因此在写作中形成自己的风格不能刻意为之，要结合自己的个性、经历、学养等等，多写多练，在创作中自然形成。

　　以沈从文和梁实秋为例来看，这两位作家出生仅相差一年，去世也是一年之差，生活在相同的时代，同为现代文学史上以散文创作著称的作家，但因二人生活经历不同，个性不同，其散文创作的风格也有较大差异。沈从文出生于湘西凤凰，所受教育为两年私塾和小学教育，此后即投身行伍，担任书记。1923 年沈从文进入北京大学旁听，同时自习写作，逐渐发表作品。沈从文初到北京时住在"一间十分潮湿长年有霉味的面西小亭子间里"②，郁达夫去看望他时，看到的情况是："下着大雪，没有炉子，身上只两件夹衣，正用旧棉絮裹住双腿，双手发肿，流着鼻血在写他的小说。"③就在这样艰难的环境下，沈从文依然坚持创作，他的作品行文朴素自然优美，取材的侧重在于家乡沅水流域，写其中的人事哀乐、景物印象，其风格的形成与他的出生地、成长地和自学有关，在其散文《我读一本小书同时又读一本大书》中，他写自己幼时的逃学经历，也提到了自己的知识多来自于自然和人生这部大书："离开私塾转入新式小学时，我学的总是学校以外的。到我出外自食其力时，又不曾在职务上学好过什么。二十岁后我'不安于当前事务，却倾心于现世光色，对于一切成例与观念皆十分怀疑，却常常为人生远景而凝眸'……"④而梁实秋于 1915 年夏天考入清华学校留美预备班，此后赴美留学，在科罗拉多大学英文系毕业，进入哈佛大学研究所，后转入哥伦比亚大学学习，回国后历任国立东南大学、青岛大学、北京大学、北京师范大学等国内大学的教授，走的是非常纯粹的学院之路。⑤ 他的散文带有鲜明的文人散文和学者散文的特点，行文简洁，内涵丰富，又幽默谐趣，充满智慧，体现出其学识广博、思路宽广的一面。这两个案例正好可对比说明：在创作中顺其本性，是形成个人风格的最好途径。

---

　　①　吴冠中：《风格》，见吴冠中：《我负丹青——吴冠中自传》，北京：人民文学出版社，2004 年，第 308 页。

　　②　黄永玉：《太阳下的风景》，天津：百花文艺出版社，1984 年，第 171 页。

　　③　黄永玉：《太阳下的风景》，天津：百花文艺出版社，1984 年，第 171 页。

　　④　沈从文：《我读一本小书同时又读一本大书》，见沈从文：《沈从文散文选》，长沙：湖南文艺出版社，1981 年，第 12 页。

　　⑤　梁实秋个人经历见《梁实秋先生年表》，见梁实秋：《梁实秋散文》（四），北京：中国广播电视出版社，1989 年，第 299－306 页。

写作并无门槛，任何有书写能力的人都能写作，而散文写作更不应该有固定的套路和方法。学习散文写作，最重要的不是在了解了散文作法后给自己套上种种约束，而应在避免一些造作、浮夸、拘泥的弊病后，进行自由地创作。

练习与本章参考书目

练　习

1. 展示"咬过一口的苹果"图片，要求以这一物品细节为中心，发挥想象力进行联想，写作一篇围绕物品细节的辐射式散文。
2. 阅读以下名家的散文作品：鲁迅、胡适、郁达夫、丰子恺、郑振铎、沈从文、梁实秋、杨绛、汪曾祺、张中行、高尔泰、王鼎钧、木心、陈之藩、黄永玉等，从中找出印象最深刻的记人散文、叙事散文、写景散文、状物散文、抒情散文、议论散文各三篇，针对每篇散文写作一则简短的点评，字数不限。
3. 以"我记忆中的一个人"为主题，写作一篇记人散文。长短随意，题目自拟，要求使用串珠式结构。

本章参考书目

[1]（宋）罗大经：《鹤林玉露》，北京：中华书局，1983年。

[2] 胡适：《胡适文集》，北京：北京大学出版社，1998年。

[3] 张国俊：《中国艺术散文论稿》，北京：中国社会科学出版社，2004年。

[4] 相静：《散文创作艺术论》，沈阳：辽宁大学出版社，2009年。

[5] 杨绛：《杨绛散文》，杭州：浙江文艺出版社，1994年。

[6] 郁达夫：《中国新文学大系·散文二集》，上海：上海良友图书印刷公司，1935年。

[7] 张中行：《负暄琐话》，哈尔滨：黑龙江人民出版社，1986年。

[8] 朱自清：《欧游杂记》，北京：北京师范大学出版社，2012年。

[9] 张爱玲：《张爱玲散文全编》，杭州：浙江文艺出版社，1992年。

[10]［英］乔治·奥威尔：《我为什么要写作》（董乐山译），上海：上海译文出版社，2007年。

[11] 汪曾祺：《蒲桥集》，北京：作家出版社，2000年。

［12］罗南选编：《郑振铎抒情散文》，北京：文化艺术出版社，1992 年。

［13］梁实秋：《梁实秋散文》，北京：中国广播电视出版社，1989 年。

［14］陈子善编：《你一定要看董桥》，上海：文汇出版社，1997 年。

［15］董桥：《董桥散文》，杭州：浙江文艺出版社，1996 年。

［16］王小波：《王小波全集》，昆明：云南人民出版社，2006 年。

［17］（清）钱泳：《履园丛话》，北京：中华书局，1979 年。

［18］胡适：《四十自述》，合肥：安徽教育出版社，2006 年。

［19］陈丹青：《草草集》，桂林：广西师范大学出版社，2004 年。

［20］［法］罗丹述，［法］葛赛尔著：《罗丹艺术论》（傅雷译），天津：天津社会科学出版社，2005 年。

［21］李碧华：《绿腰》，上海：上海人民出版社，1996 年。

［22］陈之藩：《在春风里·剑河倒影》，合肥：黄山书社，2008 年。

［23］王朔：《致女儿书》，北京：人民文学出版社，2007 年。

［24］王鼎钧：《千手捕蝶》，北京：生活·读书·新知三联书店，2013 年。

［25］木心：《素履之往》，桂林：广西师范大学出版社，2009 年。

［26］刘绍铭：《浑家·拙荆·夫人》，上海：上海书店出版社，2009 年。

［27］丰陈宝、丰一吟编：《丰子恺散文全编》，杭州：浙江文艺出版社，1992 年。

［28］资中筠：《闲情记美》，桂林：广西师范大学出版社，2011 年。

［29］吴冠中：《我负丹青——吴冠中自传》，北京：人民文学出版社，2004 年。

［30］黄永玉：《太阳下的风景》，天津：百花文艺出版社，1984 年。

［31］沈从文：《沈从文散文选》，长沙：湖南文艺出版社 1981 年。

［32］丰子恺：《缘缘堂随笔》，北京：人民文学出版社，1957 年。

第七章　小说写作（上）

"小说"一词，最早见于《庄子》的《外物》篇："饰小说以干县令。"其意指琐屑之言。东汉桓谭与班固在处理古代文献时，将实录的丛残小语称为"小说"，桓谭有言："若其小说家，合丛残小语，近取譬论，以作短书。治身治家，有可观之辞。"①小说之意始近似现代小说。中国文学史上有意为小说则始于唐代，"小说亦如诗，至唐而一变，虽尚不离于搜奇记逸，然叙述宛转，文辞华艳，与六朝之粗陈梗概者较，演进之迹甚明，而尤显者乃在是时则始有意为小说"②。唐代传奇为文言小说，白话小说的兴起则在宋代，"在市井间，则别有艺文兴起。即以俚语著书，叙述故事，谓之'平话'，即今所谓'白话小说'者是也"③。一直以来小说在中国文学中的地位并不高，直至清末民初梁启超提出"小说界革命"，这一情况才得到改变。梁启超在《论小说与群治之关系》中说："欲新一国之民，不可不先新一国之小说。故欲新道德，必新小说；欲新宗教，必新小说；欲新政治，必新小说；欲新风俗，必新小说；欲新学艺，必新小说；乃至欲新人心、欲新人格，必新小说。何以故？小说有不可思议之力支配人道故。"④梁启超的文章在当时激起强烈反响，越来越多的知识分子投入小说创作，小说遂成为"文学之最上乘"⑤的文体。作为一种文学体裁，发展至今，中文小说的创作中既有对传统古典小说的继承，也吸收了西方文艺的理论和技巧，呈现出多元并存的特点。

---

① （汉）桓谭著，朱谦之校辑：《新辑本桓谭新论》，北京：中华书局，2009年，第1页。

② 鲁迅：《中国小说史略》，济南：齐鲁书社，1997年，第59页。

③ 鲁迅：《中国小说史略》，济南：齐鲁书社，1997年，第88页。

④ 梁启超：《论小说与群治之关系》，见夏晓红编《梁启超学术文化随笔》，北京：中国青年出版社，1996年，第171页。

⑤ 梁启超：《论小说与群治之关系》，见夏晓红编《梁启超学术文化随笔》，北京：中国青年出版社，1996年，第172页。

第一节　小说的界定与发展

作为文学体裁之一的小说,其定义广见于各种理论书籍,基本没有歧义。而拥有丰富创作经验的小说家们对于什么是小说,也有着自己的理解,以下介绍几位小说家关于小说的看法,并在此基础上对小说这一文体做出界定。

福斯特在《小说面面观》中引用了阿比尔·谢括利的说法"小说是用散文写成的具有某种长度的虚构故事",并补充"某种长度"为不得少于五万字:"任何超过五万字的虚构的散文作品,在我所作的演讲中均可称为小说。"①福斯特是英国著名的小说家,以《霍华兹庄园》和《印度之行》两部小说最为著名,他不仅曾获得英国最古老的文学奖詹姆斯·泰特·布莱克纪念奖,美国艺术文学院(American Academy of Arts and Letters)还设立了以其命名的E. M. 福斯特奖来纪念他。这部《小说面面观》是他在 1926 年秋至 1927 年春在英国剑桥大学三一学院主持的英国文学讲座的讲稿,出版于 1927 年,书中从故事、人物、情节、幻想、语言、图式与节奏等几个方面对小说进行探讨,福斯特认为,小说的基本面是故事,而情节是小说的逻辑面,故事"是按照时间顺序来叙述事件的。情节同样要叙述事件,只不过特别强调因果关系罢了"②。

弗拉基米尔·纳博科夫以小说《洛丽塔》闻名于世,他的母语为俄语,移居美国后才开始用英文写作,这是一位才华横溢且极为多产的作家,一生留下十七部长篇小说,五十多篇短篇小说,以及诗集、诗剧和多部译著。纳博科夫十分强调小说的虚构性:"文学是创造,小说是虚构。"③他认为如果评价一篇小说是真人真事的实录,这是对艺术的侮辱。他用了一个比喻来说明文学的虚构:"一个孩子从尼安德特峡谷里跑出来大叫'狼来了',而背后果然紧跟一只大灰狼——这不成其为文学;孩子大叫'狼来了'而背后并没有狼——这才是文学。那个可怜的小家伙因为扯谎次数太多,最后真的被狼吃掉了纯属

---

① 〔英〕爱德华·摩根·福斯特:《小说面面观》(苏炳文译),广州:花城出版社,1984 年,第 3 页。

② 〔英〕爱德华·摩根·福斯特:《小说面面观》(苏炳文译),广州:花城出版社,1984 年,第 75 页。

③ 〔美〕纳博科夫:《优秀读者与优秀作家》,见〔美〕纳博科夫:《文学讲稿》(申慧辉等译),北京:生活·读书·新知三联书店,1991 年,第 24 页。

偶然，而重要的是下面这一点：在丛生的野草中的狼和夸张的故事中的狼之间有一个五光十色的过滤片，一副棱镜，这就是文学的艺术手段。"①在纳博科夫的观点中，一个作家应该同时有三种身份：讲故事的人、教育家和魔法师。故事给人娱乐，教育的功能指作品中蕴含的知识和对生活的反映，而最重要的是魔法师的部分，也即是虚构，纳博科夫认为这是一个作家之所以成为作家的最重要的因素。小说家要表现的不是生活真实，而是艺术真实，因此在写作时不能完全实录，而是应当对生活真实进行提炼、加工和概括，可以从生活出发而不受限于生活，甚至可以完全脱离现实束缚和时空限制，创造出子虚乌有的人物和情节。

老舍是中国现代著名作家，以长篇小说和戏剧作品最为出色，一生创作小说三百多万言，他擅长在小说中写市井人物，留下了《骆驼祥子》、《四世同堂》等优秀的长篇小说作品。老舍在《老牛破车》一书中专列一篇《人物的描写》，开头就引用了旧说法"创作的中心是人物"，并进而说明："凭空给世界增加了几个不朽的人物，如武松、黛玉等，才叫作创造。因此，小说的成败，是以人物为准，不仗着事实。世事万千，都转眼即逝，一时新颖，不久即归陈腐，只有人物足垂不朽。此所以十续《施公案》，反不如一个武松的价值也。"②在文章中，老舍对近代文艺中"人物失去趣味"、"小说中的人物似乎只好等着受淘汰"的趋势并不赞同，小说既然要面对读者，读者是人，自然也得用人物来感动读者。在《文学概论讲义》中，对于小说中人物形象的重要性，老舍说得更加明白：

> 小说之所以为艺术，是使读者自己看见，而并不告诉他怎样去看；它从一开首便使人看清其中的人物，使他们活现于读者的面前，然后一步一步使读者完全认识他们，由认识他们而同情于他们，由同情于他们而体认人生；这是用立得起来的人物来说明人生，来解释人生；这是哲学而带着音乐与图画样的感动；能作到这一步，便是艺术，小说的目的便在此。③

---

① ［美］纳博科夫：《优秀读者与优秀作家》，见［美］纳博科夫：《文学讲稿》（申慧辉等译），北京：生活·读书·新知三联书店，1991年，第24页。

② 老舍：《老牛破车·人物的描写》，见老舍：《新编老舍文集》（第四卷），北京：商务印书馆，2009年，第348页。

③ 老舍：《文学概论讲义》，见老舍：《新编老舍文集》（第四卷），北京：商务印书馆，2009年，第285页。

以上几家关于小说的观点,各有侧重,或强调虚构,或重视情节,或标举人物,实则这些都是小说之所以成为小说的重要因素,因此综合几家观点,可以对小说这一文学体裁做出如下界定:小说是一种虚构的艺术,构思不受真实时空人事的限制;它以叙述和描写为主要表达方式,通过完整的故事情节和典型人物形象的塑造来反映和再现现实生活。其中,人物是小说最基本的要素,虚构是小说最本质的特征。

值得一提的是,随着现代小说创作的发展,小说这一体裁,呈现出各种新的形态,打破了传统作家对小说的定义。英国著名小说家戴维·洛奇的《小说的艺术》总结了其创作经验及对小说的研究,在书中他提出了两种较为特别的小说形式:非虚构小说和超小说。戴维·洛奇认为非虚构小说是由杜鲁门·卡波特创造出来的一个新词语,用来描写他的作品《残杀》,而这部小说的内容来自一桩真实的命案,杜鲁门·卡波特"把那些经过认真调查获得的事实全部融入了一个扣人心弦的故事,风格和结构都不同于一般的小说。它开了近年来可以说是相当流行的纪实故事的先河"①。超小说也叫元小说,"是有关小说的小说:是关注小说的虚构身份及其创作过程的小说"②。此外,还有无情节小说、意识流小说、反小说等不同的形式。无情节小说消解结构,舍弃故事情节,以表现人物和环境的冲突为主,寓意深刻,卡夫卡的《城堡》、加缪的《局外人》均属此类小说。意识流小说以普鲁斯特的《追忆似水年华》和詹姆斯·乔伊斯的《尤利西斯》为经典代表,注重描绘人物的意识流动状态,常使用内心独白、自由联想等艺术手法。反小说则是萨特提出的观点,他在《〈一个陌生人的肖像〉序》中提出:"我们这个文学时代最古怪的特征之一,是到处出现生机勃勃却都具否定性的作品,人们可以称之为反小说。"③这类小说突破了传统小说的定式,忽略小说常规的重要因素,如情节、人物等,以否定的形式构筑作品。反小说只是保留了小说的外表和轮廓,比如反小说仍然是向读者介绍虚构的人物,为读者叙述故事,但这样做的目的则是"为了使我们更加失望:作者们旨在用小说自己来否定小说,就在我们眼皮底下,他们似乎在建立小说的同时把它毁掉;他们写的是一部不成其为,也不可能成其为小说的小说。"④萨特认为这些奇特的、难以归类的作品并不证明小

---

① [英]戴维·洛奇:《小说的艺术》(王岩峻等译),北京:作家出版社,1997年,第225页。
② [英]戴维·洛奇:《小说的艺术》(王岩峻等译),北京:作家出版社,1997年,第230页。
③ [法]萨特:《萨特文集》(第七卷,施康强译),北京:人民文学出版社,2000年,第322页。
④ [法]萨特:《萨特文集》(第七卷,施康强译),北京:人民文学出版社,2000年,第322页。

说体裁的衰落，而是标志着一个思索的时代，小说正在对自身进行反思。各种小说新形态的出现，是小说文体不断发展的结果，为小说创作拓展出更为广阔的艺术空间。

第二节　小说的分类：微型、短篇、中篇、长篇

小说的分类标准较多，可按题材内容、表现手法、所属流派等不同的标准对小说进行分类，以下介绍最常见的以篇幅字数为标准的小说分类法，并结合每一类中经典作品的分析，以助初学小说的写作者找到自己的创作方向和定位。

按照小说的篇幅容量，可将小说分为微型小说、短篇小说、中篇小说和长篇小说四类。

微型小说字数在一千五百字左右，最多不应超过两千字，主题简单集中，往往只写一个小故事，或截取一个生活片断、一个场面，出现人物较少，人物关系简单，结尾部分讲求奇巧、出人意料。好的微型小说应当做到篇幅微小、选材新颖、结构紧凑、结尾出奇，也即是"微、新、密、奇"四字目标。因篇幅短小，字句就需要更为精炼，不容有赘笔冗词。汪曾祺的《陈小手》①是微型小说中的经典圭臬。作品的中心人物陈小手以手小而得名，他的职业是妇科医生，专治难产，技术精湛，"活人多矣"。然而由于当时风气保守，不少人家忌讳请男性医生接生，而同行医生又看不起陈小手，认为他不过是男性老娘，对此，陈小手不以为意，他专养一匹白马，只为能及时接生救人，事后不计较酬金多少，不过洗手喝茶，道一声"得罪"，便告辞上马。短短几段描述，名动一方、具有悬壶济世之仁心的陈小手这一人物形象便勾勒出来。然而在兵荒马乱的时代，这位慈悲善良的医生最后命丧联军团长之手：陈小手费九牛二虎之力，保团长女人母子平安，然而待陈小手出门，团长却掏出手枪对准他，一枪把他打下来。团长说："我的女人，怎么能让他摸来摸去！她身上，除了我，任何男人都不许碰！这小子，太欺负人了！日他奶奶！"汪曾祺在最后不动声色地写了一句："团长觉得怪委屈。"作者没有多加任何评价，读者却不难体会其中蕴含的对军阀愚昧残暴的愤恨以及对于陈小手的不幸命运的感慨，看似冷静的结尾，实有着"于无声处

---

① 汪曾祺：《陈小手》，见《微型小说选刊》编辑部：《微型小说名家集》，厦门：鹭江出版社，1990年，第70—73页。

听惊雷"的震撼效果。

短篇小说的篇幅在两千字到两三万字之间。因篇幅简短,无法容纳广阔丰富的社会生活,因此取材多截取生活的断面,通常主题并不复杂,线索简单,人物关系集中。老舍认为短篇小说也是完整的单位,增一分则太长,减一分则太短,因容量所限,写作起来难度比长篇小说大得多,"用不着的事自然是不能放在里面,就是用不着的一语一字也不能容纳。比长篇还要难写得多,因为长篇在不得已的时候可以敷衍一笔,或材料多可以从容布置。而短篇是要极紧凑的像行云流水那样美好,不容稍微的敷衍一下"①。同时,短篇小说的写作必须始终围绕主题,力求到篇末给读者一个鲜明单独的印象,"这由事实上说,是件极不容易的事,因为这样给一个单独的印象,必须把思想、事实、艺术、感情,完全打成一片,而后才能使人用几分钟的功夫得到一个事实、一个哲理、一个感情、一个美。长篇是可以用穿插衬起联合的,而短篇的难处便在用联合限制住穿插;这是非有极好的天才与极丰富的经验不能做到的"②。写得好的短篇小说,也能通过简单的人、事、物反映出时代的特征,如一些经典的短篇小说:鲁迅的《狂人日记》、《故乡》、《祝福》、《在酒楼上》,汪曾祺的《受戒》,苏联作家肖洛霍夫的《一个人的遭遇》,等等。刘恒的《狗日的粮食》是当代小说中的短篇经典之作,讲述了一个发生在特殊年代里的有关粮食的故事,小说中的瘿袋曹杏花为了一家人的生存,偷扒队里和邻人的粮食,甚至从骡粪里淘玉米粒儿吃,这个半世里逞能扒食的女人最后却因为丢了购粮证而死,临死前丢下一句"狗日的粮食",体现出在饥饿中挣扎的农民生存的不易,这篇七千多字的小说通过杨天宽一家人的遭遇折射出特定时代的风貌,是一篇极有力度的短篇小说。

中篇小说的篇幅字数大约在三万字到十万字之间,介于短篇小说和长篇小说之间。别林斯基认为中篇小说是分解成许多部分的长篇小说,是从长篇小说中摘取出来的一章:"它的形式可以包罗万象——轻松的风俗素描、对于人和社会的尖刻的讽笑、灵魂的深刻的秘密以及激情的残酷的嬉戏。简短的和迅速的、轻松的和深刻的混杂在一起,它从一个对象飞渡到另外一个对象,

---

① 老舍:《文学概论讲义》,见老舍:《新编老舍文集》(第四卷),北京:商务印书馆,2009年,第299页。

② 老舍:《文学概论讲义》,见老舍:《新编老舍文集》(第四卷),北京:商务印书馆,2009年,第299页。

把生活压成碎块，从这本生活的大书里扯下几页来。"①对于初涉小说的创作者来说，三万字左右的中篇小说是比较容易掌控的文体，内容上不必如长篇小说那样广泛深厚，情节人物也不必力求曲折复杂，却在各方面又比短篇更加完整细致，有一定的回旋余地。经典的中篇小说有鲁迅的《阿Q正传》、沈从文的《边城》、谌容的《人到中年》、王朔的《动物凶猛》等。张爱玲的《金锁记》被夏志清誉为"中国从古以来最伟大的中篇小说"②，开篇一段对月亮的描写极其漂亮，为小说定下一个苍凉的基调，同时将故事不着痕迹地引入侯门深院，小说以为曹七巧在金钱与情欲的双重压迫下逐渐变态扭曲为主线，描写了曹七巧悲剧的一生，因为门第错配她带上了黄金的枷锁，不仅丧失了自己的幸福，也"用那沉重的枷角劈杀了几个人，没死的也送了半条命"③，她破坏儿子的婚姻，逼死媳妇，断送女儿的爱情，最终"她儿子女儿恨毒了她，她婆家的人恨她，她娘家的人恨她"④，她躺在烟铺上孤独地死去。张爱玲自谓其小说中"除了《金锁记》里的曹七巧，全是些不彻底的人物"⑤，只有曹七巧是个彻底的疯子。这篇小说在叙事方法和风格方面明显受到中国传统小说的影响，同时也借鉴了西方小说的方法，发展自己的写作技巧，在心理分析方面，"并不采用冗长的独白，或枯索繁琐的解剖，她利用暗示，把动作、言语、心理三者打成一片"⑥，也即是没有专写内心的笔墨，只通过人物的动作、对话，反映出其心理变化；在处理时间跨越时，张爱玲借鉴了电影中的蒙太奇手法：

> 风从窗子里进来，对面挂着的回文雕漆长镜被吹得摇摇晃晃，磕托磕托敲着墙。七巧双手按住了镜子。镜子里反映着的翠竹帘子和一副金绿山水屏条依旧在风中来回荡漾着，望久了，便有一种晕船的感觉。再定睛看时，翠竹帘子已经褪了色，金绿山水换为一张她丈夫的遗像，镜

---

① ［俄］别林斯基：《论俄国中篇小说和果戈理君的中篇小说》，见［俄］别林斯基《别林斯基文学论文选》（满涛、辛未艾译），上海：上海译文出版社，1999年，第130页。

② 夏志清：《中国现代小说史》（刘绍铭等译），香港：中文大学出版社，2001年，第343页。

③ 张爱玲：《金锁记》，见张爱玲：《张爱玲全集·倾城之恋》，北京：北京十月文艺出版社，2009年，第260页。

④ 张爱玲：《金锁记》，见张爱玲：《张爱玲全集·倾城之恋》，北京：北京十月文艺出版社，2009年，第260页。

⑤ 张爱玲：《自己的文章》，见张爱玲：《张爱玲散文全编》，杭州：浙江文艺出版社，1992年，第114页。

⑥ 傅雷：《论张爱玲的小说》，见金梅编选：《傅雷艺术随笔》，上海：上海文艺出版社，1999年，第154页。

子里的人也老了十年。①

　　要在中篇小说的篇幅中容纳曹七巧一生的悲剧,时间处理上的跨越是不可避免的。张爱玲以类似电影蒙太奇的方法省略跳转,快速转换对曹七巧不同人生阶段的叙述,自然巧妙。1943 年张爱玲在上海的《紫罗兰》、《杂志》等杂志上发表小说,横空出世,惊艳文坛,翌年傅雷以"迅雨"为笔名,在《万象》杂志发表《论张爱玲的小说》一文,对张爱玲的作品提出严厉的批评,却唯独对《金锁记》一文大加赞赏:"毫无疑问,《金锁记》是张女士截至目前为止的最完满之作,颇有《猎人日记》中某些故事的风味。至少也该列为我们文坛最美的收获之一。"②

　　长篇小说的篇幅在十万字以上,多则上百万。长篇小说的创作难度较大,因此对作者的要求也相应更高,奥地利作家茨威格最擅长写作中短篇小说,他很佩服巴尔扎克、果戈理和陀思妥耶夫斯基三位长篇小说大师,在为他们写作的传记《三大师》的《序言》中,茨威格这样描述长篇小说作家所应具备的能力:"长篇小说作家在最终和在最高的意义上只是百科全书式的天才,他是知识渊博的艺术家,他——这里以作品的广度和人物的繁多为依据——建筑了一个完整的宇宙,他用自己的典型,自己的重力法则和一个自己的星空建立了一个与尘世世界并立的自己的世界。每一个人物,每一件事都浸透了他的本质,致使他们和它们不仅仅对他是典型的,而且对我们本身是鲜明的,有着那种说服力。"③

　　长篇小说在主题方面,可以在一个主题以外表现若干的次要主题,从内容上看,则其容量广阔无边,至少应当能展现出一幅厚实复杂的生活画卷,结构安排上也更加曲折,主线之外往往有多条线索同时展开,人物增多,且相互之间的关系错综复杂,塑造人物形象力求完整。由于篇幅浩大,初学者写作时应注意避免出现前后矛盾,结构松散等问题。长篇小说被别林斯基誉为"我们时代的长篇史诗","包含着叙事诗的一切类的、本质的特征"④,是最重要的文学文体,其数量和质量,往往体现出一个时代文学的发展水平。塞万

　　①　张爱玲:《金锁记》,见张爱玲:《张爱玲全集·倾城之恋》,北京:北京十月文艺出版社,2009 年,第 231—232 页。
　　②　傅雷:《论张爱玲的小说》,见金梅编选:《傅雷艺术随笔》,上海:上海文艺出版社,1999 年,第 157 页。
　　③　[奥]斯蒂芬·茨威格:《三大师》(申文林译),北京:人民文学出版社,2001 年,第 1 页。
　　④　[俄]别林斯基:《诗歌的分类和分科》,见[俄]别林斯基:《别林斯基文学论文选》(满涛、辛未艾译),上海:上海译文出版社,1999 年,第 348 页。

提斯的《堂吉诃德》、列夫·托尔斯泰的《战争与和平》、陀思妥耶夫斯基的《卡拉马佐夫兄弟》、曹雪芹的《红楼梦》等，都是中外文学中的长篇经典之作，中国当代作家也创作了不少优秀的长篇小说，如陈忠实的《白鹿原》、余华的《在细雨中呼喊》、《活着》、苏童的《我的帝王生涯》等。陈忠实的《白鹿原》近五十万字，以陕西关中平原白鹿原上的白鹿村为故事背景，描写了白姓和鹿姓两大家族五十年的恩怨纷争。开篇写主人公白嘉轩六娶六丧，一首神秘序曲后，作者展开带有魔幻现实主义色彩的整部小说，时间上横跨大革命、日寇入侵、内战、新中国成立等重大历史事件，内容上家仇国恨纵横交错，既有深沉厚重的思想意蕴，又有鲜明生动的人物群像和跌宕起伏的故事情节，真实而撼人，堪称带有史诗性质的长篇小说。这部小说获得第四届茅盾文学奖，被认为是"中国当代小说六十年巅峰之作"。

以上介绍的是以篇幅字数为标准的小说分类法，此外，还有一种小说的分类方法可资参考。在朱纯深翻译的狄克森的《短篇小说写作指南》中，有一篇译者的话《实实在在的指导》，其中提到按照西方小说界的划分，小说可以分为两类："商业性小说"（commercial fiction）和"高级小说"（quality fiction）。两者的差别在于商业性小说投合大众趣味，较为通俗，因此发行量也大，而高级小说则较为严肃，注重作品的质量。译者进一步详细解说了两种小说在实际写作上的不同：

> 商业性小说最为通用的公式是：能引起读者同情的男主人公遇到障碍，终于达到目的，而这目的往往又是赢得女主人公的爱情。即使男主人公的首要目的并不在此，作者通常也要附上一位美貌女郎来为小说添点"爱情的佐料"。这类小说中的较次者又以大量的体力冲突为特征（如斗殴、枪战），而且善恶之分一望便知。与之形成对比的是，"高级小说"并不诉诸现成的公式，这类小说内容和形式较新颖，有的是试验性作品，而且力求对生活作出解释，读者的文化水平也较高。[①]

商业性小说的概念接近于通俗小说，以满足大众的娱乐消遣为目的，而不求深层的思想内蕴和独特的审美价值，写作时较易上手，成功的商业小说往往能喧嚣一时，赢得不错的销量，但其影响有限，速效亦速朽。高级小说则属严肃文学，这类作品不仅在形式上不断探索，更在思想内容上力求通过文

---

① 朱纯深：《实实在在的指导》，见［美］狄克森、司麦斯合编：《短篇小说写作指南》（朱纯深译），沈阳：辽宁教育出版社，1998 年，"前言"。

字表达对人性对世界的深刻思考和探索,虽不能在一时之间获得大量的读者,但影响力极其深远恒久。当代小说家张炜认为俄罗斯作家托尔斯泰和陀思妥耶夫斯基的作品正是严肃文学的代表,他们喜欢在作品中大发慨叹,这是在形式上的突破,这种突破往往是和内容上的突破结合在一起的:"读了《战争与和平》和《复活》,那些大段的议论令人难忘。读了《卡拉马佐夫兄弟》,那些关于宗教的长谈一页接一页下来,可能也是空前绝后了。他们这些做法与通俗小说大为不同,因为更酣畅淋漓,也更服从于心灵的要求。这在客观上启示了他人:小说竟然可以这样写。启示从那时起,他们已经大大地扩展了小说的边界。"[1]在各方面扩展小说的边界,这正是严肃小说的努力方向。在写作时,选择商业性小说还是严肃小说,是两条截然不同的创作方向,需慎而思之。

第三节 小说主题的提炼与表现

所谓主题,是一部作品中"贯穿全篇、统率全局的基本思想","主题在创作中始终总是作家意识的中心内容,是作家组织题材的核心力量,是作家在作品中执意要表现的东西"[2]。中国古代文论中对主题有不同的称呼:意、旨、主旨、主脑等。主题受到材料的制约,也与作者本身的思想情感密切相关,是作者对客观事物认识的集中体现和对写作材料进行处理提炼的结果,因此既有客观意义,同时也具有主观性。明确所要表达的主题是小说写作的第一步,也就是古人所说的"意在笔先"。

小说的主题可以集中鲜明,也可以复杂矛盾,带有不确定性,汪曾祺在和崔道怡、林斤澜的对话专栏中曾谈到对于小说《受戒》的主题,自己也不能解释清楚:"我自己也不知道,或是解释不清楚。'于其不知,盖阙如也。'另外,我也不同意有的人说我的小说是无主题。我的小说是有主题的。我可以用散文式的语言来说明我的主题。但我认为应该允许主题相对的不确定和相对的未完成性。"[3]对于初学者来说,在动笔写作小说之前,想清楚通过故事、

① 张炜:《小说坊八讲:香港浸会大学授课录》,北京:生活·读书·新知三联书店,2011年,第47页。

② 王元骧:《文学原理》,杭州:浙江教育出版社,1989年,第263页。

③ 汪曾祺:《社会性·小说技巧》,见汪曾祺著,邓九平编:《汪曾祺全集》(第八卷),北京:北京师范大学出版社,1998年,第59页。

人物、情节,作品想表达的深层寓意是什么,这是必要的步骤。如果在动笔前没有对主题进行反复推敲和最终确定,即使文笔再好,所写的小说往往也会主题模糊、不知所云。初学者应当牢牢记住:

> 一篇小说必须有个寓意——一个寓意,任何一个都行;一个意旨。但小说要好,寓意就必须深深植入小说的其他方面而不可分离——情节、人物塑造、基调、风格、背景、结构,等等。一篇小说,寓意阙如,也就无意义可言。①

主题与材料的关系有两种不同的情况,常见的是先有材料,然后从材料中提炼出主题;还有一种情况是先确定主题,然后根据主题去寻找相应的材料。后一种情况也即是"主题先行",主题先行的作品往往与特定历史时期的政治需要有关。关于主题先行,2010年4月25日陈丹青在上海民生现代美术馆做题为《在当代艺术发生之前,中国发生了什么?》的演讲时,曾谈论到这个问题,期间当代艺术家黄启后也一同发言,提出观点:主题是否先行并不重要,问题是谁来定主题,关键在这里。

一、力求小说主题深刻新颖

要提炼出深刻的小说主题,这要求作者必须有独立思考的能力,对世界、对人性有透彻的认识和见解,能穿透材料的表象看到本质,总结出具有价值的核心内蕴。举例来说,哥伦比亚作家加西亚·马尔克斯的《百年孤独》是一部主题意蕴极为深刻的小说,这部拉丁美洲魔幻现实主义文学的代表作以环环相扣循环往复的叙事结构,讲述了布恩地亚家族的百年历史,不仅内容庞杂,而且七代人中姓名相同,加上曲折离奇的情节和时空交错的叙述手法,给阅读此书的读者造成了极大的挑战。然而这部小说自出版以来,不断被翻译成各种语言,销量惊人。马尔克斯坦诚此书的创作初衷是"要为我童年时代所经受的全部体验寻找一个完美无缺的文学归宿"②,但同时他也承认,整个布恩地亚家族的历史也寓意了拉丁美洲的历史。他成功地运用了象征的手法,以布恩地亚家族七代人的经历,来反映拉丁美洲的历史演变,"百年"寓意拉丁美洲苦难岁月的漫长,而孤独的原因,马尔克斯的解释是:"我个人认为,

---

① [美]拉斯特·希尔斯:《模式化小说与高级小说》,见[美]狄克森、司麦斯合编:《短篇小说写作指南》(朱纯深译),沈阳:辽宁教育出版社,1998年,第256页。

② [哥伦比亚]加西亚·马尔克斯:《百年孤独·附录》(黄锦炎等译),杭州:浙江文艺出版社,1991年,第338页。

是因为他们不懂得爱情。在我这部小说里,人们会看到,那个长猪尾巴的奥雷良诺是布恩地亚家族在整整一个世纪唯一由爱情孕育而生的后代。布恩地亚整个家族都不懂得爱情,不通人道,这就是他们孤独和受挫的秘密。我认为,孤独的反义是团结。"①尽管马尔克斯认为《百年孤独》这部小说,不是什么正经的作品,全书影射了不少至亲好友,是他童年时代的再现,但与拉丁美洲历史紧密相连的小说主题,赋予了作品深刻的内涵,使得这部小说与常见的个人自传式的小说有了极大的差别。

其次,应当推陈出新提炼新颖的主题。小说写作有不少常见的题材,如爱情题材、军事题材、农村题材,这些选用常见题材的作品往往主题趋向同一,很难写出新意。但所谓求新并非只能一味追求前人未写的题材,刻意剑走偏锋,而是可以从不同的角度切入寻常题材,提供新的视角和思路来进行探讨,从而提炼出全新的主题。在世界经典名著中,叙述年轻人成长经历的作品不少,其中捷克作家赫拉巴尔的《我曾侍候过英国国王》极为独特。赫拉巴尔被认为是比米兰·昆德拉更能代表捷克乡土风格的作家,这部小说写于他人生中最为无奈艰难的时期。1968年苏联入侵捷克斯洛伐克,之后新上台的权力当局制裁了所有不肯公开表态支持入侵行为的作家,其中包括赫拉巴尔。当时赫拉巴尔的两部已装订成册的新书未能发行便被销毁,已出版的书籍也全部从书店、图书馆撤下,他本人更是被开除出捷克斯洛伐克的作家协会,差点选择轻生。后来赫拉巴尔离群索居,住进了布拉格远郊的小木屋里,在宁静的大自然中,在剧烈的夏日阳光下,他花了十八天时间完成了这部小说。作者自言:"由于最近一年来发生的事件,使我无暇注销亡母的户口,这些事件逼得我将打出来的稿件按原样撂在那里未加改动。"②尽管作者"希望有一天我将有时间和勇气细琢细磨地把这部稿子改得完美一些"③,但最终这部作品一直保持了原貌,未做任何修改。小说以第一人称口述的方式,讲述了主人公——一个小个子的餐厅服务员成为百万富翁最后又一贫如洗的传奇故事。这部小说写的是小人物的一生,但着眼点又不仅仅局限于主人公本身,通过主人公在各类旅馆饭店中的经历见闻和服侍过的各色人等,有

---

① 〔哥伦比亚〕加西亚·马尔克斯:《百年孤独·附录》(黄锦炎等译),杭州:浙江文艺出版社,1991年,第342页。

② 〔捷〕赫拉巴尔:《我曾侍候过英国国王》(星灿、劳白译),北京:中国青年出版社,2003年,第1页。

③ 〔捷〕赫拉巴尔:《我曾侍候过英国国王》(星灿、劳白译),北京:中国青年出版社,2003年,第1页。

钱人、官员、总统、皇帝……交织出 20 世纪捷克斯洛伐克在二战前后的社会生活画面，展现出极为深广的历史幅度。同时，在表现小人物命运为主题的小说中，赫拉巴尔的这部小说也显得十分独特："他似乎继承了欧洲写实主义和自然主义的传统，但是却青出于蓝；写小人物却并不悲观，写他庸庸的一生（自然主义小说时常如此）仍不流于琐细或绝望，故事从头到尾对人生是肯定的，却无半点道德说教或宣传的因素。"①

二、突显主题的方法：立骨

在初学小说写作时，要突显主题，可采用"立骨"的方法，即"立片言而居要，乃一篇之警策。虽众辞之有条，必待兹而效绩"②。陆机在《文赋》中强调写文章要体现主题，可以确立主题句，其后作文须围绕主题句一以贯之。清代李扶九的《古文笔法百篇》以写作技法为类别共分二十卷，其中第三卷总结为"一字立骨"的写作技法，正是远承陆机《文赋》中的说法而来。现代小说写作篇幅浩大，"一字立骨"过于浓缩，可扩展至用一句话或一段话作为小说的主题，这句话或这段话可在文章中出现一到数次，整篇小说以此为中心铺展敷衍，以使小说主题明确突出。

钱钟书的小说《围城》是使用"立骨"法来突显主题的典型范例，小说围绕"城外的人想冲进去，城里的人想逃出来"③，写方鸿渐无论留学、恋爱、工作、婚姻都无不处在围城的状态："我还记得那一次褚慎明还是苏小姐讲的什么'围城'。我近来对人生万事，都有这个感想。"④张爱玲的《红玫瑰与白玫瑰》，同样使用了"立骨"的方法来揭示小说的主题，小说开篇有一段极为精彩的论述：

> 振保的生命里有两个女人，他说的一个是他的白玫瑰，一个是他的红玫瑰。一个是圣洁的妻，一个是热烈的情妇——普通人向来是这样把节烈两个字分开来讲的。
>
> 也许每一个男子全都有过这样的两个女人，至少两个。娶了红玫瑰，久而久之，红的变了墙上的一抹蚊子血，白的还是"床前明月光"；娶

① 李欧梵：《赫拉巴尔的小说》，见李欧梵：《狐狸洞话语》，北京：人民文学出版社，2010年，第 14 页。
② 陆机：《文赋》，见陆机著，金涛声点校：《陆机集》，北京：中华书局，1982 年，第 3 页。
③ 钱钟书：《围城》，北京：生活·读书·新知三联书店，2002 年，第 100 页。
④ 钱钟书：《围城》，北京：生活·读书·新知三联书店，2002 年，第 147 页。

了白玫瑰,白的便是衣服上沾的一粒饭黏子,红的却是心口上一颗朱砂痣。①

这段话写尽了人性的矛盾挣扎和人生的悲凉无奈。小说围绕这段精妙绝伦的论述展开,主人公佟振保挣扎在做"好人"与做"真人"之间,他是众人眼中的正人君子,然而这个正人君子却爱上了朋友的太太王娇蕊,为了做一个好人,他放弃了真正爱着的红玫瑰,娶了白玫瑰烟鹂,因为这点牺牲,"振保自从结婚以来,老觉得外界的一切人,从他母亲起,都应当拍拍他的肩膀奖励有加。像他母亲是知道他的牺牲的详情的,即是那些不知底细的人,他也觉得人家欠着他一点敬意,一点温情的补偿"②,然而他娶到了白玫瑰,却忘不掉红玫瑰,无爱的婚姻、出轨的妻子,使得他想砸碎他自造的家、他的妻,他毫无顾忌地酗酒、公开地玩女人、不拿钱回家,然而,在小说的最后,旧日的善良以及无数的烦忧责任最终包围了振保,在挣扎无奈中他又做回一个好人。

使用立骨法来突显主题,写作时要注意不能把情节铺得太开,假如做到了这一点,主题就会比较集中,即便在作品中没有明确出现用来立骨的句子或段落,读者也能轻易地概括出一两句话来说明作品的主题。当代作家王安忆有过类似的论述:"我特别强调一部好的作品,它的情节不能铺得很开很开,拎起来就只有一句话。这样的作品虽然复杂,但它决不是庞杂、杂芜的,它是有秩序的,这种秩序是可以提纲挈领的。那么《悲惨世界》对我来说,它可以概括为这样一句话:'一个人也就是冉阿让的苦行、修行。'这个人的修行不是在宗教场所,而是在世俗的人间,这个'俗世'就是用'悲惨世界'来命名的。"③

第四节　叙述视角的选择:第一人称和第三人称

小说的语言分两类,一是人物语言,一是叙述语言。用戴维·洛奇的说法,这两种语言是展示与叙述的差别:"小说语言不断地在两种形式中交替变换,一是向我们展示发生的事情,一是向我们叙述发生的事情。纯粹的展示

---

① 张爱玲:《红玫瑰与白玫瑰》,见张爱玲:《张爱玲全集·红玫瑰与白玫瑰》,北京:北京十月文艺出版社,2009 年,第 51 页。

② 张爱玲:《红玫瑰与白玫瑰》,见张爱玲:《张爱玲全集·红玫瑰与白玫瑰》,北京:北京十月文艺出版社,2009 年,第 87—88 页。

③ 王安忆:《小说课堂》,北京:商务印书馆,2012 年,第 4 页。

是直接引用人物的话语。人物的话语准确地反映事件，因为这里事件便是一种言语行为。纯粹的叙述是作者的概述。作者准确抽象的语言抹杀了人物和行为的个性特征。"①本节要讨论的是小说中叙述语言角度的选择。

　　叙述是将人物、事件及前因后果记录下来或陈述出来，其中包括时间、地点、人物、事件、原因、结果六大基本要素。叙述是小说最主要的表达方式之一，叙述视角的选择则是小说写作技巧中非常重要的部分，也是真正动笔写作前的必要工作之一。福斯特的《小说面面观》引用了帕西·路伯克的观点："小说写作技巧中最复杂的问题，在于对叙事观点——即叙事者与故事的关系——的运用上。"②福斯特认为，小说家最重要的任务是激励读者看下去，因此选择何种叙述角度十分关键：是以旁观者的身份从外部来刻画人物，还是摆出无所不知的架势从内部去描绘，或是将自己置身于小说中对其他人物的动机不加理会。同一个题材内容，由不同的叙述视角来展开，会得到不一样的效果，"因为它直接影响到读者对小说人物及其行为的反应，无论这反应是情感方面的还是道德观念方面的。例如，在叙述通奸——任何通奸——的故事中，叙述者可以是不忠实的当事人，也可以是受伤害的配偶，或者是那个情人——也可以是某个知情人。叙述视点不同，对我们的影响便会各异。《包法利夫人》若是从查理·包法利的视点叙述的话，恐怕就变成了另一本迥然不同的书了。"③

　　关于叙述视角这一问题的探讨已有不少研究著作，其中法国的茨维坦·托多罗夫将叙述视角分为全知视角、内视角和外视角三种形态，而这些视角之间是可以转换变化的："单个人物可以'从内里'看（即"内部聚焦"）而全部人物都'从内里'看，这就产生'全能叙述者'的作品……此外，一个人物的内在视角可以通篇适用，也可只用于小说的某一部分。视角的变化可以有规律地进行，也可以不是。"④对于写作者来说，最易掌握的还是从人称角度进行的叙事视角选择：首先是确定人称，即故事由谁来讲述，第一人称、第二人称还是第三人称？人称的选择固然应考虑作品的题材风格，但同时也往往与作家的习惯喜好有关。三种人称中第三人称的使用频率较高，而第二人称在抒

---

　　① 　[英]戴维·洛奇：《小说的艺术》（王岩峻等译），北京：作家出版社，1997年，第135页。
　　② 　[美]爱德华·摩根·福斯特：《小说面面观》（苏炳文译），广州：花城出版社，1984年，第68页。
　　③ 　[英]戴维·洛奇：《小说的艺术》（王岩峻等译），北京：作家出版社，1997年，第28页。
　　④ 　[法]茨维坦·托多罗夫：《文学作品分析》（王泰来译），见王泰来等编译：《叙事美学》，重庆：重庆出版社，1987年，第31页。

情文体中使用较多,在小说写作中则是较为新颖的叙述方式,"在传统小说中,第二人称叙事也不是说不存在,但它往往只是作为一个片段而出现,作为对其他两个人称的补充修辞,最常见的是小说中的通信,或者作者出于某种目的而进行的直接抒情。另外,第二人称的'你',有时候也会被作为读者的指代而出现,即叙事者假定与读者正在进行某种形式的对话"①。其次是选择叙述角度,即叙述者与故事信息的关系:是讲述自己的经历,还是以旁观者的身份叙述别人的故事;是进入内心展开自我剖析,还是着眼于外部的客观叙述;是如同全知全能的上帝般对故事的每一个细枝末节都了如指掌,还是采用有限制的局部眼光来描述故事进程。以下结合具体作品,介绍第一人称和第三人称不同的叙述视角。

一、第一人称叙述视角

第一人称叙述视角从"我"的角度来叙述故事,是一种人物自述式的叙事形态。除了长于说故事之外,第一人称的优势还在于能最为自然地表达"我"这一人物的内心世界,从"我"的角度自由地观察、感受、思考、抒情,比第三人称更为亲切真实,容易使读者产生同情和共鸣。其局限在于这一叙述角度存在某种"死角":"由于'我'的意识和视线总是投向外部世界,'我'很难对'我'的长相、仪表、人格、道德水平,特别是情感状况,做出直接的客观描述(反讽除外)。如果作者硬要这么做,可能会引起读者对作者的不信任,乃至反感。"②

第一人称可以分成三种不同的叙述视角:主角叙述视角、次要人物叙述视角、目击者或观察者叙述视角。

第一人称主角叙述视角中的"我",具有双重身份,"我"既是故事的讲述者,同时也是故事中最为重要的人物,因此"我"叙述的内容是自己的经历,同时又可以展现自我的情感情绪。歌德的《少年维特之烦恼》、塞林格的《麦田里的守望者》、辛格的《傻瓜吉姆佩尔》等小说都是运用第一人称主角叙述视角的成功之作。《麦田里的守望者》是塞林格唯一的长篇小说,大约十三万字,写的是一名16岁的中学生霍尔顿第四次被学校开除后在纽约一天两夜的经历,第一人称主角叙述视角的写法除了使读者了解到霍尔顿的遭遇外,更可以看到其内在的心理历程。从学校和父母的角度看,霍尔顿是个坏孩

---

① 格非:《文学的邀约》,北京:清华大学出版社,2010年,第247页。
② 格非:《文学的邀约》,北京:清华大学出版社,2010年,第247页。

子，然而通过那些毫无遮掩的内心独白，读者可以深刻地了解到霍尔顿的孤独、苦闷，他对于假模假式、庸俗丑陋的现实世界充满了失望和厌烦，小说中不断出现这样的心理描写："我真是苦闷极了。我觉得寂寞得要命"①、"我依旧不觉得困，只是心里很不痛快。烦闷得很。我简直不想活了"②、"我心里很难过，我那时心里有多沮丧，你简直没法想象"③、"我心里真是难过得要命，真他妈的差点哭出来了"④。霍尔顿在极度的孤独寂寞中病倒了，当他走在街道上时，感到自己快要垮掉，他只能在心里呼喊已经死去的弟弟艾里，跟他对话：

> 每次我要穿过一条街，我的脚才跨下混账的街沿石，我的心里马上有一种感觉，好像我永远到不了街对面。就觉得自己会永远往下走、走、走，谁也再见不到我了。嘿，我真是吓坏了。你简直没法想象。我又浑身冒起汗来——我的衬衫和内衣都整个儿湿透了。接着我想出了一个主意。每次我要穿过一条街，我就假装跟我的弟弟艾里说话。我这样跟他说："艾里，别让我失踪。艾里，别让我失踪。艾里，别让我失踪。劳驾啦，艾里。"等我走到街对面，发现自己并没失踪，我就向他道谢。⑤

霍尔顿被德国学者汉斯·彭纳特称为"小说史中最孤独的人物之一"，这一人物形象正是用第一人称主角叙述视角刻画出来的，作者以犀利的洞察力剖析青少年的复杂心理，采用玩世不恭的叙述口吻，细致入微的心理描写，展现出霍尔顿孤独寂寞的精神世界，这种对人物形象真实而深刻的呈现是其他叙述视角所无法达到的。

使用第一人称次要人物叙述视角的小说，其中的"我"是故事的叙述者，同时也被卷入故事中，参与故事的发展，但是故事的中心并不是"我"，推动故事往前发展的是另外一些主要人物，而"我"也受到主要人物的影响。这类小

---

① ［美］塞林格：《麦田里的守望者》（施咸荣等译），杭州：浙江文艺出版社，1992年，第47页。

② ［美］塞林格：《麦田里的守望者》（施咸荣等译），杭州：浙江文艺出版社，1992年，第84页。

③ ［美］塞林格：《麦田里的守望者》（施咸荣等译），杭州：浙江文艺出版社，1992年，第92页。

④ ［美］塞林格：《麦田里的守望者》（施咸荣等译），杭州：浙江文艺出版社，1992年，第140页。

⑤ ［美］塞林格：《麦田里的守望者》（施咸荣等译），杭州：浙江文艺出版社，1992年，第179页。

说较多,如莫泊桑的《我的叔叔于勒》、都德的《最后一课》等。木心的小说《夏明珠》也是采用这一类叙述视角较为典型的例子,小说中的主要人物夏明珠是父亲的外室,因为这一层关系,"我"也参与到故事中去,儿时与夏明珠的相处,父亲去世后对于厄运陡起的夏明珠,"我"暗生同情,夏明珠惨烈而死后,为了给她收尸,"我心里倏然决定,如果母亲反对,我就跪下,如果无效,我就威胁她"①。"我"不仅是故事的讲述者,同时也与主要人物密切相关。

第一人称目击者或观察者叙述视角中的"我"基本与故事主线无关,"我"不影响故事的发展,只是一个旁观者和叙述者。如鲁迅的小说《孔乙己》中,"我"从 12 岁起就在咸亨酒店当伙计,小说从一个看客的角度,将"我"对孔乙己的所见所闻客观叙述出来,"我"没有参与影响孔乙己命运的重大事件,在小说中一直保持着旁观者的立场。

二、第三人称叙述视角

第三人称叙述视角以局外人的口吻叙述故事,是最不受限制、最灵活自由的叙述角度。第三人称的叙述视角常常被认为是"全知视角",即叙述者知道作品中的一切,但事实上并非所有的第三人称叙述视角都是如此。从叙述者和作品人物的关系来看,第三人称的叙述者可以大于人物,知道比作品中人物更多的信息,也可以等于人物,甚至少于人物所知。而在第三人称全知视角的叙述中,还可以有介入评论式的叙述和保持客观叙述的差别。

第三人称全知介入叙述视角,是叙述者知道故事的全部,包括所有人物的隐秘和心理变化,并在叙述中介入评价、发表观点。叙述者就像全能的上帝,可以自由地出入各个人物的内心,分析人物的各种动机,帮助读者理解人物,而夹杂在叙述中的议论、点评能强烈地表达出叙述者的立场和情感。

列夫·托尔斯泰的《安娜·卡列尼娜》采用了第三人称全知介入的叙述视角,小说是双线结构,分别写安娜和列文不同的爱情婚姻道路,在对比中表现当时俄国的社会状况,开篇就是一句经典的总评:"幸福的家庭家家相似,不幸的家庭各各不同。"②表达了作者对婚姻和家庭的感悟。莫泊桑的经典小说《羊脂球》也采用了这种叙述视角,讲述了普法战争时,一群法国的商人、政客、贵族、修女,和一个名为羊脂球的妓女乘着同一辆马车离开敌占区的故

①　木心:《夏明珠》,见木心:《温莎墓园日记》,桂林:广西师范大学出版社,2009 年,第25 页。

②　[俄]托尔斯泰:《安娜·卡列尼娜》(草婴译),上海:上海译文出版社,1982 年,第3 页。

事,在叙述中不时对小说中的各色人物做出一些褒贬评价。由于走得匆忙,乘客们忘了带食物,在饿得饥肠辘辘时,这群高贵的乘客"吃东西的欲望一步一步增加,使得每一个饿了的人都是心慌的"①,只有羊脂球带了一提篮的食物,这些原本看不起羊脂球的人接受了她的慷慨馈赠,此时叙述者不无揶揄地插入几句议论:"只有第一步是费事的。一下越过了吕必功河的人就简直为所欲为。"②提篮里的东西都搬了出来,这群乘客把食物一扫而光。马车在关卡受阻,一名普鲁士军官要求同羊脂球过夜才能放行,羊脂球正气凛然地拒绝了,这群"高贵的"人为了能重新上路,竟然施展各种伎俩迫使羊脂球就范,叙述者评论道:"这样一来,他们发动阴谋了。"③在描述了这群人的种种不堪后,作者讽刺地加了一句:"故事到末了真叫人觉得滑稽,快乐的心情自然而然地发生了。"④这些介入性的评论表明了叙述者鲜明的立场,他讽刺挖苦那些上流社会的伪君子们,写尽了他们自私无耻的嘴脸。

第三人称全知中立叙述视角,尽管也是一种全知视角,但叙述者必须有所克制,不发表评论和见解,只是中立地叙述故事,往往通过人物的直接言谈举止来展现场面。由于叙述者不表达任何态度,这种叙述视角显得冷静而客观。张爱玲的《花凋》并没有全篇使用同一种叙述视角,在写郑家的中秋节家宴时叙述转换,使用了第三人称的全知中立叙述视角,十分巧妙地将郑家的人物关系及各人性情展露无遗,一切尽在不言中:

> 这里端上了鱼翅。郑先生举目一看,阖家大小,到齐了,单单缺了姨太太所生的幼子。便问道:"小少爷呢?"赵妈举眼看着太太,道:"奶妈抱到衖堂里玩去了。"郑先生一拍桌子道:"混账!家里开饭了,怎不叫他们一声?平时不上桌子也罢了,过节吃团圆饭,总不能不上桌。去给我把奶妈叫回来!"郑夫人皱眉道:"今儿的菜油得厉害,叫我怎么下筷子?赵妈你去剥两只皮蛋来给我下酒。"赵妈答应了一声,却有些意意思思的,没动身。郑夫人叱道:"你聋是不是?叫你剥皮蛋!"赵妈慌忙去了。郑

---

① [法]莫泊桑:《羊脂球》,见[法]莫泊桑:《莫泊桑短篇小说全集》(第四卷,李青崖译),长沙:湖南文艺出版社,1991年,第295页。

② [法]莫泊桑:《羊脂球》,见[法]莫泊桑:《莫泊桑短篇小说全集》(第四卷,李青崖译),长沙:湖南文艺出版社,1991年,第299页。

③ [法]莫泊桑:《羊脂球》,见[法]莫泊桑:《莫泊桑短篇小说全集》(第四卷,李青崖译),长沙:湖南文艺出版社,1991年,第318页。

④ [法]莫泊桑:《羊脂球》,见[法]莫泊桑:《莫泊桑短篇小说全集》(第四卷,李青崖译),长沙:湖南文艺出版社,1991年,第318页。

先生将小银杯重重在桌上一磕,洒了一手的酒,把后襟一撩,站起来往外走,亲自到衙堂里去找孩子。他从后门才出去,奶妈却抱着孩子从前门进来了。川嫦便道:"奶妈你端个凳子放在我背后,添一副碗筷来,随便喂他两口,应个景儿。不过是这么回事。"

送上碗筷来,郑夫人把饭碗接过来,夹了点菜放在上面,道:"拿到厨房里吃去罢,我见了就生气。下流胚子——你再捧着他,脱不了还是个下流胚子。"

奶妈把孩子抱到厨下,恰巧遇着郑先生从后门进来,见这情形,不由得冲冲大怒,劈手抢过碗,哗浪浪摔得粉碎。那孩子眼见才要到嘴的食又飞了,哇哇大哭起来。郑先生便一叠连声叫买饼干去。[①]

在这段叙述中,作者没有介入性的议论,也没有进入人物的内心世界,只有人物的直接说话和直接行动,依然将这个遗少家庭中的夫妻关系、主仆关系展现无遗,让读者自行感受到这个家庭淡漠的亲情,显得真实客观而又内敛深刻。

第三人称限知叙述视角,尽管叙述者也以第三人称出现,但故事只从一个人物或一部分人物的角度展开叙述,叙述者并非全知,而是化身为作品中的人物,其所知的信息必须局限在这些人物所能知道的范围内。冯骥才的小说《高女人和她的矮丈夫》,写的是一对女高男矮的夫妻的人生经历,由于身高逆差他们受尽嘲笑猜疑,在"文革"中矮男人受到批斗,夫妻被迫分离,在小说的结尾,高女人去世了,矮男人单身鳏居,"逢到下雨天气,矮男人打伞去上班时,可能由于习惯,仍旧半举着伞。这时,人们有种奇妙的感觉,觉得那伞下好象有长长一大块空间,空空的,世界上任什么东西也填补不上。"[②]但小说并不仅仅写一对夫妻的遭遇,而是对小市民的市侩心理进行暴露和批评。小说始终从团结大楼几十户住家的角度进行叙述,这些邻居们代表的是一个小市民的世界,他们在嘲笑他人、窥人隐私、搬弄是非上表现出旺盛的精力,对这对外形奇特的夫妻结合的原因加以恶意揣测,然而始终无法解开这个秘密。叙述被限制在一定范围内,因此作品呈现的都是团结大楼住户们所能看到的画面,其中高女人和矮男人重聚的画面写得平静而有力,这对平凡夫妻的互相扶持、不离不弃令人感慨动容:

---

① 张爱玲:《花凋》,见张爱玲:《张爱玲全集·红玫瑰与白玫瑰》,北京:北京十月文艺出版社,2009 年,第 22—23 页。

② 冯骥才:《高女人和她的矮丈夫》,上海:上海文艺出版社,1984 年,第 12 页。

高女人蹲在门口劈木柴，一听到他的招呼，刷地站起身，直怔怔看着他。两年未见的夫妻，都给对方的明显变化惊呆了。一个枯槁，一个憔悴；一个显得更高，一个显得更矮。两人互相看了一忽儿，赶紧掉过头去，高女人扭身跑进屋去，半天没出来；他便蹲在地上拾起斧头劈木柴，直把两大筐木块都劈成细木条。仿佛他俩再面对片刻就要爆发出什么强烈而受不了的事情来。①

最后需要说明的是，在同一篇小说中，人称的叙述视角可以发生变化，"'人称'转换其实就是叙述者与其故事之间关系的变化"②，因为任何事件其经历者通常不止一人，所以小说对同一事件的叙述可以转换不同的视角，"但一次只能用同一种视点。即使是采用哪种'无所不知'的叙述方法、从全知全能的上帝般的高度来报道一件事，通常的做法也只是授权给一到两个人物，使之从自己的视点叙述故事的发生发展，而且主要讲述事件跟他们的关联"③，芥川龙之介的《竹林中》④是很好的案例。当然，初学小说写作时，由于技巧不够娴熟，可以将叙述限制在一种视角内，易于掌握，同时也能强化小说的主题。

练习与本章参考书目

练　习

1.阅读本章所论及的全部小说作品。

2.根据自己的阅读体验，选择一篇印象深刻的小说，从主题和叙述视角两方面进行分析。

3.尝试用第三人称全知视角创作一篇微型小说，再将之改写成第一人称主角视角。

---

① 冯骥才：《高女人和她的矮丈夫》，上海：上海文艺出版社，1984年，第10页。

② ［法］热拉尔·热奈特：《叙事话语　新叙事话语》（王文融译），北京：中国社会科学出版社，1990年，第248页。

③ ［英］戴维·洛奇：《小说的艺术》（王岩峻等译），北京：作家出版社，1997年，第28页。

④ ［日］芥川龙之介：《竹林中》（文洁若译），见［日］芥川龙之介：《芥川龙之介小说选》（文洁若等译），北京：人民文学出版社，1981年，第282－291页。

本章参考书目

[1] (汉)桓谭著,朱谦之校辑:《新辑本桓谭新论》,北京:中华书局,2009年。

[2] 鲁迅:《中国小说史略》,济南:齐鲁书社,1997年。

[3] 夏晓红编:《梁启超学术文化随笔》,北京:中国青年出版社,1996年。

[4] [英]爱德华·摩根·福斯特:《小说面面观》(苏炳文译),广州:花城出版社,1984年。

[5] [美]纳博科夫:《文学讲稿》(申慧辉等译),北京:生活·读书·新知三联书店,1991年。

[6] 老舍:《新编老舍文集》,北京:商务印书馆,2009年。

[7] [英]戴维·洛奇:《小说的艺术》(王岩峻等译),北京:作家出版社,1997年。

[8] [法]萨特:《萨特文集》(施康强译),北京:人民文学出版社,2000年。

[9] 《微型小说选刊》编辑部:《微型小说名家集》,厦门:鹭江出版社,1990年。

[10] [俄]别林斯基:《别林斯基文学论文选》(满涛、辛未艾译),上海:上海译文出版社,1999年。

[11] 夏志清:《中国现代小说史》(刘绍铭等译),香港:中文大学出版社,2001年。

[12] 张爱玲:《张爱玲全集》,北京:北京十月文艺出版社,2009年。

[13] 张爱玲:《张爱玲散文全编》,杭州:浙江文艺出版社,1992年。

[14] 金梅编选:《傅雷艺术随笔》,上海:上海文艺出版社,1999年。

[15] [奥]斯蒂芬·茨威格:《三大师》(申文林译),北京:人民文学出版社,2001年。

[16] [美]狄克森、司麦斯合编:《短篇小说写作指南》(朱纯深译),沈阳:辽宁教育出版社,1998年。

[17] 张炜:《小说坊八讲:香港浸会大学授课录》,北京:生活·读书·新知三联书店,2011年。

[18] 王元骧:《文学原理》,杭州:浙江教育出版社,1989年。

[19] 汪曾祺著,邓九平编:《汪曾祺全集》,北京:北京师范大学出版社,1998年。

[20] [哥伦比亚]加西亚·马尔克斯:《百年孤独》(黄锦炎等译),杭州:浙江文艺出版社,1991年。

[21] [捷]赫拉巴尔:《我曾侍候过英国国王》(星灿、劳白译),北京:中国青年出版社,2003年。

[22] 李欧梵：《狐狸洞话语》，北京：人民文学出版社，2010年。

[23] 陆机著，金涛声点校：《陆机集》，北京：中华书局，1982年。

[24] 钱钟书：《围城》，北京：生活·读书·新知三联书店，2002年。

[25] 王安忆：《小说课堂》，北京：商务印书馆，2012年。

[26] 王泰来等编译：《叙事美学》，重庆：重庆出版社，1987年。

[27] 格非：《文学的邀约》，北京：清华大学出版社，2010年。

[28] [美]塞林格：《麦田里的守望者》（施咸荣等译），杭州：浙江文艺出版社，1992年。

[29] 木心：《温莎墓园日记》，桂林：广西师范大学出版社，2009年。

[30] [俄]托尔斯泰：《安娜·卡列尼娜》（草婴译），上海：上海译文出版社，1982年。

[31] [法]莫泊桑：《莫泊桑短篇小说全集》（李青崖译），长沙：湖南文艺出版社，1991年。

[32] 冯骥才：《高女人和她的矮丈夫》，上海：上海文艺出版社，1984年。

[33] [法]热拉尔·热奈特：《叙事话语　新叙事话语》（王文融译），北京：中国社会科学出版社，1990年。

[34] [日]芥川龙之介：《芥川龙之介小说选》（文洁若等译），北京：人民文学出版社，1981年。

第八章　小说写作(下)

　　曾经一度,由于小说声望降到极低,乔治·奥威尔为此专门写了名为《为小说辩护》的文章,以助恢复小说的地位和声誉,在文章最后,他说:"许多人都曾预言小说注定要在最近的将来消失。我不相信它会消失,理由说起来太费时间,但是却相当明显。比较可能的是,如果不能劝说最优秀的文学人才回来从事小说的创作,那么它仍会以一种马虎凑合、受人鄙视、无可救药的堕落形式存在下来,就像现代的墓碑,或者'笨拙和菊弟傀偏戏'一样。"①乔治·奥威尔的文章发表于1936年,将近八十年过去了,小说这种文学形式不仅没有消失,而且在世界文学范围内,小说创作仍然佳作迭出,这是令人欣慰的现象。如乔治·奥威尔所说,只有优秀的人才加入到创作队伍中去,在小说的思想深度和写作技巧等方面,全心投入,勇于探索,而不是把小说写作看得太过轻易简单,小说在文坛的声望才能得到认可。持续创作出真正优秀乃至杰出的作品来,这才是提升小说影响力的最好方法。

第一节　小说结构的安排

　　根据不同的创作材料来确定小说的结构,这是小说写作的基本功。小说的篇幅越宏大,结构组织的难度就越高。当代作家陈忠实在总结小说创作经验时,谈到他在写作短篇时几乎是随心所欲的,只有到了写作中篇小说时,才有意识地为自己的每一个中篇寻找不同的结构形式:"我当时想通过各种不同的中篇小说结构,来练习写作的基本功力。"②他认为一个作家至少要写过十个以上的中篇小说后,这种基本功的训练才可能有点眉目。而结构对于长篇小说写作的成败更是十分关键,陈忠实回忆开笔写作《白鹿原》前:"我尊敬

---

　　①　[英]乔治·奥威尔:《我为什么要写作》(董乐山译),上海:上海译文出版社,2007年,第123页。

　　②　陈忠实:《寻找属于自己的句子》,上海:上海文艺出版社,2009年,第2页。

的西北大学教授蒙万夫老师，得知我想写长篇小说之后，十分关切，不止一次郑重告诫我，长篇小说是一个结构艺术。"①

一、故事、情节、结构的差别

故事、情节、结构这三个概念经常两两组合、相提并论，如有"故事情节"、"情节结构"等说法，但实际上三者并不等同。

故事是用作讲述对象的事情，或虚构或真实。用爱德华·摩根·福斯特的观点来看，故事是小说的基本面，小说就是讲故事：

> 故事就是对一些按时间顺序排列的事件的叙述——早餐后是午餐，星期一后是星期二，死亡以后便腐烂等等。就故事而言，它只有一个优点：就是使读者想知道以后将发生什么。反过来说，它也只有一个缺点：就是弄到读者不想知道以后将发生什么。这是对故事性小说仅有的两个评论标准。②

他认为，故事本是文学肌体中最简陋的成分，小说除故事外还有其他更精彩的面，但遗憾的是而今故事却成了像小说这种非常复杂肌体中的最高要素。

情节是事情的变化和经过，是"在特定环境中由人物性格和人物关系的发展、变化所构成的一个事件进程"③，它有一个发展变化的过程，包含开端、发展、高潮、结局等几个部分，是叙事类文学作品内容的构成要素。与故事不同的是，爱德华·摩根·福斯特认为情节是小说的逻辑面，读者要凭智慧和记忆力才能鉴赏小说的情节：

> 情节同样要叙述事件，只不过特别强调因果关系罢了。如"国王死了，不久王后也死去"便是故事；而"国王死了，不久王后也因伤心而死"则是情节。虽然情节中也有时间顺序，但却被因果关系所掩盖。④

要写出生动曲折、能吸引读者的情节，福斯特提醒小说家，事前应对小说的全局心中有数，要置身于小说之上，在动笔之前，始终考虑到因果关系。此

---

① 陈忠实：《寻找属于自己的句子》，上海：上海文艺出版社，2009年，第39页。

② ［英］爱德华·摩根·福斯特：《小说面面观》（苏炳文译），广州：花城出版社，1984年，第24页。

③ 王元骧：《文学原理》，杭州：浙江教育出版社，1989年，第257页。

④ ［英］爱德华·摩根·福斯特：《小说面面观》（苏炳文译），广州：花城出版社，1984年，第75页。

外,中国小说作家苏童2006年在浙江大学讲学,谈到小说情节安排的原则时说:"等待小说人物的永远是沼泽地,绝不会是光明大道,这是作家在表达人类处境时的惯性。"

结构是作品中各个组成部分的搭配和排列。情节是小说的内容要素,而结构是小说的形式要素。结构的范围大于情节,除了对情节的组织安排外,还包含了对人物设计、环境布置,以及作品局部与整体和各个部分之间的组织安排。结构虽然是小说的形式要素,但也受到内容的制约,它必须为小说的内容服务。值得一提的是,在以情节为重的小说中,结构以情节为中心,其基本任务是对情节的安排,因此也可称为情节结构。

通俗地来说,初学者构思的第一步,是编一个故事,其次是考虑如何编一个吸引人的故事,其中要包含逻辑、因果,这就进入到了情节构思的阶段;最后应该考虑怎么来安排全部的材料:分清主次,理出线索,确定冲突,突出重点。尽管很多人把故事等同于小说,但对小说而言,结构安排才是更重要的写作技巧。

二、几种常用的结构方式

结构是小说的主干,有了结构,才能妥善地安排小说的各个部分。在小说主题、材料、人物等其他要素就绪的情况下,可以进行结构方式的选择。以下介绍几种小说常用的结构方式。

单线型结构是线状结构的一种,指按时间顺序和因果关系组织小说各部分的结构方式,线索只有一条,情节简单集中。如司汤达的《红与黑》采用的就是这种结构方式。小说题材来源于一桩真实的死刑案件,小说主人公于连是一名出身贫穷的外省青年,他英俊聪明,野心勃勃,为了能进入上层社会,他勤奋刻苦,同时也违心地采取了很多不光彩的手段,他投入西朗神父门下,在神父的推荐下,到市长家担任家庭教师,勾搭了年轻的市长夫人,后又在贝尚松神学院进修,和侯爵女儿马蒂尔德恋爱,为了激起马蒂尔德的嫉妒,他追求元帅夫人,终于赢得了马蒂尔德的爱,就在于连赢得了财富和贵族身份,且和马蒂尔德谈婚论嫁时,市长夫人揭穿了于连的底细,于连愤怒之下开枪打伤了她,最后被判处死刑,上了断头台,死时才23岁。司汤达采用了单线型的结构方式,按照时间顺序展开情节,写于连的一生,重点描写他在小城、省城、巴黎和监狱四个场所的故事,小说始终围绕着中心人物于连展开,仿佛一篇人物传记,情节完整,人物形象鲜明。此外,果戈理的《死魂灵》、巴尔扎克的《欧也妮·葛朗台》,中国作家老舍的《骆驼祥子》、沈从文的《萧萧》等,也都是使用单线型结构的优秀作品。

复线型结构是线状结构的另一种方式，小说有两条线索，它们之间的关系可以是一主一副，也可以双线并重，交叉进行，或平行展开。村上春树的《1Q84》篇幅浩大，共三册，小说紧紧围绕青豆和天吾两位主人公，首章写青豆，次章写天吾，如此依次轮流：青豆表面上是健身俱乐部的教练，但另一面则是神秘的暗杀者，专门为受到极度暴力对待的妇女伸张正义，将她们的丈夫送入死亡的世界；天吾则是补习班的教师，同时也是一名不成功的作家，在一次机缘巧合下，替一名美少女深绘里改写空气蛹的小说。这两条线索独立展开，但又偶有交错，青豆和天吾在小学三四年级时曾是同学，此时两人又同时处在诡异的1Q84的世界中，处在这两个世界中的人，可以看到天上挂着一大一小两个月亮，在第二部的结尾，两人通过空气蛹短暂重逢，在第三部的结尾，他们终于重新相遇，并逃离了1Q84的世界。青豆和天吾这两条线索不分主次，且平行发展，只通过一些事件联系彼此，是非常典型的复线型平行结构。列夫·托尔斯泰的《安娜·卡列尼娜》、鲁迅的《药》等，也是采用复线型结构方式的典型之作。

网状型结构是指小说中有三条以上的线索同时展开，或明或暗、或主或次，相互交错，形成如同蜘蛛网一般的结构。中国古典小说中的两部世情小说代表作兰陵笑笑生的《金瓶梅》和曹雪芹的《红楼梦》都采用了这种结构。两部小说均被誉为是百科全书式的小说。《金瓶梅》以西门庆一家的兴衰荣枯为主线，写西门庆暴发暴亡及其后妻妾流散全家败落的故事，书中人物众多，头绪纷繁，西门庆一条线既与家庭有关，又涉商场、官场和市井，家庭中潘金莲、李瓶儿、庞春梅等人的故事又均可单独成线，主副交错，相互勾连，构成浑然一体的网状结构。《红楼梦》则以宝黛钗三人的爱情婚姻纠葛为中心线索，同时也写到了大观园中诸多女性的悲剧命运、整个贾府由盛入衰的过程，以及贾府中复杂的家族矛盾和人物命运，结构宏大精致，多条线索交叉展开，布局极为繁杂。

辐射型结构是以一点为中心出发，小说的情节线索呈发散型的结构方式。谌容的《人到中年》是很典型的案例，小说以眼科医生陆文婷极度疲劳晕倒后在病床上的思绪为圆心，在昏睡中，她看到一双双眼睛：

　　眼睛，眼睛，眼睛……
　　一双双眼睛纷至沓来，在陆文婷紧闭的双眸前飞掠而过。男的，女的；老的，少的；大的，小的；明亮的，浑浊的，千差万别，各不相同，在她四周闪着,闪着……

这是一双眼底出血的病眼,

这是一双患白内障的浊眼,

这是一双眼球脱落的伤眼。

这,这……啊! 这是家杰的眼睛! 喜悦和忧虑,烦恼和欢欣,痛苦和希望,全在这眼睛中闪现。不用眼底镜,不用裂隙灯,就可以看到他的眼底,看到他的心底。①

由此为出发点,她回忆到她的过去,困苦的童年、大学时代、修道院式的住院医生生活、她和家杰的爱情,以及她曾经面对的一个个病例,故事线索呈现辐射状,看似散乱,实则紧紧围绕主人公陆文婷的生活和工作,完整地反映了其人到中年的生活状态。

张炜在香港浸会大学讲授写作课时,提到过一种较为复杂的"东方套盒"、"俄罗斯套娃"式的小说结构,即"一个大故事里面套一个小故事,小故事里面还有一个更小的故事"②,所举案例是加拿大女作家阿特伍德的《盲刺客》。这是一种值得关注的小说结构法。此外,小说还有画面型结构、象征型结构、情绪型结构等不同的组织方式。选择哪种结构方式,既与题材内容有关,也要考虑到作者本身的文字驾驭能力,如陈忠实所说的:"最恰当的结构便是能负载全部思考和所有人物的那个形式,需得自己去设计,这便是创造。"③在动笔前,初学者应就小说的布局结构写出梗概,以免落笔后偏题离题,写到最后茫无头绪,应力求做到结构匀称合理、节奏鲜明。

第二节　开头与结尾的写法

元代乔吉对于作文曾有"凤头、猪肚、豹尾"之说,并解释其义为:"大概起要美丽,中要浩荡,结要响亮,尤贵在首尾贯穿,意思清新。"④小说主体部分各层次的联结组织是结构设计时要考虑的重点,本节则专论小说的开头和结尾。

---

① 谌容:《人到中年》,见谌容:《谌容小说选》,北京:北京出版社,1981年,第186页。
② 张炜:《小说坊八讲:香港浸会大学授课录》,北京:生活·读书·新知三联书店,2011年,第45页。
③ 陈忠实:《寻找属于自己的句子》,上海:上海文艺出版社,2009年,第41页。
④ (元)陶宗仪著,王雪玲校点:《南村辍耕录》卷八,沈阳:辽宁教育出版社,1998年,第101页。

一、开头和结尾的几种写法

所谓"凤头"，即开头要漂亮精炼。写小说的开头往往是写作最艰难的时刻，写下第一句之前作家必须做很多准备工作。马尔克斯承认他在写作《百年孤独》时，最困难的是"我十分吃力地写完第一句句子的那一天，我至今记忆犹新，当时我非常心虚，不禁自问：我还有没有勇气写下去"①。很多作家会事先为写下第一句话做大量的工作，戴维•洛奇说："小说的创作当然并不总是以写下或打出最初的几个词为开始。多数作家总要事先做些预备工作，哪怕是构思。许多人提前几个星期甚至几个月仔细准备，诸如画出情节发展图啦，编出人物履历表啦，记录下各种思想、场景、情形及笑话啦等等，以备在写作过程中随时参考。"②他特别提到一位作家缪里尔•斯巴克，每创作一部新的小说总是反复构思，不想出满意的书名和开头一句绝不动笔。事实上这种对开头的反复推敲是十分必要的，开头好坏很大程度上决定了一部小说是否能够获得最终成功。

小说的开头方式很多。首先，从故事发生地的背景描写、主要人物的介绍等开始，是较为常见的方式。肖洛霍夫的《静静的顿河》就以一段对顿河流域的描写开始了这部史诗式的小说：

> 麦列霍夫家的院子在村子的尽头。牲口圈的两扇小门朝着北面的顿河。在长满青苔的灰绿色白垩巨石之间有一条八沙绳长的坡道，下去就是河岸：遍地是珠母贝壳，河边被水浪冲击的鹅卵石形成了一条灰色的曲岸。再过去，就是微风吹皱的青光粼粼的顿河急流。东面，在用红柳树编成的场院篱笆外面，是黑特曼大道，一丛丛的白艾，马蹄践踏过的、生命力顽强的褐色车前草；岔道口上有一座小教堂；教堂后面，是飘忽的蜃气笼罩着的草原。南面，是白垩的山脊。西面，是一条穿过广场、直通到河边草地去的街道。③

《静静的顿河》共分四部，第一部的故事发生在顿河边的鞑靼村里。作者以主人公葛利高里家的院子作为全书的起点，耐心而娴熟地用现实主义的手法为读者描绘出顿河流域广袤壮丽的景色：从近处的青苔、巨石、贝壳、野草，

---

① ［哥伦比亚］加西亚•马尔克斯：《百年孤独•附录》（黄锦炎等译），杭州：浙江文艺出版社，1991年，第344页。

② ［英］戴维•洛奇：《小说的艺术》（王岩峻等译），北京：作家出版社，1997年，第2页。

③ ［苏］肖洛霍夫：《静静的顿河》（金人译），北京：人民文学出版社，1988年，第5页。

到远望的曲岸、街道、草原、河流,细致入微,仿佛把一幅风景画缓缓展现出来,这样的开头,既能让读者对这个哥萨克人聚居的村庄有初步了解,也能让读者体会到作者对这片土地、这条河流深沉的热爱。

其次,对写作原委进行交代,也是一种小说开头法。明代传奇的第一出惯例为标目,用以说明戏剧的创作缘起和剧情梗概,中国古典小说或受其影响,也常有以说明创作原因和主要内容作为小说开头的作品。四大名著之一的《红楼梦》就采用了这样的方式。在小说开篇,作者自云:"因曾历过一番梦幻之后,故将真事隐去,而借'通灵'之说,撰此《石头记》一书也。"[①]其后又进一步说明写作目的除了记录家族由盛而衰的梦幻般经历之外,还要将自己"已往所赖天恩祖德,锦衣纨袴之时,饫甘餍肥之日,背父兄教育之恩,负师友规训之德,以至今日一技无成、半生潦倒之罪"[②]编述一集,更要为闺阁中的群钗女子立传,不能使其泯灭事迹。这样的写法实际上在开篇就已明示了小说的主要内容。

此外,有的小说会先写一段富有哲理的议论,有的小说从人物对话开始,也有仿照简·奥斯丁小说的古典式的开头:"语义明晰、字斟句酌、叙述客观;恰似一只丝绒手套:外表典雅,但内涵讽刺。小说(《爱玛》)第一句先把女主人公捧起来,为的是让她往下跌。"[③]总之,任何一种小说开头,目的都应是为了吸引读者的注意力,把读者拉进小说的世界里。

"豹尾"是指文章的结尾要有力,能收束全文。要使小说始终围绕主线,在写作过程中就必须先构思好结尾,唯有如此才能推动小说朝着符合逻辑的结局发展。汪曾祺在《沈从文和他的〈边城〉》一文中讲到结尾的方法有两种:"汤显祖评董解元《西厢记》,论及戏曲的收尾,说'尾'有两种,一种是'度尾',一种是'煞尾'。'度尾'如画舫笙歌,从远地来,过近地,又向远地去;'煞尾'如骏马收缰,忽然停住,寸步不移,他说得很好。收尾不外这两种。"[④]

这两种收尾方式比较而言,煞尾短促利落,戛然而止,更加有力。大仲马的《基督山伯爵》是典型的案例,小说的真正结尾是基督山伯爵的信,信的最

---

①　(清)曹雪芹、高鹗:《红楼梦》,北京:人民文学出版社,1996 年,第 1 页。

②　(清)曹雪芹、高鹗:《红楼梦》,北京:人民文学出版社,1996 年,第 1 页。

③　[英]戴维·洛奇:《小说的艺术》(王岩峻等译),北京:作家出版社,1997 年,第 3 页。

④　汪曾祺:《沈从文和他的〈边城〉》,见汪曾祺著,邓九平编《汪曾祺全集》(第三卷),北京:北京师范大学出版社,1998 年,第 162—163 页。

后一句话是："幸福地生活下去吧，我心爱的孩子们，请你们永远别忘记，直到天主垂允为人类揭示未来图景的那一天到来之前，人类的全部智慧就包含在这五个字里面：等待和希望。"[①]在小说的最后两行，作者让瓦朗蒂娜重复信中的话，正式收结全篇："伯爵不是告诉我们，人类的智慧就包含在这五个字里面吗：等待和希望。"[②]塞万提斯的《堂吉诃德》结尾更加简短，只有三个字："再会吧。"[③]这样的结尾真如战马收缰，干脆有力。

度尾则让人有余音袅袅不绝如缕之感，留下空白让人深思联想。苏童的长篇小说《我的帝王生涯》讲述了端白在阴差阳错中当了皇帝，最后经历兵变流落民间的故事，在小说的最后，作者写道：

> 那个人就是我。白天我走索，夜晚我读书。我用了无数个夜晚静读《论语》，有时我觉得这本圣贤之书包容了世间万物，有时却觉得一无所获。[④]

苏童的小说素以文字精致著称，《我的帝王生涯》延续了这一特色，精心打磨的文字为结尾增色不少。小说最后部分端白的帝王生涯已经终结，但他的人生并未结束，端白成为一个会走索的僧人，站在一条高高的悬索上，疾步如飞或者静若白鹤，人物的命运峰回路转，令人猝不及防，在结尾处，端白站在悬索上，好像站在他命运的转折点上，没有人知道他后半生的命运会如何转变，这样的结尾"言有尽而意无穷"，真有"行到水穷处，坐看云起时"的奇妙效果。

二、开头和结尾的贯穿呼应

开头和结尾不仅要写得漂亮，还要首尾贯穿，哈金在 2008 年香港书展讲演中也谈到这个问题，他引用了托尔斯泰的理论来加以说明："他（托尔斯泰）写长篇的时候，有个理论，就是在第一页的时候，这些文字，这些段落，一定要射出一束光，这个光能穿透半部书，前半部，在最后一页的时候，又能发出另

---

① ［法］大仲马：《基督山伯爵》（韩沪麟、周克希译），上海：上海译文出版社，2001 年，第1104 页。

② ［法］大仲马：《基督山伯爵》（韩沪麟、周克希译），上海：上海译文出版社，2001 年，第1105 页。

③ ［西班牙］塞万提斯：《堂吉诃德》（杨绛译），北京：人民文学出版社，1978 年，第516 页。

④ 苏童：《我的帝王生涯》，见苏童：《苏童文集·后宫》，南京：江苏文艺出版社，1994 年，第 181 页。

一束光,这束光能穿透后半部,在这本书中间,这两束光相遇,这是他的理论。"

玛格丽特·杜拉斯的小说《情人》,其开头和结尾十分为人称道,正如托尔斯泰所说的,开头和结尾的文字具有穿透力,贯穿全书,首尾呼应。《情人》这部小说获得了 1984 年龚古尔文学奖,在这部小说出现之前,杜拉斯一向被认为是枯燥的、知识分子式的女小说家,其作品难读难懂,但《情人》出乎意料地受到了大众的热烈欢迎,其中流露出来的丰富的情感令人赞叹不已。小说的开头写道:

> 我已经老了,有一天,在一处公共场所的大厅里,有一个男人向我走来。他主动介绍自己,他对我说:"我认识你,永远记得你。那时候,你还很年轻,人人都说你美,现在,我是特为来告诉你,对我来说,我觉得现在你比年轻的时候更美,那时你是年轻女人,与你那时的面貌相比,我更爱你现在备受摧残的面容。"①

这是一部带有浓烈的自传色彩的小说,杜拉斯说这部小说"大部分是由过去已经说过的话组成的","读者——忠实的读者,不附带任何条件的读者对我这本书的人物都是认识的:我的母亲,我的哥哥,我的情人,还有我,地点都是我过去曾经写过的,从暹罗山到卡蒂纳大街许多地点过去都写过……"②小说描写了一个 15 岁的法国少女在越南的法国殖民地与一个 30 多岁的中国情人的爱情故事,白人少女需要钱改变潦倒的家庭状况,为了钱也为了爱,她和黄皮肤的中国情人在一起,尽管彼此相爱,然而面对种族和肤色的偏见,以及来自中国情人家庭的压力,白人少女最终回到法国,而中国情人也遵照父命,与十年前家庭指定的少女成婚。在小说的结尾,中国情人打来电话:

> 战后许多年过去了,经历几次结婚,生孩子,离婚,还要写书,这时他带着他的女人来到巴黎。他给她打来电话。是我。她一听那声音,就听出是他。他说:我仅仅想听听你的声音。她说:是我,你好。他是胆怯的,仍然和过去一样,胆小害怕。突然间,他的声音打颤了。听到这颤抖

---

① ［法］玛格丽特·杜拉斯:《情人》(王道乾、南山译),上海:上海译文出版社,1997 年,第 5 页。

② ［法］玛格丽特·杜拉斯:《情人·前言》(王道乾、南山译),上海:上海译文出版社,1997 年,第 3 页。

的声音，她猛然在那语音中听出那种中国口音。他知道她已经在写作，他曾经在西贡见到她的母亲，从她那里知道她在写作。对于小哥哥，既为他，也为她，他深感悲戚。后来他不知和她再说什么了。后来，他把这意思也对她讲了。他对她说，和过去一样，他依然爱她，他根本不能不爱她，他说他爱她将一直爱到他死。①

小说的开头劈面而来无尽沧桑感，这种沧桑感贯穿整部小说，使得回忆中炙热的爱情始终充满了宿命的绝望和悲凉，结尾中国情人说"他爱她将一直爱到他死"，既表达了爱情的深沉，同时也证实了爱情的无望。小说细腻抒情的笔触，和对人性深刻隐秘的挖掘，令人动容。王小波认为《情人》创作了一种新的小说写作方法，虽然只是中篇，但"比之经典作家的鸿篇巨制毫不逊色"②。

此外，维克多·雨果的《巴黎圣母院》、查尔斯·狄更斯的《双城记》、玛格丽特·米切尔的《飘》、加西亚·马尔克斯的《百年孤独》等小说，也都有着极为精彩的开头和结尾，可作为小说开头和结尾写作的学习范例。

第三节　人物形象的塑造要点

小说最重要的任务之一就是创造典型的人物形象。与其他叙事类体裁相比，如叙事诗、戏剧文学和影视文学，小说塑造人物形象的手段最为多样灵活，可以让人物通过言谈举止自然流露个性，或通过旁人的观察叙述来体现，也可以深入人物内心进行细腻的剖析。中国古典小说描写人物往往在其出场时先述外貌，或给人物写一段小传做出总结，现代小说在刻画人物时已打破各种套路，技法更加成熟，更注重对人物心理和个性的深度挖掘。

一、冰山原则和圆形人物

海明威提出过一个"冰山原则"，他在《午后之死》中谈到，"作家写小说应

---

① ［法］玛格丽特·杜拉斯：《情人》（王道乾、南山译），上海：上海译文出版社，1997 年，第 95 页。

② 王小波：《我对小说的看法》，见王小波：《王小波全集》（第二卷），昆明：云南人民出版社，2006 年，第 59 页。

当塑造活的人物;人物,不是角色。角色是模仿"①,关于如何塑造人物,海明威认为一个作家对于他要写的东西应当胸有成竹,在表现时则要有所省略,"冰山在海里移动很是庄严宏伟,这是因为它只有八分之一露在水面上"②,他认为,只要作者写得真实,读者可以强烈地感觉到被省略的部分。对于今天的小说创作来说,冰山原则仍然十分适用。作者必须了解笔下人物的一切,这是人物塑造的第一步。对于小说中的重要人物,甚至所有的人物,作者应当为他们每人建立一份完整详细的档案,列出尽可能多的信息,包括他们的出生、民族、信仰、个性、外貌、学习经历、职业、爱好、理想、社会关系、爱情、死亡等,从外表到内心,从人物本身到其社会关系,要对人物有一个全面深入的了解,记住老舍的提醒:"不冒险去写我们所不深知的人物!"③第二步是在写作时,对于已知的信息不要做全盘罗列,或如竹筒倒豆子般一次叙述完成,而应有所克制,根据情节结构和人物塑造的需要有步骤地把重要的部分透露出来,留下一些让读者去想象。

阿城的《棋王》被认为是"寻根文学"的代表作④,小说成功塑造了王一生这一痴迷于下棋的人物形象。小说以知青"上山下乡"的生活经历为大背景,王一生是知青中的普通一员,因为对吃的虔诚态度和对象棋的痴迷执着,在知青中显得与众不同。作者由表及里,层层剖析,从容地展开对王一生这个人物形象的刻画。小说的开头,在乱得不能再乱的火车车厢里,其他人都沉浸在离家的悲伤中,只有王一生到处找人下棋,毫无离情别绪,接着作者叙述旁人耳闻的种种有关王一生下棋的奇闻趣事,以直接描写和间接描写共同勾勒出其形象的初步轮廓。随着叙述者"我"和王一生之间产生的互相信任和基于经验的同情,王一生对"我"讲述了学下棋的奇遇,以及他的家庭情况、成长经历,让读者进一步了解到王一生的个性及其形成原因。王一生家境贫寒:"我们家三口儿人,母亲死了,只有父亲、妹妹和我。我父亲嘛,挣得少,按平均生活费的说法儿,我们一人才不到十块。"⑤他的母亲生前

---

① 董衡巽编选:《海明威谈创作》,北京:生活·读书·新知三联书店,1985年,第2页。

② 董衡巽编选:《海明威谈创作》,北京:生活·读书·新知三联书店,1985年,第4页。

③ 老舍:《老牛破车·人物的描写》,见老舍:《新编老舍文集》(第四卷),北京:商务印书馆,2009年,第351页。

④ 阿城本人并不认同这种看法,在查建英主编的《八十年代:访谈录》中,他明确表示:"我的文化构成让我知道根是什么,我不要寻。"查建英:《八十年代:访谈录》,北京:生活·读书·新知三联书店,2006年,第33页。

⑤ 阿城:《棋王》,北京:作家出版社,2000年,第16页。

反对他下棋，因为下棋找不到饭吃，但是在临死前，母亲给王一生留下了一副无字棋：

> 家里供我念到初一，我妈就死了。死之前，特别跟我说，"这一条街都说你棋下得好，妈信，可妈在棋上疼不了你。你在棋上怎么出息，到底不是饭碗。……妈要走了，一辈子也没给你留下什么，只捡人家的牙刷把，给你磨了一副棋。"说着，就叫我从枕头底下拿出一个小布包来，打开一看，都是一小点儿大的子儿，磨得是光了又光，赛象牙，可上头没字儿。妈说，"我不识字，怕刻不对。你拿了去，自己刻吧，也算妈疼你好下棋。"我们家多困难，我没哭过，哭管什么呢？可看着这副没字儿的棋，我绷不住了。①

其后再写王一生棋艺日进，不断传来赢棋的消息，在知青中名气愈传愈大，在小说的最后一章，王一生拒绝通过关系参加地区的象棋比赛，却在赛后，以一对九，在场外和包括比赛冠军在内的九名高手同时对弈，最后八赢一和，当和他下盲棋的冠军老者赶到现场时，王一生已经站不起来：

> 王一生再挣了一下，仍起不来。我和脚卵急忙过去，托住他的腋下，提他起来。他的腿仍然是坐着的样子，直不了，半空悬着。我感到手里好像只有几斤的分量，就示意脚卵把王一生放下，用手去揉他的双腿。大家都拥过来，老者摇头叹息着。脚卵用大手在王一生身上、脸上、脖子上缓缓地用力揉。半晌，王一生的身子软下来，靠在我们手上，喉咙嘶嘶地响着，慢慢把嘴张开，又合上，再张开，"啊啊"着。很久，才呜呜地说："和了吧。"②

从火车相遇、在农场与朋友的长谈，到最后辉煌一站，成就棋王之名，作者对王一生的刻画，有实有虚，逐步深入，随着故事的展开，渐趋全面鲜明，其坦诚刚毅又带迂执的个性、对象棋的热爱与坚持令人印象深刻，这些是浮于水面之上的内容，而在水面之下的，则是更值得深思的部分，阿城谈到知青上山下乡，认为是一种特殊情况下的扭曲现象，它使有的人狂妄，有的人消沉，有的人投机，有的人安静，王一生是其中之一。他老老实实面对人生，在穷境与困境中求得内心的平衡，作者将王一生对吃的重视与对象棋的热爱联结在一起，"一天不吃，棋路就乱"，在王一生身上世俗物质和精神追求自然统一于

---

① 阿城：《棋王》，北京：作家出版社，2000年，第18—19页。

② 阿城：《棋王》，北京：作家出版社，2000年，第38页。

一身,达到一种平衡的理想状态。

其次,塑造人物要力求真实复杂。福斯特将小说人物分为扁平和圆形两种,"十七世纪时,扁平人物称为'性格'人物,而现在又是被称作类型人物或漫画人物。他们最单纯的形式,就是按照一个简单的意念或特性而被创造出来。如果这些人物再增多一个因素,我们开始画的弧线即趋于圆形"①。扁平人物是单一性格的人物形象,其好处在于容易辨认,也易于为读者所记住;圆形人物是复杂的具有多重性格的人物形象,这样的人物较难把握,读者往往需要细心体会才能领略人物个性中的丰富与复杂。世上罕有扁平人物,要让小说真实生动,笔下的人物必须具有丰富复杂的个性,避免过于简单化、程式化和脸谱化的描写,如写好人都是"高大全",而坏人则都是"尖嘴猴腮"型的。只有塑造成功的圆形人物才能给读者以新奇感和令人信服。中国古典小说《三国演义》,在塑造人物形象时往往突出一个主要的性格特征,将之发挥到淋漓尽致,如"奸绝"曹操、"义绝"关羽、"智绝"诸葛亮,而人物往往忠奸善恶是泾渭分明的,尽管能给读者以强烈鲜明的印象,但毕竟失于简单,没有人物内在的冲突,个性缺少变化和发展,甚至造成失真之感,"欲显刘备之长厚而似伪,状诸葛之多智而近妖"②。而中国古代长篇小说发展到《红楼梦》,在人物形象的塑造方面精雕细刻,写得惟妙惟肖,达到了登峰造极之境。曹雪芹塑造人物绝不是"爱之欲其生,恶之欲其死",而是"爱而知其恶",对于肯定的人物并不避免其个性上的缺点,而对于基本否定的人物,也不讳言其优点,在曹雪芹一丝不苟的刻画之下,小说中的人物形象蕴含了丰富、复杂的人性,显得栩栩如生,对于现代小说创作来说,这仍然十分值得借鉴。

二、人物的肖像描写

肖像描写是对人物外貌特点的描写,包含人物长相、神态、服饰等内容。"外形是理解人物的钥匙",肖像描写的最终目的是体现人物的个性特点。肖像描写的方法多种多样,并无固定不变的定律,但要做到重点突出,形神兼备,仍有一些方法可循。

首先,成功的肖像描写应当关注人物的生活基础。人的个性养成既有先天的因素,也有后天的影响,而服饰打扮更与人物生活的地域环境、经济条件

---

① [英]爱德华·摩根·福斯特:《小说面面观》(苏炳文译),广州:花城出版社,1984年,第59页。

② 鲁迅:《中国小说史略》,济南:齐鲁书社,1997年,第105页。

息息相关，描写人物的外形，不能脱离人物生长的土壤。鲁迅在《阿Q正传》中塑造了阿Q这一典型人物形象，当时的一本周刊上配了几个阿Q的画像，鲁迅觉得太过于特别，有点古里古怪，他特别撰文说明："我的意见，以为阿Q该是三十岁左右，样子平平常常，有农民式的质朴，愚蠢，但也很沾了些游手之徒的狡猾。在上海，从洋车夫和小车夫里面，恐怕可以找出他的影子来的，不过没有流氓样，也不像瘪三样。"①阿Q是一个生活在底层的农民，所处的未庄即是浙江绍兴，他住在土谷祠里，没有固定的职业，只靠做短工度日，时常吃不饱。小说中没有特别集中的肖像描写，但综合零散的笔墨，可以知道阿Q是一个瘦骨伶仃的身量，头皮上颇有几处癞疮疤，穿的是破夹袄，戴毡帽，吸旱烟，时常一副懒洋洋的神气，这一形象十分符合阿Q的生活基础。所以鲁迅说："只要在头上给戴上一顶瓜皮小帽，就失去了阿Q，我记得我给他戴的是毡帽。这是一种黑色的，半圆形的东西，将那帽边翻起一寸多，戴在头上的；上海的乡下，恐怕也还有人戴。"②

其次，肖像描写应以简笔勾勒为主。在短篇小说和长篇小说中，人物的肖像描写应采用不同的方法："在短篇小说中，须用简净的手段，给人物一个精妥的固定不移的面貌体格。在长篇里宜先有个轮廓，而后顺手的以种种行动来使外貌活动起来；此种活动适足以揭显人格，随手点染，使个性充实。"③但无论哪种长度篇幅的小说，肖像描写都应避免过于详细平均的写法。对人物从头到脚事无巨细地进行一番详细描写，是最费力不讨好的做法，不仅让读者难以抓到重点，且容易产生疲劳感。老舍对此的建议是："人物的外表要处，足以烘托出一个单独的人格，不可泛泛的由帽子一直形容到鞋底；没有用的东西往往是人物的累赘；读者每因某项叙述而希冀一定的发展，设若只贪形容得周到，而一切并无用处，便使读者失望。我们不必一口气把一个人形容净尽，先有个大概，而后逐渐补充，使读者越来越知道得多些，如交友然，由生疏而亲密，倒觉有趣。也不必每逢介绍一人，力求有声有色，以便发生戏剧的效果，如大喝一声，闪出一员虎将……此等形容，虽刺激力大，可是在艺术上不如用一种浅淡的颜色，在此不十分明显的颜色中却包蕴着些能次第发展

---

① 鲁迅：《寄〈戏〉周刊编者信》，见鲁迅：《鲁迅全集》（第六卷），北京：人民文学出版社，2005年，第154页。

② 鲁迅：《寄〈戏〉周刊编者信》，见鲁迅：《鲁迅全集》（第六卷），北京：人民文学出版社，2005年，第154页。

③ 老舍：《老牛破车·人物的描写》，见老舍：《新编老舍文集》（第四卷），北京：商务印书馆，2009年，第351页。

的人格与生命。"①川端康成早期的短篇小说《伊豆的歌女》,描写一名孤儿出身的青年学生,在伊豆旅行时遇到一队歌女,与其中一位少女彼此产生了纯净的爱慕之情,情节十分简单,笔触空灵美好,其中对主要人物歌女的描写极为简略:

> 那歌女看去大约十七岁。她头上盘着大得出奇的旧式发髻,那发式我连名字都叫不出来,这使她严肃的鹅蛋脸显得非常小,可是又美又调和。她就象头发画得特别丰盛的历史小说上姑娘的画像。②

寥寥数笔的描绘,勾勒出人物的外形气质,较之过于周到的冗赘的肖像描写,显得更为精妙简洁,也极符合整篇小说清新唯美的风格。

第三,肖像描写要能抓住人物外形的特点并加以突出。人物外形的与众不同之处,往往是最能传神的因素,作者要做的第一步是准确地抓住人物的特点,然后运用比喻、夸张等修辞手法加以渲染,使人物跃然纸上。老舍说:"人物的职业阶级等之外,相貌自然是要描写的,这需要充分的观察,且须精妙的道出,如某人的下巴光如脚踵,或某人的脖子如一根鸡腿……这种形容是一句便够,马上使人物从纸上跳出,而永存于读者记忆中。反之,若拖泥带水地形容一大片,而所以形容的可以应用到许多人身上去,则费力不讨好。"③莫泊桑的《羊脂球》中,对羊脂球的肖像描写就集中在"胖"这个特点上:

> 女人呢,所谓尤物之一,她是以妙年发胖著名的,得了个和实际相符的诨名叫做羊脂球。矮矮的身材,满身各部分全是滚圆的,胖得像是肥膘,手指头儿全是丰满之至的,丰满得在每一节小骨和另一节接合的地方都箍出了一个圈,简直像是一串短短儿的香肠似的;皮肤是光润而且绷紧了的,胸脯丰满得在裙袍里吐出来,然而她始终被人垂涎又被人追逐,她的鲜润气色教人看了多么顺眼。④

---

① 老舍:《老牛破车·人物的描写》,见老舍:《新编老舍文集》(第四卷),北京:商务印书馆,2009年,第350页。
② 川端康成:《伊豆的歌女》,见川端康成:《雪国》(侍桁译),上海:上海译文出版社,1981年,第118页。
③ 老舍:《老牛破车·人物的描写》,见老舍:《新编老舍文集》(第四卷),北京:商务印书馆,2009年,第350页。
④ [法]莫泊桑:《羊脂球》,见[法]莫泊桑:《莫泊桑短篇小说全集》第四卷(李青崖译),长沙:湖南文艺出版社,1991年,第293页。

也可以特别刻画人物的眼睛,"要极省俭的画出一个人的特点,最好是画他的眼睛"①,眼睛是脸部最为生动的部分,透过眼神,可以看到人物的情绪和个性。《红楼梦》中,写多愁善感的林黛玉眉眼是"两弯似蹙非蹙罥烟眉,一双似泣非泣含露目"②,精明泼辣的王熙凤是"一双丹凤三角眼,两弯柳叶吊梢眉"③,个性温柔的贾宝玉虽为男子,眼睛却是"虽怒时而若笑,即瞋视而有情"④,特点鲜明,符合人物的个性。用修辞手段突出人物外貌的重点,要注意两点,一是避免用含糊的词语,二是注意不要过分渲染,要把握分寸,以免失真。

三、人物的语言描写

语言描写是塑造人物形象最重要的手段之一,语言描写的对象包括人物的对话和独白,以及说话时的语气神态等。初学者在写人物语言时容易产生两种常见的弊病,其一是习惯于直接用副词表达人物说话时的语气情态,如他愤怒地说、她高兴地说、她很不情愿地说,等等,这些人物说话时的情态,应当由精心设计的对话内容自然表现出来,而不是全用叙述语言来直接形容;其二是人物语言同一化,如不同人物有相同的固定习惯语或口头语,或是作者代替所有的人物说话,造成千人一腔的情况,不能体现出人物的个性。

人物的语言描写应当能表现出人物的个性、思想和情感,且与人物的时代、职业、家庭等因素相符合。汪曾祺回忆沈从文在写作课上传授的小说写作要诀是"要贴到人物来写"⑤,因为人物是小说最核心最主要的部分,所以一切都要贴着人物来写,不仅环境描写、叙述语言如此,人物语言就更要贴着人物的身份来写。可以说越是写到后面,人物的个性特征越鲜明,作家就越要迁就人物来写:"创作者不但要给'人物'说话的机会,还要允许他们说出与自己意见完全相左的话;让他们说话,不是让他们成为作家的传声筒。"⑥成功的语言描写,必须包含三个要素:人物的个性、说话时的当下情绪,以及说

---

① 鲁迅:《我怎么做起小说来》,见鲁迅:《鲁迅全集》(第四卷),北京:人民文学出版社,2005 年,第 527 页。

② (清)曹雪芹、高鹗:《红楼梦》(上),北京:人民文学出版社,1996 年,第 49 页。

③ (清)曹雪芹、高鹗:《红楼梦》(上),北京:人民文学出版社,1996 年,第 40 页。

④ (清)曹雪芹、高鹗:《红楼梦》(上),北京:人民文学出版社,1996 年,第 48 页。

⑤ 汪曾祺:《沈从文先生在西南联大》,见汪曾祺:《蒲桥集》,北京:作家出版社,2000 年,第 34 页。

⑥ 张炜:《小说坊八讲:香港浸会大学授课录》,北京:生活·读书·新知三联书店,2011 年,第 79 页。

话的对象。

　　夏洛蒂·勃朗特的《简·爱》在人物语言的描写上极为出色。这部长篇小说是夏洛蒂·勃朗特的代表作,1847年出版时署名柯勒·贝尔。主人公简·爱是一个瘦弱却勇敢,具有反抗精神的女性,她从小被寄养在舅妈里德太太家,面对的是暴虐专横、骄傲冷漠的亲戚,她喜欢阅读,然而这爱好给她带来了厄运,她被表兄约翰用书砸倒摔破了头,简对于约翰充满了惧怕,"他欺侮我,虐待我,一星期不止两三次,一天也不止一二回,而是经常这样。我的每一根神经都怕他,只要他一走近我,我骨头上的每一块肌肉都会收缩起来"①。然而,当恐惧到达极限后,简爆发了,她说:"你这个男孩真是又恶毒又残酷!"②简·爱对自己的性格判断是:

　　　　我不知道有什么折衷的办法;在跟和我自己的性格相反的独断严酷的性格打交道的时候,在绝对服从和坚决反抗之间,我一生中从来不知道有什么折衷的办法。我总是忠实地绝对服从,一直到爆发,变为坚决反抗为止,有时还是带着火山般的猛烈爆发的。③

这是简·爱对自己非常客观中肯的评价。简·爱对约翰的反击是她反抗个性的第一次强烈爆发,从语言描写的三要素来分析,她的个性中带着勇敢和叛逆的因子,而她当时的愤怒情绪令她超越了恐惧,她面对的是一直欺侮她的表兄,她曾经看过哥尔斯密的《罗马史》,对尼禄和卡里古拉等人物已经形成了自己的看法,因此她把约翰和他们作了比较。对于她讨厌的约翰,她尽量躲着,当避无可避,一再被虐待时,她终于对着约翰大声喊了出来:"你象个杀人犯——你象个虐待奴隶的人——你象罗马的皇帝!"④同样,她对里德太太的一段话也是这种个性的体现,是长久忍耐之后的爆发:"我怎么敢,里德太太? 我怎么敢? 就因为这是事实。你以为我没有感情,所以我没有一点爱、没有一点仁慈也能行;可是我不能这样过日子;你没有一点怜悯心。"⑤

　　小说中最为经典的一段对话发生在简·爱和罗切斯特先生之间。简·爱的身份是一名家庭教师,尽管身份地位并不相称,简·爱和罗切斯特先生

---

① ［英］夏洛蒂·勃朗特:《简·爱》(祝庆英译),上海:上海译文出版社,1980年,第5页。
② ［英］夏洛蒂·勃朗特:《简·爱》(祝庆英译),上海:上海译文出版社,1980年,第7页。
③ ［英］夏洛蒂·勃朗特:《简·爱》(祝庆英译),上海:上海译文出版社,1980年,第525页。
④ ［英］夏洛蒂·勃朗特:《简·爱》(祝庆英译),上海:上海译文出版社,1980年,第7页。
⑤ ［英］夏洛蒂·勃朗特:《简·爱》(祝庆英译),上海:上海译文出版社,1980年,第41页。

还是相爱了，在相互试探的过程中，罗切斯特先生企图利用英格拉姆小姐激发简·爱的嫉妒，令简·爱的自尊心受到了伤害，她对罗切斯特先生说：

> 你以为我会留下来，成为你觉得无足轻重的人吗？你以为我是一架自动机器吗？一架没有感情的机器吗？能让我的一口面包从我嘴里抢走，让我的一滴活水从我杯子里泼掉吗？你以为，因为我穷、低微、不美、矮小，我就没有灵魂没有心吗？你想错了！——我的灵魂跟你的一样，我的心也跟你的完全一样！要是上帝赐予我一点美和一点财富，我就要让你感到难以离开我，就象我现在难以离开你一样。我现在跟你说话，并不是通过习俗、惯例，甚至不是通过凡人的肉体——而是我的精神在同你的精神说话；就象两个都经过了坟墓，我们站在上帝脚跟前，是平等的——因为我们是平等的！①

这是一段炽热的爱情告白，然而即使是面对自己的爱人，简·爱仍然没有放弃自己的尊严。简·爱纯真坦率，同时坚毅自尊，这是她的基本个性，在说这番话的当下，罗切斯特先生声称他将与英格拉姆小姐结婚，以激将法促使简·爱说出内心的真实想法，简·爱是那样的重视平等，她在告白的同时也努力维护自己的尊严，最终赢得了罗切斯特先生的尊敬和爱。

除了肖像描写和语言描写外，塑造人物形象的方法还有很多，如心理描写、行动描写、环境衬托等。掌握小说技法之外，要写出栩栩如生的人物形象，更重要的是小说家要有丰富的生活经验，去体验人生，了解人性，甚至"忘记了自我，化身为故事中的角色（还要走多少回头路，白花多少心力），陪着他们身心的探险，陪他们笑，陪他们哭，才能获得作者实际未曾经历的经历"②，创造出不朽的经典人物形象。

第四节　场面描写、细节描写及其他

场面描写是对某一段特定时间和特定范围内人物活动的描写，每个场面描写都必须包含时间、地点、人物、事件冲突和情感氛围等基本要素。F. A.

---

① ［英］夏洛蒂·勃朗特：《简·爱》（祝庆英译），上海：上海译文出版社，1980 年，第 329—330 页。

② 傅雷：《论张爱玲的小说》，见金梅选编：《傅雷艺术随笔》，上海：上海文艺出版社，1999 年，第 166 页。

洛克威尔认为:写作者应该"把每个场面看作是整篇小说这一宏观世界中的一个微观世界,有开头、有中间、有结尾;在开头和结尾之间事态要发生扣人心弦的突转,其间又要有起有落"①。场面描写必须有明确的目的性,是为了体现人物个性,还是推动情节发展、表现小说主题、渲染气氛,或者兼而有之。成功的场面描写往往能表现出强烈冲突,在冲突中塑造人物形象和推动情节。就冲突的性质而言,小说中基本有三种不同的组合:人物与自然的冲突、人物内心的冲突和人物与人物的冲突。杰克·伦敦的小说很擅长在场面描写中表现人物与自然的冲突,如把主人公放在荒原或风暴中,通过其与自然力量的抗争来表现人物的勇气和智谋。而中国古典的叙事文学中,也有不少经典的场面描写,如被鲁迅誉为"史家之绝唱,无韵之离骚的"《史记》,虽非小说,却因其长于叙事,刻画人物鲜明生动,且文辞精炼丰富而备受肯定,被认为在文学上有极大的成就。司马迁善于描写场面,如"易水送别",通过悲壮的送别场面表现荆轲知其不可为而为之、重然诺轻生死的侠士气概;"垓下之围"则通过虞姬和项羽死别的场面描写,集中表现西楚霸王英雄末路的悲凉,均有强烈的艺术感染力,对当代小说写作仍极具借鉴意义。关于小说写作的场面构思,F.A.洛克威尔还给出了这样的建议,初学者可加以尝试:"在写你自己的小说以前,先把它分成各个场面……开头的场面还要提出一个能引起人们兴趣的问题,这问题引起的悬念之强烈,使读者一见则欲罢不能。"②"最后的场面还必须做出解释,用来收束全篇的各个关节和悬而未决的头绪。"③"还没有描出各个场面透彻的蓝图以前千万不要动笔写小说。"④

　　细节是指琐碎细小的事件或环节,细节描写是选择具有典型意义的细枝末节进行描写,以刻画人物形象。细节描写必须与其他描写相结合,不能单独存在。细节描写应当具体,不能概括。小说的细节描写往往最能打动读者,令人印象深刻,陈丹青提及苏联作家肖洛霍夫的小说作品,印象最深的都是细节:"肖洛霍夫早期另有一本短篇小说集,比大部头《静静的顿河》写得更

　　① [美]F.A.洛克威尔:《场面构思》,见[美]狄克森、司麦斯合编:《短篇小说写作指南》(朱纯深译),沈阳:辽宁教育出版社,1998年,第100页。
　　② [美]F.A.洛克威尔:《场面构思》,见[美]狄克森、司麦斯合编:《短篇小说写作指南》(朱纯深译),沈阳:辽宁教育出版社,1998年,第103页。
　　③ [美]F.A.洛克威尔:《场面构思》,见[美]狄克森、司麦斯合编:《短篇小说写作指南》(朱纯深译),沈阳:辽宁教育出版社,1998年,第108页。
　　④ [美]F.A.洛克威尔:《场面构思》,见[美]狄克森、司麦斯合编:《短篇小说写作指南》(朱纯深译),沈阳:辽宁教育出版社,1998年,第114页。

好,写个儿子从战场迎来父亲的尸体,血污的脸上密密麻麻停满顿河的苍蝇,又写个妹妹手里捏着战死的哥哥的衬衫,沿着草原找红军,一路闻那衬衫的气味……"①细节描写对于刻画人物性格极为重要,吴敬梓的《儒林外史》中有一处非常精彩的细节描写:

> 晚间挤了一屋的人,桌上点着一盏灯。严监生喉咙里痰响得一进一出,一声不倒一声的,总不得断气,还把手从被单里拿出来,伸着两个指头。大侄子走上前来问道:"二叔,你莫不是还有两个亲人不曾见面?"他就把头摇了两三摇。二侄子走上前来问道:"二叔,莫不是还有两笔银子在那里,不曾吩咐明白?"他把两眼睁的的溜圆,把头又狠狠摇了几摇,越发指得紧了。奶奶抱着哥子插口道:"老爷想是因两位舅爷不在跟前,故此记念。"他听了这话,把眼闭着摇头,那手只是指着不动。赵氏慌忙揩揩眼泪,走近上前道:"爷,别人都说的不相干,只有我晓得你的意思。"……"你是为那灯盏里点的是两茎灯草,不放心,恐费了油。我如今挑掉一茎就是了。"说罢,忙走去挑掉一茎。众人看严监生时,点一点头,把手垂下,登时就没了气。②

严监生并非《儒林外史》中的重要人物,出场不过两回,但这两个手指的细节描写,胜过篇幅浩大的描绘,寥寥数笔就入木三分,其爱财如命的吝啬形象已跃然纸上,成为一个令人难忘的经典人物。

此外,小说写作还有一些要点需要注意。首先,要避免小说中出现无效内容。所谓的无效内容是指偏离小说主线的内容,对人物所处的地理环境、所从事的职业性质或者所经历的历史事件等做过度的常识性的说明解释,这些都属于无效内容。如主人公居住在海岛,就长篇大论地描绘海岛风光,主人公是医生,就专辟一章解释医生这个职业的相关信息,这些行为都应避免。因为常识性的说明无助于情节推进,甚至会成为叙述的障碍,这些往往是读者在阅读时会跳过的部分。如果确实需要说明相关常识,也应当与主人公的活动交织在一起,不动声色地加以透露。其次,小说中的环境描写,必须与人物的情感息息相关。环境描写是对小说所涉自然环境和社会环境的描写,可以渲染氛围、烘托人物心理。成功的环境描写应当是小说的有机组成部分,

---

① 林旭东、陈丹青、韩辛:《四十年的故事》,桂林:广西师范大学出版社,2012 年,第 54 页。

② (明)吴敬梓:《儒林外史》,北京:中华书局,2009 年,第 38—39 页。

通过人物与环境的互动,让读者了解到人物的个性、想法或现状,而不仅仅只是一段漂亮的文字。总的来说,小说中的环境描写应当简洁洗练、恰如其分,不能滥用形容词而落入俗套,唐·詹姆斯的观点是环境描写必须"融景入事":"在今天,如果你非得写些大段描写不可,那最好去写哥特式小说。对创造悬念的气氛,描绘预示不祥的背景、奇异的场景、不同寻常的环境,这些段落都大有帮助。然而,这些段落应该融入故事,而不是游离于故事之外,成了作者献给华而不实的散文的贡品。"①"读者要的是与故事、与人物有关的景物描写。换句话说,我们又回到了早先的出发点。描写必不可少,但还是那句不胫而走的话:简洁洗练,融景入事。"②

最后要提醒初学者的是:小说完成后,要做好多次修改的心理准备。完稿后的作品可以先放一放,让自己从创作的状态中抽离出来,一两个星期,甚至一两个月后再重新阅读,这时候作者可以更为客观地审视自己的作品,以进行修改推敲,直至小说达到自己心目中完美的地步。不少优秀的作家都有这样的习惯,比如沈从文写小说,修改是其中非常重要的环节,不少回忆文章都提到了这一点:"他的作品看起来很轻松自如,若不经意,但都是苦心刻琢出来的。《边城》一共不到七万字,他告诉我,写了半年。"③"写小说,他真是太认真了,十次、二十次地改。文字音节上,用法上,一而再的变换写法,短短的一篇文章,改三百回根本不算一回事。"④海明威的修改经验也值得借鉴,他是边写边改,每天开始写作前,海明威会对前一天所写的部分从头到尾通读修改一遍,然后才开始新的写作。修改是小说写作的最后环节,要不厌其烦,不怕几易其稿,切不可偷懒轻视。

尽管对如何创作小说做了长达两章的论述,但在最后要特别提醒的却是:创作小说最好的方法是大胆突破各种规则,也即是"法无定法",这是创作出优秀小说唯一可以依靠的法则。写作是非常艰苦的工作,尤其是创作小说,前人早有提醒,以傅雷的两段话来结束本章:

① [美]唐·詹姆斯:《简洁洗练 融景入事》,见[美]狄克森、司麦斯合编:《短篇小说写作指南》(朱纯深译),沈阳:辽宁教育出版社,1998年,第89页。
② [美]唐·詹姆斯:《简洁洗练 融景入事》,见[美]狄克森、司麦斯合编:《短篇小说写作指南》(朱纯深译),沈阳:辽宁教育出版社,1998年,第90页。
③ 汪曾祺:《星斗其文,赤子其人》,见汪曾祺:《蒲桥集》,北京:作家出版社,2000年,第44页。
④ 黄永玉:《太阳下的风景》,见黄永玉:《太阳下的风景》,天津:百花文艺出版社,1984年,第165页。

倘没有深刻的人生观,真实的生活体验,迅速而犀利的观察,熟练的文字技能,活泼丰富的想象,决不能产生一件像样的作品。而且这一切都得经过长期艰苦的训练。《战争与和平》的原稿修改过七遍:大家可只知道托尔斯泰是个多产的作家(仿佛多产便是滥造似的)。巴尔扎克一部小说前前后后的修改稿,要装订成十余巨册,像百科辞典般排成一长队。然而大家以为巴尔扎克写作时有债主逼着,定是匆匆忙忙赶起来的。忽视这样显著的历史教训,便是使我们许多作品流产的主因。①

宝石镶嵌的图画被人欣赏,并非为了宝石的彩色。少一些光芒,多一些深度,少一些词藻,多一些实质:作品只会有更完满的收获。多写、少发表,尤其是服侍艺术最忠实的态度。②

练习与本章参考书目

练 习

1. 阅读一部长篇小说,分析其结构特点,并写作一篇八百字左右的评论文章。

2. 根据自己的阅读经验,分别列出五个印象最为深刻的小说开头和结尾,并加以点评。

3. 设定几种不同的人物个性,如乐天开朗型、暴躁易怒型、多愁善感型、精明过人型等,将这些人物置于喜怒哀乐等四种不同的情境里,设计出人物的语言表达。

4. 为写作一篇小说做前期准备:写下小说的初步构思,概括出小说的主题;为小说的主要人物建立档案,详细介绍人物的情况;写下小说的结构安排和大概篇幅,说明会采用何种结构方式;尝试写出小说的开头。

5. 写作一篇短篇小说,要求在一万字左右,至少塑造出一个鲜明的人物形象。

----

① 傅雷:《论张爱玲的小说》,见金梅选编:《傅雷艺术随笔》,上海:上海文艺出版社,1999年,第149页。

② 傅雷:《论张爱玲的小说》,见金梅选编:《傅雷艺术随笔》,上海:上海文艺出版社,1999年,第168页。

本章参考书目

[1] [英]乔治·奥威尔:《我为什么要写作》(董乐山译),上海:上海译文出版社,2007年。

[2] 陈忠实:《寻找属于自己的句子》,上海:上海文艺出版社,2009年。

[3] [英]爱德华·摩根·福斯特:《小说面面观》(苏炳文译),广州:花城出版社,1984年。

[4] 王元骧:《文学原理》,杭州:浙江教育出版社,1989年。

[5] 谌容:《谌容小说选》,北京:北京出版社,1981年。

[6] 张炜:《小说坊八讲:香港浸会大学授课录》,北京:生活·读书·新知三联书店,2011年。

[7] (元)陶宗仪著,王雪玲校点:《南村辍耕录》,沈阳:辽宁教育出版社,1998年。

[8] [哥伦比亚]加西亚·马尔克斯:《百年孤独》(黄锦炎等译),杭州:浙江文艺出版社,1991年。

[9] [英]戴维·洛奇:《小说的艺术》(王岩峻等译),北京:作家出版社,1997年。

[10] [苏]肖洛霍夫:《静静的顿河》(金人译),北京:人民文学出版社,1988年。

[11] (清)曹雪芹、高鹗:《红楼梦》,北京:人民文学出版社,1996年。

[12] 汪曾祺著,邓九平编:《汪曾祺全集》,北京:北京师范大学出版社,1998年。

[13] [法]大仲马:《基督山伯爵》(韩沪麟、周克希译),上海:上海译文出版社,2001年。

[14] [西班牙]塞万提斯:《堂吉诃德》(杨绛译),北京:人民文学出版社,1978年。

[15] 苏童:《苏童文集·后宫》,南京:江苏文艺出版社,1994年。

[16] [法]玛格丽特·杜拉斯:《情人》(王道乾、南山译),上海:上海译文出版社,1997年。

[17] 王小波:《王小波全集》,昆明:云南人民出版社,2006年。

[18] 董衡巽编选:《海明威谈创作》,北京:生活·读书·新知三联书店,1985年。

[19] 老舍:《新编老舍文集》,北京:商务印书馆,2009年。

[20] 查建英:《八十年代:访谈录》,北京:生活·读书·新知三联书店,2006年。

[21] 阿城:《棋王》,北京:作家出版社,2000年。

［22］鲁迅:《中国小说史略》,济南:齐鲁书社,1997 年。

［23］鲁迅:《鲁迅全集》,北京:人民文学出版社,2005 年。

［24］［日］川端康成:《雪国》(侍桁译),上海:上海译文出版社,1981 年。

［25］［法］莫泊桑:《莫泊桑短篇小说全集》(李青崖译),长沙:湖南文艺出版社,1991 年。

［26］汪曾祺:《蒲桥集》,北京:作家出版社,2000 年。

［27］［英］夏洛蒂·勃朗特:《简·爱》(祝庆英译),上海:上海译文出版社,1980 年。

［28］金梅选编:《傅雷艺术随笔》,上海:上海文艺出版社,1999 年。

［29］［美］狄克森、司麦斯合编:《短篇小说写作指南》(朱纯深译),沈阳:辽宁教育出版社,1998 年。

［30］林旭东、陈丹青、韩辛:《四十年的故事》,桂林:广西师范大学出版社,2012 年。

［31］(明)吴敬梓:《儒林外史》,北京:中华书局,2009 年。

［32］黄永玉:《太阳下的风景》,天津:百花文艺出版社,1984 年。

第九章 戏剧文学写作

若以南戏作为起点,中国戏剧的历史已近千年,而西方戏剧的历史则更为久远,可追溯至公元前 6 世纪的古希腊戏剧。戏剧这门古老的艺术曾经辉煌一时,但如今渐趋边缘。陈丹青在《于是之》一文中回忆了自己二十多年前看话剧《茶馆》的情景,他连看三场,看完后十分神往、丧魂落魄,想的是:"得赶紧看,以后这帮老将退了,就看不到这阵势啦。那时,五十来岁的演员在我眼里可不就是老人,而《茶馆》给'文革'撂倒整十年,居然人马齐整,岂不格外稀罕。"①当时《茶馆》的复出火爆一时,然而他却有不祥的预感:"这套绝活儿不是正在开张,而是行将消失。"②近二三十年来,其他艺术门类如电影、电视剧等的繁盛对戏剧形成了很大的冲击,造成观众减少流失,戏剧这一艺术形式日渐衰落。但若从积极的角度来看,在文学领域中,戏剧仍然具有相当高的地位,诺贝尔文学奖将荣誉授予不少戏剧作家,如塞缪尔·贝克特、达里奥·福、哈罗德·品特等,同时,戏剧形式虽然没落,但戏剧的根本原则和技巧却被更多的形式所使用:"戏剧(舞台剧)在二十世纪后半叶仅仅是戏剧表达的一种形式,而且是比较次要的一种形式;而电影、电视剧和广播剧等这类机械录制的戏剧,不论在技术方面可能有多么不同,但基本上仍是戏剧,遵守的原则也就是戏剧的全部表达技巧所产生的感受和领悟的心理学的基本原则。"③因此在今天,了解戏剧的基本原则和学习其表达技巧仍然相当必要。

---

① 陈丹青:《于是之》,见陈丹青:《多余的素材》,桂林:广西师范大学出版社,2007 年,第160 页。

② 陈丹青:《于是之》,见陈丹青:《多余的素材》,桂林:广西师范大学出版社,2007 年,第160 页。

③ 〔英〕马丁·艾思林:《戏剧剖析》(罗婉华译),北京:中国戏剧出版社,1981 年,第4 页。

第一节　戏剧与戏剧文学的界定及关系

德国当代文艺理论家斯丛狄说："戏剧只是一种特定的舞台文学形式。"①这个定义恰好说出了戏剧必须同时具备的两种特性：舞台性和文学性。文学性是戏剧的内在特性，它能让戏剧更具思想深度和人文关怀；舞台性，或称剧场性、演剧性，是指戏剧应当具备适合演出的特点。一出成功的戏剧必须两者兼具，缺一不可。作为一个戏剧作者，必须了解戏剧与戏剧文学的关系，在创作剧本时他所要考虑的第一问题"是如何可以使他的思想体现于能够拿去表演的画面形式"②。

一、戏剧与戏剧文学的界定

什么是戏剧？英国重要的戏剧导演彼得·布鲁克说："'戏剧'这个词很不清楚，可以说毫无意义，也可以说意义太多了，多到把人搞糊涂，因为每个人说的都只是戏剧的一个方面，可能跟别人说的完全不一样。就像我们说'生活'一样。这个词太大，以至于难以有确切的定义。"③不同身份的人，如剧作家、导演、理论家等，对"戏剧"有不同的理解，比如写有经典戏剧《茶馆》的中国现代作家老舍认为戏剧与别的文艺不同之处在于，它既要注意文学方面的完善，也要适合舞台上的表现，而戏剧的成功与否，"不在乎道德的涵义与教训怎样，而在乎能感动人心与否"④。曾经在皇家莎士比亚剧院担任导演、执导过五十多部戏剧作品的彼得·布鲁克从未创作剧本，他显然更看重戏剧演出的当下、看重演员和观众的碰撞融合，他在《空的空间》一书中对戏剧下过一个很有独创性的定义："我可以选取任何一个空间，称它为空荡荡的舞台。一个人在别人的注视下走过这个空间，这就足以构成一幕戏剧了。"⑤在另一本书中，他进一步将戏剧描述为："戏剧指的不是剧场，也不是文本、演

---

① ［德］斯丛狄：《现代戏剧理论（1880－1950）》（王建译），北京：北京大学出版社，2006年，第5页。

② 董每戡：《中国戏剧简史》，上海：商务印书馆，1949年，第5页。

③ ［英］彼得·布鲁克：《敞开的门：谈表演和戏剧》（于东田译），北京：新星出版社，2007年，第104－105页。

④ 老舍：《文学概论讲义》，上海：复旦大学出版社，2004年，第138页。

⑤ ［英］彼得·布鲁克：《敞开的门：谈表演和戏剧》引（于东田译），北京：新星出版社，2007年，第5页。

员、风格或者形式。戏剧的本质全在一个叫做'此时此刻'的谜里面。"①

如果要对戏剧下一个能被普遍接受的定义，可以这样说：戏剧是演员在舞台上以丰富的动作和浓厚的感情来表现一段故事，通过视觉和听觉感染观众的艺术。戏剧是一门综合的艺术，这可以从两个方面来观照：首先，从艺术创作的角度看，戏剧必须结合多种艺术手段，如文学、音乐、舞蹈、表演、美术等才能最终完成；从戏剧的构成要素来看，"演员、剧本、观众、剧场"②是其不可或缺的四个基本要素。其次，从创作参与的人员来看，"戏剧是集体创作的艺术，只有一个人或一部分人是创作不出戏剧来的"③，除了编剧、导演、演员及舞台工作人员之外，戏剧的参与者还应当把观众包含在内，"创作者不得不和观众直接碰头，在他一面创作的过程中，观众就一面欣赏。同时不可避免地，观众对于'作品'的反应，也就影响到作者的创作的热忱。所以最后，我们可以说，戏剧艺术是一种欣赏者也参加创作过程的艺术"④。这种集体参与创作的特性也是戏剧综合性的一种表现。

戏剧文学则是指戏剧的文学剧本，是剧作者用文字记录的戏剧人物语言、动作等的文本，人物台词是剧本的主要构成部分，此外还有舞台提示，以标明人物说话的语气、神态、动作，人物的上下场及其他舞台效果。一般来说，剧作者对于舞台提示不多着墨，以便为导演和演员的二度创作留下发挥空间，但也有例外，曹禺的剧本就常常有大段的舞台指示，开篇多有一大篇文字说明故事发生的背景、舞台布置，十分细致，而人物上场也多有一番全面的描写，如《蜕变》的第一幕：

> 忽而右边门帘掀开，冷风里进来况西堂。况先生并不老，岁数也不过是五十刚开外，而神色，举止，言谈，仿佛已届风烛残年，任何事都知难而退，能止则止。三十年过着书案生涯，由清末，民初，北伐成功，一直到今日抗战，他在各府各署各厅"历任科秘"，为长官起文稿，复函件，在一字一句的斟酌间耗费他大半的生命。然而时运不济，北伐以后，他的官运日乖，如今在这医院里落为一个不十分受人重视的闲散人员，真是他昔日决意为人幕府时，始料不及的事。穷极无聊，他学得一手论相批命

---

① ［英］彼得·布鲁克：《敞开的门：谈表演和戏剧》（于东田译），北京：新星出版社，2007年，第 105 页。

② ［日］河竹登志夫：《戏剧概论》（陈秋峰等译），上海：中国戏剧出版社，1983 年，第3页。

③ 张庚：《戏剧概论》，上海：商务印书馆，1936 年，第 6 页。

④ 张庚：《戏剧概论》，上海：商务印书馆，1936 年，第 7 页。

的学问，偶尔为人占测将来的气数寿分，自觉颇为灵验。抗战后流离颠沛，使他逐渐相信凡事都有个数，颇想乐天知命，在院里少沾是非，不多事，不多话，少应酬，深居简出，极力储蓄，只求平安度过抗战难关，好作归计。

他穿一件褪色皮大衣，皮领露出光板，颈上围紧长而黑的绒围巾，拖着一双厚重的家制棉靴。臂里挟着一只破旧的小公事包，提一根贱价的手杖。进门便放下皮包手杖，脱去顶在头上的破呢帽，不住的掸扫上面的雨水。他面容清癯，顶毛稀稀的已有些斑白。[①]

这一整段描写，似一则简短而精彩的人物传记，从人物的外形、经历，到心态、服饰，面面俱到，具有极高的文学性，几乎可媲美小说，这样的舞台提示在剧本中是非常少见的，甚至可以说是曹禺的首创。这与曹禺的创作习惯和创作理念有关，田本相的《曹禺传》中提到，曹禺创作时，"给他的人物都写过小传。说是小传，而实际上，他对每个人物都写了很多札记。这也许是笨功夫，但可看出他多么重视人物的塑造"[②]。曹禺本人也曾表示，他写的剧本，能读也能演，因此多写舞台指示，目的是帮助读者了解人物。

曹禺写作舞台指示的方法可以增强剧本的文学性，对于戏剧文学而言是一种非常有益的创新，但同时也引出了另外一些可供探讨的问题：剧作家应该预留多少空间给戏剧的二度创作？过多的舞台提示是否会干预戏剧的二度创作？如何看待戏剧与戏剧文学的关系？

二、戏剧文学在戏剧中的地位

在戏剧的发展过程中，戏剧先于剧本而存在。早期存在过没有脚本的即兴戏剧和幕表制戏剧，所谓幕表制，即演出前只提供一个演出提纲，说明人物名单、剧情概要、出场次序和大致情节，没有固定台词，由演员即兴编词，因此演出时剧情常常变动，演出效果也取决于演员的发挥。随着戏剧艺术的发展，剧本开始出现，最初是作为演出的记录，此后才是为舞台演出专门创作的文学剧本。文学剧本的出现，使得戏剧的故事更为稳定，主题鲜明，人物突出，极大地提高了戏剧的文学性。戏剧史上出现过完全不适合舞台演出的案头戏。优秀的剧本，应当案头场上两擅其美，既能适合舞台演出，也可以供人

---

① 田本相、刘一军主编：《曹禺全集》（第二卷），石家庄：花山文艺出版社，1996 年，第 159 页。

② 田本相：《曹禺传》，北京：北京十月文艺出版社，1988 年，第 149 页。

阅读。

　　戏剧的概念范畴中包含剧本这一要素,同时也包括演员、剧场和观众。就戏剧中文学部分和演出部分孰轻孰重这一问题,存在着较为激烈的争论。一种观点是"作者中心论",强调舞台演出必须忠实于文学剧本,演出是对剧作家思想和创作的再现,而文学剧本可以独立存在。另一种观点则是20世纪以来西方戏剧中一股反对文学的艺术思潮,这股思潮排斥戏剧中的文学性,主张取消剧本,强调导演在戏剧中的作用,提倡演员的即兴发挥,即"导演中心论"和"演员中心论"。剧场艺术的革新、各种现代主义和后现代主义戏剧的出现都使得戏剧表演摆脱对文学剧本的依赖成为可能,如法国戏剧理论家安托南·阿尔托的残酷戏剧强调形体语言而非舞台对白,爱尔兰剧作家塞缪尔·贝克特的荒诞派戏剧摒弃戏剧结构、语言的逻辑性和连贯性,提倡质朴戏剧的波兰戏剧革新家耶日·格洛托夫斯基认为"演员的个人表演技术是戏剧艺术的核心"[①],这些理论和实践影响均非常深远。国内的戏剧界,并不否认剧本的作用,但同时也肯定二度创作的重要性。焦菊隐的观点颇具代表性:

　　　　剧作家运用文学手段在纸上写出的作品,我们称之为"文学剧本"。导演把它运用艺术手段在舞台上再度创作出来,它才被确定为"舞台剧本"。到这时,作家写作的社会意义,才算全部完成;戏剧创作实践过程,也才算全部完成。文学的其他形式如小说、诗歌、散文的写作,只要求和读者见面。戏剧却还要要求同观众见面。戏剧具有一个更为复杂、更为延续的创作实践过程。剧本的真正价值,不仅仅在于读起来动人,更重要的,是要演出来同样动人,或更加动人。

　　　　聂米罗维奇——丹钦柯称导演为剧本的解释者。这种解说是不很完整的。要想忠实地把作家的作品形象化在观众的面前,导演仅仅作为一个解释者,就必不胜任。导演不是客观的解释者,而应是作家的化身。导演必须以作家的身份,运用艺术手段而不是文学手段,把作品在舞台上又一度地"写"出来。导演和作家之间,存在着一种独特的集体创作关系。这不是一般的简单的合作关系,也不是创作者与解释者的关系。这

---

　　①　[波兰]耶日·格洛托夫斯基:《迈向质朴戏剧》(魏时译),北京:中国戏剧出版社,1983年,第5页。

是戏剧实践所独有的、从一度创作延续到二度创作的一种集体劳动关系。①

应该说"作者中心论"和"导演中心论"、"演员中心论"都是有意义的，只是剧作者、导演、演员三者起作用的阶段不同。在第一度的创作阶段中，剧作家是毫无疑问的中心，所创作的剧本是舞台演出的依据，对于戏剧的品质优良与否具有关键作用，因此过于极端地排斥戏剧中的文学要素并不可行，摒弃剧本而一味在形式和表演上探索翻新，也许会让戏剧陷入内容空洞、思想贫乏的危险境地。在二度创作的阶段，导演和演员的作用才体现出来，他们不应该充当剧作家的传声筒，而是要结合文学和戏剧两种艺术手段，增加戏剧的舞台效果和表现力。乌·哈里泽夫说："戏剧有两个生命。它的一个生命存在于文学中，另一个生命存在于舞台上。"②戏剧既包含戏剧文学，也包含舞台演出，这两个生命，缺一不可。

第二节　戏剧文学的分类：悲剧、喜剧、正剧

戏剧是一门综合的艺术，必须结合其他不同的艺术手段才能最终完成，只有精准合理地对其进行分类，才能了解不同类型戏剧的本质特征，从而对戏剧文学的写作有所助益。

按照不同的分类标准，戏剧可以分成各种类型。根据场次和容量的不同，可以分为多幕剧、独幕剧和戏剧小品；根据题材内容的不同可以分为历史剧、神话剧、纪实剧、科幻剧、惊险剧等；根据创作方法和风格流派的差别，可以分为古典主义戏剧、浪漫主义戏剧、现实主义戏剧、现代主义戏剧等。

此外，根据戏剧表现形式的差别可以分为话剧、歌剧、音乐剧、舞剧、戏曲和默剧等。话剧是目前最为主要的戏剧形式，以人物对话和动作为主要手段来讲述故事。歌剧是以歌唱和音乐为主要方式来表现剧情的戏剧，有独唱、合唱、重唱等多种演唱方式。音乐剧与传统的歌剧不同，它结合音乐、歌唱、舞蹈、念白等多种艺术手段来进行表演，也称作歌舞剧。舞剧以舞蹈为主要艺术手段，默剧则借助演员的动作和表情。其中较为特殊的是戏曲，戏曲是

① 焦菊隐：《导演和作家》，见焦菊隐：《焦菊隐戏剧论文集》，上海：上海文艺出版社，1979年，第6页。

② 董健、马俊山：《戏剧艺术十五讲》引，北京：北京大学出版社，2012年，第59—60页。

对中国传统戏剧的统称,这一概念涵盖甚广,包括各历史阶段曾经出现过的传统戏剧的各种形态样式,以及现存的各个剧种。不同于西方戏剧从歌舞融合到话剧、歌剧、舞剧等的分化,中国传统戏剧一直保持着歌舞戏一体的艺术特征,"戏曲者,谓以歌舞演故事也"①,这是戏曲的基本特点。以对话和唱词为主要表情达意手段的戏剧类型,在内容上应较为丰富;而依靠音乐、形体等手段的戏剧类型则更易于达到抒情的艺术效果,在创作时需了解这些差别,因势制宜。

在所有的分类标准中,最为常用的是按戏剧审美效果的不同,将戏剧分为悲剧、喜剧和正剧,这也是文艺理论中最早的戏剧分类模式。

悲剧起源于古希腊的酒神祭祀,在祈年祭典的种种狂欢行为中孕育了戏剧最初的萌芽。按亚里士多德的说法:"悲剧是从临时口占发展出来的(悲剧如此,喜剧亦然,前者是从酒神颂的临时口占发展出来的,后者是从低级表演的临时口占发展出来的,这种表演至今仍在许多城市流行),后来逐渐发展,每出现一个新的成分,诗人们就加以促进;经过许多演变,悲剧才具有了它自身的性质,此后就不再发展了。"②对悲剧性质较早的定义也来自亚里士多德:"悲剧是对于一个严肃、完整、有一定长度的行动的摹仿;它的媒介是语言,具有各种悦耳之音,分别在剧的各部分使用;摹仿方式是借人物的动作来表达,而不是采用叙述法;借引起怜悯与恐惧来使这种情感得到陶冶。"③康德则提出了悲剧的"崇高感":"悲剧不同于喜剧,主要地就在于前者触动了崇高感,后者则触动了优美感。前者表现的是为了别人的幸福而慷慨献身、处在危险之中而勇敢坚定和经得住考验的忠诚。这里的爱是沉痛的、深情的和充满了尊敬的;旁人的不幸在观者的心胸里激起了一种同情的感受,并使得他的慷慨的胸襟为着别人的忧伤而动荡。他是深情地受了感动,并且感到了自己天性中的价值。"④因此可以说悲剧具有严肃的人生态度,它表现苦难,让英雄受厄,"将人生有价值的东西毁灭给人看"⑤,但并不否定人生积极正面的价值,而是更凸显主人公的正义、慷慨和勇敢,激发观众内心的同情感和

① 王国维:《戏曲考源》,见姚淦铭、王燕编:《王国维文集》(第一卷),北京:中国文史出版社,1997年,第425页。

② [古希腊]亚里士多德:《诗学》(罗念生译),北京:人民文学出版社,2002年,第12页。

③ [古希腊]亚里士多德:《诗学》(罗念生译),北京:人民文学出版社,2002年,第16页。

④ [德]康德:《论优美感和崇高感》(何兆武译),北京:商务印书馆,2001年,第7页。

⑤ 鲁迅:《再论雷峰塔的倒掉》,见鲁迅:《鲁迅全集》(第一卷),北京:人民文学出版社,2005年,第203页。

崇高感。

喜剧与悲剧相反，"是对于比较坏的人的摹仿，然而，'坏'不是指一切恶而言，而是指丑而言，其中一种是滑稽"①。在与悲剧的比较中，康德提出："相反的，喜剧则表现了美妙的诡谲、令人惊奇的错乱和机巧（那是它自身会解开的）、愚弄了自己的蠢人、小丑和可笑的角色。这里的爱并不那么忧伤，它是欢快而亲切的。"②喜剧中即便表现的是错误或丑陋，也不致令观众感到受伤或痛苦，因为"喜剧是将那无价值的撕破给人看"③，它最直接的艺术效果就是引发观众的笑，笑中包含着他们的价值判断。在喜剧这一类型中，特别值得注意的还有悲喜剧，很多时候悲喜剧被认为是悲剧和喜剧的相加，并被混同于正剧，这是值得商榷的。董健、马俊山的《戏剧艺术十五讲》中引用阿·尼柯尔的观点，提出悲剧、喜剧、正剧都具有自己的艺术目的，不能交混起来，悲剧中穿插喜剧情节不能改变悲剧的性质，喜剧、正剧也同样如此，"而所谓悲喜剧，并不是悲喜两种因素的等量相加而成，也不是介于悲剧与喜剧之间的第三种体裁。应该说，悲喜剧基本上仍然是喜剧，它是喜剧的同类，是一种带有深沉的悲剧感的喜剧，是一种叫人笑过之后往深处一想要流泪的喜剧"④。

正剧的概念由狄德罗提出。狄德罗是18世纪法国启蒙时期的代表人物之一，他最大的贡献在于编撰了《各门科学、艺术和技艺的根据理性制定的词典》（即通常所称的《百科全书》），此外他还在哲学、美学、小说创作和戏剧创作等领域做出了重大探索。他创作剧本《私生子》并写作了《关于〈私生子〉的谈话》一文，提出在悲剧和喜剧之间应该有个中间类型：

> 一切精神事物都有中间和两极之分。一切戏剧活动都是精神事物，因此似乎也应该有个中间类型和两个极端类型。两极我们有了，就是喜剧和悲剧。但是人们不至于永远不是痛苦便是快乐的。因此戏剧和悲剧之间一定有个中心地带。⑤

---

① ［古希腊］亚里士多德：《诗学》（罗念生译），北京：人民文学出版社，2002年，第14页。

② ［德］康德：《论优美感和崇高感》（何兆武译），北京：商务印书馆，2001年，第7页。

③ 鲁迅：《再论雷峰塔的倒掉》，见鲁迅：《鲁迅全集》（第一卷），北京：人民文学出版社，2005年，第203页。

④ 董健、马俊山：《戏剧艺术十五讲》，北京：北京大学出版社，2012年，第102页。

⑤ ［法］狄德罗：《关于〈私生子〉的谈话》，见［法］狄德罗：《狄德罗美学论文选》，北京：人民文学出版社，1984年，第90页。

狄德罗把这个中间类型的戏剧命名为"严肃剧",也就是"正剧"。正剧既不属于喜剧也不属于悲剧,它处在两个剧中之间,更为生活化,吸引观众之处在于题材的重要、格调的严肃认真、剧情发展的复杂曲折等方面,狄德罗认为:"这类戏剧如果成立,就没有什么社会情境和重要的生活情节不能归到戏剧体系这部分或那部分的了。"①他甚至提出"一切自觉有戏剧天才的作家必须首先练习写严肃剧"②。挪威剧作家易卜生的很多重要剧作如《玩偶之家》、《群鬼》、《人民公敌》等,都是极为经典的正剧作品。

第三节　戏剧文学的写作要点

戏剧和小说都有叙事的成分,不同的是,一般情况下戏剧需要通过舞台表演将剧情呈现出来才能达到最后的完成,因此戏剧文学的创作和小说创作有较大的差别。列夫·托尔斯泰既写作小说,留下《战争与和平》、《安娜·卡列尼娜》、《复活》等经典之作,也创作戏剧,他对此的体会是:

> 当我坐下来写作我的剧本《黑暗的势力》时,我才懂得了长篇小说和戏剧的全部区别。开始时我是用比较惯用的写小说的手法来写这个剧本的。但写了几页之后我就发现不是那么回事。比如说,在这里不能现时把主人公感受的各个关节一一编排出来,不能强迫主人公在舞台上思考、回忆,也不能用倒叙表现他们的性格,所有这些做法都是枯燥、乏味的而又不自然的。这里要的是编排已定的现成关节。呈现在观众面前的应该是已经定形的心灵状态,已经实施的议案……只有这样的心灵的浮雕……才能激发和打动观众……长篇和中篇小说,这是绘画式的工作,画师运其画笔,往画布上着色。绘画讲求的是背景、阴影、过渡色调,而戏剧则纯属雕塑行的事。剧作家用雕刻刀工作,而不是去着色。他应当刻出浮雕。③

戏剧文学的创作必须考虑到戏剧的特性,它在表现方式、剧情容量、叙述节奏等很多方面受到舞台演出的限制,小说创作中的很多艺术手段在戏剧文学的

---

① 〔法〕狄德罗:《关于〈私生子〉的谈话》,见〔法〕狄德罗:《狄德罗美学论文选》,北京:人民文学出版社,1984 年,第 90—91 页。

② 〔法〕狄德罗:《关于〈私生子〉的谈话》,见〔法〕狄德罗:《狄德罗美学论文选》,北京:人民文学出版社,1984 年,第 92 页。

③ 董健、马俊山:《戏剧艺术十五讲》引,北京:北京大学出版社,2012 年,第 110 页。

创作中并不奏效，因此，要创作出成功的剧本，第一步应当充分了解戏剧和戏剧文学本身的形态特征和创作法则。话剧主要以人物对话为表现手段，是所有戏剧分类中最具文学性的一种样式，因此以下有关戏剧文学的写作，均以话剧为例。

一、了解舞台知识和剧本格式

创作戏剧作品要做一些基本准备。首先创作者必须具备一定的舞台知识，假如对舞台一无所知，是不可能创作出一部可供演出的剧本来的。老舍曾说戏剧是文艺中最难的一种，因为剧作者不仅要有文学知识，还要有舞台知识："戏剧家的天才，不仅限于明白人生和文艺，而且还须明白舞台上的诀窍。一出戏放在舞台上，必须有多方面的联合：布景与音乐的陪衬，导演者的指导，演员的解释，最后是观众的判断。它的效力是当时的。当时不引起观众的趣味，便是失败。读一本剧和看一本剧的表演是不同的：看书时的想象可以多方的逐渐的集合，而看戏时的想象是集中在目前，不容游移的。"[①]获得舞台知识最好的途径是直接去剧院工作一段时间，体验并熟悉其中各个环节的工作。哈韦尔在自传中回忆自己曾经在巴鲁斯特拉德剧院工作了八年，他以异常的热情投入到剧场的工作中，成天呆在那里，甚至到了晚上还去布置场景，他干了很多跟剧场和舞台有关的工作："从舞台管理员开始，到灯光设计师、书记员、审稿人一直到成为一名剧作家。但是我在什么具体时期做什么事并不重要。有时候我常同时做几项工作：上午去组织巡回演出，晚上负责灯光，夜间改写剧本。"[②]在这八年中，哈韦尔觉得自己完全是为剧场而活着，甚至和它融为一体，也正是这八年的剧场工作，他才成为了一名戏剧家："是的，对我来说这是一个至关重要的时期。这不仅是因为在巴鲁斯特拉德剧院工作的 8 年时间里我可以全心地投入戏剧事业，投入我所感兴趣的那种戏剧，而且因为这 8 年时间还使我成了一个戏剧家。"[③]这个例子很好地说明了舞台知识对于戏剧创作的重要作用。

其次，戏剧文学的写作要遵循一定的格式，写作前必须对此有充分了解。以话剧为例，一般来说剧本依次出现的部分为：题目、舞台说明（人物表、各幕

[①] 老舍：《文学概论讲义》，上海：复旦大学出版社，2004 年，第 139 页。

[②] ［捷］瓦茨拉夫·哈韦尔：《哈韦尔自传》（李义庚、周荔红译），北京：东方出版社，1992年，第 39 页。

[③] ［捷］瓦茨拉夫·哈韦尔：《哈韦尔自传》（李义庚、周荔红译），北京：东方出版社，1992年，第 39 页。

时间和地点说明)、幕、场。具体的每一幕或每一场则是剧本的主体部分,由人物对话和舞台提示构成。

人物表列出剧本中出现的所有人物,简单介绍人物的性别、年龄、身份背景,也可以适当介绍人物的个性、长相和其他特点,以使读者对戏剧人物有一个初步的了解。老舍的《茶馆》对人物介绍较为详细:

> 王利发——男。最初与我们见面,他才二十多岁。因父亲早死,他很年轻就做了裕泰茶馆的掌柜。精明、有些自私,而心眼不坏。
>
> 唐铁嘴——男。三十来岁。相面为生,吸鸦片。
>
> 松二爷——男。三十来岁。胆小而爱说话。
>
> 常四爷——男。三十来岁。松二爷的好友,都是裕泰主顾。正直,体格好。[1]

各幕时间和地点说明,可以集中放在人物表之后,以使读者对全剧的发生时间和地点有较为全面的了解,但在其后的每一幕或每一场的开头仍需再次注明时间和地点。也可省略对各幕时间、地点的集中说明。

幕原意是指舞台前部的大幕,在戏剧中是指一个较为完整的剧情段落,实际演出中以大幕开启落下一次为一幕。一幕之内可以分为若干场,也可以不分场。也有的戏剧不分幕,只分场。写作时在每一幕的开始注明是第几幕,然后说明本幕出场的人物、时间、地点,以及必要的场景描述,幕启后以人物对话和简单的舞台提示为主,在每一幕的最后注明"幕落"。以老舍的《茶馆》为例来展示剧本的基本格式:

第一幕

人物　王利发、刘麻子、庞太监、唐铁嘴、康六、小牛儿、松二爷、黄胖子、宋恩子、常四爷、秦仲义、吴祥子、李三、老人、康顺子、二德子、乡妇、茶客甲、乙、丙、丁、马五爷、小妞、茶房一二人。

时间　一八九八年(戊戌)初秋,康、梁等的维新运动失败了。早半天。

地点　北京,裕泰大茶馆。

　

〔幕启:这种大茶馆现在已经不见了。在几十年前,每城都起码有一处。……

---

① 老舍:《茶馆》,北京:人民文学出版社,1994 年,第 3 页。

......

［马五爷在不惹人注意的角落，独自坐着喝茶。

［王利发高高地坐在柜台里。

［唐铁嘴踏拉着鞋，身穿一件极长极脏的大布衫，耳上夹着几张小纸片，进来。

王利发　唐先生，你外边蹓蹓吧！

唐铁嘴　（惨笑）王掌柜，捧捧唐铁嘴吧！送给我碗茶喝，我就先给您相相面吧！手相奉送，不取分文！（不容分说，拉过王利发的手来）今年是光绪二十四年，戊戌。您贵庚是……

......

康　六　（扶住女儿）顺子！顺子！

刘麻子　怎么啦？

康　六　又饿又气，昏过去了！顺子！顺子！

庞太监　我要活的，可不要死的！

［静场。

茶客甲　（正与茶客乙下象棋）将！你完啦！

——幕落

　　在戏剧文学的写作中，一般情况下对场景的描述较为简略，舞台提示也多精炼，但也有例外，老舍的《茶馆》在每一幕开始处对裕泰大茶馆的描写非常细致，曹禺剧作中的舞台指示更是篇幅极大，曹禺对此有自己的解释："我写戏时，有个想法，演出自然是最好的，但是如果不准备演，也能叫人读。也就是说，我写的剧本，能读也能演。以前没有人写那么长的舞台提示，我是想多写点，主要也是增加剧本的文学色彩，使读者能够更深入地了解人物，也希望有助导演和演员理解人物，为此，我写的时候，是下了功夫的，是很用心写的。但是导演可以不管它，演员也可以不管它，解释人物可以有他们的自由。"[①]这些都是剧作家的创举，是对戏剧文学创作的有益探索。

二、提炼出集中且易于表现的故事情节

　　彼得·布鲁克说戏剧就是人生："戏剧是没有类别可言的，它关乎人生。

---

① 田本相、刘一军：《曹禺访谈录》，天津：百花文艺出版社，2010年，第123页。

这是唯一的出发点,再没有比这更基础的了。"①戏剧表演的内容就是生活,但搬上舞台的生活显然要比现实的日常生活更浓缩生动,才能吸引观众。同时,由于舞台演出的关系,戏剧这种艺术形式在很多方面都受到限制,在时间上,除了少数作品,如赖声川的《如梦之梦》是一部连演七个小时的舞台剧,一般情况下戏剧的演出时间在两到三个小时之间;在空间上,因涉及搭建费用和演出流程的顺畅,舞台布景不宜过于复杂,变化也不应太频繁。相应地,戏剧文学在写作时也应当考虑到这些问题,在设计戏剧情节时须考虑到从剧本转化到舞台演出的可行性。"三一律"曾是戏剧创作的基本法则,起源于亚里士多德在《诗学》中对古希腊戏剧特点的归纳,后被阐发为戏剧创作的一条规定:在一天之内,在一个地点,完成一个故事,即时间一致、地点一致和表演一致。18世纪以来,这条法则不断受到剧作家的批评,被逐渐打破,但不可否认,"三一律"对于聚集戏剧情节确实有很大的作用。狄德罗曾说:

> 三一律是不易遵循的,但却是合理的。
>
> 在社会上,事件由一些小枝节串连而成,它们会使小说更为逼真,但却会使戏剧作品丧失全部意义,因为无数不同的事物会分散我们的注意力;然而戏剧只表演真实生活中特殊的片刻,因此我们必须全神贯注于一件事。
>
> 我喜欢剧本写得简单,而不喜欢它枝节过多。但是我看重枝节之间的联系甚于它们的数量。我不大相信出于偶然而连续发生或同时发生的两件事,而更相信那些用我们的日常经验——这个戏剧真实性的不变的尺度——加以衡量就能显出其中相互牵引的必然联系的大量事件。②

现在创作一部剧本,当然不必非得遵循三一律,但剧作者在表现生活时,仍然应考虑到时间空间上的聚合,以高度浓缩人物、事件和场面,这就需要剧作者拥有高超的提炼故事情节的能力,包括材料的筛选、重新聚合以及语言的精炼,彼得·布鲁克有类似的说法:"戏剧的浓缩包括去掉所有可有可无、可强调可不强调的东西,例如用一个强烈的形容词替换掉原先平淡无味的,但还是要给听的人一种自然的印象。只要这个印象能保持下来,问题就解决了,日常生活中需要两个人花上三个钟头来说的事情,在舞台上只消三分钟

---

① ［英］彼得·布鲁克:《敞开的门:谈表演和戏剧》(于东田译),北京:新星出版社,2007年,第11页。

② ［法］狄德罗:《关于〈私生子〉的谈话》,见［法］狄德罗:《狄德罗美学论文选》,北京:人民文学出版社,1984年,第45页。

就够了。"①

举例来说,赖声川与王伟忠共同创作的舞台剧《宝岛一村》,是一出非常成功的戏剧,自 2008 年首演以来,备受好评。戏剧讲述的是发生在台湾眷村的故事,眷村是 1949 年国民党军队到台湾后,为军人及其眷属兴建的居住区,里面有来自大陆各个省份的家庭,创作人之一的王伟忠即成长于眷村(嘉义的建国二村),眷村既是一个历史现象,也包含了很多真实的人生故事。这个戏剧在最初策划阶段的形态是王伟忠对眷村的回忆,他以讲故事的方式,与赖声川交流长达两年时间,终于说服赖声川加入创作。如何将这些纷繁零散的故事聚合在一起,如何在舞台上表现真实的眷村生活,赖声川自谓经历了"无解和狂想之间"的不断摇摆,最后将之浓缩为三个家庭:

> 伟忠跟我说的是一百多个属于二十五个来自五湖四海家庭的故事,如何做成一个统一而具完整性的舞台表现? 听伟忠说了两年的故事,加上我自己对眷村以及一九四九年的感受,我的创意思路在无解和狂想之间不断摇摆。曾经想过用台北小巨蛋这个大型体育馆为演出场地,在中间实际盖出一个眷村! 这类狂想到后来一天,突然结晶成为简单的几个元素:三家个性、成员及背景不同的家庭,配合一个简单的连体房,把所有的故事和人物摆到里面。②

舞台上三间连接在一起的房子是最重要的场景,主要人物生老病死、悲欢离合都集中于此,从技术上解决了演出的空间问题。这出戏剧的时间跨度较大,第一幕从 1949 年到 1950 年,第二幕从 1969 年到 1975 年,第三幕从 1982 年到 2006 年,但戏剧始终围绕三个家庭,讲述他们在四五十年的时间里发生的故事,主线明确,较为集中。

曹禺在谈到他的戏剧作品《北京人》时,也强调创作虽然总是以现实生活为依据,但不能简单地照现实去写,而是要将生活中的人物、场景、细节等汇入脑海,重新化合、融铸、变化,创造出新的形象、场景和意境来:"生活的感受终于化为舞台形象,或者写到剧本里,是要经过许许多多的过滤、透视,经过

---

① ［英］彼得·布鲁克:《敞开的门:谈表演和戏剧》(于东田译),北京:新星出版社,2007年,第 13 页。

② 赖声川:《或许一些人不会被遗忘——关于〈宝岛一村〉的创作》,见赖声川、王伟忠:《宝岛一村》,北京:北京美术摄影出版社,2013 年,第 18 页。

蒸腾,或是说是发酵才能实现的。"①曹禺所说的过滤、透视、蒸腾和发酵实际上就是提炼戏剧故事的过程。

三、处理好戏剧结构以及显在情节与潜在情节的关系

戏剧结构是指戏剧情节的构成与铺展方式。确定故事情节后,下一步要考虑的就是戏剧结构,即戏剧如何开头、展开和结束。在最为常见的三幕剧中,结构分为开始、冲突、结局三个部分,第一幕交代人物关系背景,让矛盾初步显露,第二幕矛盾继续发展,而高潮则出现在第三幕,矛盾冲突发展到最为激烈的部分,让人物个性显露无疑,在第三幕的最后,所有悬念解除,人物走向各自的结局。四幕剧的结构安排符合"起、承、转、合"的节奏,即开端、发展、高潮、结束。戏剧文学的特殊之处在于,在设置结构和铺展故事情节时,要处理好显在情节与潜在情节的关系。"所谓显在部分,是指放在舞台上让观众直接看到的那些情节;而潜在部分,则是指'幕后'、'台下'的那些故事,这些人和事是虚写的,观众看不到,但必须想办法让他们知道、想到并充分理解,否则他们就无法透彻地看懂舞台上表演的那部分显在的剧情,因为这潜在部分与显在部分是血肉相连的。"②戏剧舞台上时空受到限制,不能像小说一样不受限制地将情节完全显露出来,在确定的故事里,选择哪些成为显在部分放上舞台,哪些必须潜藏幕后就非常关键。

挪威戏剧家易卜生的《玩偶之家》是典型的三幕剧,因剧中对婚姻家庭以及女性的独立、出路等的讨论和探索,在当时引起了极大的轰动。这出戏剧在结构安排以及显在情节和潜在情节的处理上很巧妙,很值得分析学习。

《玩偶之家》虽然是三幕剧,但故事并不简单。在剧中,女主人公娜拉从小跟着父亲过日子,父亲把她当作一件玩意儿,"他把他的意见告诉我,我就跟着他的意见走。要是我的意见跟他不一样,我也不让他知道,因为他知道了会不高兴"③,娜拉嫁给海尔茂以后,又成为丈夫的小玩意,海尔茂称呼她"我的小鸟儿"、"小松鼠",把她当成头脑简单的幼稚孩子,并不尊重她。在他们婚后头一年,海尔茂由于重病需要到国外疗养,当时法律规定女性不能向银行借钱,除非有一位男性联署,娜拉为了拯救丈夫的生命,瞒着所有人伪造

①　曹禺:《曹禺选集》,北京:人民文学出版社,2004年,第587页。
②　董健、马俊山:《戏剧艺术十五讲》,北京:北京大学出版社,2012年,第116页。
③　[挪威]易卜生:《玩偶之家》,见[挪威]易卜生:《易卜生戏剧四种》(潘家洵译),北京:人民文学出版社,1958年,第196页。

了她垂死的父亲的签名,借钱渡过难关,也保住了丈夫的尊严。此后娜拉独立承担债务,从家用里省钱出来,偷偷地做一些抄写的工作赚钱来按期还债。八年后,他们有了三个孩子,海尔茂也即将在新年后接任新的工作——合资股份银行的经理,娜拉为此感到高兴:"以后我们的日子可就大不相同了——老实说,爱怎么过就可以怎么过了。喔,克立斯替纳,我心里真高兴,真快活!手里有钱,不用为什么事操心,你说痛快不痛快?"①就在娜拉以为一切会好起来时,一个被海尔茂开除的银行职员柯洛克斯泰拿着娜拉伪造签名的证据,威胁娜拉说服海尔茂继续雇佣他。娜拉无法说服丈夫,柯洛克斯泰将她犯案的详情写成信放进了海尔茂的信箱。娜拉准备自杀来保全丈夫的名誉,然而海尔茂看了信之后怒斥她没有道德和不负责任,让娜拉看清了他的真面目以及自己在家庭中的真实的地位:"你们何尝真爱过我,你们爱我只是拿我当消遣。"②最后娜拉毅然走出了家庭。

要将这些头绪复杂的故事情节容纳在三幕的容量中,需要对结构做精心的推敲。在易卜生的处理中,显示在舞台上的只有一个场景,即海尔茂家的客厅。剧情从娜拉和海尔茂结婚八年后的圣诞前夕切入,在此之前的情况作为潜在内容在人物对话中做出交代。第一幕在娜拉和海尔茂的交谈中展现两人在家庭中的地位、经济状况,通过娜拉和林丹太太的谈话交代重要的潜在情节:娜拉曾经伪造签名借钱。柯洛克斯泰的出现使得矛盾冲突初步显示出来。在第二幕中,娜拉恳求丈夫不要解雇柯洛克斯泰,但无济于事,柯洛克斯泰威胁要将实情公布,使得冲突加剧,进一步表现出人物的个性:海尔茂冷酷、自私、伪善,而天真善良的娜拉并没有认清丈夫的真面目。最后一幕,海尔茂看了揭发信后的表现让娜拉彻底清醒,她说:"现在我只信,首先我是一个人,跟你一样的一个人——至少我要学做一个人。"③"我真不了解。现在我要去学习。我一定要弄清楚,究竟是社会正确,还是我正确。"④在娜拉的独立宣言中,戏剧走向了高潮和结局。所有呈现在舞台上的部分,都是最易

---

① ［挪威］易卜生:《玩偶之家》,见［挪威］易卜生:《易卜生戏剧四种》(潘家洵译),北京:人民文学出版社,1958年,第123页。

② ［挪威］易卜生:《玩偶之家》,见［挪威］易卜生:《易卜生戏剧四种》(潘家洵译),北京:人民文学出版社,1958年,第196页。

③ ［挪威］易卜生:《玩偶之家》,见［挪威］易卜生:《易卜生戏剧四种》(潘家洵译),北京:人民文学出版社,1958年,第199页。

④ ［挪威］易卜生:《玩偶之家》,见［挪威］易卜生:《易卜生戏剧四种》(潘家洵译),北京:人民文学出版社,1958年,第200页。

于表现的、也是矛盾冲突最为集中的部分,这个处理巧妙而精炼。

对于一出戏剧来说,仅有结构是不够的,但如果忽视结构,则肯定无法写出优秀的剧本来。曹禺年轻时读易卜生的剧本,除了学到戏剧写作技巧外,最重要的一点就是了解了结构的作用:"我喜易卜生的戏剧,完全是在于他剧作的艺术魅力,我读完了他的剧作,懂得了许多戏剧方面的知识和技巧,懂得戏的结构奥妙,以及结构对于一出戏的作用。它在戏里起的作用,是非同小可的。"①对于那些结构松散的剧本,他的批评是:"分场太多总是构思上不刻苦啊!在我看来剧本的谋篇是最能考验作者功力的。写剧本最难的就是搞结构了。"②这些都是非常宝贵的戏剧文学写作的经验。

四、创造强烈新奇的戏剧冲突

戏剧少不了冲突,可以说没有冲突就成不了戏。戏剧冲突最重要的特性是社会性:"由于戏剧是处理社会关系的,一次戏剧性冲突必需是一次社会性冲突。我们能够想象人和人之间的、或者人和他的环境——包括社会力量或自然力量——之间的戏剧性斗争。但我们要设想一出只有各种自然力量互相对抗的戏,可就很困难了。"③较早注意到戏剧冲突的是 19 世纪的法国戏剧理论家布轮退耳,他在黑格尔冲突律的基础上将戏剧冲突总结为几类:

> 我们要求于戏剧的是表现意志为争取达到目标而自觉地运用着它的手段的情景……戏剧所表现的是人的意志与神秘力量或自然力量(它们使我们变得有限和渺小)之间的冲突,它将我们之中的一位放在舞台上,在那里,他反抗命运,反抗社会规律,反抗他的同类之一,反抗自己(假如需要的话),反抗他周围人等的野心、兴趣、偏见、蠢行和恶意。④

这段话概括出了戏剧冲突的几种类型:人物之间的冲突;人物与环境的冲突,包括自然环境和社会环境;人物自身的内心冲突。

曹禺的经典剧作《雷雨》表现的是人物与人物之间的冲突。《雷雨》是曹

① 田本相、刘一军:《曹禺访谈录》,天津:百花文艺出版社,2010 年,第 17 页。
② 田本相、刘一军:《曹禺访谈录》,天津:百花文艺出版社,2010 年,第 62 页。
③ 〔美〕约翰·霍华德·劳逊:《戏剧与电影的剧作理论与技巧》(邵牧君、齐宙译),北京:中国电影出版社,1979 年,第 207 页。
④ 〔美〕约翰·霍华德·劳逊:《戏剧与电影的剧作理论与技巧》(邵牧君、齐宙译),北京:中国电影出版社,1979 年,第 80 页。

禺的第一部戏剧作品，从酝酿构思到最后完稿，历时五载。故事发生在周、鲁两家之间，所有的戏剧冲突紧紧围绕着两家复杂纠葛的血缘关系和情爱关系展开。周朴园年轻时爱上了女佣梅妈的女儿侍萍，但为了娶门当户对的小姐为妻，侍萍被逼走；侍萍带着小儿子投河，把大儿子留在了周家；大约三十年后，侍萍偶然来到周家，此时她留在周家的儿子周萍与周朴园续娶的妻子繁漪私通，同时又在不知情的状况下，和在周家帮佣的四凤，也就是他同母异父的妹妹相恋并使她怀孕；在第四幕的最后，一切真相大白，激烈的冲突到达了顶点，父子冲突、母女冲突、母子冲突、夫妻之间的冲突、情人之间的冲突都同时爆发，所有的人无一例外都卷入其中，置身在悲剧的命运里，无法逃脱。

赖声川编导的《暗恋桃花源》表现的则是一种新奇独特的人物与环境之间的冲突，在剧中，《暗恋》与《桃花源》是两个剧团，为了争抢排练场地而吵闹起来，最后两个剧团只能平分舞台各半，一同排练，《暗恋》是一出现代的悲剧，《桃花源》是一出古代的喜剧，两出戏剧同时呈现在舞台上，悲喜交加，古今穿越，不断互相干扰，产生了奇妙的舞台效果。据赖声川的说法，《暗恋桃花源》的创作灵感来自于现实中舞台管理的混乱环境，他回忆陈玉慧为兰陵剧坊导演的《谢微笑》彩排时，曾遇到下午彩排晚上首演，预定好的剧场竟然在彩排和演出中间安插了一场幼稚园的毕业典礼，当彩排还没有结束时，参加毕业典礼的小朋友们已然就座，这种令人啼笑皆非的遭遇触动了赖声川进行创作，《暗恋桃花源》其实隐喻的是整个大环境的混乱无序。

最为经典的人物内心冲突莫过于莎士比亚《哈姆莱特》中王子的一段独白：

> 生存还是毁灭，这是一个值得考虑的问题；默然忍受命运的暴虐的毒箭，或是挺身反抗人世的无涯的苦难，通过斗争把它们扫清，这两种行为，哪一种更高贵？死了；睡着了；什么都完了；要是在这一种睡眠之中，我们心头的创痛，以及其他无数血肉之躯所不能避免的打击，都可以从此消失，那正是我们求之不得的结局。死了；睡着了；睡着了也许还会做梦；嗯，阻碍就在这儿：因为当我们摆脱了这一具朽腐的皮囊以后，在那死的睡眠里，究竟将要做些什么梦，那不能不使我们踌躇顾虑。……①

青年王子哈姆莱特遭遇到一连串的打击，父亲去世，叔叔即位后还娶了

---

① ［英］莎士比亚：《哈姆莱特》，见［英］莎士比亚：《莎士比亚全集·五》（朱生豪等译），北京：人民文学出版社，1994 年，第 341 页。

他的母亲,更令他悲愤的是他父亲的鬼魂出现,向他透露自己是被新即位的国王毒害的。一连串沉重的打击让哈姆莱特感到极度痛苦,他在这段独白中表达出内心的犹豫和焦虑,他想到人生、想到生死,迷茫、忧郁、顾虑、痛苦,种种情感交织在一起,表现出激烈的内心冲突。

比较几种不同的戏剧冲突,外部行为动作的冲突固然能达到较好的舞台效果,但表现人物内心的戏剧冲突也别具特色,契诃夫非常擅长创作表达人物内心冲突的戏剧,他的戏剧往往剧情平淡朴素,比较生活化,契诃夫说:"在生活中,人们并不是每分钟都在开枪自杀,悬梁自尽,角逐情场……人们更为经常的是吃饭、喝酒、玩耍和说些蠢话。所以,应该把这些反映到舞台上去,必须写出这样的剧本来,在那里人们来来去去,吃饭、谈天气、打牌……"①一些小说家在写作戏剧时会做同样的尝试,不可以追求激烈的冲突,把戏剧事件平凡化,如中国作家老舍,但在生活化的背后,戏剧要表现的是潜伏在人物内心的激烈冲突,通过独白、对话展现出来,也能达到极佳的戏剧效果。

五、塑造个性鲜明的人物形象

能否塑造出个性鲜明的人物形象,是戏剧成功与否的关键之一。别林斯基十分肯定人物在戏剧中的作用:"人是戏剧的主人公,在戏剧中,不是事件支配人,而是人支配事件。"②除了强烈的戏剧冲突带来的舞台效果外,众多性格鲜明、真实复杂的人物形象能展现出广阔的社会生活图景,在更深层次上打动观众。

塑造戏剧人物形象的第一步,是为人物写小传,确立人物的性别、年纪、长相、个性、生活背景和经历等。这是创作剧本必不可少的前期工作。易卜生的写作经验是:"我总得把人物性格在心里琢磨透了,才能动笔。我一定得渗透到他灵魂的最后一条皱纹。我总是从人物的个性着手:舞台背景、戏剧效果等一切不邀自来,不用我发愁,只要我掌握了人物性格的各个方面。"③深受易卜生影响的曹禺也是如此,他在访谈中说:"《雷雨》不能说是我最用功的作品,但是,从孕育到写出达五年之久。是很苦很苦的啊! 我记得光是为

①　[俄]契诃夫:《契诃夫论文学》(汝龙译),北京:人民文学出版社,1958年,第395页。

②　[俄]别林斯基:《别林斯基选集》(第三卷,满涛译),上海:上海译文出版社,1982年,第14页。

③　[挪威]易卜生:《性格的重要性》,见中国社会科学院外国文学研究所外国文学研究资料丛刊编辑委员会编:《外国现代剧作家论剧作》,北京:中国社会科学出版社,1982年,第149页。

人物写小传，不知费了多少稿纸。"①小传中对人物的设定，可以写入舞台提示，如曹禺在剧本中对人物形象有非常详尽的提示，也可以不出现在剧本中，但事先为人物写作小传仍是非常必要的工作，有助于在剧本创作中贯彻人物的个性，使其鲜活生动。

戏剧主要通过言行来塑造人物形象，写作时要设置符合人物个性的言行举动，人物台词是其中最重要的部分。台词是剧中人物所说的话语，包括对话、独白和旁白。对话发生在两人或多人之间，是戏剧中塑造人物形象、推动剧情发展的主要手段；独白由单个角色发出，是人物的自思自语，能表现出人物内心的隐秘；旁白是角色面向观众说的话，并假定剧中其他角色听不到，它可以表现一些无法用画面呈现的内容，是对话和独白的有效补充。剧本中的台词以对话为主，独白和旁白为辅。戏剧台词要做到个性化、动作化和口语化。个性化是指人物说出来的话要符合其性格特点、身份背景和所处的特定环境，也就是平常所说的"话如其人"。动作化是指人物语言中要有明确的行动目的，表现出其欲望和意志，可以引起外部动作，推动剧情发展。口语化则与舞台演出有关，人物台词要让演员能够朗朗上口，让观众明白易懂，因此不能过分夸张雕琢，应使用精炼而又富有生活气息的语言。

契诃夫的戏剧作品台词精简明净，十分为人称道，焦菊隐翻译了契诃夫的五个多幕剧，他在《译后记》中高度评价契诃夫剧作的人物对话："契诃夫人物的对话，真实得惊人。它们的真实，不仅仅在于洗练和性格化，最重要的还在于它们能够充分地、明确地、鲜明地表述人物内心的微妙的思想感情活动。人物的简练的对话的背后，蕴藏着细致的心理活动：无论是漠不关心的心情，无论是精神分裂状态，无论是久受痛苦的压抑、郁闷，或者是人物的某种口头语的习惯，都需要我们通过台词去好好地深入体会一下。而越多去思索，便越感到真实，越有新的发现。"②以契诃夫的四幕正剧《三姊妹》为例稍作分析。在这出戏剧中，奥尔加、玛莎、伊里娜三姊妹和兄弟安德烈生活在俄罗斯一个阴沉冷落的小城里，她们出身贵族，受过良好的教育，最大的渴望就是回到童年时生长的莫斯科去，然而日复一日的平庸生活，这个理想离她们越来越遥远。第一幕发生在普罗佐罗夫家的客厅里，这一天是伊里娜的命名日，大姐奥尔加感叹着：

> 我因为每天都得到中学去，然后还要教课教到天晚，所以我的头经

---

① 田本相、刘一军：《曹禺访谈录》，天津：百花文艺出版社，2010年，第63页。
② 焦菊隐：《译后记》，见[俄]契诃夫：《契诃夫戏剧集》（焦菊隐译），上海：上海译文出版社，1980年，第422—423页。

常是疼的,而且,我好像是已经衰老了似的,脑力也不够了。实际上,在学校里教过了这四年的书,我也的确觉得自己的精力和青春,是在一天一天地、一点一点地消失着。没有消灭、而且越来越强烈的,只剩下唯一的一个梦想了……①

奥尔加唯一的梦想就是回到故乡莫斯科去,她已经是个 28 岁的老姑娘,面对繁重的工作感到衰老无力,她希望结婚,觉得自己结婚后一定会爱丈夫,整天呆在家里,然而在这个边远的小城市里,这是毫无指望,她的台词里充满了无奈,而这些台词似乎也预示了她平庸悲惨的命运:一天一天地、一点一点地老去,她唯有顺从命运的安排。

玛莎的台词让人感受到她的消沉,即便是妹妹的命名日,她仍打算离开:

有什么关系呢……我晚上再来。再见了,我亲爱的……(吻伊里娜)我再说一次,祝你健康,并且幸福。从前爸爸在世上的时候,我们每逢过命名日,家里总要来三四十位军官,那够多热闹啊! 可是今天呢,人只有一个半个的,冷静得和在沙漠里一样……我走啦……我今天心里烦得慌,我难受,所以我的话你可不要上心里去。(含着眼泪在微笑)我们过些时候再谈吧,我离开你了,亲爱的,我走啦。到哪儿去呢? 我一点也不知道。②

玛莎心中的痛苦在台词中表露无疑,她的痛苦不仅是因为家庭境况的今昔对比,更是因为她嫁给了一个粗野没有教养的丈夫,以及被迫生活在这个小城里。玛莎和她的姐妹一样,受过良好的教育,但教养和学识并无助于改变她的生活状况,因此在她看来,懂得多国语言只是一种累赘,一种不必要的奢侈。除了回到莫斯科的梦想,在现实中她无处可逃。

只有小妹妹伊里娜是天真而充满活力的,那一天她忽然有所领悟:

现在我什么都懂了。所有的人,无论他是谁,都应当工作,都应当自己流汗去求生活——只有这样,他的生命,他的幸福,他的兴奋,才有意义和目的。③

---

① [俄]契诃夫:《三姊妹》,见[俄]契诃夫:《契诃夫戏剧集》(焦菊隐译),上海:上海译文出版社,1980 年,第 247—248 页。

② [俄]契诃夫:《三姊妹》,见[俄]契诃夫:《契诃夫戏剧集》(焦菊隐译),上海:上海译文出版社,1980 年,第 252—253 页。

③ [俄]契诃夫:《三姊妹》,见[俄]契诃夫:《契诃夫戏剧集》(焦菊隐译),上海:上海译文出版社,1980 年,第 250 页。

在第一幕中，伊里娜还没有参加工作，她对未来有着憧憬，强烈地渴望有一份事可做，相比那些睡到中午才醒，喝喝咖啡，然后花两个钟头穿衣裳的贵妇人的生活，她更愿意去做事，在她看来，做一个牧羊人、小学教师，都是十分快活的事。在第一幕中，三姊妹的不同性格和处境就在这些日常的对话中展现出来，看似简单，却经过了琢磨润色，细心体会，可以看出人物内心的复杂情绪。

除了剧作家的精心设计外，创作人物语言也可以采用集体参与的方法，在此介绍一种特别的创作经验——赖声川的"即兴创作法"，以供参考：

> 我的创作方法二十多年来都是运用一种特殊的"即兴创作"方法……简单地说，我会先花很多时间写好一个详细的人物表和分场大纲，然后集合演员，根据人物和大纲进行没有剧本的排练。什么叫"没有剧本的排练"？没有剧本又如何排练？这就是重点。人物表和大纲算是一个地图，一个方向，或许可以说是一个挖矿的地图：方向、目标明确，但保留最大的空间让更多潜能和可能性，甚至新的方向、新的目标显现。相对于我自己坐下来把所有角色的对话写出来，我喜欢在排练场地"发现"这些对话、"发现"一场戏的"真理"，进而"发现"一整部戏的"真理"。

> 排练中的每一句话都有助理在记录。每天晚上排完戏我都会收到助理当日的记录。慢慢地，一天一天地，经过我的编辑甚至独自重新创造，剧本就在我的脑海里，同时在我的计算机里形成。好比说赵奶奶教朱嫂"天津包子"那一场戏，是在一次即兴排练中完成的。演员根据对角色的认识以及我给的情境指示，就那么演了起来，关键时刻我就介入，让饰演老奶奶的严艺文走到门口看门外说："回不去了，我回不了老家了！"饰演朱嫂的万芳直接接台词了，不用我介入。一次排练，大约二十分钟之内，这场戏就"写"出来了。①

总之，戏剧文学写作有不少特定的方式与规则，如前所述的故事情节要集中、戏剧冲突要激烈等，但这些方式规则并非是不可突破的，契诃夫在写完剧本《海鸥》后，给朋友写信说："剧本写完了。强劲地开头，柔弱地结尾。违背所有戏剧法规。写得像部小说。"②他坦诚剧作完全脱离了戏剧法则。针对评论家对《茶馆》的批评，老舍也有这样的解释："我的写法多少有点新的尝

---

① 赖声川：《或许一些人不会被遗忘——关于〈宝岛一村〉的创作》，见赖声川、王伟忠：《宝岛一村》，北京：北京美术摄影出版社，2013年，第18—19页。

② 童道明：《契诃夫与20世纪的现代戏剧》引，见［俄］契诃夫：《戏剧三种》（童道明译），北京：中国文联出版社，2004年，第447页。

试,没完全叫老套子捆住。"①这种打破规则的大胆尝试是非常必要的,是对戏剧写作方法的丰富与拓展,戏剧艺术能不断往前发展,正是得益于这些富有革新精神的剧作家的探索和努力,如彼得·布鲁克所说:"戏剧绝不能让人觉得没劲,绝不能墨守成规,必须让人意想不到。戏剧通过惊讶、通过刺激、通过游戏、通过好玩,来把我们导向真理。"②

练习与本章参考书目

练　习

1. 阅读巴金的小说《家》和曹禺的剧本《家》,进行对比,找出剧本《家》与原著的不同之处,对曹禺的改编做出评价。
2. 拟定一个详细的话剧大纲,列出故事情节、结构安排和所有人物,并至少为其中的两位主要人物写作小传。
3. 根据拟定的大纲,写作一个话剧剧本,尽可能完成实际排练和演出。

本章参考书目

[1] 陈丹青:《多余的素材》,桂林:广西师范大学出版社,2007 年。
[2] [英]马丁·艾思林:《戏剧剖析》(罗婉华译),北京:中国戏剧出版社,1981 年。
[3] [德]斯丛狄:《现代戏剧理论(1880－1950)》(王建译),北京:北京大学出版社,2006 年。
[4] 董每戡:《中国戏剧简史》,上海:商务印书馆,1949 年。
[5] [英]彼得·布鲁克:《敞开的门:谈表演和戏剧》(于东田译),北京:新星出版社,2007 年。
[6] 老舍:《文学概论讲义》,上海:复旦大学出版社,2004 年。
[7] [日]河竹登志夫:《戏剧概论》(陈秋峰等译),上海:中国戏剧出版社,1983 年。

---

　　① 　老舍:《答复有关〈茶馆〉的几个问题》,见老舍:《老舍全集》(第十七卷),北京:人民文学出版社,1999 年,第 542 页。
　　② 　[英]彼得·布鲁克:《敞开的门:谈表演和戏剧》(于东田译),北京:新星出版社,2007 年,第 121－122 页。

[8] 张庚：《戏剧概论》，上海：商务印书馆，1936年。

[9] 田本相、刘一军主编：《曹禺全集》，石家庄：花山文艺出版社，1996年。

[10] 董健、马俊山：《戏剧艺术十五讲》引，北京：北京大学出版社，2012年。

[11] 姚淦铭、王燕编：《王国维文集》，北京：中国文史出版社，1997年。

[12] [古希腊]亚里士多德：《诗学》（罗念生译），北京：人民文学出版社，2002年。

[13] [德]康德：《论优美感和崇高感》（何兆武译），北京：商务印书馆，2001年。

[14] 鲁迅：《鲁迅全集》，北京：人民文学出版社，2005年。

[15] [法]狄德罗：《狄德罗美学论文选》，北京：人民文学出版社，1984年。

[16] [捷]瓦茨拉夫·哈韦尔：《哈韦尔自传》（李义庚、周荔红译），北京：东方
出版社，1992年。

[17] 老舍：《茶馆》，北京：人民文学出版社，1994年。

[18] 田本相、刘一军：《曹禺访谈录》，天津：百花文艺出版社，2010年。

[19] 赖声川、王伟忠：《宝岛一村》，北京：北京美术摄影出版社，2013年。

[20] 曹禺：《曹禺选集》，北京：人民文学出版社，2004年。

[21] [挪威]易卜生：《易卜生戏剧四种》（潘家洵译），北京：人民文学出版社，
1958年。

[22] [美]约翰·霍华德·劳逊：《戏剧与电影的剧作理论与技巧》（邵牧君、
齐宙译），北京：中国电影出版社，1979年。

[23] [英]莎士比亚：《莎士比亚全集》（朱生豪等译），北京：人民文学出版社，
1994年。

[24] [俄]契诃夫：《契诃夫论文学》（汝龙译），北京：人民文学出版社，
1958年。

[25] [俄]别林斯基：《别林斯基选集》（满涛译），上海：上海译文出版社，
1982年。

[26] 中国社会科学院外国文学研究所外国文学研究资料丛刊编辑委员会
编：《外国现代剧作家论剧作》，北京：中国社会科学出版社，1982年。

[27] [俄]契诃夫：《契诃夫戏剧集》（焦菊隐译），上海：上海译文出版社，
1980年。

[28] [俄]契诃夫：《戏剧三种》（童道明译），北京：中国文联出版社，2004年。

[29] 老舍：《老舍全集》，北京：人民文学出版社，1999年。

[30] [波兰]耶日·格洛托夫斯基：《迈向质朴戏剧》（魏时译），北京：中国戏
剧出版社，1983年。

[31] 焦菊隐：《焦菊隐戏剧论文集》，上海：上海文艺出版社，1979年。

第十章　电影文学剧本写作

相比戏剧而言,电影是新兴的艺术门类。1895 年法国卢米埃尔兄弟改造了美国发明家爱迪生创造的"活动电影放映机",制造出能将影像放映在白色幕布上的电影机,让更多人同时观看,这是电影的诞生之始。电影经历了无声电影、有声电影、彩色电影等发展阶段,现在已进入 3D 立体电影时代,在观影效果上更令人震撼。对于普通观众而言,电影或许是一个比现实更丰富美好的世界,意大利作家卡尔维诺这样描述他的幼年观影经验:"有几年我几乎每天都看电影,有时甚至一天看两场,那时候电影就是我的世界,一个与我的四周生活完全不同的世界,我觉得在银幕上看到的世界更有分量、更充实、更必须、更完美,而银幕以外的世界却只是零散的东西随便混在一起——我的生活的材料,毫无形式可言。"[1]影像是虚幻的,但体验和情感是真切的,透过电影,有可能看到真实、丰富、精炼的别样人生,这或许正是电影艺术的魅力所在。

第一节　认识电影:运动性、蒙太奇与综合性

根据《电影艺术词典》的释义,电影是"根据'视觉暂留'原理,运用照相(以及录音)手段,把外界事物的影像(以及声音)摄录在胶片上,通过放映(以及还音),在银幕上造成活动影像(以及声音),以表达一定内容的技术"[2]。电影艺术则通过这种技术手段来再现和反映生活,这和小说、戏剧不同。小说以文字为媒介,读者接受文字信息后,将人物情节等在头脑中幻化成影像,戏剧通过演员的表演将戏剧性的动作语言展示在舞台上,而电影则通过画面来表达内容。在戏剧性上电影对戏剧多有借鉴,安德烈·巴赞认为,电影是

---

[1]　引自李欧梵《我的观影自传·自序》,见李欧梵:《我的观影自传》,上海:上海三联书店出版社,2008 年,第 1 页。

[2]　许南明、富澜、崔君衍:《电影艺术词典》,北京:中国电影出版社,2005 年,第 1 页。

对戏剧的承继，两者的关系源远流长，"戏剧性是戏剧的灵魂，但是，这个灵魂往往可以附丽于其他艺术形式中"①，"戏剧性之影响波及甚广，而电影受其影响是最深的"②。

电影借助活动的影像来叙述故事和表现人物，其最主要的特质是运动性。电影使用移动摄影来拍摄镜头，电影画面里充满了动作："电影不像绘画，电影全是动作，本身就是动作的意象。"③可以说电影艺术的基础就是运动。在电影刚刚问世的年代里，电影可以没有声音，但不能没有运动的影像。西班牙导演布努艾尔回忆，那时候一部完成的电影是无声的，只有运动的画面，如果要加上声音，则需要在放映现场的银幕下现场弹奏钢琴伴奏，或者安排一个解说员配合电影的动作来加以解说。④ 对于电影来说，运动是其必备元素。有些电影导演有意逆反电影的这一本质特点，他们的方法是："剔除最基本的动作之外的任何动作。"⑤美国专业电影批评家路易斯·詹内蒂认为有着极端简约派之称的布莱松、小津安二郎和德莱叶就是这类叛逆者，他们有意使用静态的画面，将动作减少到最低程度，在这种情况下，极其轻微的动作反而能产生更为强大的张力。

蒙太奇一词来源于法语 Montage 的音译，这是一个建筑学术语，被借用到电影艺术中，指电影镜头的剪辑组合。苏联导演爱森斯坦被认为是电影学当中蒙太奇理论的奠基人之一，他著有《蒙太奇论》一书，对蒙太奇有极为重要的论述。爱森斯坦认为"任何电影都是蒙太奇电影"⑥，因为基本的电影现象是活动照相，这就是一种蒙太奇现象；而片段和片段的组合必然会产生新的概念和内涵，也就是说"两个蒙太奇片段的对列不是二者之和，而更像是二者之积"⑦。蒙太奇在电影中的作用曾经被过分高估，电影界有过把蒙太奇

---

① ［法］安德烈·巴赞：《戏剧与电影》，见［法］安德烈·巴赞：《电影是什么?》（崔君衍译），南京：江苏教育出版社，2005 年，第 134 页。

② ［法］安德烈·巴赞：《戏剧与电影》，见［法］安德烈·巴赞：《电影是什么?》（崔君衍译），南京：江苏教育出版社，2005 年，第 135 页。

③ ［美］威廉·艾洛史密斯：《英译者前言》，见［意］米开朗基罗·安东尼奥尼《一个导演的故事》（林淑琴译），桂林：广西师范大学出版社，2003 年，第 2 页。

④ ［西］布努艾尔《我的最后一口气：布努艾尔自传》（刘森尧译），桂林：广西师范大学出版社，2003 年，第 26 页。

⑤ ［美］路易斯·詹内蒂：《认识电影》（崔君衍译），北京：中国电影出版社，2007 年，第 110 页。

⑥ ［苏］爱森斯坦：《蒙太奇论》（富澜译），北京：中国电影出版社，1998 年，第 113 页。

⑦ ［苏］爱森斯坦：《蒙太奇论》（富澜译），北京：中国电影出版社，1998 年，第 279 页。

当作一切的时期,矫枉过正后又曾走向另外一个极端,把蒙太奇看得"一文不值",爱森斯坦认为正确对待蒙太奇的态度应该是:"我们既不认为蒙太奇'一文不值',也不认为蒙太奇就是'一切',我们认为现在应该记住的是,蒙太奇同一切其他电影感染力因素一样,也是电影作品一个必要的组成部分。"①由于蒙太奇在电影中的重要作用,很多人因此把电影称为蒙太奇的艺术。

有这样一个比喻的说法:"做一位诗人只需要纸和笔,当一位画家只需要画布和颜料,然而若想成为一名电影创作者,就需要一个银行和一支军队来做后盾了。"②这个稍显夸张的说法谈的正是电影的综合性。电影的综合性表现在许多不同的方面。在艺术上,电影必须结合很多种类的艺术手段和元素,意大利导演乔托·卡努杜把电影称为"第七艺术",是建筑、音乐、绘画、雕塑、诗歌和舞蹈之外的另一种艺术,他认为电影把这些艺术都加以综合,将动的艺术和静的艺术、时间艺术和空间艺术都结合在了一起,这说明了电影在艺术方面的综合性。在制作方面,与戏剧一样,电影也需要编剧、导演、演员等多方人员的配合才能最终完成。但两门艺术所使用的技术手段是不同的,相比之下,电影要与更多的工作人员合作。路易斯·詹内蒂的《认识电影》中有一段论述:"尽管戏剧和电影都是兼收并蓄的艺术,但是戏剧是以口头语言为专长的比较狭窄的媒体。戏剧的大部分意义见于台词中,台词含有密集的信息量。因此,戏剧艺术一般被视为作家的媒体。……反之,电影一般被视为视觉艺术和导演的媒体,因为要靠导演创造形象。克莱尔指出,聋子也可以明白影片的大意。"③由于电影制作涉及的工序更多,电影导演往往要调动一个庞大的群体方可完成作品。此外需要注意的是,电影既是艺术,也是商品,它需要高额资本的支持,电影的这一属性决定了电影文学剧本的创作不如其他文学文体的创作来得自由。

在发展初期,电影并没有被视为艺术,1928年布努艾尔希望母亲出钱赞助他拍摄影片《一条安达鲁狗》时,他的母亲哭哭啼啼伤心欲绝,原因是"在当时一般严肃的人士眼中,电影的确是一种不能登大雅之堂的旁门左道,它只

---

① ［苏］爱森斯坦:《蒙太奇论》(富澜译),北京:中国电影出版社,1998年,第277页。

② ［美］格罗斯、［美］沃德:《拍电影:现代影像制作教程》(插图第6版)(廖澺苍、凌大发译),北京:世界图书出版公司北京公司,2007年,第3页。

③ ［美］路易斯·詹内蒂:《认识电影》(崔君衍译),北京:中国电影出版社,2007年,第303—304页。

是一种低层次的娱乐品而已，绝对不可能成为一种艺术企业"①，评论家们甚至根本不屑于写作与电影有关的文章。但随着无数卓越的电影艺术家前赴后继地投入创作和制作，为电影发展作出杰出贡献，使得电影被越来越多的人们所接受，成为真正的艺术门类之一。在电影发展的百年历史中，有"一部电影，两个人物，三次运动"值得铭记："'一部电影'指的就是《公民凯恩》，……'两个人物'指的是电影语言与基本结构形式的创立者大卫·格里菲斯与谢尔盖·爱森斯坦；'三次运动'指的是 20 年代的欧洲先锋派电影运动、40 至 50 年代的意大利新现实主义电影运动、50 年代末至 60 年代初的法国新浪潮电影运动。"②认识电影，包括对电影发展的历史，以及电影导演、制作、表演等各方面知识的认识，是电影文学剧本创作的必要前提。对电影认识越深，了解越多，创作电影剧本就会越得心应手。

第二节　电影剧本的三种形式

看重剧本的人将剧本视为一部电影的根本，但也存在没有剧本就拍摄电影的实际情况。作为主导电影制作过程的导演，由于每个人的工作习惯不尽相同，对剧本重要性的看法也存在差异，在世界影坛享有极高声誉的瑞典导演英格玛·伯格曼的观点和经验，或许可以启发那些想学习剧本写作或电影拍摄的初学者。英格玛·伯格曼在拍摄第一部电影《危机》时遇到了重重困难，他几乎和剧组所有的人对立起来，只有一个剪接师奥斯卡·罗桑德和他成为朋友，并直截了当地指出他影片中的缺点。这位剪接师告诉伯格曼，影片本身的韵律早在创作剧本的时候即已完成，这对伯格曼的启发很大，使他终身保持重视剧本的工作态度："多年来，我的影片的韵律的确是在创作剧本时即已完成，然后才在摄影机面前催生出来。我不懂即兴创作的方法，拍电影时，即兴的作风会让我觉得胆战心惊。对我而言，拍电影是一种虚幻的现象，但必须事先筹划周详。"③在绝大多数情况下，剧本是一部电影的基础，拍摄之前就已确定，可以说电影剧本的质量越高，电影成功的可能性也会越大。

---

① ［西］布努艾尔《我的最后一口气：布努艾尔自传》（刘森尧译），桂林：广西师范大学出版社，2003 年，第 27 页。

② 郑淑梅主编：《世界电影名家名片二十讲》，杭州：浙江大学出版社，2008 年，第 52 页。

③ ［瑞典］伯格曼：《魔灯：伯格曼自传》（刘森尧译），桂林：广西师范大学出版社，2005 年，第 56 页。

电影剧本的创作与戏剧文学不同,戏剧的剧本能读也能演,文学性较强,但电影剧本是为拍摄而写的,创作时要充分考虑到电影的技术特性。细分电影剧本,有三种不同的形式:电影文学剧本、分镜头剧本和完成台本。一部发行放映了的电影应当同时拥有这三种剧本,在电影的制作过程中,它们是在不同阶段、由不同的工作人员完成的,并发挥不同的作用。

电影文学剧本由编剧完成,是用文字描述未来影片的内容,在创作时要注意声画结合、时空结合等技术手段,它是电影创作的第一步,是电影拍摄制作的一个导引,"所有工作人员期待编剧做的是提供故事的主干、戏剧结构、人物、观点和对话"①。尽管"影片的剧本很少是自成一体的文学成品"②,但就编剧的工作而言,从接触素材、获取灵感,到进行材料的分析提炼、组合加工,最终完成主题提炼、人物创建和情节结构的设置,撰写出完整的剧本,这一系列的工作仍属文学创作的过程,可以说,"电影文学剧本的创作是用电影的方式思考,而用文学的方式来表达的"③。由于电影制作过程的复杂性,由编剧完成剧本后再向电影公司兜售剧本是一种情况。此外,也有从想法构思时就开始推销的,编剧在剧本创作之前可能需要写作不同的材料:"最原始的想法通常称为故事梗概(concept),或是发展前提(premise)和故事提要(synopsis),也就是描述故事基本情节的简要文字稿。如果有人表示有兴趣且想要有更多的细节,编剧就会提出分场大纲(scene outline)——也就是影片中每一场所发生的事,也叫文学脚本(treatment)——读起来有点像短篇小说的散文描述。"④在这种情况下,当想法被成功卖出,就会进入剧本编写的阶段。

分镜头剧本也称导演剧本,是由导演在电影文学剧本的基础上制定完成的。电影的最小构成单位是场景和镜头,导演需要将电影的文学剧本分切成可拍摄的一系列镜头,制定详细的拍摄计划,这种剧本被称为分镜头剧本。分镜头剧本包括镜号、景别、拍摄方法、长度、画面内容、台词、音乐、音效等项目。

---

① 〔美〕布鲁斯·F.卡温:《解读电影·下册》(李显立等译),桂林:广西师范大学出版社,2003年,第366页。

② 〔美〕路易斯·詹内蒂:《认识电影》(崔君衍译),北京:中国电影出版社,2007年,第392页。

③ 许南明、富澜、崔君衍:《电影艺术词典》,北京:中国电影出版社,2005年,第103页。

④ 〔美〕格罗斯、〔美〕沃德:《拍电影:现代影像制作教程》(插图第6版,廖澺苍、凌大发译),北京:世界图书出版公司北京公司,2007年,第4页。

完成台本也被称为镜头记录本，由场记完成。在电影摄制完成后，场记根据影片的实际情况，把一切技术、艺术内容记录下来，包括镜号、内容、摄法、时间长度、对白、音效、音乐等项目。在拍摄过程中，导演有时并不按照预定的分镜头剧本进行工作，因此除了作为资料保存外，完成台本还可用来与文学剧本、分镜头剧本进行对照，具有研究和查考的作用。本章所述的电影剧本写作，专指电影的文学剧本。

电影文学剧本的写作，与其他文学体裁的写作不同。首先，电影文学剧本专为电影的拍摄而写，完全为电影服务，最终的电影成品要面向市场，通过票房收回投资，故在题材选择、主题设置、人物情节构思等多方面要计算精准。不仅商业电影如此，任何电影都如此，意大利著名的艺术电影导演费德里柯·费里尼，同时也是优秀的编剧，他于 20 世纪 80 年代初在美国接受访问时说："美国人以为我拍片可以不受管制，不需算计，以为我们艺术导演就像个美女，爱干什么就干什么。美国人相信欧洲人做这种事情，就让他们去相信好了……拍电影的算计，就得跟发射火箭一样的精准。"① 其次，电影是集体创作的艺术，必须由不同专长的工作人员通力配合才能最终制作完成，优秀的电影编剧应当熟悉电影制作生产的全部过程，并对各个环节之间的衔接联系了如指掌。编剧的工作也存在集体创作的可能，比如有的编剧擅长写对话，有的专写结构，有的贡献灵感妙思，集体创作剧本也是较为常见的方式，此外，电影编剧还要习惯不断修改。最后，也是最为重要的，写作剧本不是轻松的工作，一旦开始，就要坚持到底。罗伯特·麦基，这位创作了无数电视和电影剧本的电影艺术博士的经验值得借鉴：

> 银幕剧作并不是短跑，而是长跑。无论你听人怎么吹嘘一个周末在游泳池边就能赶出一个本子，一部优秀的剧本从初始灵感到最后定稿，都需要花费半年、九个月、一年甚或更长的时间。从设计背景、刻画人物和构建故事而言，写作一部电影和写作一部四百页的小说需要花费同样的创造性劳动。唯一的重大区别就是，讲述故事实际使用的字数不同而已。一部剧本煞费苦心的言简意赅需要花费精力和时间，而用散文填充稿子的自由常常能使这一任务变得更加简单甚至更加快捷。所有的写作都是一种磨练，而银幕剧作则是一场纪律严明的军训。②

---

① 张靓蓓：《十年一觉电影梦：李安传》引，北京：人民文学出版社，2007 年，第 81—82 页。

② ［美］罗伯特·麦基：《故事：材质、结构、风格和银幕剧作的原理》（周铁东译），北京：中国电影出版社，2001 年，第 114—115 页。

第三节　寻找故事与提炼主题

　　美国著名的电影编剧,同时也是剧场导演和电影导演的大卫·马梅从乔治·托夫斯托诺戈夫的《剧场导演的职责》一书中学到一个道理:"一个导演若一开始即急忙寻求视觉上或美学上的解决方式来处理某场戏,那么他马上就坠入了困境深渊,难以自拔。"①这段话让大卫·马梅在剧场导演、电影剧本写作以及导演等职业生涯中受益良多:"如果一个导演先了解该场戏的意义是什么,然后再开始导戏,……他必然能够同时站在作者以及观众的立场来思考事情。因为如果导演在一开始就找来美丽的或画得如实景般巨细靡遗的布景,他可能会被迫去整合这个布景到剧情的必然演进。而且,由于这种被迫的情况,他会为了努力将布景纳入剧情,而变得陷入其中,伤害了剧本的整体性。"②这个道理在编剧中同样有效,简单来说,编剧的工作应该从寻找故事和提炼主题开始。

一、选择故事的标准:动作、冲突、意义

　　写电影剧本首先需要一个故事,这是最基本的。罗伯特·麦基将他的银幕剧作创作原理出版并命名为《故事:材质、结构、风格和银幕剧作的原理》,正说明了故事对于电影的重要性。酷嗜电影的哈佛荣休教授李欧梵曾经在一篇文章中毫不客气地批评不重视故事的电影导演:"记得张艺谋曾经对美国《时代》周刊说过,其实观众看完一部影片能保存几个形象也就够了。我觉得这是对观众水平的蔑视。"他认为:"如果观众不能'进入状态',对片中的人物和故事无动于衷,又如何吸引观众? 反观好莱坞不少成功的商业片,如《泰坦尼克号》和《角斗士》,除大场面外,皆以故事取胜。"③同样的观点在《故事:材质、结构、风格和银幕剧作的原理》一书中也有阐释:

　　　　漏洞百出的虚假故事被迫用玄妙来取代实质,用奇诡来取代真实。

---

　　① 〔美〕大卫·马梅:《导演功课》(曾伟祯编译),桂林:广西师范大学出版社,2003年,第10页。

　　② 〔美〕大卫·马梅:《导演功课》(曾伟祯编译),桂林:广西师范大学出版社,2003年,第10页。

　　③ 李欧梵:《张艺谋十面埋伏的危机》,见李欧梵:《我的观影自传》,上海:上海三联书店出版社,2008年,第195页。

虚弱的故事为了博取观众的欢心已经堕落为成百上千万美元堆砌起来的大哄大嗡的演示。在好莱坞,影像已经变得越来越奢华,在欧洲则是越来越浮华。演员的表演变得越来越做作,越来越淫猥,越来越暴力。音乐和音响效果变得越来越喧嚣。总体效果流于怪诞。文化离开诚实而强有力的故事便无从发展。不断地耳濡目染浮华、空洞和虚假的故事的社会必定会走向堕落。我们需要真诚的讽刺和悲剧、正剧和喜剧,用明丽素洁的光来照亮人性和社会的阴暗角落。不然的话,就会像叶芝所警告的那样:"……中心将无法固定。"①

故事才是电影的实质,是非常重要的部分。只有故事薄弱空洞,才会将重点放在过于奢华喧嚣的声画效果上,最终只能收获一部华而不实的作品。故事是什么?"故事是主角在追求他的目标时,发生在他身上的所有重要事件的演进(the essential progression of incidents)"。② 同时,罗伯特·麦基的话也说出了另一个道理:不是所有的故事都适合写成电影剧本。

选择电影故事的首要标准是动作性和冲突感。找到一个故事后,要判断它是否适合写成电影剧本,可以问自己几个问题:这个故事的主角是谁? 主角要追求的目标是什么? 在他身上发生了什么事? 这些事如何阻碍他去追求目标? 最后主角是否达到目标? 如果没有,又会产生什么后果? 从对这些问题的思考中去考察手中的故事是否具有冲突和动作。李安回忆他在艺专时的求学经历,谈到教授"中国戏剧史"的邓绥宁老师曾讲过:"和尚和尼姑的戏没什么好看,但花和尚碰到浪尼姑,就有戏看。"而"戏剧概论"课的王善生老师也提及:"电视剧里演'爸爸打儿子'的情节,一个耳光下去,儿子马上说:'爸,我错了!'王老师说:'戏,就不能认错,就是要跟爸爸吵,再冲出去,这才叫戏,一认错就没戏了。'"③也就是说,故事必须不顺才有冲突,才能造成戏剧性,过于平稳流畅和谐的事件是不适合写入电影剧本的。

其次,除了具有动作性和冲突感之外,还应当有点别的意义在故事中。《毕业生》是一部20世纪60年代末的电影,讲述的是一名大学毕业生与一对母女的不伦之恋,70年代初在台湾上映时因主题有违伦常,就将情节由男主

① [美]罗伯特·麦基:《故事:材质、结构、风格和银幕剧作的原理》(周铁东译),北京:中国电影出版社,2001年,第15—16页。

② [美]大卫·马梅:《导演功课》(曾伟祯译),桂林:广西师范大学出版社,2003年,第11页。

③ 张靓蓓:《十年一觉电影梦:李安传》,北京:人民文学出版社,2007年,第21—22页。

角周旋于母女间改成了姐妹之间,即使如此,这部电影还是让在艺专学习戏剧的李安连看三遍,让他"感觉到电影不光是讲故事,还表达些别的意涵,脑筋开始有点想头的"①。英格玛·伯格曼的《处女之泉》更是在主题和画面上带给李安极大的震撼,在一次访谈中,李安回忆了大学时代看这部电影的感受,坦诚如果不是这些伟大的电影,他可能会满足于好的故事、满足于让观众哭哭笑笑,而不是让他们去感受和思考一些对生活很深刻的东西,观看伯格曼的《处女之泉》使他成了一个不同的电影制作人。因此在找到一个适合写成电影剧本的故事之后,必须通过调查研究,充实故事,并思考其中的深层意义。

二、多元的故事来源

电影故事的来源是非常多元的,新闻报道、历史事件、文学作品、戏剧作品,或者剧作者的亲身经历、梦境及一时灵感,都有可能为一部电影提供故事的雏形。

西班牙国宝级导演和编剧布努艾尔的创作方式是找一家安静舒适的酒馆,然后一个人坐在那里沉思默想以寻找灵感、拼凑故事:"我可能会想到一些诗意的东西,某种影像会闪进我的脑海,逐渐具体起来,我的人物出现了,他们开始有了戏剧动作和对白。"②在构思一些场景后,布努艾尔会强迫自己把零碎的意象组合起来,让它们成为一个故事。类似的案例还有:李安撰写的第一本长篇中文剧本《喜宴》,来自于洗澡时的灵光一闪,他想到一个同性恋假结婚的故事,加上在伊利诺伊大学念书时参加朋友婚礼和大闹洞房的回忆,以及自身结婚的经验,写成了这个剧本。对于创作力充沛的编剧来说,抓住突现的灵感,再结合日常生活的经验加以充实,这无疑是一种最为自由的寻找或创造故事的途径。

不少成功的电影作品来源于真实事件或新闻报道的启发。比如,《唐人街》被认为是20世纪70年代美国最好的电影剧本,获得了第47届奥斯卡的最佳原著剧本奖,这个剧本的故事是从报上一桩洛杉矶争水新闻发展而成的。再如由日本导演是枝裕和编剧并执导的《无人知晓》,其故事也来自一则新闻"西巢鸭弃婴事件":一名女子与不同的男子结识后,先后生下五名子女,

---

① 张靓蓓:《十年一觉电影梦:李安传》,北京:人民文学出版社,2007年,第17页。
② [西]布努艾尔《我的最后一口气:布努艾尔自传》(刘森尧译),桂林:广西师范大学出版社,2003年,第35页。

其中次子出生不久即夭折。1987 年秋，这位母亲在东京丰岛区西巢鸭租下公寓与孩子们一起居住，不久母亲离家而去，留下未成年的孩子们独力生活。次年夏天因房东报警，这起遗弃儿童案才为公众知晓，并被日本各大媒体争相报道，引起轰动。这一事件被认为象征了现代都市家庭关系的疏离，但是枝裕和并不想借此对人物进行道德上的审判，他想要讲述的是孩子们的日常相处，并希望观众能将电影中的问题带入生活中去思考。《无人知晓》入围 2004 年戛纳电影节的主竞赛单元，主演获得了最佳男主角奖。而感人至深的电影《卢旺达饭店》由真人真事改编，以发生在 1994 年的卢旺达种族大屠杀为背景，讲述身为胡图族的饭店经理保罗·路斯沙巴吉那在种族仇杀中设法保护一千多名图西族难民的故事。

在各种不同的故事来源中，改编文学作品是比较常见的方式。英格玛·伯格曼的第一部电影《危机》改编自丹麦作家写的戏剧文学《母亲》，他在自传中回忆："我读了这篇作品，觉得奇糟无比，接着我花了 14 个晚上的时间写好剧本，然后也通过了审核。"[①]此外，第 67 届奥斯卡最佳影片《阿甘正传》改编自温斯顿·葛鲁姆发表于 1986 年的同名小说，与其竞争最佳影片的电影《肖申克的救赎》改编自畅销作家斯蒂芬·金的中篇小说《丽塔海华丝与肖申克监狱的救赎》，获得 46 届法国戛纳影展金棕榈奖的华语电影《霸王别姬》改编自香港女作家李碧华的同名小说。

许多影片都从现成的文学作品中寻找故事，但并不是所有的改编都能成功，有时候越是优秀的文学作品就越难改编，甚至比原创一部剧本需要更多的技巧和创新。张爱玲的小说常被改编成电影，其中以李安执导的《色，戒》最为成功，李欧梵对这部电影极为赞赏："电影和文学的语言和形式要求不同，所以改编文学名著往往不能青出于蓝，此篇是极少有的例外，原因就是李安掌握了电影艺术风格上的精华。"[②]而李安关于改编文学作品的看法对电影编剧很有启发意义：

> 不过在美国一般行内有个说法倒是蛮合我的想法："两条路，你可以选择毁掉原著拍部好电影，或是忠于原著拍部烂片。"我觉得电影和小说是不同的媒体，改编时常常从里子到面子都得换掉，以片子好看为主。

① ［瑞典］伯格曼：《魔灯：伯格曼自传》（刘森尧译），桂林：广西师范大学出版社，2005 年，第 51 页。

② 李欧梵：《〈色，戒〉：从小说到电影》，见李欧梵：《看电影》，上海：上海书店出版社，2008 年，第 162 页。

它如果是本烂小说，何必要忠于原著？如果是本好小说，其为文字里行间之妙，岂能以声影代之。反之，最好的电影必是笔墨难以形容。那么忠不忠于原著，也都无所谓了。①

杰出的原著很难被改编成其他的文艺样式，以电影来说，这需要编剧既能参透原著，又深谙电影艺术的独特语言，才有可能让原本就十分精彩的故事在电影中焕发出别样的神采。

三、从故事中提炼主题

找到故事素材后，需要对其进行初步的分析和构思，把里面感兴趣的部分挑出来，发展出戏剧性的故事情节，然后用几句话将故事简明扼要地概括出来，包括时间、地点、人物、事件等信息，这是一个简要的故事大纲，要求做到"简短、详尽且切中要点。主要的角色必须点出来，同时有清楚的故事线"②，这是编剧应具备的技能之一。以上文提到的几部电影为例，《海角七号》的主线讲的是为了一场在小镇恒春沙滩上举办的大型演唱会，由当地人组成的暖场乐团在练团过程中，主唱邮差阿嘉和日籍监督友子产生爱情的故事；《卢旺达饭店》讲述了胡图族饭店经理保罗在种族仇杀中挽救了身边一千多个图西族难民的故事；《喜宴》讲的是在美国男同性恋高伟同为了应付父母，与来自上海的女艺术家威威假结婚的故事。

确定故事大纲后，接着就要进行收集资料、调查研究的工作，以扩展故事，提炼主题。资料的收集可以来自书面材料，如著作、论文、杂志、报纸等，也可以来自人物采访，通过直接采访得来的资料往往比书面材料更直观生动。资料的收集多多益善，但并非所有资料都会有用，在整合资料的阶段，编剧应当根据故事的实际需要有所取舍。以下是一个非常值得赞赏的案例："《午夜牛郎》的作者沃尔都·萨尔特为简·方达写了名为《归家》的电影剧本。他的调查包括同 26 名以上在越南战争中受伤而下肢瘫痪的老兵进行的谈话，全部谈话的录音长达 200 小时。"③

在充分的调查研究之后，编剧应当非常清楚：这个故事要谈的是什么、想

①　张靓蓓：《十年一觉电影梦：李安传》，北京：人民文学出版社，2007 年，第 172 页。

②　［美］布鲁斯·F.卡温：《解读电影》下册（李显立等译），桂林：广西师范大学出版社，2003 年，第 365 页。

③　［美］悉德·菲尔德：《电影剧本写作基础：从构思到完成剧本的具体指南》（鲍玉珩、钟大丰译），北京：中国电影出版社，2001 年，第 23 页。

要传达的价值观是什么,也就是要提炼出故事之外的别的意涵。"价值观、人生的是非曲直,是艺术的灵魂。作家总是要围绕一种对人生根本价值的认识来构建自己的故事——人生的价值是什么?什么东西值得人们去为它而生、为它而死?什么样的追求是愚蠢的?正义和真理的意义是什么?"①而这些故事之外的别的意涵,将是电影最为动人的部分。英格玛·伯格曼的代表作《野草莓》由其本人编剧,从故事层面看,是主人公伊沙克对往事的回忆和幻想的梦境,但深刻的内蕴却是伯格曼对亲情的思考:

> 我在寻找我的父母,却找不到他们。因此在《野草莓》的最后一幕,充斥着强烈的渴求与希望:莎拉(Sara)挽起伊沙克的手,领他走向林间一处阳光灿烂的空地。在另一侧,他见到他的父母,他们正向他招手。

> 整个故事中有一条线出现多重形式:缺陷、贫乏、空虚和不获宽恕。不论当时或现在,我都不知道我在整部《野草莓》中,一直在向双亲哀求:看看我,了解我,可能的话,原谅我吧!②

> 换言之,驱使我拍《野草莓》的动力,来自我尝试对离弃我的双亲表白我强烈的渴望。③

深埋在故事背后的是作者对人性中最幽微部分的探索与思考,在《野草莓》的创作过程中,伯格曼的私人生活正处在人际关系的混乱中:"我已和第三任妻子分手,仍觉得锥心痛苦。去爱一个绝对无法与之相处的人,真是奇异的经验。……我和双亲痛苦争执,我既不愿意也无法和父亲交谈,和母亲多次设法暂时修好,但是宿怨已久,误会已深;我们一直在努力,因为我们希望和平共处,但结果却不断失败。"④在电影中,可以看到亲人之间如父母子女、兄弟姊妹、夫妻爱侣的种种相处,冷漠与渴望、疏离与温情、背叛与信任相互交缠,这是伯格曼的挣扎,或许也会唤起大多数人的共鸣。这种内在的意

---

① [美]罗伯特·麦基:《故事:材质、结构、风格和银幕剧作的原理》(周铁东译),北京:中国电影出版社,2001年,第21页。

② [瑞典]英格玛·伯格曼:《伯格曼论电影》(韩良忆等译),桂林:广西师范大学出版社,2003年,第11页。

③ [瑞典]英格玛·伯格曼:《伯格曼论电影》(韩良忆等译),桂林:广西师范大学出版社,2003年,第12页。

④ [瑞典]英格玛·伯格曼:《伯格曼论电影》(韩良忆等译),桂林:广西师范大学出版社,2003年,第10页。

蕴是电影中最能打动人心的力量,也促使观众在获得视听享受之后能继续思考,而不是笑过之后内心空空一无所获。

第四节　人物创建与结构设置

人物是电影剧本的中心,故事和主题都必须通过人物才能得以展现,可以说人物形象的塑造一定程度上决定了电影的最终品质。福克纳说,人性是唯一不会过时的主题。编剧唯有观察生活、了解人性,深入挖掘人物的深层性格,才有可能创造出真实丰富、打动人心的经典人物形象。

一、设想人物处境并写作小传

剧本创作并无固定不变的程序,有时是先有故事,然后根据故事再创建人物,也有可能先有个性鲜明的人物,由人物的特点和欲望出发,发展出一个故事。无论是故事在先还是人物在先,在动手写作剧本前,必须对人物有全面的了解。

首先要设想剧中人物的处境,不断提出关于人物的问题,再进行解答,直到了解人物的一切。悉德·菲尔德在他的剧本写作指南中列举了一系列的问题:

> 你的人物是男性还是女性? 如果是男性,那在故事开始时,他多大年纪? 他住在什么地方? 住在城市还是农村? 然后——他在哪里出生? 他是独生子,还是有兄弟姐妹? 他曾经历过一个什么样的童年生活,是幸福的童年,还是不幸的? 他同他的父母之间的关系如何? 他又是个什么样的儿童,是个开朗、性格外向的呢,还是个认真的、性格内向的孩子呢?
>
> 如果你从出生来系统地阐述你的人物,你就会看到一个有血有肉的人物在眼前形成。接下去,要追溯他的学生生活,直到进入大学。然后问一下,他是结了婚,还是单身、丧偶、分居或离婚? 如果他已经结了婚,那么他结婚有多久并且和谁结婚? 是青梅竹马的恋人呢,还是萍水相逢的情人? 是经历过长时间恋爱呢,还是并没有恋爱过?[1]

---

[1]　[美]悉德·菲尔德:《电影剧本写作基础:从构思到完成剧本的具体指南》(鲍玉珩、钟大丰译),北京:中国电影出版社,2001年,第31—32页。

要了解人物,这是一些必须解答的问题,但还远远不够,应当将问题扩展到更加细节的部分,包括人物的血型、星座、饮食习惯、嗜好、理想,或者人物的双亲、兄弟姊妹、朋友,他们的个性、背景、职业,等等,问得越具体越好。了解人物的一切,包括从其出生到他出现在电影中的那一刻。

当人物在不断解答问题的过程中逐渐成形后,编剧应当为人物写作小传。人物小传没有固定格式和篇幅规定,编剧可以根据实际需要来写,这些人物小传是编剧为自己而写的。悉德·菲尔德认为要让电影中的人物达到真实而多面的效果,必须有三个层面的生活:职业生活、个人生活和私生活,小传应当描述出人物这三个层面的生活。职业生活是人物赖以生存的部分,包括他的工作内容以及与职业生活中其他人群的相处关系;个人生活是指人物的家庭生活和社交活动的部分;私生活则是人物独处时生活。这些内容并不见得完全都能用到剧本中去,但尽量详尽地写出人物的各个方面仍是非常必要的,对人物知道得越多,在剧本创作中就越能根据人物的个性特点和生存状况来展开情节,只有这三方面的生活内容交织在一起,才能在银幕上呈现出真实可信的人物形象来。

以许鞍华导演、陈文强编剧的《女人四十》为例稍作分析。香港女导演许鞍华自 1979 年执导《疯劫》以来,专注于电影拍摄,她的电影题材涉猎颇广,但以反映中老年女性的作品最为经典,《女人四十》一片于 1995 年上映,在第 15 届香港电影金像奖上同时获得最佳电影、最佳导演、最佳编剧、最佳男主角和最佳女主角等荣誉,可谓是一部大满贯电影。① 在这部电影中,主人公是年届四十的孙太阿娥,从她职业生活的部分看,阿娥供职于一家代理国产厕纸的小型贸易公司,是一位精明能干的业务主任,连厕纸少几格都瞒不过她,公司的各种业务她都了如指掌,记在脑中,因此一开始颇受老板仰重,但她个性直接,不善讨好老板,而公司新来的年轻貌美又懂电脑技术的女秘书,用电脑系统处理公司的订单和库存,取代了阿娥在公司的重要地位,令她怅然若失。在个人生活方面,她和丈夫、儿子住在旧楼,虽然做驾照考官的丈夫个性平庸,但一家三口相处融洽,阿娥精打细算地过日子,一边操持家务,同时又要工作,非常辛苦,和蔼的婆婆很体谅她,大男子主义的公公却对她呼来喝去,经常冲她发火。阿娥忙于工作和家庭,几乎没有个人独处的时间,唯一的爱好是和街坊打几圈麻将,也被公公呵斥。在婆婆意外去世后,公公不幸

---

① 香港金像奖至今为止共有两部电影同时获得最佳电影、最佳导演、最佳编剧、最佳男主角和最佳女主角荣誉,均为许鞍华导演作品,分别是第 15 届的《女人四十》和第 31 届的《桃姐》。

罹患了老年痴呆症,他谁也不认得,只记得常常和他起冲突的儿媳阿娥,阿娥只能负担起照顾老人的重担,不仅在日常生活上,还要处理因为公公老年痴呆症带来的各种麻烦。这几方面的内容合在一起,令阿娥这个人物真实生动,全面展现出人到中年的香港小市民阶层女性的生活状态,压力重重、疲于奔命是她们生活的常态,但辛勤的付出也能获得回报,让她们体会到苦中有乐、悲喜交集的平凡人生中的亲情与温暖。

不少电影剧情集中于主要人物,对人物形象的刻画细致入微。如伍迪·艾伦编剧并导演的《蓝色茉莉》,女主人公茉莉曾经在纽约过着华丽奢侈的生活,在经历破产和丈夫自杀等悲惨事件后无奈搬去和妹妹一起生活,为了重回过去那种富贵生活,她欺骗了对她一见钟情的政坛新星,最后谎言被揭穿,在电影的最后,精神崩溃的茉莉坐在公园的长椅上,自言自语起来。比利时电影导演达顿兄弟执导的电影《两天一夜》也将故事集中在女主人公身上,一位罹患忧郁症的女工桑德拉,痊愈后却面临被裁员的境况,为了保住工作,桑德拉决定用周末的两天时间逐一说服她的工友们为她重新投票,让她能够留在工厂,而支持她的工友们必须失去一千欧元作为代价。这些都是人物形象塑造非常成功的电影,初学者不妨以此为案例,对其中的人物形象进行分析,分别从职业生活、个人生活和私生活三个层面加以观照,并为这些人物写作小传,以训练自己创建人物的能力。

二、电影剧本结构的示例

故事、主题和人物已定,接下来要为创作中的电影剧本写一个提要,也就是把主要人物的具体活动按场景逐一写出来,没有固定格式,但要描述精确。这个步骤也常被省略,但事实上这对于剧本写作是非常有帮助的。提要完成之后,编剧手中已经有了故事大纲、主题、人物和提要,可以进行电影情节结构的设置。

电影的结构"是对人物生活故事中一系列事件的选择,这种选择将事件组合成一个具有战略意义的序列,以激发特定而具体的情感,并表达一种特定而具体的人生观"[①],编剧要做的,是从手中的材料中,挑选出具有代表性的场景片段,按照一定的顺序编排好,使之成为一个整体来展示人物的生活。电影结构的组合方式并无定规,尤其是艺术电影的结构,往往突破常规、变化

---

① [美]罗伯特·麦基:《故事:材质、结构、风格和银幕剧作的原理》(周铁东译),北京:中国电影出版社,2001年,第 39 页。

多端,这对于初始入门阶段的编剧来说不易掌握,好莱坞的商业片则可以总结出一套戏剧性结构的示例,可资借鉴。

　　九十分钟或一百二十分钟的电影均可作为案例来加以分析,电影剧本的一页相当于电影放映时的一分钟,因此剧本大约九十页或一百二十页。从结构上分析,剧本由开端、中段和结局三个部分组成,悉德·菲尔德的《电影剧本写作基础:从构思到完成剧本的具体指南》一书中,将这三幕结构称为:建置、对抗和解决。① 以下根据悉德·菲尔德的电影结构基本示例对具体的电影进行分析。

　　开端部分大约占三十页,在这三十页中,编剧的任务是让观众了解主要人物的背景,并构建整部电影的戏剧性前提。悉德·菲尔德特别提醒剧本的前十页最为关键,"当你看电影时,一般情况下只需要大约 10 分钟左右就会作出是否喜欢这部电影的决定……10 分钟,就是电影剧本的前 10 页。这前 10 页的戏剧动作环节是整个电影剧本中的重要部分:因为你要用它来向读者显示你的主人公是谁,你的故事的戏剧性前提是什么(讲到的是什么样的故事),什么是戏剧性情境(围绕行为动作的周围环境)"②。在接近三十分钟的时候,编剧应当安排一个突发事件、偶然事件,让情节发展转向中段,这个突发事件被称之为"情节点"。2007 年上映的美国电影《遗愿清单》,讲的是汽车修理工卡特和富商爱德华同时患上癌症,他们共同列了一张遗愿清单,并在死前一同完成的故事。在建置部分,由于爱德华推行的"一个房间两张病床"的经营理念,卡特和爱德华住进了同一间病房,傲慢孤独的爱德华,与聪明博闻、家庭和睦的卡特形成鲜明的对比,他们慢慢地互相了解,一起度过难熬的夜晚,在完成最后一个疗程,等待检查结果的时刻,情节点出现,卡特写下了他在死前想要做的一些事,爱德华看到后,重新修改,完成了他们共同的遗愿清单,将情节拉向第二幕。

　　中段大约占剧本的二分之一,在这个部分,主人公要完成一些事,但是不断地出现种种障碍,简单来说,中段是一个对抗的过程。编剧要做的是明确主人公的目的和需求,然后设置各种大大小小的障碍。在接近第二幕结束的地方,应当设置第二个情节点,让剧情走向结局部分。不要让电影中的主人

---

　　① ［美］悉德·菲尔德:《电影剧本写作基础:从构思到完成剧本的具体指南》(鲍玉珩、钟大丰译),北京:中国电影出版社,2001 年,第 10 页。

　　② ［美］悉德·菲尔德:《电影剧本写作基础:从构思到完成剧本的具体指南》(鲍玉珩、钟大丰译),北京:中国电影出版社,2001 年,第 11 页。

公太好过,这是编剧的原则,尤其是在中段的部分。曾在 UCLA 影视导演研究所学习并获得硕士学位的蔡康永回忆他上的第一堂编剧课,印象最深的是教授对他们的告诫:"编剧本的第一个原则:世界上没有人是快乐的!"[①]"电影里的人,快乐不准超过五分钟。"[②]要有需求和阻碍,才能产生冲突。《遗愿清单》中,爱德华和卡特完成清单中项目的过程不断遇到阻碍:卡特妻子的不理解、胆小、健康状况、卡特和爱德华的观念冲突等,整个过程并不顺利,第二个情节点发生在卡特送爱德华去见其女儿的时刻,两人起了严重的冲突,爱德华并不愿意与女儿和解,他对卡特说:"我无非把我的故事告诉了你,但并没有邀请你参与进来。"卡特说:"每个人都不希望孤独地死去。"然而骄傲的爱德回答:"我不是泛泛之辈。"两人一起完成遗愿清单的旅程就此结束,电影转向结局部分。

在第三幕结局部分,冲突得到解决,主人公的命运和归宿呈现在观众面前。《遗愿清单》的最后部分,卡特手术失败去世,爱德华和女儿和解,他亲吻了孙女,这是清单上的愿望之一:亲吻世界上最美丽的女孩。在卡特的葬礼上,爱德华回忆了和卡特相处的日子,他说这是他一生中最快乐的日子。几年后,爱德华去世,他和卡特的骨灰都被放置到雪山顶峰,完成了清单中的最后一项愿望:看见真正雄伟的景色。

在开端建置,中段发展对抗冲突,最后在结局解决问题,第一幕和第二幕的最后分别安排情节点,以推动情节向前发展,这是最基本的电影结构方式,用悉德·菲尔德的话来说,也是"所有好电影剧本的基础"。

第五节　电影文学剧本的基本格式及其他注意事项

李欧梵在看了英格玛·伯格曼所写的电影剧本后发现,这位大导演的剧本完全不像一个正式的电影剧本:"我在芝加哥的那一年——即来美的第一年,看了很多瑞典导演英格玛·伯格曼的电影,由于兴趣大增之故,又去买了一本 *Four Screenplays of Ingmar Bergman* 来读,发现这位导演在自己编写的剧本中,几乎没有镜头,也没有用什么电影术语,读起来俨然是一篇文学著

---

① 蔡康永:《LA 流浪记》,北京:当代世界出版社,2006 年,第 20 页。
② 蔡康永:《LA 流浪记》,北京:当代世界出版社,2006 年,第 21 页。

作,然而这就是他用以拍摄的剧本!"①既无文学剧本,也无分镜头剧本,但这并不妨碍英格玛·伯格曼拍出伟大的电影来。卡温在《解读电影》中也说:"剧本写作形式没有一定的格式,各人发展出自己习惯的方式。一般来说,并不见得要用拍片时的术语或特殊格式来写。"②

对于电影大师来说,剧本格式是否合格并不重要,但初学电影编剧的写作者,仍然十分需要一种形式固定、简单易学的电影剧本格式,以便在格式上模仿套用,尽快熟悉电影编剧的实际工作。美国电影制作中由编剧完成的剧本称之为主场景剧本(master-scene script),即依照场景来分段落,这种剧本有严格的规定,是最好的学习对象,需要提醒的是,这种严格的格式规定不见得在中国的电影制作中那么通用。以下是剧本中一个场景的格式示例:

淡入

1.外景或内景:场景发生的地点　　　　　　　　白天或夜晚1.

　提示:包括场景描述、人物走位动作、道具说明、音效切入等。

人物1
(说话的方式或情绪的简单提示)
台词的具体内容。

　提示:包括场景描述、人物走位动作、道具说明、音效切入等。

人物2
(说话的方式或情绪的简单提示)
台词的具体内容。

(转场方式)

---

① 李欧梵:《诗的电影》,见李欧梵:《我的观影自传》,上海:上海三联书店出版社,2008年,第209页。

② [美]布鲁斯·F.卡温:《解读电影》下册(李显立等译),桂林:广西师范大学出版社,2003年,第367页。

示例中的序号是场景数,之后写明与场景相关的时间、地点等。提示文字另起一行,说明环境和人物的动作,对运镜和音效等仅作简单建议,不要写得太多。人物的对白以单栏形式居中,人物名字放在其所说的对白之上的中间位置,名字下方的括弧内可写一些简单的提示,不同人物的对白另起一行。当一个场景结束,另起一行靠右写转换方式,如"切至"、"化至"或"淡出"等。最后成稿的剧本,一页基本上相当于银幕放映一分钟。

在电影文学剧本写作中,还有一些值得注意的事项。

首先,电影文学剧本不需要写出细致的镜头术语,编剧的主要职责是写出每一个场景中的人物对白和动作。很多专业人士都提过类似的建议,告诫编剧不要过多说明,应当把与拍摄相关的技术工作留给导演或者其他专业人员,"剧本中描述(description)的部分应减至最少。环境气氛的描述可给导演、摄影师、制作设计、服装设计师作参考,表演的细节可为演员描述出来。但这些都不是为读者阅读乐趣而写的。剧本并不是为悠闲的读者在火炉旁细细品味而写的,而是为一个专门的制作人员提供工作蓝图"①,因此提示说明应当尽量简洁。

其次,要为演员的表演留下发挥的余地。这是一则老旧但仍然有效的好莱坞训诫:"为每一个演员提供最大的机会来展示他们自己的创造力;不要过分铺陈,像撒胡椒面一样在稿纸上加上没完没了的有关行为、手势、语调方面的描写。"②此外,人物的对白应当简短,避免文绉绉的书面语言。好的对白尽管短小,但仍能把有用的信息传达给观众,让观众看到人物的个性。电影人物的对白和戏剧人物的对白不一样,电影并不需要对白来叙述剧情或说明人物的身份,"影片中人物要对话的惟一原因是,透露他们想要获得他们要的东西"③。

最后请记住,电影文学剧本中的所有内容应当能被转化成镜头,因为剧本最终不是拿来阅读,而是用来拍摄的。剧本定稿之后,电影编剧的工作也许宣告完成,但对剧本的改动并未结束,在拍摄过程中,导演和演员都有可能对剧本进行修改,正如卡温所说:"电影编剧迟早都知道把剧本卖了后,他就

---

① ［美］布鲁斯·F.卡温:《解读电影》下册(李显立等译),桂林:广西师范大学出版社,2003年,第371页。

② ［美］罗伯特·麦基:《故事:材质、结构、风格和银幕剧作的原理》(周铁东译),北京:中国电影出版社,2001年,第450页。

③ ［美］大卫·马梅:《导演功课》(曾伟祯译),桂林:广西师范大学出版社,2003年,第66页。

再没有多大的主导权了。但身为电影编剧还是要做好自己的工作。不管最终作品看来怎样，编剧和原著剧本还是要有它的完整性。"①

练习与本章参考书目

练　习

1. 为将要写作的剧本写一个故事大纲，说明主要人物和事件，通过调查研究获取资料，并从中提炼出剧本的主题。
2. 勾勒出剧本中的主要人物三个方面的生活：职业生活、个人生活和私生活，并据此为至少三个主要人物写作小传。
3. 写作一个剧本的故事提要，根据提要，将情节结构按照建置、对抗、结局三个部分加以设置。
4. 完成以上的练习内容，在此基础上写作一个电影的文学剧本。

本章参考书目

[1] 李欧梵：《我的观影自传》，上海：上海三联书店出版社，2008年。

[2] 许南明、富澜、崔君衍：《电影艺术词典》，北京：中国电影出版社，2005年。

[3] ［法］安德烈·巴赞：《电影是什么?》（崔君衍译），南京：江苏教育出版社，2005年。

[4] ［意］米开朗基罗·安东尼奥尼：《一个导演的故事》（林淑琴译），桂林：广西师范大学出版社，2003年。

[5] ［西］布努艾尔《我的最后一口气：布努艾尔自传》（刘森尧译），桂林：广西师范大学出版社，2003年。

[6] ［美］路易斯·詹内蒂：《认识电影》（崔君衍译），北京：中国电影出版社，2007年。

[7] ［苏］爱森斯坦：《蒙太奇论》（富澜译），北京：中国电影出版社，1998年。

[8] ［美］格罗斯、［美］沃德：《拍电影：现代影像制作教程》（插图第6版）（廖澨苍、凌大发译），北京：世界图书出版公司北京公司，2007年。

[9] 郑淑梅主编：《世界电影名家名片二十讲》，杭州：浙江大学出版社，

---

① ［美］布鲁斯·F.卡温：《解读电影》下册（李显立等译），桂林：广西师范大学出版社，2003年，第374页。

2008 年。

[10] 〔瑞典〕伯格曼:《魔灯:伯格曼自传》(刘森尧译),桂林:广西师范大学出版社,2005 年。

[11] 〔美〕布鲁斯·F.卡温:《解读电影》(李显立等译),桂林:广西师范大学出版社,2003 年。

[12] 张靓蓓:《十年一觉电影梦:李安传》,北京:人民文学出版社,2007 年。

[13] 〔美〕罗伯特·麦基:《故事:材质、结构、风格和银幕剧作的原理》(周铁东译),北京:中国电影出版社,2001 年。

[14] 〔美〕大卫·马梅:《导演功课》(曾伟祯编译),桂林:广西师范大学出版社,2003 年。

[15] 李欧梵:《看电影》,上海:上海书店出版社,2008 年。

[16] 〔美〕悉德·菲尔德:《电影剧本写作基础:从构思到完成剧本的具体指南》(鲍玉珩、钟大丰译),北京:中国电影出版社,2001 年。

[17] 〔瑞典〕英格玛·伯格曼:《伯格曼论电影》(韩良忆等译),桂林:广西师范大学出版社,2003 年。

[18] 蔡康永:《LA 流浪记》,北京:当代世界出版社,2006 年。

后 记

　　尽管我所学的专业是古代文学，但因为有过一段为杂志撰稿的经历，进入学校工作后就顺理成章承担了写作课程的教学工作，至今已逾十年。授课之余，亦未曾停止文学创作的尝试，虽无作品面世，却积累了不少失败的经验，知道在文学写作的学习中有些弯路可以避免。同时，授课过程中需要关注作品，分析案例，不断思考，总结写作技巧，长期下来，对文学创作也有了一点心得。因此，将这些直接的、间接的经验集为一稿，名为《文学写作讲稿》，申请学校的重点教材建设项目后，定名为《文学写作实用教程：从基础准备到文体写作的具体指南》，特作说明。

　　本书最终得以完稿，要感谢业师肖瑞峰教授的督促和鼓励，如果没有瑞峰师的建议，可能我会止于书稿十万字的篇幅而无意深入，于此谨致谢忱。本书的责任编辑曾熙仔细审阅书稿，提出了很多有益的建议，在此一并致谢。此外，本书稿还获得了浙江工业大学重点教材建设项目资助。

　　书中所写，是我对文学写作的一点粗浅认识和心得，或有舛错，敬请指正，愿与所有热爱文学的同道探讨。

李　娟

2014 年 12 月